EDITION MODERNE
KOREANISCHE
AUTOREN

Edition moderne koreanische Autoren
Herausgegeben von Chong Heyong und Günther Butkus

LEE Hye-Kyoung

Das Haus auf dem Weg

Roman

Übersetzt und mit einem Nachwort
von Christina Youn-Arnoldi

PENDRAGON

Prolog – Die Rückkehr

Ein unbekanntes Vibrieren der Luft lässt Eunyong am ganzen Körper erzittern. Die Luft ist so zähflüssig wie Gelatine, so dass die Vibration nur sehr langsam bei ihr ankommt. Eunyong schlägt um sich und versucht sich von der zäh auf ihr lastenden Luftschicht zu befreien. Dieser Laut, da ruft jemand nach mir! Aber warum nur ist die Luft so stickig? Wie kann ich mich befreien? Während sich Eunyong hin und her wälzt, wacht sie auf.

„Eunyong, Eunyong! Telefon für dich."

Eunyong unterdrückt den Schrei, der ihren Lippen entfliehen will und öffnet die Augen. Im dämmrigen Licht gewahrt sie schräg nach oben schauend das Gesicht ihrer Schwägerin. Als Eunyong sich aufrichtet, wird die hockende Schwägerin in der richtigen Perspektive sichtbar. Wie aus einem Reflex heraus schaut Eunyong zur Vorrichtung mit der Infusionsflasche für Frau Yun[1]. Die Tropfen fallen immer noch im gleichen, steten Rhythmus. Ich muss wohl eingenickt sein. Sie hält immer noch Frau Yuns Hand und der Pegel der Flüssigkeit in der Infusionsflasche scheint während ihres Schlafes kaum gesunken zu sein.

„Telefon für dich. Es ist Miju."

Die Schwägerin reicht Eunyong den Hörer. Unter dem Rand des weit ausgeschnittenen T-Shirts schauen die Schlüsselbeine ihrer Schwägerin hervor. Sie ist viel zu dünn. Vielleicht ist es meine Schuld.

„Hallo?"

„Ich bin's. Wie geht es deiner Mutter?"

„Sie schläft. Der Arzt war hier und hat ihr eine Infusion gelegt."

In den Hörer flüsternd erhebt sich Eunyong. Nachdem sie sich vergewissert hat, dass sich ihre Schwägerin an das Kopfende zu ihrer Mutter gesetzt hat, verlässt Eunyong den Raum.

Im Zimmer war es dämmrig gewesen. Umso heller erscheint Eunyong das nach Süden gelegene Wohnzimmer, das in Sonnenstrahlen getaucht ist und sie blendet. Ihr ist zumute, als erwache sie aus einem Traum. Herr Kiljung[2] und ihre Brüder, die sich im Zimmer befinden, blicken schweigend aneinander vorbei oder zu Boden. Als Eunyong eintritt, richten sich ihre Blicke auf sie. Doch sie ignoriert diese Blicke und geht in das kleine Zimmer neben der Küche.

„Ist ihr Geist wieder klar?"

„Es geht so. Immerhin scheint sie die Familienmitglieder zu erkennen. Der Arzt meint, dass sie viel Ruhe braucht."

„Ein Glück, dass nichts Schlimmeres passiert ist. Du bist sicherlich völlig erschöpft?"

„Was soll's. Jetzt ist es doch vorbei. Du, Miju..."

Ein Schluchzer sitzt wie ein dicker Kloß in ihrer Kehle und will aus ihrem Innern entweichen. Eunyong schluckt diesen Kloß mit Gewalt hinunter. Dankbarkeit.

„Das war Miju. Sie fragt, wie es Mutter geht", erklärte Eunyong Herrn Kiljung, während sie den Hörer auf die Ladestation auf dem Tisch neben ihr zurücklegt. Ihr Vater, Herr Kiljung, nickt mit dem Kopf. Die weißen und schwarzen Bartstoppeln, die aus seinem ungepflegten Kinn sprießen, sind wie Stacheln in Eunyongs Herzen.

„Soll ich dir etwas zu trinken bringen?"

„Nein, deine Schwägerin hat mir gerade etwas gebracht."

„Im Kühlschrank gibt es bestimmt noch Bier. Darauf hätte ich jetzt Lust", unterbricht Yunki Herrn Kiljung, noch bevor dieser ausgeredet hat.

Er spricht mit krächzender Stimme nach dem langen Schweigen, als werfe er die Worte hin und mit Blicken, die keinen an sich heranlassen. Er strahlt eine Gefühllosigkeit aus als wolle er ausdrücken, er sei kein Mitglied dieser Familie. Eunyong, die Yunki ansieht, schrickt zusammen. Zum ersten Mal wird ihr bewusst, wie sehr sich ihre beiden Brüder Yunki und Inki ähneln, das gleiche längliche Gesicht, die stechenden Augen, sogar die eingefallenen Wangen mit der darüber spannenden Haut. Bisher hatte sie geglaubt, dass sich ihre Brüder sehr voneinander unterschieden. Doch ihr Bruder Hyoki hob sich von den beiden mit seinem runden Gesicht und der weichen Ausstrahlung stark ab. In beruhigendem Tonfall vermittelt Hyoki: „Genau, lass uns ein Glas trinken. Ich bin völlig ausgetrocknet..."

„Ich schaue einmal nach, ob wir etwas im Kühlschrank haben."

Schon wieder Alkohol? Als wären wer weiß wie viele Stunden seit dem Trubel im Morgengrauen vergangen. Trotzdem öffnet Eunyong den Kühlschrank. Sie haben zwei Nächte nicht geschlafen, vielleicht brauchen sie jetzt den Alkohol. Es sind noch zwei Flaschen Bier da. Sie holt sie heraus und füllt den Kühlschrank wieder mit zwei Flaschen aus dem Bierkasten in der Vorratskammer auf. Meinem Bruder geht es wohl besser. Er hat zugenommen. Auf die Bemerkung von Eunyong lächelt ihre Schwägerin gequält. Es geht ihm nicht besser, er hat nur wegen seines Alkoholkonsums zugenommen.

Es ist nicht ihr Haushalt, so dass sie erst ein wenig suchen muss. Sie holt getrocknete Sardellen, Oktopus und einige Pinienkerne, die sie ins Wohnzimmer bringt. Dazu den magnetischen Flaschenöffner, der an der Kühlschranktür hing.

Als Eunyong die Tür zum Zimmer öffnet, ist sie überwältigt von dem üblen Geruch, der ihr aus dem abgedunkelten Zimmer entgegenschlägt. Es sind Frau Yuns Ausdünstungen, deren Körper so klein wirkt als hätte ihn die Kraft völlig verlassen.

Als Frau Yun aus dem Wagen stieg, gestützt von Yunki und Jongki, brachte sie für ihre Familie nur ein unsicheres Lächeln zustande. Ihre Haare waren zerzaust wie ein Krähennest und auf ihren blutleeren Lippen erschien ein Lächeln gleich den Krümeln eines Radiergummis, die übrig bleiben, wenn man mit Bleistift Geschriebenes ausradiert. Mit ihrer rechten Hand umklammerte Frau Yun eine verwelkte Rose. Wann mag sie sie gepflückt haben? Sie hatte nur noch wenige Blütenblätter.

„Du hast einen Riesenschreck bekommen, nicht wahr, Mama? Aber jetzt ist alles wieder gut. Du bist wieder zu Hause."

Eunyong wiederholte immer wieder diese Worte. Die wenigen Schritte bis zur Eingangstür des Wohnblockes torkelte Frau Yun wie ein schwankendes Rohr. Sie schien keine Kraft in den Beinen zu haben. Als sie zu Boden sank und sich auch nur mit Hilfe der anderen wieder aufrichten konnte, lächelte Frau Yun schüchtern, als ob sie sich schäme. Was ist bloß los? Was ist geschehen? Warum sind alle meine Kinder hier?

In ihren Augen waren diese Fragen zu lesen, als sie auf dem Boden liegend ihren Mann und ihre Kinder mit großen Augen anschaute.

„Wo war sie?"

„In Jamshil[3]. Nicht vor dem Wohnblock, den die Anruferin genannt hat, sondern am Wohnblock daneben. Sie saß in einer Art Grünanlage mit ein paar Bäumen. Immerhin hat sie uns erkannt und angelächelt...", erklärte Jongki leise und bedrückt mit tränenerstickter Stimme. Yunki starrte währenddessen verbissen die Anzeigentafel des Aufzugs an.

Die Schwägerin hatte eine warme Reisbrühe vorbereitet. Als sie die Ankommenden empfing, war es als hebe sich der Schleier, der bis dahin über Frau Yuns teilnahmslosen Augen gelegen hatte. Es kam Leben in ihre Augen. Ja, du bist das. Du Arme. Doch diese scheinbare Gefühlsregung flackerte nur kurz auf, um wieder der bisherigen Teilnahmslosigkeit Platz zu machen.

„Frau, Hyoki-Mutter..."

Frau Yun lachte ihren Mann, Herrn Kiljung, an, der sie voller Angst und Gram anrief. Die Laute glichen herabrieselnden Reiskörnern, als wäre das Organ, das das Lachen kontrolliert, außer Funktion gesetzt worden.

Eunyong entnahm ihr die künstliche Zahnspange und ließ Frau Yun den Mund ausspülen. Sie wusch ihr mit einem warmen, feuchten Waschlappen das Gesicht und half ihr aus der Bluse. Frau Yun umklammerte weiterhin die Rose.

„Mutter, lassen Sie diese Blume, Sie müssen sich doch waschen."

Mit diesen Worten versuchte die Schwägerin die Finger aufzubiegen und Frau Yun die Blume zu entwinden. Sofort verzog Frau Yun das Gesicht voller Mißtrauen. Eunyong griff nach der Hand ihrer Schwägerin. Nicht so.

„Mama, das ist ja eine wunderschöne Blume. Woher hast du nur eine so schöne Blume? Du hast sie sicher für mich mitgebracht?", sagte Eunyoung indem sie abwechselnd auf die Blume und Frau Yun in die Augen sah. Daraufhin löste Frau Yun freiwillig die Finger. Ihre Handfläche war von den Dornen der verwelkten Rose zerkratzt.

„Danke, Mama. Ich lege sie hierher und stelle sie nachher in eine Vase."

Vor Frau Yuns Augen legte Eunyoung die Blume auf den Boden.

„OK, du kannst ihr jetzt den Ärmel ausziehen."

Eunyong wusch ihrer Mutter mit einem Waschlappen den Oberkörper und zog ihr die Strümpfe aus. Sie musste sehr weit gelaufen sein, da der linke große Zeh ganz wund war und schon schwarz wurde. Nun noch der Rock. Der stechende Geruch hatte dort seinen Ursprung. Wann mochte sie wohl ihre Notdurft verrichtet haben? Ihre Unterwäsche war mit zermatschtem Kot beschmiert. Eunyoung wusch den Unterleib ihrer Mutter, wobei sie häufiger das Wasser wechseln musste. Anschließend trocknete sie sie ab.

Irgendwie schien es ein Mysterium zu sein: Der einst so straffe Bauch bestand nur noch aus ein paar Hautfalten und von den sicherlich früher üppig wuchernden Schamhaaren waren nur noch einzelne graue Strähnen übrig geblieben. Die Beckenknochen, die sich bei jeder Geburt unter Schmerzen geweitet haben mussten, zeichneten sich deutlich ab. Als Eunyong die Knie aufrichtete, die so fleischlos waren, dass sie dürren Astgabeln glichen, sanken sie sofort kraftlos zur Seite. Die alten Knochen, die ein Leben lang durchgehalten hatten, verrieten, dass sie verbraucht waren.

Nachdem Eunyong die Unterwäsche ihrer Mutter gewechselt hatte, raffte sie die ausgezogenen Kleider zusammen und sagte, während sie sich aufrichtete: „Das reicht. Ich bringe das hier raus."

Ihre Schwägerin, die gerade das Wasser vom Boden aufwischte, mied ihren Blick. In ihren Augen sah Eunyong mehr Wasser stehen, als auf dem Boden verspritzt worden war. Diese feuchten Augen der Schwägerin durchbrachen die Abgestumpftheit, in die sich Eunyoung geflüchtet hatte, als ob eine angespannte Saite in ihr reiße. Ihre Schwägerin hatte nicht einmal dann geweint, als ihr Gesicht zu Anfang ihrer Ehe zur Unkenntlichkeit geschwollen war. Eunyong wandte sich von Frau Yun ab und verließ das Zimmer.

„Habt ihr sie fertig gewaschen?", fragte Jongki. Seine Augen waren von dem ständigen Tränenstrom gerötet.

„Ja, sie schläft bestimmt gleich ein."
„Müssten wir nicht einen Arzt holen?"
„Ich wollte ihn sowieso gleich anrufen."
Nach der Untersuchung ließ der Arzt die Krankenschwester eine Infusion legen. Frau Yuns Adern waren so versteckt, dass die Nadel sie erst beim zweiten Versuch erfasste und sich Blut in der Spritze sammelte, das jedoch kurz darauf wieder in die Ader zurückfloss.
„Sie hat sich nur etwas erschreckt. Eine Weile sollten Sie ihr keine feste Nahrung geben und sie in einem abgedunkelten Zimmer zur Ruhe kommen lassen. Ansonsten wird das Ganze keine Folgen für sie haben."
„Vielen Dank."
„Die Infusion wird etwa 3 Stunden dauern. Beobachten Sie den Vorgang und ziehen Sie ihr dann einfach die Nadel heraus. Sie wird auch häufiger zur Toilette gehen müssen."
Jongki und Inki begleiteten den Arzt bis vor die Haustür und Eunyong kehrte in das Zimmer zurück. Frau Yun blickte verwirrt zu ihr hoch. Ohne ihre Zahnprothese war ihr Mund eingefallen, sah aus wie die Blüte einer Trichterwinde, die kurz aufgeblüht war und sich wieder geschlossen hatte. Ihr Gesichtsausdruck war der eines unschuldigen Kindes.
„Mama, wir sind hier bei Yunki. Das Zimmer kommt dir fremd vor, nicht wahr? Du wolltest deinen Sohn in Seoul besuchen und ich habe dich begleitet. Eine Weile wirst du dich hier ausruhen und dann fahren wir zusammen nach Hause, nach Hancheon. Wenn du müde bist, dann schlaf jetzt ein wenig. Ich bleibe hier bei dir. Vater ist im Wohnzimmer und alle deine Söhne sind auch da. Also mach dir keine Sorgen und schlaf ruhig."
Frau Yun schien sie zu verstehen. Der Ausdruck ihrer Augen wurde klarer. Ihr Bewusstsein glich dem Faden einer Glühbirne mit Wackelkontakt.
„Leg dich doch ein wenig hin. Mama wird gleich einschlafen."
„Ist schon in Ordnung. Ich muss das Mittagessen vorbereiten. Schließlich haben wir alle seit dem Morgen nichts mehr gegessen."

„Ach, lass dir doch Zeit. Die sehen sowieso nicht aus, als würden sie etwas essen wollen, sondern sitzen nur da und trinken Bier."

Eunyong schob ihrer Schwägerin ein Kissen zu. Beim Anblick des Kissens ließ sich ihre Schwägerin zur Seite fallen.

„Warum duscht du dich nicht und ziehst dich um?"

„Gleich. Wenn Mama eingeschlafen ist."

Frau Yun blinzelte, als sich der Schlaf über ihre Augen legte. Sie gähnte herzhaft. Erst jetzt bemerkte Eunyong den säuerlichen Schweißgeruch, der von ihr selbst ausging. Seit vier Tagen war sie in der staubigen Stadt unterwegs gewesen, ohne ihre Unterwäsche zu wechseln. Ihre Haare waren völlig fettig. Dem Aberglauben folgend, nach dem Prüflinge ihre Haare nicht waschen und ihre Fingernägel nicht schneiden, hatte es Eunyong sogar vermieden ihre Unterwäsche zu wechseln. Der Schmutz hatte sich unter ihren Fingernägeln gesammelt und schwarze Ränder hinterlassen. Jetzt werde ich mich endlich waschen können.

„Es ist zum Glück noch einmal gut ausgegangen. Ich dachte schon, ich würde Mutter nie wieder sehen..."

„Ja, wir hatten wirklich Glück. Du hast sicherlich einen mächtigen Schrecken bekommen. Hoffentlich haben sich meine Brüder auch bei dem Anrufer bedankt."

Eunyong schaute sich die Rose an. Wenn die Frau nicht auf die Rose aufmerksam geworden und sich Frau Yun näher angeschaut hätte, würde sich Eunyong eine weitere Nacht vor Sorge verzehren. Der Stiel war schon ganz verdorrt und die wenigen Blütenblätter waren verwelkt und raschelten, wenn man sie berührte. Als Eunyong Frau Yuns Hände gewaschen hatte, war diese zusammengezuckt, so dass sich Eunyong die Handfläche genauer angeschaut hatte. Neben den Kratzern hatte sich ein Dorn in die Haut gebohrt.

„Jetzt hast du ja gut reden!"

Draußen ist die erhobene Stimme von Hyoki zu hören. Frau Yun, die am Einschlafen ist, reißt die Augen auf und blickt verschreckt um sich.

„Warum regen die sich so auf?"

„Keine Ahnung..."

Neben Frau Yun liegend, klopft Eunyoung ihr beruhigend auf die Brust. Sie fühlt ihr Herz hämmern, als habe sie sich sehr erschreckt. Als hielte sie einen kleinen Vogel in ihrer Hand.

„Das heute konnte doch nur passieren, weil es eine Vergangenheit gibt, oder? Wer ist denn schuld daran, dass es Mutter so schlecht geht?"

„Willst du behaupten, dass es meine Schuld ist? Das dein Vater schuld daran ist?"

Die Blicke von Frau Yun schweifen unsicher im Zimmer umher. Eunyong blickt lächelnd in diese Augen.

Es ist nichts, Mama.

Ihr rasendes Herz beruhigt sich ein wenig. Auch Eunyong fallen die Augen zu, als fiele die Anspannung langsam von ihr ab. Gerade als sie wirklich einschlafen will, spürt sie Frau Yun unter ihrer Hand zusammenzucken. Ihr Herz pocht wieder in schnellerem Rhythmus. Aus dem Wohnzimmer sind wieder Stimmen zu hören.

Wie können sie nur!

Schließlich ist Mama endlich nach Hause gekommen, nachdem sie voller Furcht durch fremde Straßen geirrt ist. Endlich kann sie ihre Beine ausstrecken und schlafen wie die Spinne im Sprichwort, die von ihren eigenen Kindern ausgehöhlt wird. Sie wollen ihr sogar diesen Schlaf nehmen. Sie scheren sich keinen Deut um ihre Mutter.

„Halte bitte kurz ein Auge auf Mama."

Eunyong öffnet die Zimmertür. Hyoki und Yunki sprechen mit erhobenen Stimmen, während Herr Kiljung sich eine seiner seltenen Zigaretten anzündet.

„Seid endlich ruhig. Mama erschrickt jedes Mal. Bitte versucht euch leise zu unterhalten."

Eunyoung kehrt in das Zimmer zurück und schließt die Tür. Ihre Schwägerin schaut ihr beunruhigt ins Gesicht.

„Ich glaube wir brauchen uns nicht um das Mittagessen zu kümmern. Schau doch wie kraftstrotzend diese Männer sind. Eine ausgefallene Mahlzeit wird ihnen nicht schaden."

In diesem Augenblick wird Eunyong klar, dass sie wütend ist. Schon wieder brechen laute Stimmen ins Zimmer ein. Frau Yun öffnet erschreckt die Augen. Nach dem kurzen Schlaf scheinen ihre Augen klarer.

Eunyong verlässt das Zimmer. Ohne ihre Stimme zu heben und immer noch voller Zorn, schaut sie die Männer an. Jeder steht oder sitzt isoliert wie unbekannte Statuen auf einer einsamen Insel. Sie deutet mit dem Finger auf jeden von ihnen und sagt: „Du, du, ihr seid jetzt leise. Ruhe, ihr verdammten Arschlöcher!“

1. Der blühende Mohn im Garten

Diese Frau, Hyeonhee, verbirgt sich in Hyokis Kämmerchen. Wegen der Möglichkeit, dass Herr Kiljung seinen ältesten Sohn besuchen könnte, verlässt Hyeonhee tagsüber nicht die Kammer. Das Wohnzimmer und das kleinere Zimmer sind durch eine Papierschiebetür voneinander getrennt. Der Zugang zur Kammer liegt im hinteren Teil des kleinen Zimmers. Diese Kammer, so groß dass zwei liegende Erwachsene sie völlig ausfüllen, ist der sicherste Ort in diesem Haus. Denn ein Türchen dieser Kammer führt in den Gemüsegarten und in diesem Gemüsegarten wiederum gibt es ein kleines Tor zum Baumwollfeld hinaus.

Eunyong, deren Zimmer direkt neben der Haustür liegt, lebt in ständiger Furcht, diese Tür könne plötzlich gewaltsam geöffnet werden. Jedes Mal, wenn ein Familienmitglied das Haus verlässt, beeilt sie sich, die Haustür wieder ordentlich zu verschließen. Es geschieht wohl aus dem Bedürfnis in ihrem Unterbewusstsein heraus, im Notfall Zeit zu gewinnen.

Jedes Mal erschrickt Eunyong, wenn ihr Bruder Jongki, der noch die High-school besucht, das Haus betritt oder verlässt. Bei dem Geräusch der kräftig aufsetzenden Schritte Jongkis, nimmt sie jedes Mal an, Herr Kiljung komme.

In dem kleinen Vorgarten bei der Haustür stehen die Zinnien in voller Blüte. Das Beet ist mit Ziegelsteinen eingefasst und aus den Löchern dieser Ziegelsteine lugen Portulakröschen hervor. Eine einzelne Mohnblume wiegt sich mit raschelnden Blütenblättern im Wind. Es sind Blütenblätter, die wie Papierblätter oder auch wie Lippen anmuten und gleich abzuknicken drohen. Tiefrote Blütenblätter einer Blume, die nur einen einzigen Tag lang blüht. Jedes Mal, wenn Eunyong diese Blume sieht, wird sie von einer unerklärlichen Unruhe erfasst, als strahle diese Blume etwas Gespenstiges aus. Liegt es daran, dass ihre Schwägerin voller Erregung erzählte, man mache sich durch den Besitz dieser Blume strafbar? Die seltsam verführerische Schönheit dieser Blume verunsichert Eunyong. Sie ist weder so schlicht wie ein Portulakröschen noch so urwüchsig wie die Zinnien. Entfernt ähnelt die Mohnblume den Jalapblumen, die abends dunkelrosa erblühen. Doch jetzt sind die Kelche der Jalapblumen noch schüchtern geschlossen.

Bei geöffneter Zimmertür hält Eunyong ihre Augen auf ihre Häkelarbeit gerichtet, ihre Hausarbeit während der Ferien, wobei sie die ins Gesicht fallenden Haarsträhnen hinters Ohr zurückstreicht. Sie horcht dabei auf die Geräusche der Gasse vor der Haustür. Hausaufgabe war die Anfertigung eines Unterdeckchens für Blumenvasen aus weißem Klöppelgarn. Eunyongs Augen, die auf die Häkelnadel gerichtet sind, lassen Angst erkennen. Es sind große, runde Augen, die sonst immer ein wenig abwesend in die Ferne zu blicken scheinen. Heute sind sie dunkel vor Anspannung. Was mag Hyeonhee wohl gerade tun? Von ihrem Platz aus kann Eunyong die Kammer um die Ecke nicht einsehen. Der Trittstein vor dem Haus, auf dem die Schuhe abgestreift werden, ist leer. Ihr dreijähriger Neffe schläft im großen Zimmer, während ihre Schwägerin mit dem Säugling zum Einkaufen gegangen ist.

Tap, tap, tap, von dem Ende der Gasse nähern sich Schritte. Die kurzzeitige Anspannung fällt von Eunyong ab. Es ist nur ihr zwei Jahre jüngerer Bruder Inki.

„Wir sind ja schon da. Nun hör endlich auf, verstanden?"

Über den Zaun ist Inkis beruhigende Stimme zu hören. Eunyong erhebt sich und angelt nach ihren Schuhen. Sie will die Haustür öffnen, bevor er klopfen kann. Hyeonhees Anspannung, sobald sich jemand von außen an der Tür zu schaffen macht, überträgt sich sofort auf Eunyong. Deshalb macht Eunyong lieber schon vorher die Tür auf. In ihren Turnschuhen schlurft sie zur Haustür. Sie schiebt den Holzriegel zur Seite und öffnet die Tür. Inkis Hand, die er gerade zum Klopfen erhoben hat, verharrt in der Luft. Tori, der ockerfarbene, struppige Hund, hat den Kopf tief gesenkt und meidet Eunyongs Blick.

„Und. Wo war er?"

„Bei Kihyeok."

„Da schon wieder. Ich habe dir doch verboten dorthin zu gehen!", schimpft Eunyong mit Tori, der sich klammheimlich über die Schwelle des Hauses zu schleichen versucht. Ihre Stimme ist so sanft wie ein Blatt, das vom Wind verweht wird, zu schwach um den Hund wirklich zu erschrecken. Tori ignoriert sie und rast in Richtung seiner Hundehütte im hinteren Teil des Hofes, sobald er die Schwelle hinter sich gelassen hat. Unterwegs zögert er zwar, als wolle er seine Absicht verschleiern, trotzdem ist es offensichtlich, dass er sobald als möglich Abstand zu den Familienmitgliedern gewinnen will. Tori steht sehr auf die Hündin eines Schulfreundes von Inki und nutzt jede Gelegenheit, sobald sich die Haustür öffnet, zwischen den Beinen der Menschen zu ihr zu entwischen. Vielfach geht er sogar so weit die Hofmauer zu überspringen, doch angesichts seiner Familienmitglieder scheint er sich doch zu schämen.

Ist Tori außer Hauses, geht Inki ihn suchen. Soll Inki nach Hause kommen, sucht Tori ihn. Mensch und Hund suchen einander. Bei noch so geringem Anlass lässt Inki einen Brief auf seinem Schreibtisch zurück und reißt aus. Die ganze Familie gerät dann in Aufruhr und sucht ihn überall, bis er endlich schlafend in der Kleidertruhe oder auf dem Dachboden gefunden wird. Manchmal wird er auch von Erwachsenen aufgegriffen und auf dem Gepäckträger eines Fahrrads nach Hause gebracht.

„Na, es dämmert schon und da sehe ich diesen Burschen im nächsten Dorf in einer Ecke sitzen. Gibt keine Antwort, wenn ich ihn frage, wohin er gehen will...“, sagt der Dorfbewohner, während er Inki und seinen Schulranzen absetzt. In seinem Schulranzen sind Kleider, sein Tagebuch und ein paar zerknüllte Geldscheine. Das wievielte Mal ist es jetzt? Ist vielleicht ein Reisegeist über ihn gekommen? „Wen das Reisefieber überkommt, der lebt wie ein Bettler, auch wenn er königlicher Abstammung ist...“, murmelt Frau Yun, während sie am Kopfende von Inkis Bett sitzt, der nach all der Aufregung erschöpft eingeschlafen ist. Wo wolltest du denn hin? Auf Eunyongs Frage blickt Inki nur in die Ferne, sagt aber kein Wort.

Eunyong verschließt schnell hinter Inki die Haustür. Die hölzerne Tür gibt beim Zuschieben ein quietschendes Geräusch von sich, als sitze sie zu fest in den Angeln.

„Ist Inki gekommen? Hat er den Hund gefunden?", ruft Hyeonhee aus dem Kämmerchen Eunyong zu, die auf dem Weg zum Toilettenhäuschen den Hof überquert. Hyeonhee ist dabei, eine Laufmasche in ihrer Strumpfhose mit Nagellack zu bearbeiten. Nachdem sie den Nagellack aufgetragen hat, bläst sie die Stelle trocken.

Ihre von einer Dauerwelle stark gekräuselten Haare sind am Hinterkopf zusammengebunden. In der offenen Tür hinter der düsteren Kammer sieht Eunyong im Rücken von Hyeonhee das Dach von Toris Hundehütte. Hinter der Hundehütte stehen Sonnenblumen. Statt sich der Sonne zuzuwenden, lassen sie ihre Köpfe hängen, als wären sie in tiefschürfende Gedanken versunken. Verglichen mit der Dunkelheit in der Kammer ist es draußen gleißend hell. Tori in seiner Hundehütte wird sicher verschämt seinen Kopf zwischen seine Vorderpfoten gebettet haben.

In diesem Frühjahr ist die ganze Familie, Herr Kiljung und seine Frau (Frau Yun) ausgenommen, in dieses Haus umgezogen. Bei der Erweiterung des Eisenwerks und des Eisenwarenladens von Herrn Kiljung wurde der bisherige Wohnraum hinter der Fabrik eingeschränkt. Herr Kiljung, der schon immer die Ansicht vertrat, dass die direkte Nähe zum Markt für die Kinder pädagogisch schädlich sei, mietete ein ganzes Wohnhaus und übergab es seinem ältesten Sohn Hyoki und seiner Ehefrau, die auch die jüngeren Geschwister bei sich aufnehmen mussten.

Yunki, der in Seoul studiert, brachte seine Freundin Hyeonhee in den Semesterferien auch deshalb mit nach Hause, weil er davon ausging, dass Herr Kiljung nichts bemerken würde. Nur Eunyong und Inki wissen, dass Hyeonhee während des letzten Sommers eine geraume Weile in dem Billighotel am Bahnhof verbracht hatte. Sie hatten damals immer Yunkis Nachrichten übermittelt.

Es war die Schwägerin, die weder ein noch aus wusste, als Hyeonhee in das Haus kam. Zum einen lehnte sie ihren Schwager ab, der seinem sechs Jahre älteren Bruder nicht den geringsten Respekt entgegenbrachte. Entscheidend war aber, dass sie im Zweifel war, ob sie ihren Schwiegereltern davon berichten solle oder nicht. Ihr war völlig klar, dass es auf jeden Fall einen Riesenkrach geben würde, wie auch immer sie sich verhielt. Hyeonhee wirkte viel zu städtisch, als dass sie den Dorfbewohnern nicht auffallen würde. Tagsüber arbeitete Yunki wie ein gewöhnlicher Arbeiter in der Fabrik. Nach seiner Arbeit holte er Hyeonhee ab und ging mit ihr aus. Auf dem Weg begegneten ihnen die Dorfbewohner und es war nur eine Frage der Zeit, bis einer von ihnen Herrn Kiljung die Neuigkeit unterschieben würde. Sobald Herr Kiljung davon erführe, würden seine Zornesausbrüche der Vergangenheit dagegen verblassen, würde eine gerissene Gitarrensaite nichts dagegen sein.

Es war ein Tag im Sommer bevor Hyeonhee aus Seoul kam. Yunki, der zum Mittagessen von der Fabrik nach Hause gekommen war, spielte gerade auf seiner Gitarre. Sein Publikum bestand an diesem Tag aus Eunyong und Inki. Er spielte zuletzt leise die Melodie von „House of the Rising Sun". Jedes Mal, wenn das Plektron an den Gitarrensaiten entlangstrich, nahm das Holz die Resonanz auf und reflektierte sie. Die Härte des Drahtes wurde durch die Weichheit des Holzes verwandelt und schien den nachmittäglichen Hof zum Klingen zu bringen.

„Es lebte einmal ein Kind in einem Haus, das die Leute ‚das Haus der aufgehenden Sonne' nannten. Dieses Lied handelt von dem Kind."

Wenn Yunki seinen jüngeren Geschwistern etwas vorspielte und ihnen dabei erzählte, wurden seine sonst so finster dreinblickenden Augen ganz weich. Wenn er Herrn Kiljung oder Hyoki anschaute, waren seine Augen so emotionslos wie die einer Schlange.

Das Haus der aufgehenden Sonne? Wo hat er das schon einmal gesehen? Vor den Augen Inkis, der auf der Veranda hockt, entsteht das Bild eines einzelnen Hauses auf einem Feld. Geht die Sonne über dem Dach dieses Hauses auf?

Herr Kiljung stürmte ins Haus, als Yunki auf Inkis Bitte hin gerade mit dem nächsten Lied begonnen hatte. Er hatte, ungeduldig wie es seine Art war, das Haus seines Sohnes aufgesucht, als Yunki nach der Mittagspause noch nicht in der Fabrik erschienen war. Das Kohlebergwerk hatte ursprünglich angekündigt, die Auftragsware am Abend abzuholen. Ein Wagen des Kohlebergwerks kam aber schon mittags zur

Fabrik, da der Fahrer sowieso eine Fahrt in diese Richtung zu machen hatte. Yunki hatte jedoch nicht damit gerechnet und den Auftrag noch nicht fertig gestellt. Es war also nicht Yunkis Schuld, dass der Wagen des Kohlebergwerks nicht abgefertigt werden konnte. Doch Herr Kiljung sah dies anders. Gleichgültig ob der Wagen erst für den Abend angekündigt war, man konnte nie wissen und musste auf alles vorbereitet sein. Wie kann er da auf der Gitarre klimpern, noch dazu wenn die Arbeit in der Fabrik zurzeit überhand nimmt!

Aus heiterem Himmel schlug Herr Kiljung die Gitarre gegen den Trittstein. Unmöglich zu unterscheiden, ob zuerst die Saiten rissen oder das Holz splitterte. Die Schuhe auf dem Trittstein flogen in hohem Bogen durch die Luft. Der zuvor an elegante weibliche Formen erinnernde Gitarrenkörper wurde zu Sperrholz erniedrigt, dessen gesplitterte Ränder an Zähne in einem Haifischmaul erinnerten. Kraftlos baumelten die gerissenen Gitarrensaiten herunter.

Nachdem er die Gitarre zu Boden geschleudert hatte, stürmte Herr Kiljung ins Zimmer. Die schwarzen Schallplatten mit den Liedern wurden in tausend Stücke zerbrochen. Auch „Mein Herz ist ein Zigeuner" und „Prärie", Platten, die Inki sich immer wieder gern vorspielen ließ, landeten, halb aus der Hülle gerutscht, in einer Ecke des Hofes.

Während Eunyong in ihrem Zimmer versteckt durch den Türspalt zitternd zusah wie die Schallplatten auf dem Hof zerschellten, wurde zu guter Letzt auch der Plattenspieler auf den Hof geworfen.

„Am helllichten Tag! Und kein Gedanke an die Arbeit..."

Bisher war Herr Kiljungs Handeln so auf die Zerstörung konzentriert gewesen, dass er kein Wort verloren hatte. Doch jetzt, während er auf die Spuren seiner Zerstörung trat, machte er beim Hinausgehen seinem Ärger mit diesen Worten Luft.

„Sobald der Mensch es warm hat und sein Bauch voll ist, ist er nicht mehr zu gebrauchen. Ich habe noch nie einen erfolgreichen Menschen gesehen, der gern faulenzt."

Herr Kiljung war jemand, der es nicht mit ansehen konnte, dass sich jemand hinlegte, nachdem die Sonne aufgegangen war. Vergnügungen oder Spiele, sogar Gesellschaftsspiele wie Paduk oder Janggi[4], hatte er untersagt. Dieses absolute Verbot hatte Yunki übertreten, indem er Gitarre spielte, sich einen gebrauchten Plattenspieler anschaffte und Musik hörte.

„Eunyong, öffne mir die Tür."

Jetzt ist es soweit. Bei dem Laut, der über die Mauer schallt, geben Eunyongs Beine nach. Die Stimme ihrer Mutter ist ihr keineswegs willkommen. Tori, der die Stimme erkennt, wuselt heran und Eunyong versucht, ihre zitternden Beine unter Kontrolle zu bekommen.

„Eunyong, du sollst die Tür aufmachen."

In dieser Stimme ist etwas Unerbittliches. Ihre Mutter rüttelt an der Tür.

Obwohl es eigentlich ausgemacht war, dass Hyeonhee durch die Hintertür verschwindet, sobald jemand zur Haustür kommt, steht sie noch im Hof herum. Mit einem verschreckten Ausdruck auf dem Gesicht. Wenn wenigstens die Schwägerin da wäre. Sie wüsste, was jetzt zu tun ist. Eunyong deutet Hyeonhee mit Gesten an, ihre Schuhe anzuziehen. Zu Inki sagt sie mit übertriebenen Mundbewegungen, jedoch leise: Geh, mach ihr die Hintertür auf.

„Wo ist denn deine Schwägerin?"

In dieser Art pflegt sie sonst nicht zu fragen, kaum dass sie über die Türschwelle getreten ist. Eunyong schießt das Blut in den Kopf. In dieser Situation muss sie notgedrungen ihre Mutter anlügen.

„Sie ist einkaufen gegangen."

„Ach ja?"

Frau Yun presst einen Handballen an die Stirn, während sie fragt: „Ist die junge Frau aus Seoul auch ausgegangen?"

Nachdem Hyeonhee durch die Hintertür geflüchtet ist, die Inki ihr geöffnet hat, an einem Fuß den Gummipantoffel von Hyokis Frau an dem andern eine Sandale, steht sie unruhig am Ende des Feldes hinter dem Baumwollfeld mit seinen gelben Baumwollblüten. Eunyong ruft sie wieder herein. Wenn Frau Yun es sowieso schon weiß, hat es keinen Sinn alles abzustreiten.

„Das ist nicht recht. Du bist schließlich noch jung und studierst doch noch."

Frau Yun erhebt zwar nicht die Stimme, ihre innere Ablehnung schimmert jedoch durch ihre Worte. Hyeonhee lässt den Kopf tief hängen, ihr Blick ist auf den Boden gerichtet. Ihre Hände hat sie zu Fäusten geballt, damit ihre dunkelrosa lackierten Fingernägel nicht zu sehen sind.

‚Armes Ding. Ihrer Mutter würde das Herz brechen, könnte sie Sie jetzt so sehen.'

Frau Yun blickt auf Hyeonhees Scheitel. Jetzt schaut sie zwar recht demütig nach unten, aber ihre scharfe Nase zeugt von aufmüpfigem Charakter. Als Studentin sollte sie sich ihrem Studium widmen, aber diese langen Fingernägel, die sie zu verstecken versucht, dieses Gesicht mit Spuren von Schminke, diese angemalten Lippen und noch dazu dieses künstliche Kraushaar...

Herr Kiljung, der sich immer darüber mokiert, dass Koreanerinnen, die sich eine Dauerwelle machen lassen, Westler nachahmen, wird bei ihrem Anblick seine Missbilligung deutlich werden lassen.

Dass Yunki eine Frau nach Hause gebracht hat, hat Frau Yun von einer Nachbarin gehört. Sie fiel aus allen Wolken, als diese Nachbarin auf dem Markt meinte: „Ich habe gehört, ihr zweiter Sohn wird bald heiraten?" Der Boden schien sich vor ihren Füßen aufzutun, als sie hörte, dass eine junge Frau in Hyokis Hause lebt. Ihr erster Gedanke galt den Eltern dieses Mädchens. Frau Yun konnte sich nicht vorstellen, dass Eltern ihre Tochter so lange bei einer fremden Familie wohnen lassen. Also wird sie nicht die Wahrheit gesagt haben, folgerte sie. Vielleicht ist sie sogar ausgerissen. Frau Yun kann sich gut in die Gefühle dieser Eltern hineinversetzen.

„Hast du Eltern?"

„Ich habe keinen Vater."

„Ist er gestorben?"

„Er soll gestorben sein, als ich noch klein war."

Innerlich schnalzt Frau Yun mit der Zunge. Wie kann es auch anders sein? Ein Kind, dessen beide Eltern leben, könnte nie so unverschämt sein. Das Herz der Mutter wird in der langen Zeit vor Sorge schwer geworden sein, in der sie als allein Erziehende ihr Kind bis zur Universität gebracht hat.

„Deine Mutter hat es bestimmt nicht leicht gehabt. Umso mehr musst du auf dein Verhalten achten. Gleichgültig wie sehr Yunki dich bedrängt haben mag hierher zu kommen, du hättest ihn abweisen müssen. Also, weiß deine Mutter überhaupt, wo du jetzt bist?"

„…"

„Wie dem auch sei, schließlich leben hier auch die jüngeren Geschwister und es kann nicht so weitergehen. Geh zu deiner Mutter zurück und bitte sie um Verzeihung. An dem Tag, an dem Yunkis Vater von dir erfährt, wird die Hölle los sein. Warum solltest du, ein von seiner Mutter geliebtes Kind, dir von Fremden diese Schmach antun lassen? Geh also zurück", sagt Frau Yun, während sie sich eine Haarsträhne zurückstreicht, die sich aus ihrem Knoten gelöst hat. Das Ganze ist Frau Yun viel peinlicher als Hyeonhee selbst. Diese Frau, die ihr Sohn Yunki aus Seoul mitgebracht hat, ist ihr so fremd wie jemand nur sein kann und das alles kam so unerwartet, dass sie sich nicht sicher ist, wie sie sich verhalten soll. Sie ist hier, weil sie das Ganze zu einem guten Ende bringen will, bevor Herr Kiljung davon erfährt.

„Egal wie sehr ihr euch mögt, alles hat seine Grenzen und gerade bei solch einer Verbindung muss alles seine Richtigkeit haben. Wenn ihr eure Eltern auf diese Weise täuscht, dann steht ihr eurem Lebensglück selbst im Weg."

Tränen tropfen auf den Rock. Auch noch eine Heulsuse. Wenn ihr schon bei diesen Worten Tränen kommen, dann stirbt sie ja vor Schreck, wenn sie auf Yunkis Vater trifft. Frau Yun ist ungehalten.

Hyokis Frau ist vom Einkauf zurück und bringt auf einem Tablett einen Getreidetee herein, während sie die Lage einzuschätzen versucht.

Du hast es auch nicht leicht, da du mit dem aufmüpfigen jüngeren Bruder deines Mannes zusammenleben musst. Du bist zwar vom Charakter her eher ruhig, aber du bist nicht großmütig, so dass es dir schwer fallen wird, nichts sagen zu können. Ich verstehe dich, trotzdem werde ich bei dieser Gelegenheit einiges klarstellen, nimmt Frau Yun sich vor.

„Setz dich auch zu uns.“, ruft Frau Yun ihre Schwiegertochter an ihre Seite.

„Du hast auch nicht recht gehandelt. In einer solchen Situation hättest du schnell uns Eltern benachrichtigen müssen. Schließlich ist dies keine Angelegenheit, bei der man ein Auge zudrücken könnte.“

„Es tut mir leid.“

Hyokis Frau senkt den Kopf. Jongki geht in die Highschool, Eunyong in die Middleschool und Inki noch in die Grundschule. Wie konntest du nur schweigen und Yunki nicht rügen, dass er seinen jüngeren Geschwistern so ein schlechtes Beispiel gibt. Frau Yun ist ziemlich ungehalten über ihre Schwiegertochter. Naja, Yunki hört nicht einmal auf seinen eigenen Vater, da kann sie ihrer Schwiegertochter eigentlich nicht wirklich Vorwürfe machen.

Frau Yun ist ratlos. Sie hat dem Mädchen zwar gesagt, dass sie nach Hause gehen soll, aber wer weiß, ob sie sich daran hält? Vater und Sohn sind wie zwei Feuerbälle, die aufeinander treffen. Im Gegensatz zum leicht zu lenkenden Hyoki prallen Yunki und sein Vater bei jeder Gelegenheit aufeinander. Als wären beide nur geboren, um sich gegenseitig das Leben schwer zu machen. Sie stehen einander gegenüber wie zwei Stiere, die schnauben und mit den Hufen scharren. Und nun hat er trotz seines angespannten Verhältnisses zu seinem Vater eine Frau mit nach Hause gebracht. Da wäre es ja besser, er springe mit einem Bündel Stroh auf dem Rücken ins Feuer. Aber wenn ich diese Gedanken einmal beiseite schiebe, was mache ich nur mit diesem Gör? Wenn bekannt wird, dass die beiden aus Liebe schon heimlich zusammenleben, führt dies niemals zu einem guten Ende. Zuerst schicke ich sie nach Hause zurück und treffe mich mit ihrer Mutter. Dann können wir die beiden miteinander verheiraten, sobald sie ihr Studium abgeschlossen haben. Frau Yuns Hand wandert wieder zu ihrer Stirn. Bis jetzt ist ja alles ganz gut gelaufen. Sobald Yunki von seiner Arbeit nach Hause kommt, werde ich alles in die Wege leiten, nimmt sich Frau Yun vor.

„Hör auf zu weinen. Wenn Yunki nachher kommt, packst du deine

Sachen. Geh nach Hause, bevor es zu spät ist. Das Schicksal lässt sich nicht zwingen, und wenn ihr für einander bestimmt seid, werdet ihr auch zusammenfinden. Und sollte dies nicht der Fall sein, ist ein Zusammenleben auch mit Gewalt nicht zu erreichen. Sei eine folgsame Tochter, und wenn ihr für einander bestimmt seid, wird sich nach eurem Studium alles fügen."

Die Strahlen der untergehenden Sonne tanzen auf Frau Yuns Kopf als sie aufsteht. Als sie auf die Terrasse hinaustritt, stellt sich Hyeonhee wankend auf die Beine um Frau Yun hinauszugeleiten. Diese bemerkt missbilligend die inzwischen geröteten Augen und dreht sich schnell um.

Nachdem Frau Yun gegangen ist, wischt sich Hyeonhee die Tränen ab und kommt mit einem Handtuch in den hinteren Hof. Sie gießt Wasser aus einer Schüssel in die Pumpe und fängt an unbeholfen zu pumpen. Obwohl sie hektisch pumpt, versickert das Wasser in der Pumpe bevor ein Sog entstehen kann. Nach mehreren vergeblichen Versuchen ruft sie hilfesuchend nach Eunyong.

„Eunyong, kommst du mal?"

Eunyong kommt in den Hinterhof, erfreut Hyeonhees Stimme zu hören, deren Tränen ihr aufs Gemüt geschlagen waren. Sie füllt den Pumpzylinder noch einmal mit Wasser und beginnt schnell zu pumpen. Nach einer zweiten Schüssel Wasser strömt ein dicker Wasserstrahl aus der Pumpe. Hyeonhee fängt das Wasser in einer Waschschüssel auf und wäscht sich schnaubend. Daraufhin geht sie in ihre Kammer zurück. Gleich wird sie ihre Puderdose hervorholen und ihr Make-up herrichten.

Als Eunyong die erdigen äußeren Schalen entfernt hat, ist das frische Grün der Frühlingszwiebeln zu sehen. Ihre Augen tränen, während sie auf dem Boden der Küche hockend die Frühlingszwiebeln putzt. Was soll das Ganze? Sitzt in ihrem Kämmerchen, schaut endlos in den Spiegel und erst wenn Yunki erscheint, kommt Leben in Hyeonhee. Bei diesem Anblick verspürt Eunyong eine leichte Übelkeit. Liebe...Sie steht an der Schwelle zur Pubertät. Sobald sie an Liebe denkt, wird ihr schwindelig, als sitze sie auf einer Schaukel.

Eunyong kränkelt seit frühester Kindheit, sie konnte sich auf keine

Schaukel setzen, ohne dass ihr schlecht wurde. Im Sommer konnte sie nie mit den anderen Kindern am Fluss spielen. In jedem Schuljahr fehlte sie fast einen Monat. Wenn sie nach der Schule nach Hause zurückgekommen war, saß sie nur in ihrem Zimmer, sie spielte höchstens Murmeln mit den anderen Kindern.

Eines Nachmittags, als Eunyong Klassendienst hatte, verließ sie als letzte die Schule. Der Schulhof war wie leergefegt, nur die Sonne brannte unbarmherzig. Beim Überqueren des Schulhofes sah sie eine leere Schaukel, die klappernd hin und her schwang, als sei ihr langweilig. Eunyong näherte sich vorsichtig der Schaukel. Sie stellte die Schultasche ab und setzte sich nach kurzem Zögern auf die Schaukel, deren Ketten von den Sonnenstrahlen angenehm erwärmt waren. Sie trippelte mit der Schaukel so weit nach vorn wie sie konnte und ließ sich anschließend zurückfallen. Mit den Beinen holte sie mehr und mehr Schwung. Die Landschaft kam näher und entfernte sich wieder. Die Mauer, der Himmel, alles war in Bewegung. Als Eunyong versuchte die Bewegung zu stoppen, weil ihr übel wurde, ließ sich die bis dahin so freundliche Schaukel von Eunyongs Willen nicht steuern. Obwohl sie die Beine hängen ließ, kam die Schaukel nicht zur Ruhe. Sie spürte einen bitteren Geschmack im Mund, als müsse sie sich jeden Moment übergeben. Kraftlos ließen ihre Hände die Schaukel los.

An diesem Abend saß Eunyong vor dem Herdfeuer und starrte in die Flammen. Sie war am ganzen Körper von einem Ausschlag bedeckt, dessen Pusteln teilweise so groß waren wie die Beule an ihrer Stirn. Lethargisch saß sie da. Ihre Erinnerungen an den Heimweg waren nur bruchstückhaft und die Wärme des Herdes vor ihr machte sie schläfrig. Gegen Ausschlag soll mit Kot durchtränktes Stroh am besten helfen, und so hatte Jongki das Stroh vom Dach des Toilettenhäuschens eines Freundes besorgt. Frau Yun hielt in einer Hand die Schüssel voller Salz, mit dem sie Eunyong bestreute, in der anderen Hand ein Bündel Stroh, mit dem sie den Körper ihrer Tochter bestrich.

Götter, habt Erbarmen. Götter, habt Erbarmen.

Der Körper mager wie der einer Spinne, das Gesicht von ungesunder Blässe, starrte Eunyong teilnahmslos auf die verglühenden Salzkörner. Liegt es daran, dass sie als einzige Tochter immer unter ihren älteren Brüdern zu leiden hat? Eunyong bemerkte nicht, dass Frau Yun sie sorgenvoll betrachtete.

Nur wenn sie krank war, wurde ihre Existenz von der Familie zur Kenntnis genommen. Dieser Ausschlag, der mit leichtem Fieber einherging, war Eunyongs chronische Krankheit. Zeigte sich der Ausschlag, dann lag sie eine Woche im Bett. Ein Kratzen an den rot erblühten Pusteln oder kalte Luft verschlimmerten den Ausschlag, so dass Eunyong den Tag über dick in ihre Decken gehüllt im Liegen zubringen musste. Wenn ihre Brüder in der Schule waren, lauschte Eunyong in der Stille ihres Zimmers den Geräuschen, die von außen an ihr Ohr drangen. Da ist meine Schwägerin in der Küche. Das Rascheln auf dem Dachboden werden Mäuse sein... Nanu, woran nagen sie denn so fleißig? Wie unbequem, immerzu nagen zu müssen, weil sonst die Zähne zu sehr wachsen.

„Eunyong, tun dir die Augen nicht weh?"

„Ein bisschen..."

Eunyong schaut mit tränenden Augen zu ihrer Schwägerin hoch.

„Du hast die Frühlingszwiebeln wirklich sehr ordentlich geschnitten. Es reicht. Wasch dir die Hände und geh auf dein Zimmer."

Während die Strahlen der Sonne schwächer werden, öffnet die Jalapblume zart ihre Blüte. Es ist Zeit für die Zubereitung des Abendessens. Als Frau Yun ging, schaffte es Tori, sich an ihrem Rocksaum vorbei nach draußen zu schleichen. Ist Inki wieder unterwegs um Tori zu suchen? Eunyong öffnet die Haustür und tritt auf die Gasse hinaus. Die Umgebung ist in bläuliches Dämmerlicht getaucht. In diesem bläulichen Licht kommen drei Personen auf sie zu. Zwei Frauen und ein Mann. Eunyong, die den Mann zuerst bemerkt, erstarrt sofort. Es ist ihr Vater, Herr Kiljung.

„Wo willst du hin zu dieser späten Stunde?", sind die einzigen Worte, die Herr Kiljung an Eunyong richtet, während er die Haustür aufstößt. Die Frau, die Herrn Kiljung und Frau Yun begleitet, erkennt Eunyong aufgrund ihrer hochgesteckten Frisur und der gewandten Art den Hanbok[5] zu tragen sofort als Hyeonhees Mutter. Die schweren Lieder mit der dicken Augenfalte sind gleich. Hyokis Frau, die auf Grund des polternden Geräuschs der sich öffnenden Tür aus der Küche kommt, errötet sofort.

„Oh, Vater...“

„Wo ist sie?“

Hyeonhees Mutter lässt ihren Blick im Innern des Hauses umherschweifen. Die Tür zum großen Zimmer ist offen, so dass man alles mit einem Blick erfassen kann. Sie wird hinter einer dieser Zimmertüren sein, die entlang der Wände zu sehen sind. Das Kind ist wirklich ohne Sinn und Verstand.

Da Hyokis Frau unsicher dasteht und nicht weiß, was sie tun soll, tritt Herr Kiljung auf die Veranda. Ohne sich um das offen stehende große Schlafzimmer zu kümmern, öffnet Herr Kiljung sofort die Tür zum Kämmerchen. Zu sehen sind nur hölzerne Getreidebehälter, ein Walkblock und allerlei Gerätschaften auf dem Wandregal. Als er die Tür zur Nebenkammer öffnet, erkennt man Hyeonhee, die sich zögernd aus einer dunklen Ecke erhebt.

„Mama...“

„Du...was machst du nur für Sachen. Reißt von zu Hause aus...“

Sich der Blicke der Umstehenden bewusst, scheint die Frau sich sehr zusammen zu nehmen, sie kann aber ein Zittern in ihrer Stimme nicht verhindern. Einen Moment lang steht sie da und stößt dann mühsam hervor: „Nimm deine Tasche und komm. Wir gehen.“

„Mama...“

Hyeonhee steht bewegungslos, sie ruft nur mit weinerlicher Stimme nach ihrer Mutter. Dieses wehleidige Getue bringt den bisher unterdrückten Zorn dieser Frau zum Ausbrechen. Sie stürmt in die Kammer und prügelt auf Hyeonhees Rücken ein. Klatsch, klatsch!

„Was soll das. Meinst du, ich habe dich großgezogen nur um das hier zu erleben...“

Bevor sie selbst in Tränen ausbrechen kann, atmet Hyeonhees Mutter tief durch und kneift ihre Augen zornig zusammen.

„Keine Widerrede. Du kommst mit nach Hause.“

Gesichter spähen über den Mauerrand. Die Gesichter der Nachbarn lassen erkennen, dass sie das Erscheinen einer fremden Frau hier schon seit einigen Tagen neugierig verfolgt haben. An die Wand ihres eigenen Zimmers gekauert lauscht Eunyong mit trostlosem Herzen den Geräuschen, die aus Yunkis Zimmer zu ihr dringen. Da beide Zimmertüren geschlossen sind, hört sie die Geräusche nur gedämpft, obwohl die Türen nur mit Reispapier bespannt sind.

Sie hört Schritte, die das Zimmer verlassen, hört das Öffnen und Schließen der Haustür, hört die sich entfernenden Schritte. Eunyong bekommt Kopfschmerzen und verspürt ein Ziehen im Unterleib. Sie zieht die Knie an die Brust und legt sich seitwärts hin wie jedes Mal, wenn sie krank wird. Ich werde mich später nicht verlieben. In der Dunkelheit befühlt Eunyong den Silberring an ihrem Mittelfinger. Silber kann in die Herzen der Menschen blicken. Wenn der Träger krank ist, verändert Silber die Farbe. Den Ring hat Hyeonhee von ihrem kleinen Finger abgezogen und Eunyong angesteckt.

Wegen ihrer Bauchschmerzen verschläft Eunyong das Abendessen. Als sie aufwacht, ist es schon Nacht. Sie hat gar nicht mitbekommen, wie das Mückennetz aufgehängt wurde. Außerhalb des Netzes summen aggressiv die Mücken. Als Eunyong das Licht anmacht, weil sie zur Toilette gehen will, bekommt sie große Augen. Die Decke, auf der sie lag, ist rot. Es ist ihre erste Menstruationsblutung.

Nachdem sie ihr Bettzeug in Ordnung gebracht hat, schreibt Eunyong in dieser Nacht in ihr Tagebuch ‚Ich habe geblutet.' Nur diese Worte.

2. Der Paulowniabaum

Es ist, als trete er immer wieder ins Leere. Nachdem Hyeonhee und ihre Mutter wortlos und übereilt gegangen sind, lenkt Herr Kiljung seine Schritte zur Baustelle seines neuen Hauses statt zur Fabrik zurückzukehren.

Die Arbeiter sind schon alle gegangen, nur das Baumaterial liegt noch verstreut auf dem Baugrundstück. Die Dachkonstruktion wird von Holzstämmen gestützt, bis sich der Beton verfestigt hat. Der ausgehobene Kellerraum ist gefüllt mit dem Wasser des letzten Regens. Auf einem Brett, das irgendwie dorthin gelangt ist, sitzen ein paar Frösche. Die Umgebung des Baugrundstücks besteht aus Reisfeldern. Wenn die Frösche in den Feldern quaken, antworten ihnen die Frösche in der Baugrube, in die sie unwissentlich hineingesprungen sind.

Herr Kiljung räumt das Holzmaterial, das die Arbeiter liegen ließen, ordentlich zusammen. Den auf dem Grundstück verstreuten Sand schiebt er mit einer Schaufel zu einem großen Haufen zusammen. Auch das große Sandsieb, das einfach liegen gelassen wurde, stellt Herr Kiljung ordentlich an die Wand.

Was bliebe wohl übrig und was fiele wohl durch, wenn ein Mensch sein eigenes Leben durch ein Sieb laufen lassen könnte?

Es ist das erste Haus, das er selbst baut. In seinem Alter wird es das erste und letzte selbst erbaute Haus sein. Erst zwei Jahre nachdem er dieses Grundstück für seinen Hausbau gewählt hatte, konnte er mit dem eigentlichen Bau beginnen, da schamanische Wahrsager ihm keine gute Bauzeit nennen konnten. Am liebsten würde er jetzt alles kurz und klein schlagen. Stattdessen versucht er sich zu beruhigen, indem er hier alles aufräumt. Langsam erlischt der Zorn, der in seinem Inneren kocht.

Er hockt sich neben den Sandhaufen und holt ein Päckchen Zigaretten hervor, während er den Berg in der Ferne betrachtet, der den gleichen Umriss wie der Sandhaufen aufweist. Er raucht nur selten, trägt aber immer eine Packung in der Brusttasche seines Hemdes bei sich, um sie bei Geschäftsgesprächen oder anderen Treffen anbieten zu können. Klick, klick. Das Feuerzeug scheint kaum noch Benzin zu haben, denn statt einer Flamme erzeugt es nur Funken. Nachdem er es kräftig geschüttelt hat, versucht es Herr Kiljung noch einmal. Schnell zündet er an der jetzt auflodernden Flamme seine Zigarette an. Puh, der tief inhalierte Rauch der Zigarette scheint paradoxerweise die Flammen in seinem Inneren zu besänftigen. Herr Kiljung unterdrückt den Seufzer, der seinen Lippen entweichen will. Die Verkrampfung in seiner Brust beginnt sich zu lösen. Ach, Kinder...

„Du wirst ab jetzt eine höhere Schule in Seoul besuchen, trotzdem möchte ich, dass du am Samstag nach Hause fährst. So fleißig die Arbeiter auch sein mögen, es gibt Dinge, die nur von Familienangehörigen erledigt werden sollten. Seoul ist sicherlich die bessere Alternative, was die Schulbildung angeht, aber ansonsten kannst du dort meines Erachtens nicht viel lernen."

Herr Kiljung machte seinen Standpunkt von vornherein klar, als er seinen ersten Sohn Hyoki auf eine Highschool in Seoul schickte. Dieser hatte, von ganz seltenen Ausnahmen abgesehen, am Wochenende zu Hause zu sein. Hyoki kam fast jedes Wochenende. Die Fahrt mit der Eisenbahn dauerte fast sechs Stunden und er ereichte den Heimatort erst tief in der Nacht. Den nächsten Vormittag verbrachte er dann kurz in der Fabrik, wo er sich den Anschein gab zu arbeiten und fuhr dann mit den Reisbeilagen, die Frau Yun fürsorglich für ihn vorbereitet hatte wieder nach Seoul zurück. Die Arbeit war eigentlich nur ein Vorwand, den Sohn am Wochenende nach Hause zu holen.

Als Hyoki dann auf die Universität ging, lockerte Herr Kiljung ein wenig die Zügel, aber die Tradition des Wochenendbesuchs blieb. Hyoki war relativ folgsam. Das Problem war Yunki. Als Hyoki im fünften Semester studierte, kam auch Yunki nach Seoul auf eine Technische Highschool. Am letzten Wochenende des ersten Monats an dieser Highschool blieb Yunki in Seoul.

„Warum bist du allein, wo ist Yunki?", waren die ersten Worte von Herrn Kiljung, als Hyoki erschöpft dem Bummelzug entstieg.

„Er... er hat so eine Veranstaltung in der Schule. Die... die muss er vorbereiten."

„Ich habe zwar keine Schule besucht, aber es kommt mir seltsam vor, dass Schulveranstaltungen am Wochenende vorbereitet werden. Was denkst du? Schließlich warst du auch einmal auf der Schule, nicht wahr?"

„Hm..."

Hyokis gut geschnittenes Gesicht überzog sich mit Röte. Er war zu ehrlich, um für seinen Bruder zu lügen. Hinzu kam, dass er ziemlich eingeschüchtert war. Im Ausdruck von Hyokis gerötetem Gesicht sah Herr Kiljung den Beweis, dass Yunki seinen älteren Bruder nicht achtete und unfolgsam war. Trotzdem gehörte seine Sympathie mehr dem aufmüpfigen Yunki als seinem folgsamen Bruder Hyoki. Obwohl Hyoki immer bessere Noten hatte, war es Yunki, der bessere Ideen aufweisen konnte. Natürlich, ein Mann muss sich durchsetzen können; er muss das tun, was er will. Er muss der Stimme seines Herzens folgen.

Das Auftauchen von Hyeonhees Mutter war jedoch etwas, über das er nicht einfach hinwegsehen konnte. Yunki hatte noch nicht einmal seinen Militärdienst abgeleistet und wagte es, heimlich eine Frau bei sich zu verstecken? Herr Kiljung hatte das Gefühl, seine Welt bräche zusammen. Indem sie alle versuchten es vor ihm zu vertuschen, waren die anderen Familienmitglieder auch nicht viel besser.

„Ähm, hallo, wohnt dort der Student Lee Yunki?"

Als Herr Kiljung gerade von der Baustelle seines Hauses zurückkam, wo er seit Baubeginn fast den ganzen Tag verbrachte, hörte er durch das Telefon diesen glatten, volltönenden Seouler Akzent in der Stimme, die sehr geschult wirkte. Wenn er nicht gerade in der Nähe des Telefons vorbeigegangen wäre, als es klingelte, hätte jemand anderes abgenommen.

„Ich glaube, meine Tochter lebt mit Ihrem Sohn zusammen. Wussten Sie Bescheid?"

Anfangs glaubte Herr Kiljung noch, dass diese Seoulerin sich täusche. Möglich, dass die jungen Leute sich heimlich trafen, aber ihre Tochter hier bei uns zu suchen, da war sie sicherlich an die falsche Adresse geraten..., doch dann sah er das Gesicht von Frau Yun und wusste Bescheid.

„Bitte mach alles nicht noch schlimmer. Schließlich ist ihre Mutter hier, um sie wieder mitzunehmen. Wenn sie weg ist, hat sich doch alles erledigt. Alles Weitere wird sich später zeigen. Wir können miteinander darüber reden."

Auf dem Weg zum Teehaus, in der diese Seoulerin wartete, versuchte Frau Yun unentwegt ihren Mann zu beruhigen. Doch Herr Kiljung hatte sich gegen sie entschieden, bevor er diese Frau überhaupt zu Gesicht bekam.

Wir sollen später weitersehen? Da gibt es kein später, bei dem was sich die beiden da erlaubt haben!

Herr Kiljung hätte kein Problem gehabt, wenn sich die beiden heimlich getroffen hätten. Schließlich hat er Verständnis für jugendlichen Überschwang. Aber dass sein Sohn dieses Mädchen ohne Wissen seiner Eltern bei sich nächtigen ließ ... Lässt nur den Schluss zu, dass er sich keinen Deut um seinen Bruder, dessen Frau und seine Eltern schert. Welch ein Vorbild hat er da seinen jüngeren Geschwistern gegeben! Schließlich ist es gar nicht so lange her, dass Herr Kiljung eigenhändig mit Hilfe einer Schere den langen Haaren von Yunki den Garaus gemacht hat; diesen Haaren, bei denen er immer das Gefühl hatte, sie wimmelten vor Läusen. Klimpert noch dazu auf der Gitarre, kauft sich einen Plattenspieler und hört Musik und jetzt kann er es gar nicht erwarten sich dieses neumodische Zeug anzuschaffen, diesen Fernseher oder wie das Ding auch heißen mag.

Herr Kiljung konnte die Frau identifizieren, sobald er das Teehaus vor dem Bahnhof betreten hatte. Große Augen und ein hoher Wuchs. Keine fünfzig Jahre alt. Die Zahl der Ringe an jedem Finger und der leichte Parfümduft ließen bei Herrn Kiljung die Alarmglocken klingeln.

„Es tut mir wirklich leid, Ihnen diese Umstände zu bereiten."

Das Verhalten und die Sprechweise der Frau deuteten darauf hin, dass sie sich der Blicke anderer wohl bewusst war. Sie strahlte eine unterschwellige Koketterie aus. Das ist keine Frau aus gutem Hause, dachte Herr Kiljung bei sich, als er sah mit welch affektierten Handbewegungen diese Frau ein Taschentuch hervorholte und sich damit das Gesicht abtupfte.

Die Frau bestellte einen Eiskaffee, während Herr Kiljung und Frau Yun jeweils ein Glas Sprite tranken. Sie saßen einander gegenüber, aber niemand wusste so recht, wie er beginnen sollte. Herr Kiljung nahm sich schließlich ein Herz: „Unsere Kinder leben gemeinsam außer Haus, so dass wir gar nichts mitbekommen haben. Erst heute haben wir davon erfahren."

„Ich weiß nicht, ob Sie es wissen, aber meine Tochter war letztes Jahr schon eine Zeit lang hier. Als Mutter, die ihre Tochter nicht anständig erzogen hat, habe ich keine Worte. Aber das es ein zweites Mal passiert..."

Auch letztes Jahr? Herr Kiljung hatte das Gefühl, mit einem Hammer niedergeschlagen zu werden. Letztes Jahr lebte die Familie noch in dem Wohnbereich hinter der Fabrik. Trotzdem soll das Mädchen hier gewesen sein? Herr Kiljung kippte sein Glas Sprite hinunter und bestellte gleich ein Zweites.

„Davon wussten wir nichts. Als Eltern müssen wir uns wirklich schämen."

„Wo gibt es denn noch Kinder, die auf ihre Eltern hören? Ich schäme mich zwar es zu erwähnen, aber meine Tochter ist seit dem Frühjahr verlobt. Deshalb habe ich mir dieses Jahr keine großen Sorgen gemacht. Und jetzt das!"

„Verlobt?" fragte Frau Yun reflexartig, die bis dahin vor dieser eleganten Frau die Blicke gesenkt gehalten hatte. Sie war nur erstaunt ob der Unverfrorenheit dieser Frau, die in ihrer Vorstellung als Mutter einer Tochter unter dieser Situation leiden müsste. Obwohl ihr das Mädchen als Schwiegertochter eigentlich nicht genehm war, war Frau Yun entschlossen gewesen, sich zurückzuhalten, um den beiden nicht die Zukunft zu zerstören. Umso erstaunter war sie nun.

Für einen Mann ist so eine Geschichte nicht unbedingt von Nachteil...

Herr Kiljung löscht seine Zigarette, die bis auf den Filter heruntergebrannt ist. Naja, so abgebrüht wie diese Mutter ist, wird auch das Mädchen keine Probleme haben. Was ist nur mit dieser Welt los? Auch wenn der Sittenkodex des Konfuzius längst begraben ist...

Yunki ist einfach heißblütig. Jeder hatte mal solch eine Phase.

Seine eigenen Gefühle sind so vertrocknet, dass Herr Kiljung sie förmlich rascheln hört. Sein Herz, das er für zu abgestumpft gehalten hat um noch Schmerz zu empfinden, pocht heftig, als er sich einer Frau erinnert, deren Bekanntschaft er verdrängt hat. Zuerst will er vorsichtig den Staub seiner Vergangenheit abklopfen, doch dann wendet er sich eilig von dieser Erinnerung ab und betrachtet das Baugrundstück. Aus dem Rohbau, der das Dach stützt, schlägt ihm die Dunkelheit entgegen.

„Vater, warum bist du hier draußen?“

Es ist Hyoki. Trotz des Dämmerlichts vermeidet es Hyoki, seinen Vater direkt anzublicken.

„Und du? Was willst du hier?“

„Ach nur so. Schauen, wie es mit der Arbeit vorangeht. Die Arbeiter sind wohl schon alle weg?“

Herr Kiljung spürt in der Art und Weise, wie Hyoki dies sagt, einen gewissen Hochmut den Arbeitern gegenüber.

„Es ist normal, dass Arbeiter nach Hause gehen, wenn die Sonne untergegangen ist. Wer würde denn jetzt noch arbeiten?“

Beim Bau des Hauses lagen Herrn Kiljung vor allem zwei Dinge am Herzen. Jedes Zimmer sollte mit so vielen und so großen Fenstern wie möglich ausgestattet sein. Der Bauunternehmer gab die dadurch bedingten höheren Heizkosten zu bedenken, da vor allem mit Kohle geheizt werden sollte. Doch Herr Kiljung war in diesem Punkt unnachgiebig. Es standen mehrere große Familienveranstaltungen ins Haus. Vier Kinder wollten verheiratet werden und bestimmt würde es ein Begräbnis geben, auch wenn Herr Kiljung ungern daran dachte. Er brauchte ein großes Zimmer. Auf etwas anderes legte er auch noch Wert.

„Gleichgültig wie lange Sie dafür brauchen, bauen Sie es bitte grundsolide.“

Die Tatsache, dass er keinen Akkordvertrag mit dem Bauunternehmer abgeschlossen hatte, sondern ihn pro Tag bezahlte und bei der Auftragsvergabe eingeräumt hatte, Zeit spiele keine Rolle, bedeutete, dass die Baukosten sich entsprechend erhöhen würden. Als Hyoki seinen Vater darauf hinwies, fuhr dieser ihm über den Mund.

„Hetze sie nicht. Schließlich wollen wir nicht nur wenige Tage in diesem Haus wohnen. Dieses Haus wird von Menschen gebaut. Je mehr wir uns um diese Menschen bemühen, umso solider wird das Haus gebaut werden, selbst an Stellen, die man als Laie nicht erkennen kann. Das war auch so, als ich zur Zeit der japanischen Kolonialherrschaft in der Mandschurei gelebt habe. Es ging um den Bau eines Staudammes und jeder arbeitete mit. Damals sagten die Leute, wenn er fertig ist wollen wir gut gekleidet mit unseren Kindern hierher kommen und ihnen zeigen, was wir erbaut haben. Deshalb soll er solide werden. Das ist die richtige Einstellung eines Arbeitenden."

Ja, das ist die richtige Einstellung eines Arbeitenden. Gleichgültig, was man gerade baut, man bemüht sich es so sorgfältig wie möglich auszuführen. Das Bemühen und das Vertrauen des Arbeitgebers erzeugen diese Einstellung bei den Arbeitern. Ein Haus wird schließlich von Menschenhand gebaut und wie bei allem, was Menschen machen, bemühen sie sich umso mehr, je mehr man sich um sie kümmert. Herr Kiljung glaubte fest daran.

Hyoki... ich hätte ihn einige Jahre in einer fremden Firma arbeiten lassen sollen. Dann wüsste er um die Gefühle der Menschen, deren Gehalt von Fremden abhängig ist. Ich war selbstsüchtig, als ich ihn an mich band, weil mir die Arbeit selbst immer schwerer fällt...

Nach seiner Heirat füllten sich die vormals eingefallenen Wangen von Hyoki und betonten seine Sanftmut. Dünne Haare, runde Augen, eine gerade, aber ein wenig breite Nase, die auf mangelnde Charakterstärke hinweist. Gleich einem Blinden, der mit seinen Händen Formen erfühlt, verdeutlicht sich Herrn Kiljung in der Dunkelheit das Gesicht seines Sohnes. Keine Spur von Draufgängertum oder Mut, sondern ein Gesicht, das nur Sanftmut und Weichheit ausdrückt. Herr Kiljung macht sich Sorgen, wie sein Sohn mit diesem Gesicht dem rauen Klima der Welt trotzen will. Er ist dreißig Jahre alt. Herr Kiljung erschrickt ein wenig über sich selbst, dass er sich Sorgen um einen dreißigjährigen Sohn macht. Yunki war immer so selbstbewusst, dass er sich anfangs keine Sorgen um ihn machte. Doch dieses Selbstbewusstsein verleitet ihn dazu über die Stränge zu schlagen. Als wolle er rennen, bevor er noch angefangen hat gehen zu lernen.

Uff, Herr Kiljung streckt seine angewinkelten Beine und erhebt sich aus der kauernden Stellung. Seine Schenkel kribbeln, als das Blut in die bisher am Knie abgeknickten Venen schießt. Er ist etwa so groß wie sein Sohn doch untersetzter und wirkt viel muskulöser. Während er seine Beine streckt, fragt er: „Bist du mit der Arbeit fertig geworden?"

„Ja, ob...obwohl wir Schwierigkeiten hatten, weil der Boden so hart war."

Hyoki ist auf dem Heimweg von einer Baustelle für Wasserleitungen, an der er zusammen mit Yunki arbeitet. Herr Kiljung und Hyoki reden um den heißen Brei. Hyokis Worte scheinen kurz im Hals stecken zu bleiben, bevor sie ausgesprochen werden. Er erschrickt, weil diese Angewohnheit aus der Kindheit urplötzlich wieder aufflackert. Ich werde laut und deutlich sprechen. Je mehr er es jedoch versucht, umso unsicherer wird er. Die Furcht zu stottern drückt auf sein Gemüt. Herr Kiljung unterdrückt den Unmut, den er angesichts des stotternden Hyoki empfindet und bemüht sich ruhig zu bleiben, als der fragt: „Wo ist Yunki?"

„Er wollte nach Hause vorgehen."

„Du hättest ihn auf jeden Fall stoppen müssen. Schließlich bist du sein älterer Bruder, oder?"

„Als...als wenn er auf mich hörte..."

Es scheint als hätte er diese Worte schon immer sagen wollen. In seinen Worten schimmert die Verantwortung durch, die auf ihm als dem ältesten Sohn gegenüber seinen jüngeren Geschwistern lastet. Jüngere Geschwister, die ihm sein Vater wie ein Bündel Holz aufgepackt hat. Gleichgültig wie sorgfältig er sie auch auf einer Kiepe zu tragen versucht, immer wieder stellt sich ein Ast quer oder fällt herunter. Beim Anblick des sanften Hyoki, der nicht genug Pfiffigkeit besitzt diese Last zu teilen oder gar abzuwerfen, erlischt Herrn Kiljungs Zorn.

„Wenn das so ist, hättest du uns wenigstens Bescheid geben können."

„..."

Schweigen ist eine Form von Hyoki seinen Unmut auszudrücken, während er die eng nebeneinander stehenden Häuser anschaut. Häuser, die sich beim Löschen des Lichtes verdunkeln. Das Licht in den

Fenstern. Die Menschen, die in diesen Häusern zusammen leben. Die Gefühle, die in diesen Menschen brodeln. Als sie an einer Straßenlaterne vorbeigehen, wird Hyokis Schatten von Herrn Kiljungs Schatten überlagert. Dieser Anblick bedrückt Hyoki.

„Gehst du heim?"

„Ja, und du Vater? Gehst du nicht nach Hause?"

Es ist die versteckte Aufforderung Yunki zu treffen und die Angelegenheit zu einem Abschluss zu bringen. Doch Herrn Kiljungs Herz gleicht zu sehr einem umgewühlten Haufen Stroh, als dass er jetzt Yunki gegenübertreten könnte. Obwohl seine Schwiegertochter schon einiges erlebt hat, wäre die Auseinandersetzung mit seinem erwachsenen Sohn in ihrer Gegenwart unpassend. Eine Schwiegertochter ist nicht das Gleiche wie eine Ehefrau oder eigene Kinder.

„Ich gehe in die Stadt."

Vor dem Feuerwehrausguck trennen sich Herr Kiljung und Hyoki. Nach ein paar Schritten dreht sich Herr Kiljung um und schaut den Weg entlang, den Hyoki genommen hat. Das Licht der Straßenlaternen fällt nicht in diese Gasse und im Licht aus den Häusern ist nur der Oberkörper von Hyoki zu erkennen. Hyoki, dessen untere Hälfte nicht zu sehen ist, wirkt wie eine Spukgestalt. Dass er auch als Familienvater solche Schwächen zeigen muss...

Innerlich schnalzt Herr Kiljung mit der Zunge und überdenkt seinen Entschluss sich zur Ruhe zu setzen und die Fabrik zu übergeben.

Er wollte Hyoki das Wohnhaus hinter der Fabrik überlassen und sich ganz aus dem Geschäft zurückziehen, sobald sein eigenes Haus fertig ist. Hyoki sollte die Fabrik ganz übernehmen und er selbst wollte den Rest seines Lebens genießen, indem er die paar Felder bestellte, die ihm noch gehören. Noch ein, zwei Jahre und er wäre etwa im Pensionsalter eines Beamten. Das ist nicht zu früh und auch nicht zu spät für den Ruhestand. Eigentlich hat er noch Lust weiter zu arbeiten, aber Hyoki ist schließlich schon Vater von zwei Kindern, da sieht es nicht so gut aus, wenn er sich weiter in die Arbeit der Fabrik einmischt. Außerdem kann er Hyokis häufig geäußerten Wunsch, selbstständig zu arbeiten, nicht ewig ignorieren. Dass Herr Kiljung dennoch jeden Morgen in die Fabrik geht, ist im Grunde nur ein Zeichen, wie schwer ihm der endgültige Abschied fällt. Es ist auch der Stolz alles aus eigener Kraft geschaffen zu haben, eine Leistung, die der eines einzigen Samenkorns der Pusteblume gleicht, die im Niemandsland Wurzeln geschlagen hat.

Beim Umdrehen schaut Herr Kiljung an dem Feuerwehrausguck hoch. Hoch oben sieht er eine Paulownia, deren Äste verzweifelt nach außen drängen. Der Samen dieses Baumes wird vom Wind in ein Loch des Ausgucks geweht worden sein. Jedes Mal, wenn Herr Kiljung diesen Baum sieht, fühlt er Mitleid mit ihm, doch gleichzeitig bewundert er ihn wegen seines Kampfes. Dieser Lebenswille. Eine Schicksalsfügung ließ diesen Baum an einem seltsamen Ort Wurzeln schlagen. Doch statt sich kümmerlich dem Ausguck zu ergeben, schiebt sich dieser Baum der Sonne entgegen aus dem Ausguck hinaus. Eine bemerkenswerte Leistung. Als Herr Kiljung zum ersten Mal die herauslugenden grünen Blätter auf der Spitze des gemauerten Feuerwehrausgucks entdeckte, wusste er noch nicht um welche Sorte Baum es sich handelt. Trotzdem übten diese grünen Blätter eine starke Anziehungskraft auf ihn aus. Nach einiger Zeit war der Baum als Paulownia zu erkennen. Der Samen stammt sicherlich von dem Baum, der vor der Apotheke zwischen der Polizeistation mit dem Feuerwehrausguck und der großen Straße steht. Jedes Mal, wenn er an diesem Paulowniabaum vorbeigeht, denkt Herr Kiljung an dessen Samen, der mit dem Wind quer über die Straße und durch das kleine Loch in den Feuerwehrausguck geweht wurde. Dabei erinnert er sich an den Jungen, der vor zig Jahren in dieses Dorf kam und mit großen Augen um sich schaute.

Der damals 13-jährige Junge Kiljung sorgte für den Unterhalt seiner Familie. Sein Vater mit dem Spitznamen ‚Sorgenbündel', weil er sich um Gott und die Welt sorgte, kümmerte sich in keiner Weise um seine Familie. Trotzdem hielt er das koreanische Sprichwort ‚reich gleich edel, arm gleich niedrig' in Ehren. Geld ist alles, Geld adelt. Kiljung lehnte sich dagegen auf. Er glaubte fest daran, dass eine edle Gesinnung wichtiger sei als Geld und man sie erlernen müsse. Doch tatsächlich lernen konnte er nur ein halbes

Schuljahr, nachdem er mit neun Jahren zum ersten Mal eine Schule besuchen konnte.

„Lesen können wird dich nicht satt machen!"

Sein Vater unterstützte ihn in keiner Weise und seine Mutter war nicht in der Lage, weiterhin aus eigener Kraft das Schulgeld zu zahlen. Letztlich konnte Kiljung sich nicht länger zurückhalten und rannte in das Wäldchen hinter dem Haus, wo er sich auf den Boden warf und seinen Tränen freien Lauf ließ. Sein Vater schlich sich leise von hinten an ihn heran, die Hand fest um den Kiepenstock geklammert. Viel schmerzlicher als die heftigen Schläge, die wahllos Kiljungs Schultern und seinen Rücken trafen, viel schmerzlicher als die Steine, die sich in seinen am Boden wälzenden Körper bohrten, war die Erkenntnis, dass sein Vater so hinterhältig war. Ein Vater, der sich heimlich an seinen neunjährigen Sohn heranschleicht, um ihn zu prügeln.

Kiljung brachte seine Familie durch, indem er den Aufseher hintergehend heimlich Brennholz machte oder Futter für Hühner sammelte und verkaufte. An einem der Tage, an dem er seine Familie mehr schlecht als recht durchbrachte, besuchte ihn der Bruder seiner Mutter, der in einer Streichholzfabrik arbeitete und geschäftlich in der Gegend war. Alle die Sorgen eines Familienvaters sprudelten über Kiljungs Lippen: „Irgendwie bringe ich schon alle durch. Die Geschwister haben zwar immer Hunger, aber noch verhungern sie nicht wirklich. Doch wir können kein Geld für einen Arzt aufbringen, wenn jemand krank wird. Und so ungebildet wie ich bin, ist an eine entwicklungsfähige Zukunft nicht zu denken. Das Leben geht irgendwie weiter, aber mich betrübt der Gedanke, dass dies alles ist, was ich vom Leben erwarten kann."

Diesem Neffen, der so sehr seiner Schwester ähnelte, diesem Neffen, der mit aller Kraft versuchte vorwärts zu kommen, diesem Neffen vermittelte der Onkel eine Stelle in einer Getreidemühle im vierzig Kilometer entfernten Ort Hancheon.

„Dir ist sicherlich klar, dass es nie einfach ist den Reis aus fremder Hand zu erhalten. Rechne damit, dass du mit deinen Tränen einen ganzen Sack Salz füllen kannst, wenn du als Kind in der Fremde leben musst. Halte

erst einmal eine Weile durch und lebe so, als würdest du gar nicht existieren. Du bist ja ganz pfiffig und wirst schon ein Betätigungsfeld finden. Ich spreche schon mit deinem Vater. Man soll das Eisen schmieden, solange es noch heiß ist."

Am nächsten Tag war sein Onkel eifrig mit den Vorbereitungen für Kiljungs Reise beschäftigt. Kiljung war klar, dass sein Onkel ihn losschicken wollte, bevor er selbst den Ort verließ. Er wollte verhindern, dass sein Vater ihn letztlich doch zurückhielt.

In dem fremden Dorf angekommen, schaute sich Kiljung mit großen Augen um, als ein Geräusch aus einem der Häuser seine Aufmerksamkeit fesselte. Wumm, wumm. Als er sich danach umblickte, erspähte er einen roten Feuerschein im Inneren eines dämmrigen Gebäudes. Aus rotglühendem Eisen stoben Funken und beschrieben einen Bogen. Ein Mann bearbeitete das rotglühende Eisen. Fast durchsichtig schien dieses glühende Stück Eisen zu sein. Mit aller Kraft schlug der Hammer darauf los. Jedes Mal, wenn der Hammer niederfiel, lösten sich Funken gleich einem kleinen Feuerwerk.

Anscheinend war der Schmied fertig, denn er fasste das Stück Eisen mit der Zange und ließ es auf den Boden fallen. Es war ein Meißel. Zu seinen Füßen lag ein ganzer Haufen solcher Meißel. Der letzte, noch klar und rot, verlor auf dem Haufen der dunklen und abweisend wirkenden anderen Meißel nach und nach seine leuchtende Farbe. Die Mineralien in dem Meißel glühten noch eine Weile nach, bevor auch dieser Meißel zu einer dunklen und harten Masse erstarrte.

In der Zwischenzeit bearbeitete der Schmied schon das nächste Stück. Die Zange war erhitzt, denn als er sie in einen Wasserbottich tauchte, brodelte und zischte das Wasser.

„Was guckst du so?"

Kiljung erschrak, als ihn der Schmied plötzlich ansprach, der bis jetzt nichts um sich herum wahrzunehmen schien, da er so in seine Arbeit vertieft war.

„Eh', nichts."

Er konnte nicht wissen, dass der Schmied ihn aufmerksam beobachtet hatte ohne bei seiner Arbeit innezuhalten. Das Kind lehnte vorsichtig an der Tür, die mit Türklopfern und Scharnieren voll behängt war. Es schaute so konzentriert, dass es fast schielte. Der Schmied hatte den Jungen noch nie in dieser Gegend gesehen, so dass er ihn aufmerksam musterte.

Kiljung, der bei der Frage des Schmieds zunächst zurückgewichen war, fasste sich ein Herz und fragte, während er sich halb in die Schmiede schob, „Sind das Meißel?"

Natürlich wusste er, dass es Meißel waren. Aber er wollte einfach ein Gespräch anfangen.

Das Feuer war anders als ein Herdfeuer. Es war ein Feuer, das die Kraft hatte Eisen zum Glühen zu bringen und mit Schlägen zu formen. Kiljung war fasziniert von den Muskeln, die an den Armen des eher kleinen, drahtigen Schmiedes spielten. Sie unterschieden sich sehr von denen seines Vaters, der sich Tag und Nacht nur auf der Straße herumtrieb und sich quasi von Gerüchten ernährte. Sein Vater, der in seinem alten, nutzlosen Stammbaum zu blättern pflegte, sich einen Landadeligen nannte und damit sein Nichtstun begründete. Sein Vater, der sich zu fein war, um als Bauer auf dem Feld zu arbeiten, nur den vergangenen glorreichen Zeiten nachtrauerte und die Realität ignorierte. Wenn der Schmied den Hammer hob, lebten die Muskeln Strang für Strang im Arm auf. Dieser Gedanke faszinierte Kiljung so sehr, dass er seinen Entschluss änderte.

Das Erste, was Kiljung lernte, war das Feuer in Gang zu halten. Mit dem Blasebalg musste er die Hitze auf einem bestimmten Grad halten. Seine Knochen wurden hart, als er mit der Arbeit an dem Hammer begann. Beim wiederholten Prozess des Abkühlens im Wasser und des Bearbeitens empfand Kiljung die Freude den Stahl nach eigenem Willen formen zu können. Diese Freude, etwas mit eigenen Händen zu erschaffen.

Abgesehen von ein paar Unterbrechungen, in denen er Gelegenheitsarbeiten annahm, blieb er diesem Gewerbe treu. Vierzig Jahre. Und jetzt will er sein Lebenswerk seinen Söhnen vermachen, doch die scheuen die anstrengende Arbeit.

Der noch junge Paulowniabaum scheint in der Dunkelheit mit seinen schon recht großen Blättern zu winken. So ist das mit dem Leben, man stellt sich den Widrigkeiten so gut es eben geht.

Den Arbeitern seiner Fabrik gegenüber, die nur stotternd lesen können, hegt Herr Kiljung ähnliche Gefühle. Ja, ihr habt es mit euren Eltern nicht gut getroffen und habt es jetzt schwer, weil ihr nichts lernen konntet. Doch beißt die Zähne zusammen und versucht das Beste aus eurer Situation zu machen. Oft fühlt sich Herr Kiljung seinen Arbeitern mehr verbunden als seinen eigenen Söhnen, denn er erkennt sich selbst in ihnen wieder. Umso strenger ist er mit seinen Söhnen, aber...

Yunki, dieser Bengel...

Herr Kiljung, dessen Gemüt eine Weile durch den Anblick des Paulowniabaumes, der zielstrebig der Sonne entgegenstrebt, besänftigt war, runzelt wieder die Stirn.

3. Ein Tag im Sommer

Der Bus quält sich langsam am Haus vorbei. Die enge Landstraße dehnt sich unendlich in der Hitze. Selbst der Bus scheint nur zu kriechen. Wenn ein Bus vorbeifährt, stößt er jedes Mal eine schwarze Wolke aus dem Auspuff, die sich über die Straße legt.

Auch wenn der Schweiß das Hemd am Rücken kleben lässt, wirkt der Sommer irgendwie kraftlos. Die müde Wärme am Morgen weicht abends einem leichten Wind, der den Schweiß abkühlt. Die Zahl der Busse, die vor dem Haus vorbeifahren, verringert sich. Die abnehmende Zahl der zum Meer fahrenden Busse deutet darauf hin, dass der Sommer fast vorüber ist. Bald werden die Strandbetriebe schließen. Die Hitze, die ihren Höhepunkt eigentlich überschritten haben sollte, bäumt sich ein letztes Mal auf und die Luft ist so klebrig wie ein in die Länge gezogenes Karamell.

Hier im Schatten lässt es sich aber noch aushalten. Die Häuser auf der anderen Straßenseite, die nicht im Schatten liegen, schmelzen förmlich in der Sonne. Ähnlich wie Wäsche, die in der Sonne bleicht, scheinen auch die Häuser zu verblassen.

Seit gestern ist viel los an der gegenüberliegenden, ockerfarben gestrichenen Haustür, die im grellen Licht flimmert. Trauerklagen zerreißen immer wieder die Stille des Nachmittags und Trauernde in gelblichen Trauerkleidern kommen und gehen.

„Dass sie während dieser Hitze gestorben ist...da wird sich ihr Körper zersetzen, bevor er unter die Erde gebracht wird. Obwohl es sicher einfacher ist, jetzt ein Grab auszuheben als mitten im Winter. Ist der Leichenzug morgen?“ Mit diesen Worten tritt Hyokis Freund aus der Grundschule ein, der einen Schneiderladen am Markt betreibt. Beim Vorbeigehen hat er bemerkt, dass Herr Kiljung nicht anwesend ist und schiebt sich nun durch die Tür. Hyoki, der schweißgebadet im Eisenwarenladen direkt neben dem Eisenwerk nichts zu tun hat als Fliegen totzuschlagen, begrüßt seinen Freund freudig.

„Der Leichenzug ist für morgen früh geplant. Wieso lässt du deinen Laden unbeaufsichtigt und schlenderst hier herum?"

„Hast du schon einmal jemanden getroffen, der sich mitten im Sommer einen Anzug schneidern lässt? Ich hoffe, es gibt einige Leute, die heiraten werden, wenn erst kühlere Winde wehen. Schön wär's, wenn die Pärchen, die sich im Sommer am Strand gefunden haben, sich schnell entscheiden und im Herbst heiraten, so dass meine Umsätze steigen."

„Als Schneider hast du es doch recht gut. Immerhin kannst du im Sommer eine ruhige Kugel schieben, oder?"

„Ach was. Ab und an lassen sich die Leute Hemden anfertigen. Sitz du mal bei diesen Temperaturen vor der Nähmaschine. Der Schweiß rinnt dir in die Augen, und wenn du nicht aufpasst tropft er auf den Stoff. Du mit deinem von der Jahreszeit unabhängigem Eisenwerk hast es doch viel besser getroffen als ich."

Er schaut kurz in Richtung Fabrik.

„Wo ist dein Vater?"

„Beim Hausbau. In letzter Zeit ist er nur noch dort und kümmert sich um die Arbeiter. Er bringt ihnen sogar Erfrischungen. Da wird der Arbeiter wie die Herrschaft behandelt."

„Na ja, so ein Hausbau ist nicht zu unterschätzen. Alle Achtung wie sehr dein Vater sich engagiert. Ist deine Mutter hinten?"

Diesmal versucht er einen Blick durch die Tür zu werfen, die zum hinteren Wohnbereich führt. Die Küche wirkt still und dunkel.

„Nein, sie ist zu den Nachbarn über die Straße gegangen."

Erst nachdem er auf diese Weise die Fabrik und den Wohnbereich überprüft hat, holt sein Freund seine Zigaretten hervor. Hyoki grinst kurz und schiebt ihm einen Stuhl aus der Ecke zu, während er den Ventilator in seine Richtung dreht.

„Dir ist wohl nicht heiß genug, oder warum schaffst du noch eine weitere Hitzequelle?"

„Magst du eine haben?"

„Nein."

Genüsslich zieht der Freund an seiner Zigarette und bläst Rauchkringel in die Luft. In Wolken verteilt sich der Rauch im dämmrigen Laden.

„Warum ist Yunki nicht zu sehen? Arbeitet er außerhalb?"

Schlitzohr, in solchen Dingen ist er ja immer hellhörig! Wo mag er es wohl aufgeschnappt haben? Hyoki seinerseits hat auf keinen Fall vor, mit der ganzen Geschichte hausieren zu gehen. Unwillig registriert er, dass sein Freund zuerst damit anfängt.

„Ich weiß nicht. Seit ein paar Tagen ist er nicht zu sehen."

„Ich habe gehört, seine Freundin aus Seoul ist hier? Yunki ist schon ein Teufelskerl, dass er eine Studentin dazu überreden kann, ihm in dieses Dorf zu folgen. Ich wusste schon, was in ihm steckt, als er damals mit langen Haaren vor der Polizeistation[6] herumspaziert ist. Seine Freundin soll ganz gut aussehen, habe ich gehört."

„Du hast wohl genügend Hemden anfertigen können, wenn du so viel Zeit hast um dich für die Angelegenheiten überm Zaun zu interessieren?"

„Gerüchte haben schließlich keine Beine und laufen doch sehr weit. Aber stimmt es nun oder nicht? Die Mutter seiner Freundin ist hier aufgetaucht und Yunki hat die Fliege gemacht?"

„Fliege? Was für eine Fliege, er ist aus privaten Gründen kurz in Seoul. Du weißt doch, wie er ist. Schließlich meldet er sich auch sonst nie ab oder sagt, wohin er geht. Ich muss noch nach den Regeln der alten Yi-Dynastie leben, aber Yunki hatte doch schon immer Narrenfreiheit, oder?"

Hyoki kann nicht verhindern, dass er ein wenig grob wird, sobald er von seinem jüngeren Bruder Yunki spricht. Obwohl der Altersunterschied sechs Jahre beträgt, ist Yunki ihm überlegen. Nein, er, Hyoki, hat sich selbst von seinem Bruder überrollen lassen. Denn Hyoki hat sich von der Autorität seines Vaters einschüchtern lassen, während Yunki dagegen rebelliert hat.

Bis zu seinem Universitätseintritt blieben Hyoki die Worte im Hals stecken, sobald er vor seinem Vater stand. Während er bei anderen keine Pro-

bleme hatte, sich zu artikulieren, stotterte er regelmäßig unter Herrn Kiljungs durchdringenden Blicken. Die Worte, die aus ihm heraussprudeln wollten, legten sich schwer auf seine Brust und kamen nur abgehackt hervor. Wenn Hyoki mit aller Kraft versuchte die Worte herauszupressen, polterte Herr Kiljung schon ungeduldig los und Hyokis Worte schienen sich förmlich zu verkriechen. Da sich Hyoki seinem Vater gegenüber nicht richtig artikulieren konnte, wurde er zu einem folgsamen Sohn.

Nach dem Eintritt in die Universität lockerten sich zwar die Zügel, aber das war kein Trost für Hyoki. Yunki lehnte sich von vornherein gegen die Anweisungen seines Vaters auf. Schon im ersten Monat weg von zu Hause rebellierte Yunki. „Du kannst ja gehen, Hyoki. Ich habe hier viel zu tun. Wenn Vater fragt, dann sag ihm einfach, dass ich etwas für die Schule tun muss", war Yunkis Antwort auf Hyokis Frage, wann er denn nach Schulschluss wieder zurück sei, wobei er sich bückte um seine Turnschuhe zu schnüren. Und dann ging er einfach hinaus.

Der Bahnhof Yongsan war am Wochenende sehr belebt. Hyoki sah sich aufmerksam um. Er konnte die Hoffnung nicht aufgeben, dass Yunki es sich vielleicht anders überlegt haben könnte.

Ein vom Grind befallener Betteljunge, dem die Haare büschelweise ausgefallen waren, Lastenträger und fliegende Händler drängten sich in der Bahnstation. Jedes Mal, wenn ein Schüler in seiner Schuluniform vorbei kam, schaute Hyoki genauer hin, aber Yunki tauchte bis zuletzt nicht auf. An diesem Tag stand Hyoki in dem Zugteil, das zwei Abteile miteinander verbindet und schaute gedankenlos auf die Schienen. Die Schienen glitten endlos unter ihm dahin und in dem auf seine Wangen treffenden Wind verspürte Hyoki den Wunsch, sich auf diese Schienen zu stürzen.

Warum konnte ich meinem Vater kein einziges Mal entgegentreten? Gleich einem Kalb mit einem Ring in der Nase folge ich immer brav...

„Was soll das Geschwafel von der Yi-Dynastie in diesen modernen Zeiten? Du brauchst doch nur selbst zu sagen, dass du frei leben möchtest. Wenn das Haus fertig ist, zieht dein Vater doch sowieso dorthin, oder?"

„He, liest du keine Zeitung? Ehe du dich versiehst, bist du einen Kopf kürzer, wenn du aufrichtig sagst, was Sache ist. Die Yushin-Verfassung? Das ist doch nur ein Vorwand, um bis zum Schluss Präsident[7] bleiben zu können. Glaubst du, es gibt nur in der Regierung Diktatoren?"

„Ich bin nicht so weit, dass ich mir Gedanken über die Regierung mache...aber das beiseite, wie steht es denn mit eurem Hausbau? Als ich vorgestern vorbeiging, waren sie immer noch mit der Dachkonstruktion beschäftigt..."

„Wir bauen doch keinen Palast für den chinesischen Kaiser..."

Hyoki verzieht voller Unmut das Gesicht. Während der Beton der Dachkonstruktion härtet, werden die Ziegel für den anliegenden Schuppen gemauert. Normalerweise geht sowieso alles langsamer, auch wenn der Bauherr auf Eile drängt, aber zu sagen, dass man sich Zeit lassen soll, wie es Herr Kiljung getan hat...! Kein Wunder wenn die Lohnkosten nachher in die Höhe schnellen. Schließlich sind die Arbeiter keine Billiglohn-Chinesen.

„Mein Vater hegt große Erwartungen, da geht es nicht schneller. Schließlich wird das Haus solider, je länger man das Dach härten lässt. Ich habe da nichts zu melden."

„Na klar. Beim Charakter deines Vaters wird nichts husch, husch gemacht. Ist doch gut, wenn das Haus solide wird. Schließlich wird eines Tages alles einmal dir gehören. Der Grund und Boden, den dein Vater hier und dort gekauft hat, ist bestimmt auch nicht zu verachten, oder?"

„Was..."

Gerade als Hyoki das Thema wechseln will, kommt eine Kundin in den Laden und schaut sich blinzelnd um. Wenn man aus der Helligkeit draußen in den dunklen Laden kommt, blinzelt jeder.

„Ich brauche ein paar Nägel."

„Wie groß sollen sie sein?"

„Hm, ich will sie an der Außenwand anbringen, um einiges dort aufzuhängen. Meinen Sie, diese Größe reicht?"

Die Frau hebt ihre raue Hand und deutet mit dem Daumen die Länge des Mittelfingers an. Hyoki wickelt ihr Nägel für zwei Chi und fünf Pun[8] ein. An der hinausgehenden Kundin vorbei tritt Eunyong in den Laden. Sie hat Schweißtropfen auf der Stirn.

„Hyoki, Mutter braucht ein wenig Geld."

„Wozu braucht sie es?"

„Sie möchte, dass ich in den Laden gehe und einen Satz Hwatu-Karten kaufe. Sie will die Karten als Beigabe in den Sarg der verstorbenen Oma von gegenüber legen."

Die Oma von gegenüber vertrieb sich die Zeit immer mit Hwatu-Karten. Sie war die Großmutter von Sanggil und gleichzeitig die Ziehmutter von Yunki. Für Frau Yun war sie eine große Stütze. Jedes Mal, wenn eines seiner Geschwister geboren wurde, die dann teils verstarben und teils weiterlebten, klopfte Hyoki bei der Oma gegenüber an die Tür, sei es bei Tag oder bei Nacht. „Ist ja gut, ich komme sofort." Das waren jedes Mal die beschwichtigenden Worte von Sanggils Oma. Dabei hatte sie immer einen Satz Karten in der Hand. Manchmal baute sie die Karten zu einer Pyramide auf oder legte sie in 6er oder 8er Reihen nebeneinander. Während sie die Karten mit den ziegelroten Rückseiten umdrehte, murmelte Sanggils Oma vor sich hin: „Heute werden Sie Besuch bekommen."

„Ist schon recht. Schließlich hat sie sich immer die Zeit mit diesen Karten vertrieben. Ohne diese Karten wird es ihr im Jenseits bestimmt zu langweilig. Wir sollten ihr wirklich einen Satz Karten mitgeben. Lass dir im Laden den besten Kartensatz geben."

Während sich Eunyong auf den Weg macht, um einen Satz Karten zu kaufen, holt Hyoki, bevor er sich auf den Stuhl setzt, aus dem unteren Regal zwei kleine Flaschen eines Vitamingetränks, reicht eine davon seinem Freund und trinkt die andere. Das Getränk ist klebrig süß und lauwarm.

„Ist Yunki wirklich nicht zu Hause? Sanggils Oma ist doch Yunkis Ziehmutter, oder? Auch eine Ziehmutter ist schließlich eine Mutter, müsste er da nicht Trauer tragen?"

„Woher soll ich wissen, wo er ist oder was er überhaupt denkt? Da kann er genauso gut im Kreml sein."

Es stimmt schon. Schließlich ist seine Ziehmutter gestorben, da sollte er zumindest bei ihrem Begräbnis anwesend sein. Yunki ist jedoch verschwunden, seit Hyeonhees Mutter da war.

Nachdem Hyoki sich an jenem Tag von Herrn Kiljung getrennt hatte, hing auf dem ganzen Weg nach Hause die Verantwortung wie ein Damoklesschwert über ihm. Er wusste, dass er Yunkis Vergehen dieses Mal nicht einfach abtun könne. Natürlich wäre es am bequemsten, so zu tun, als sei gar nichts geschehen, doch Hyoki verkraftete es nicht, weiterhin die verächtlichen Blicke seiner Frau ertragen zu müssen. Obwohl es andererseits nichts bringen würde, seinen Bruder zur Rede zu stellen. Glücklicherweise war Yunki nicht zu Hause, als Hyoki mit sich hadernd zu Hause eintraf.

„Hast du Vater getroffen?“, fragte seine Frau, während sie ihm im hinteren Hof Wasser über den Rücken goss. Das Wasser, das zuvor in eine Schüssel gepumpt und tagsüber in der Sonne gestanden hatte, war angenehm erwärmt. Oh, tut das gut. Hyoki, der sich während Hyeonhees Anwesenheit immer bedeckt gehalten hatte, schüttelte wie ein junger Hund die Wassertropfen ab. Urplötzlich schüttelt er den Gedanken an seine Verantwortung für Yunki ab, so wie er sich des Schreckens entledigt, den er empfand, als er wie in seiner Kindheit zu stottern anfing. Schließlich war das alles seines Bruders Sache.

„Er war bei der Baustelle des Hauses. Vater kauerte allein im Dunkeln.“

„Ich denke, er wird sich die ganze Angelegenheit sehr zu Herzen genommen haben. Wer hätte gedacht, dass Yunki so weit gehen würde?“

„Alles ist mal wieder meine Schuld. Schließlich sollte ich ja auf meine jüngeren Geschwister Acht geben. Als ob Yunki auf mich hörte... Was hat Hyeonhees Mutter denn gesagt, als sie hier war?“

„Ich habe sie gar nicht richtig zu Gesicht bekommen. Das Auftauchen deines Vaters hat mir einen gehörigen Schrecken eingejagt. Alles ging sehr schnell. Sie ließ ihre Tochter packen und weg waren die beiden. Ich glaube, die Mutter geht einem gewissen Gewerbe nach. So wie sie geschminkt und gekleidet war.“

„Und Yunki?“

„Hat ohne Abendessen sofort das Haus verlassen. Beinahe hätte er mich verdächtigt ihn angeschwärzt zu haben.“

„Wieso sollte er das tun? Ich dachte, Hyeonhees Mutter war hier?“

„Nein. Vorher war schon deine Mutter hier. Ich weiß nicht, woher sie es wusste, aber was hätte ich denn sagen sollen, als sie kam, sich das Mädchen anschaute und uns ausschimpfte?“

„Mutter? Wer hat es ihr denn erzählt?“

„Das weiß ich nicht. Darüber hat sie kein Wort verloren. Trotzdem bin ich froh, dass es jetzt vorbei ist. Wenn ich bedenke, wie verschreckt deine beiden anderen Geschwister während der ganzen Zeit waren.“

„Ja, die beiden können einem wirklich Leid tun. Eine einzige Bartgrundel[9]*...“*

Yunki kehrte auch nach dem Abendessen nicht nach Hause zurück. Auch am nächsten Tag, als Hyoki in der Fabrik vorsichtig die Gemütslage von Herrn Kiljung zu erforschen suchte, erschien Yunki nicht. Das war vor vier Tagen.

Morgen ist der Leichenzug, da wird Yunki also das Begräbnis seiner Ziehmutter versäumen. Der Zigarettenrauch lässt Hyokis Augen tränen, dessen Nerven der ganzen Geschichte wegen schon angegriffen sind. Warum muss sein Freund auch rauchen?

Obwohl sie häufig miteinander frotzeln, fehlt beiden ein tieferes Verständnis füreinander. Sein Freund hat nur die Grundschule beendet und dann eine Lehre als Schneider abgeschlossen. Hyoki hingegen hat eine recht angesehene Universität in Seoul absolviert. Manchmal spürt er eine Mauer zwischen sich und den anderen Geschäftsleuten, mit denen er sonst einen lockeren Umgangston pflegt. „Zum Teufel, immer muss Hyoki betonen, dass er einen Universitätsabschluss hat. Letzten Endes ist er genauso Markthändler wie ich“. Diese Gedanken sind vom Gesicht des Freundes abzulesen, der sich gerade eine neue Zigarette anzündet. Hyoki weiß allerdings nicht, dass diese Gedanken aus der Unwissenheit seines Freundes resultieren, der das Wort „Kreml“ nicht kennt. Er spürt jedoch, wie sich diese unsichtbare und unüberwindliche Mauer um ihn herum aufbaut.

Nach seinem Universitätsabschluss kam Hyoki wieder nach Hause. Abgesehen von der schlechten Arbeitsmarktlage, hatte er auch keinen großen Ehrgeiz und ging folgsam den Weg, den Herr Kiljung für ihn ebnete. Die Fabrik und der Laden sind sein Aufgabenbereich, und sein Leben gleicht dem lauwarmen Wasser, das im Hochsommer aus dem Hahn fließt. Das Studium hat letztlich nur dazu geführt, ihn zu einem Außenseiter auf dem Markt zu machen.

„Du sollst die Mine Deokjung anrufen. Wir haben eine Ladung fertig, die abgeholt werden muss", sagt Jongki, als er in den Laden schaut.

Herrn Kiljungs Strenge ließ nach, je größer der Altersunterschied zwischen ihm und seinen Kindern wurde und Jongki, der wenig Lerneifer an den Tag legte, besucht nur eine landwirtschaftliche Oberschule in dem Dorf. Mehr als Zeitvertreib denn als ernsthafte Beschäftigung lässt Jongki sich immer wieder in der Fabrik sehen und führt ansonsten ein recht freies Leben.

Gerade als Hyoki nach dem Telefonhörer greift, steht sein Freund auf und löscht schnell seine Zigarette. Herr Kiljung betritt den Laden.

„Guten Tag!"

„Oh, hallo!"

Der Freund schiebt sich an dem Ventilator vorbei nach draußen.

„Dann gehe ich mal."

„Ja, dann…"

Herr Kiljung hält ihn nicht zurück. Er sieht es nicht gern, wenn dieser Freund seinen Sohn immer wieder im Laden besucht. Abgesehen davon, dass dieser Freund nicht studiert hat, ist Herr Kiljung der Ansicht, dass ein wahrer Freund gute Ratschläge zu erteilen und seinen Freund auf den rechten Weg zu führen hat. Herr Kiljung vermutet, dass Hyokis Unzufriedenheit mit seiner jetzigen Situation und sein Gefühl der Belastung auf Grund der Verantwortung für seine jüngeren Geschwister zum Teil von den Einflüsterungen seiner Freunde herrühren.

„Die Ladung für die Mine Deokjung soll fertig sein."

„Sie werden auch die Schutzhelme und die Laternen mitnehmen wollen. Die Anzahl habe ich dir dort aufgeschrieben."

Während Hyoki die Schutzhelme und die Laternen verpackt, geht Herr Kiljung noch einmal zur Fabrik und überprüft die Ladung für die Mine. Wieder zurück im Laden, wirft er Hyoki noch ein paar Worte zum Abschied hin.

„Yunki wird wohl eine Weile nicht nach Hause kommen. Nimm es einfach zur Kenntnis. Ich gehe kurz zum Nachbarn hinüber."

Ohne Hyoki die Zeit für eine Frage zu lassen, verlässt Herr Kiljung den Laden. Eben noch stand er an einer schattigen Straßenecke um einem entgegenkommenden Fahrrad auszuweichen, jetzt schon betritt er das Trauerhaus auf der gegenüberliegenden Straßenseite. Hyoki ahnt die Antwort auf seine unausgesprochene Frage. Er hat also Geld genommen. Hat sich Geld geholt und ist damit verschwunden.

‚Wie viel hat er wohl mitgehen lassen? Und was soll aus seinem Studium werden? Ob er überhaupt nicht mehr nach Hause zurückkehren wird? So stur wie er manchmal sein kann, ist auch das gut möglich.'

„Ich habe keine Ahnung, wann er wieder zurückkommt," beantwortet die gerade von der Einsargung zurückkommende Frau Yun Hyokis Frage nach der Bedeutung von Herrn Kiljungs Worten.

„Hat Yunki Geld mitgehen lassen?"

„Er wird es schon gebraucht haben, wenn er wirklich ausgerissen ist. Auch eine Ziehmutter ist schließlich eine Mutter. Das dies aber gerade zu ihrem Begräbnis geschehen musste. Nun kommt auch das noch zu seinem Sündenregister hinzu..."

Die letzten Tage haben Spuren in Frau Yuns Gesicht hinterlassen. Murmelnd verschwindet sie in der Küche des Wohnbereichs, um ihren Durst zu löschen. Hyoki bringt es nicht fertig, seine Mutter, die bisher im Trauerhaus mitgeholfen hat, festzuhalten und auszufragen. Aber einfach hier herumzusitzen, ist auch nicht sein Ding. So macht er sich früher als gewöhnlich auf den Weg nach Hause.

Aus den Abflusskanälen, in denen sich die Moskitolarven tummeln, steigt ein modriger Geruch empor. Da die Sicht durch das Dämmerlicht beeinträchtigt ist, scheint jetzt der Geruchssinn umso besser zu funktionieren. Der Geruch aus den Abflusskanälen kommt Hyoki heute besonders intensiv und durchdringend vor. Der Geruch von Gras, Erde und den Abflusskanälen vermischt sich in der warmen Luft und lässt die schwüle Hitze noch klebriger erscheinen.

„Ich habe Hunger, wo bleibt das Essen?"

Nachdem ihm seine Frau das Abendessen aufgetischt hat, streicht sie mit ihren vom Wasser aufgequollenen Händen ein, zwei Mal über ihre Brust, bevor sie das quengelnde Kind stillt. Das ältere Kind schläft schon seit einer Weile mit dem Daumen im Mund. Ein Moskito hat wohl zugestochen, denn es zuckt zusammen. Auf seiner Stirn haben sich große Schweißperlen gebildet. Hyoki nimmt das Handtuch von der Wand und wischt damit seinem Großen die Stirn und den Hals ab, bevor er zum Löffel greift.

„Und du?"

„Ich habe schon vorhin mit deiner Schwester gegessen."

„Ist Jongki noch nicht zu Hause?"

„Er ist vorhin mit Freunden zum Baden an den Strand gegangen."

„Der hat es vielleicht gut."

„Ich soll deinem Vater nichts davon erzählen."

Als Hyoki noch studierte, besuchten ihn einmal Kommilitonen, um die Ferien am Meer zu verbringen. Er wollte seine Freunde nicht vor den Kopf stoßen und lud sie schließlich zu sich ein, obwohl er ein ungutes Gefühl hatte, da er seinen Vater genau kannte. Obwohl sich seine Freunde nach traditioneller Art bis auf den Boden vor seinem Vater verbeugten, wie Hyoki es ihnen im Voraus eingeschärft hatte, erlaubte Herr Kiljung Hyoki damals nicht, das Haus zu verlassen. Er mochte nicht mit ansehen, wie diese jungen Leute zum reinen Vergnügen in Gruppen umherzogen.

Die Welt ändert sich und so ist es nur natürlich, dass Herr Kiljung in seiner Strenge nachlässt. Doch Hyoki besitzt nicht den Großmut, sich damit abzufinden. Er wurde so streng erzogen, dass er immer bitter wird, wenn er sieht, wie seine jüngeren Geschwister im Vergleich zu ihm so viel weniger streng behandelt werden.

Seine Frau zieht ihre Brustwarze aus dem Mund des Säuglings. Sie knetet kurz die andere Brust, bevor sie sie in den suchenden Mund des Kindes schiebt.

„Ich glaube, er bekommt Zähne. Anscheinend juckt sein Zahnfleisch, er bewegt ständig seinen Mund."

Hyoki hebt seine linke Hand und streicht über die Wangen des Kindes, das an der vollen Brust seiner Frau liegt. Fast zufällig streichelt er auch ihre Brust. Klein, aber gut entwickelt, sind ihre Brüste nach der Geburt des Kindes um einiges voller geworden.

„He..." Verschämt schlägt seine Frau Hyokis Hand weg.

Als Hyoki nach Abschluss seines Studiums in die Fabrik zurückkehrte, war seine Heirat schon eine beschlossene Sache. Einen Monat nachdem er wieder in der Fabrik arbeitete, brachte Herr Kiljung die Sprache auf seine Heirat.

„Man weiß nie, wie es kommt. Noch stehe ich hier meinen Mann, aber das kann sich jederzeit ändern. Für diesen Fall solltest du so schnell wie möglich heiraten. Schließlich sind deine Geschwister noch sehr jung. Wichtiger ist aber, dass man erst als Mann anerkannt wird, wenn man geheiratet und eine eigene Familie gegründet hat. Erst wenn man verheiratet ist, ist man erwachsen. Das war schon immer so. Auch mit grauen Haaren ist ein Mann immer noch ein Kind, wenn er unverheiratet ist und eine unverheiratete Frau gilt in dieser Gesellschaft nichts.

„Ich habe noch nicht darüber nachgedacht."

„Was gibt es da zu überlegen? Es gibt für alles eine rechte Zeit. Wenn man älter wird, heiratet man, bekommt Kinder und lebt sein Leben. Hast du noch nie die Silberreiher beobachtet, wenn sie sich an unseren Gewässern niederlassen? Zur Paarungszeit zeigen sie sich in ihrem schönsten Gefieder. Für alles gibt es eine rechte Zeit. Du scheinst dir etwas auf dein Studium einzubilden und selbst entscheiden zu wollen. Das kannst du dir aus dem Kopf schlagen. Du bist der älteste Sohn und bist für deine Geschwister verantwortlich. Deshalb ist eine gebildete Frau nichts für dich."

Obwohl Hyoki bei diesen Worten innerlich vor Rebellion kochte, war er auch bei der Entscheidung über die eigene Heirat ein folgsamer Sohn. Im Prinzip gab es für ihn keinen besonderen Grund sich gegen eine Heirat zu sträuben. Er hatte weder Ambitionen, denen eine sofortige Heirat im Wege gestanden hätte, noch hatte er eine feste Freundin. Die Braut, die ihm auf dem Foto gezeigt wurde, sah nicht schlecht aus, und das anschließende Eheleben gestaltete sich für Hyoki recht geruhsam. Seine Frau kennt nicht einmal das westliche Alphabet, aber im Grunde haben sie sich auch nicht viel zu erzählen. Hyoki geht täglich zur Fabrik, und da seine Geschwister mit ihm unter einem Dach leben, bleibt für tiefschürfende Gespräche unter den Eheleuten sowieso kein Raum.

Das ältere Kind dreht sich murmelnd um. Dabei rutscht das Handtuch herunter und sein runder Bauch ist zu sehen. Der kleine Bauch sieht aus wie die Hälfte eines umgedrehten Kürbisses. Hyoki zieht das Handtuch unter dem Kind hervor und bedeckt damit wieder den Bauch. Der Große ist im Sommer geboren. Moment Mal, dann müsste er bald Geburtstag haben.

„Wann hat unser Großer denn Geburtstag?"

„Nach dem Mondkalender Ende Juli. Das wäre in diesem Jahr Anfang September, oder?"

„Wir sollten ihm einen Anzug spendieren."

„Natürlich."

Hyoki isst die Wassermelone, die seine Frau als Nachtisch serviert hat, nachdem sie den Esstisch abgeräumt hat. Dabei wird ihm klar, warum er zugleich erleichtert und verärgert ist. Erleichtert ist er, weil Yunki endlich nicht mehr im Haus ist, verärgert, weil er sich fragt, wieviel Geld er mitgenommen hat.

„Man wird wirklich nicht klug aus ihm. Er ist so undurchsichtig wie ein Mitglied des Kremls", murmelt Hyoki, während er die Kerne der Wassermelone ausspuckt. Ihm ist selbst nicht klar, ob er damit Herrn Kiljung oder Yunki meint.

4. Eine provisorische Bühne am Strand

Die Kupplung loslassen und in den dritten Gang schalten. Das Motorrad schnellt nach vorn, als versetze ihm jemand von hinten einen kräftigen Stoß. Ein Trichter mit enormer Saugkraft oder ein alles verschlingendes schwarzes Loch scheinen Yunki und das Motorrad vorwärts zu ziehen. Yunki presst die Beine eng an das Motorrad und neigt sich noch weiter nach vorn, um dem Wind so wenig Angriffsfläche wie möglich zu bieten. Gleich einem Fisch im Wasser oder einer Rakete in der Luft versucht Yunki, den Widerstand möglichst gering zu halten.

Kalter Wind peitscht auf seine Lederjacke, während Kälteschauer seine Wirbelsäule hinabjagen. Der Nadelwald zu seiner Linken gerät schnell außer Sicht. Auch die leeren Felder bleiben zurück. Die vereinzelt stehenden dunklen Häuser verschwimmen, je mehr Geschwindigkeit das Motorrad gewinnt. Die ganze Landschaft wirkt wie eine Illusion.

Ich möchte alles vergessen. Statt in einem Bogen zu fahren, schaltet Yunki in den zweiten Gang, um unmittelbar um den Kiefernwald herumzufahren. Der entgegenkommende Wagen kann erst in letzter Sekunde ausweichen. Direkt nach der Ecke kommen lang gestreckte Gebäude Ringelwürmern gleich in Sicht, zwischen denen Lichter wie Signale aufleuchten. Die Gebäude selbst gleichen groben Bildern auf bemaltem Sperrholz. Die Reihe der kleinen Läden, die dem Bogen des kleinen Platzes nach links folgen, unterbrochen von kleinen Gassen, erinnert an eine provisorische Bühne. Gleich ausgedienten Huren, deren flatternde Unterwäsche einen Blick auf ihre Oberschenkel freigeben und deren ungeschminkte Gesichter ihren Lebenswandel verraten, breiten sich die dumpf vor sich hinbrütenden Läden zu beiden Seiten der parallel zur Küste verlaufenden Straße aus. Yunki rast gen Osten bis zur Sperre, die Zivilisten den Zutritt verwehrt und hält vor dem Lokal ‚Blue Sky'. Bumm, Bumm, hinter der mit Sperrholz verkleideten Mauer, die mit Bildern von Palmen geschmückt ist, dröhnen die Schläge einer Trommel. Als Yunki die Tür öffnet, wird er von dem Lärm fast erschlagen, beinahe wäre er zurückgestolpert. Stehende Hitze und rot aufblitzende

Lichter hämmern auf ihn ein. Als sollte der Teil des Gehirns gelähmt werden, der Sitz der Erinnerungen ist.

Es gab ein ungeschriebenes Gesetz, wie man sich in der Familie verhielt, wenn Yunki, seinen Selbsthass mit einem verächtlichen Lächeln kaschierend, von seinen Eskapaden zurückkehrte. Danach behandelte Herr Kiljung ihn wie einen ganz normalen Arbeiter und gab ihm nur Anweisungen, die die Arbeit betrafen, solange Yunki täglich in der Fabrik erschien und seine Aufgaben erfüllte. Die sich hochschaukelnde Konfrontation der beiden wurde durch Herrn Kiljungs Nachgeben beendet. Möglicherweise war es ja auch nur der Großmut des Siegers gewesen. Gleich einem Tauziehen, bei dem ein Mitspieler plötzlich loslässt, so dass der andere als Konsequenz stolpert. Diese Leere beim Anblick der eigenen Hände, die krampfhaft am Tau festhalten an dessen anderem Ende schon niemand mehr zieht.

Meistens ist die Arbeit schon in vollem Gang, wenn Yunki in der Fabrik auftaucht. Hyoki sitzt im Eisenwarenladen und liest die Zeitung, während das durchdringende metallene Geräusch von aufeinander schlagendem Eisen aus der Fabrik zu hören ist.

„Schon da?“, begrüßt ihn wie immer Arbeiter Kim, doch Yunki erkennt, dass ihn der in dieser Fabrik alt gewordene Mann für ‚einen vom Schicksal Begünstigten‘ hält und im Grunde nicht viel für ihn übrig hat. Selbstzweifel. Die Wurzeln der Selbstverachtung reichen tief und sind selbst in diesem ausdruckslosen Gesicht zu erkennen. Und Yunki reagiert auf diese Gefühle. Klar, ich bin nur das verweichlichte Söhnchen, das Glück gehabt hat, solch einen Vater zu haben. Seine Augen blitzen auf Grund dieser Hassgefühle, die Yunki tief in sich nährt, Hassgefühle, die mehr gegen sich selbst als gegen andere gerichtet sind. Keiner hält dem lodernden Blick aus Yunkis Augen stand.

Seit Yunkis Schulzeit auf der technischen Oberschule half er beim Drechseln und Schweißen, wenn er zu Hause war. Auf dem Lehmboden unter der Drechselbank häufen sich die spiralförmigen Eisenspäne. Gleich diesen Spänen, die knirschen, wenn man auf sie tritt, knirscht es unaufhörlich in Yunkis Innerem.

Funken, die hinter der Schutzbrille zu sehen sind. Gleich der Sonne, die an nebligen Tagen kurz zwischen den Nebelschleiern aufblitzt, ist nur der metallene Schimmer der Funken zu erkennen. Die Flamme, die vom Ende des Schweißgeräts emporlodert. Wie oft hätte er nur zu gern seine Hand in diese Flamme gehalten. Wenn nur die Flamme nicht in dem Moment erlöschen würde, in dem er die Hand darüber ausstreckte...

Herr Kiljung, der manchmal in der Fabrik auftauchte, und Yunki strichen aneinander vorbei als sähen sie eine Erscheinung, als seien sie Gespenster. Wenn es unumgänglich war etwas mitzuteilen, war es, als richteten sie sich zögernd an jemanden, der hinter dem Betreffenden stand, den Blick in die Ferne gerichtet. Letztlich fanden sie eine Lösung, indem sie sich nur dann mitteilten, wenn auch Arbeiter Kim anwesend war.

„Die Fuhre zum Bergwerk Myeongbo. Sie wollen sie bis zum 20. haben. Was ist daraus geworden?"

Obwohl Herr Kiljung dabei den Arbeiter Kim anschaute, war es ein Arbeitsauftrag für Yunki, der unbeteiligt tat, sobald er den Eintritt von Herrn Kiljung bemerkte.

Arbeiter Kim war fast ein Familienmitglied und wusste nur zu genau um die eskalierende Fehde zwischen Vater und Sohn und deshalb blickte er von Herrn Kiljung zu Yunki und fragte: „Ach ja? He, Yunki, schaffst du es bis dahin?"

Obwohl Arbeiter Kim mit dem Arbeitsablauf an sich besser vertraut war, gehörte es zu Yunkis Aufgaben, die Abschlussarbeiten zu übernehmen.

„Wird schon klappen", lautete Yunkis knappe, unhöfliche Antwort, da er dabei Herrn Kim nicht einmal ansah.

Die Abende waren immer gleich. Wenn sich die Arbeiter nach getaner Arbeit hinter der Fabrik die Schmiere vom Körper wuschen mit dem Wasser, das auf einem Feuer in einem Blechkessel erwärmt worden war, kehrte Yunki nach Farbe riechend ins neue Haus zurück. Mit Fertigstellung des neuen Hauses war Hyoki mit seiner Familie in den Wohntrakt hinter der Fabrik gezogen, während Herr Kiljung und seine

Frau mit den übrigen Geschwistern das neue Haus bezogen hatten. Heimlich schlich Yunki ins Haus, um nicht von Herrn Kiljung bemerkt zu werden, zog die Arbeitskluft aus und holte sein Motorrad hervor. Sein Ziel war ein Ort, an dem das Meer zu sehen war. Nein, eigentlich eher ein Ort, an dem Vergnügungen auf ihn warteten, die ihn seine derzeitige Situation vergessen ließen. Schon längst war die Sonne des kurzen Wintertages untergegangen und der Wind blies messerscharf durch seine Jacke hindurch. Die Landschaft verschwamm und etwas, das in Yunkis Herzen nur undeutlich wahrzunehmen war, nahm die Gestalt eines bleigrauen Klumpens an. Wie eine Feuerwerksrakete bricht der Schrei aus ihm hervor: Hyeonhee, Hyeonhee!

Als Yunki erfuhr, dass Hyeonhee von ihrer Mutter weggebracht worden war, dachte er nur daran, ihr so schnell wie möglich zu folgen. Nachdem er nach Hause gekommen war und davon hörte, drehte er auf der Stelle um. Er nahm es in Kauf, Herrn Kiljung in der Fabrik zu begegnen. Die Fabrik war schon von den Arbeitern verlassen und nur Frau Yun war in dem Wohntrakt mit der Zubereitung des Abendessens beschäftigt.

Yunki, der auf keinen Fall Herrn Kiljung begegnen wollte, schlich sich unbemerkt von seiner Mutter ins Schlafzimmer. Als er es betrat, ohne die Schuhe dabei auszuziehen, stahl sich ein bitteres Lächeln auf seine Lippen. Dass ich im eigenen Haus zum Dieb werde. In der amerikanischen Munitionsbüchse im Schrank befand sich sicherlich Geld.

Klirr! Aus der Küche erklang ein Geräusch, als sei etwas zu Boden gefallen. Yunki erstarrte. Mutter... Sein Herz tat ihm weh. Je älter die Kinder wurden umso seltener geschah es, aber der frühere Anblick seiner geschlagenen Mutter hatte sich unauslöschlich in seine Erinnerung eingebrannt. ‚Der Reis ist zu weich gekocht, die Suppe versalzen, die Kinder nicht richtig erzogen...' hieß es, sobald sein Vater betrunken war. Gründe fürs Prügeln fanden sich jederzeit. Yunki erfuhr auf der Universität die wahre Bedeutung des Wortes ‚Familie', das sich aus dem lateinischen familia herleitet. Familia war der Begriff für alle Sklaven, die einem Herrn gehörten. Herr Kiljung war ein Patriarch, der dem etymologischen Ursprung des Wortes nur zu treu war und Yunki war der einzige Sklave, der gegen ihn rebellierte.

Auch diesmal würde Frau Yun die Folgen von Yunkis Vergehen tragen müssen. Mutter, verzeih mir. Obwohl sich sein Herz zusammenkrampfte, öffnete er den Schrank. Das Zimmer war dunkel und noch dunkler war es im Innern des Schrankes. Aus der Ecke mit den Geräten für religiöse Ahnenzeremonien und dem Stammbuch holte er die kakifarbene Munitionsbüchse hervor. Um ein Geräusch zu vermeiden hielt er mit einer Hand das Schloss fest, während er die Büchse öffnete. Wahllos stopfte er alles, was ihm in die Hände fiel, in die Taschen seines Arbeitsanzugs.

Aus der Küche wehte der unangenehme Geruch von Trockenfischsuppe. Natürlich ist sie verärgert. Die Tatsache, dass Frau Yun Trockenfischsuppe kochte, bedeutete, dass Herr Kiljung höchstwahrscheinlich betrunken nach Hause kommen würde. Für ihren Mann, der sie windelweich schlug, wenn er getrunken hatte, legte Frau Yun an diesen Tagen einen Trockenfisch auf das hölzerne Schneidebrett, klopfte ihn weich und entfernte alle Gräten. Yunki verbiss sich den Wunsch, einen Blick in die Küche zu werfen und verließ das Haus.

Zu dieser Zeit fuhren bestimmt keine Züge mehr nach Seoul. Nachdem Yunki überlegt hatte, ob er ein Taxi mieten sollte, entschloss er sich, in einem Hotel vor dem Bahnhof zu übernachten. Es war das Billighotel ‚Sonnenaufgang', in dem Hyeonhee den letzten Sommer verbracht hatte.

„Hallo, warum kommen Sie allein? Wo ist denn die junge Frau?"

Die dicke Hotelwirtin erkannte Yunki. Er schnitt ihr das Wort ab und unterband weitere Gespräche.

„Haben Sie ein Zimmer frei? Ich muss morgen früh mit dem Zug fahren."

„Ach ja? Dann nehmen Sie Zimmer 7. Vergessen Sie nicht, das Moskitonetz herabzulassen. Aber ist die junge Frau dieses Jahr nicht gekommen?"

Ein Güterzug? Der Pfeifton eines sich nähernden Zuges war zu hören.

In der klebrig feuchten Hitze vermeinte Yunki Hyeonhees klare, frische Stimme zu hören: „Wir gleichen Ausgestoßenen.“

Wir? Yunki drehte sich um. Es war die Studentin, die er schon ein paar Mal auf dem Dach gesehen hatte. Ihre besonders großen, mandelförmigen und leicht hervorstehenden Augen verliehen ihrem Aussehen etwas Ungezügeltes. Doch bei näherer Betrachtung wirkten diese schimmernden Augen, als füllten sie sich bei der geringsten Berührung mit Tränen. Ob sie wohl traurig ist? Die Frau, die spitze Schuhe und einen Minirock trug, presste ihre Bücher vor ihre Brust. Äußerlich glich sie allen anderen Studentinnen hier, doch die in ihren Augen erkennbare Trauer rührte an eine Saite in Yunki. Sie kam näher und stellte sich neben ihn. Dem Haupttor hatten sie den Rücken zugewandt.

„Warum gehen Sie nicht dort runter?“

„Muss ich unbedingt dort runter gehen? Kann ich nicht hier bleiben?“, während die Frau die Fragen klar und deutlich stellte, als lese sie einen Text ab, betonte sie die Wörter ‚dort‘ und ‚hier‘. Nach ‚Muss ich unbedingt‘ und ‚Kann ich nicht‘ machte sie eine kleine Sprechpause, die sie mit einem Nicken unterstrich.

Schweigend ging Yunki zur gemauerten Dachabgrenzung. Er fühlte seitlich die Blicke der Frau auf sich gerichtet. Ihm war, als ob die langen Wimpern der Frau seine Wange streichelten. Natürlich war das nur Einbildung.

„Ich habe Sie schon häufiger gesehen. Sie waren immer allein auf dem Dach.“

Auch Yunki war die Frau aufgefallen. Die auf das Dach hinaufführende Tür war versperrt von einem Trümmerhaufen aus zerstörten Schreibtischen. Im Winter kamen noch verschiedene Ofenteile dazu. Jemand, der einst den Zugang zum Dach erzwungen hatte, hatte beim Entfernen des Schlosses Spuren hinterlassen. Als Yunki zum ersten Mal an den mit hervorstehenden Nägeln gespickten Sperrholzbrettern vorbei die Tür öffnete, fand er eine Studentin, die mit ausgestreckten Beinen an die Dachmauer gelehnt in der Ecke saß. Ihr kanariengelbes Kleid leuchtete im Schatten der Dachmauer, als wäre es dort eingesperrt. Sie saß dort in einer Haltung, als sei sie von einem schnellen Lauf erschöpft, als sei ihr in diesem Moment alles gleichgültig.

Obwohl die Frau das Geräusch der sich öffnenden Eisentür gehört haben musste, warf die Frau keinen Blick in seine Richtung. Yunki, der im Begriff gewesen war, auf das Dach zu treten, hatte innegehalten und die Tür wieder geschlossen. Jemand, der an all dem Gerümpel vorbei hierher gekommen war, brauchte sicherlich dringend einen Ort des Alleinseins.

Manchmal hatte Yunki das Geräusch der sich öffnenden Tür gehört, wenn er auf dem Dach eine Zigarette rauchte. Trotzdem hatte er sich nicht umgesehen. Den Blick nicht vom Elsternest in der Baumkrone abzuwenden, war seine Art der Fürsorge für sie gewesen.

„Hinunterspringen möchte ich nicht, aber da ich keine Flügel habe, werde ich auch nicht fliegen können... Um wieder dort auf die Erde zu gelangen, bleibt mir wohl nichts anderes übrig als den gleichen Weg zu nehmen, auf dem ich hierher gekommen bin, oder?"

Ihre langen Wimpern waren reglos, als seien sie aus Draht gefertigt. Sie sagte nur diese Worte mit starrem Blick ohne einen Augenaufschlag. Was sich wohl hinter diesem Blick verbergen mochte? Ihr Gesichtsausdruck glich dem eines Kindes, das erwartete, sein Spielkamerad erriete durch vorsichtiges Tasten die Worte, die es mit einem Nagel in die harte Erde geritzt und anschließend mit Sand bedeckt hatte. Ein Kind, das sich nicht traut die Worte ‚Ich mag dich' auszusprechen und sie stattdessen eingeritzt und verdeckt hat. Ein Kind, das mit Bangen hofft, sein Freund, der tastend die Rillen im Sand nachzuzeichnen versucht, möge endlich nach ein paar fehlgeschlagenen Versuchen die Worte erkennen. Yunki schob den Sand auf den eingeritzten Buchstaben zur Seite und tastete mit den Fingerspitzen nach den Schriftzeichen. ‚Ich bin einsam'. Von diesen Worten magisch angezogen, hatte Yunki die Tür zur Treppe geöffnet.

Am nächsten Morgen nahm Yunki den ersten Zug nach Seoul, nachdem er in dem Hotel seine Augen geöffnet und dabei an Hyeonhees feucht schimmernden Augen gedacht hatte. Als er Hyeonhee zu Hause aufsuchte, folgte sie ihm in dem Zustand, in dem sie sich gerade befand.

Sie suchten sich ein Zimmer im Bezirk Shindangdong und kauften Cashmillondecken, Geschirr aus Nickelsilber und einen Petroleumkochofen.

In dem Zimmer, das zur Gasse nur ein Handtuchgroßes Fenster hatte, begannen sie ihre wilde Ehe. Sie lagen passiv herum oder lauschten höchstens dem gekauften Radio. Die Zeit schien für sie beide stillzustehen, während die Semesterferien andauerten und in der Außenwelt die Jahreszeit wechselte. Eine Zeit in Schwebe, gleich Blättern, die auf einem stehenden Wasser treiben.

Seit dem Kälteeinbruch zeigte sich auf Hyeonhees Gesicht eine Art weißliche Schuppenflechte und ihre Hände wurden rau und rot durch die ungewohnten Wascharbeiten. Ihre ehemals schöne Dauerwelle verwandelte sich in sprödes Haar mit Spliss.

Obwohl Yunki sie drängte zum Friseur zu gehen, weigerte sich Hyeonhee. Die trockenen und gespaltenen Haarspitzen machten ihr doch wohl etwas aus, denn sie lieh sich von der Vermieterin eine Schere, mit der sie selbst ihre Haare ein wenig kürzte. Die abgeschnittenen Haare, die unordentlich auf die am Boden ausgebreitete Zeitung fielen, waren heller als die nachwachsenden. Während Yunki ihr zuschaute, machte er sich Sorgen wegen des Rostes an der Schere. Als Hyeonhee die ungeschickt geschnittenen Haare zurückstrich, griff er nach ihrer Hand und hielt sie an seine Nase. Der Geruch von Rost, der dem von Blut ähnelte, schien ihrer Hand anzuhaften.

‚Die Liebe ist weder Reis noch Suppe.'

An einem Abend, als er wieder erfolglos von seiner Suche nach Arbeit nach Hause kam, stieg es wie bittere Galle in ihm hoch. Die Asche der Yontan-Briketts stapelte sich an den Außenmauern und der Winter stand vor der Tür. Der Geruch karamellisierenden Zuckers in der Schöpfkelle eines fliegenden Händlers, der von hockenden Kindern umringt war, reizte seinen leeren Magen, als er den Hügel zu seinem Zimmer hinaufstieg. Er musste an Hyeonhee denken, die sich die Wartezeit mit Radiohören vertrieb, während sie den Ammoniakgeruch einatmete, der von der Toilette direkt vor ihrer Zimmertür ausging. Liebe kann den Hunger nicht überwinden.

Der Tag, an dem Yunki die feuchtdunkle Holztreppe zum Pfandleiher hinaufstieg, die bei jedem Schritt erbärmlich quietschte, und seine Uhr gegen eine lächerliche Summe eintauschte, war der Tag, an dem er nicht mehr weiter konnte.

Du musst gehen, deshalb lebe wohl, ‚lebe wohl' muss ich dir sagen. Du drehst dich um, deshalb lebe wohl, ‚lebe wohl' muss ich dir sagen. Mein weinendes Herz verberge ich in meiner Brust...

Dem Lied im Radio lauschend erhob sich Hyeonhee, um Yunki zu begrüßen. Ihre Augen waren gerötet und ihr Gesicht geschwollen. Es war schwer zu beurteilen, ob die Ursache das Fieber war, oder ob sie geweint hatte.

„Du frierst bestimmt. Komm setz dich hier ins Warme."

Die hustende Hyeonhee legte ihre Hände über Yunkis rot gefrorene Ohren, während sie beiseite rückte, um ihm unter der Decke auf dem warmen Boden Platz zu machen.

„Deine Ohren sind ganz eisig."

Hyeonhees warme Hände wanderten von seinen Ohren zu seinem Gesicht. Yunki konnte nicht sagen, ob es an der Wärme oder am Fieber lag, aber ihre Handflächen strahlten eine unnatürliche Hitze aus, während sie fast röchelnd hustete. Er ließ seine Hand wieder fallen, mit der er Hyeonhees Hände bedecken wollte, denn obwohl er sie in die Tasche gesteckt hatte, war auch sie eisig.

„Worauf hast du am meisten Lust?"

Hyeonhee, die sich gerade vom warmen Boden aufrichtete um Wasser aufzusetzen, legte den Kopf schief. Yunki wurde bewusst, dass er sie nach ihrem dritten oder vierten Treffen nicht mehr nach ihrem Essenswunsch gefragt hatte.

„Warum so plötzlich? Woher hast du Geld dafür?"

„Mach dir darüber keine Gedanken. Lass uns ausgehen und etwas Leckeres bestellen. Was würdest du gern essen?"

„Djadjangmyeon[10]."

„Hast du Nudeln nicht schon längst satt? Schließlich haben wir uns doch in letzter Zeit fast ausschließlich von Ramyeon[11] ernährt."

„Aber sie sind doch nicht mit Djadjangmyeon zu vergleichen!"

„Würdest du nicht eine scharfe, heiße Suppe vorziehen?"

„Nein. Gerade eben hat man im Radio über Djadjangmyeon gesprochen. Angeblich ist man erst dann erwachsen, wenn man kein Djadjangmyeon mehr essen mag. Als ich das hörte, bekam ich große Lust darauf. Als ob ich morgen sterben würde, wenn ich heute kein Djadjangmyeon bekäme. Ich glaube, ich werde nie erwachsen!", plauderte Hyeonhee in lockerem Ton, während sie sich einen Schal um den Hals wickelte. Sicherlich versuchte sie damit, ihre wachsende Unruhe zu überspielen. Hyeonhee ahnte, dass dies ihr letztes gemeinsames Essen werden sollte.

„Nun sag schon: Woher hast du das Geld?"

„Auf jeden Fall nicht gestohlen. Ehrlich gesagt, habe ich befürchtet, du würdest Rippchen essen wollen. Dazu langt mein Geld nicht."

Der Chinese an der Marktecke am Ende der langen Gasse hatte wohl trotz des kalten Winterwetters feucht gewischt, denn vom nassen Boden stieg Kälte auf. Sie waren froh, dass die Gastwirtschaft kaum Gäste hatte, denn so konnten sich Hyeonhee und Yunki direkt neben den Ofen setzen.

„Das Djadjangmyeon hier schmeckt echt lecker", meinte Hyeonhee, während sie sich beim Essen umschaute. An den roten Wänden des Chinarestaurants hingen Ganzkörperportraits von chinesischen Frauen. Als Hyeonhee den Kopf drehte, sah Yunki die verbliebenen blauen Flecken auf ihrer Wange, die bisher von ihren Haaren verdeckt gewesen waren. Dem fröstelnden Yunki wurde noch kälter. Dieser blaue Fleck, ja den hatte seine Hand verursacht.

Trotz ihres sich verschlimmernden Hustens hatte Hyeonhee versucht, sich auf Medikamente aus der Apotheke zu beschränken. Ihr Husten, der nicht nur ihre Lunge erzittern ließ, sondern ihren ganzen Körper erschütterte, war so stark, dass sie nach besonders heftigen Hustenanfällen erbrechen musste und ihr Tränen in die Augen traten. Während

Yunki auf der als Küche dienenden Veranda gesessen und geraucht hatte, hatte er sich fest vorgenommen, Hyeonhee nach Hause zurückzuschicken. Das war an dem Tag gewesen, an dem in ihrem erbrochenen Schleim hellrote Blutfäden zu sehen gewesen waren. Yunki hatte die bis zum Filter aufgerauchte Zigarette mit dem Fuß ausgedrückt und die Zimmertür geöffnet. Hyeonhee hatte in Decken gehüllt mit einem Kissen im Rücken an die Wand gelehnt gesessen. Sie hatte vom letzten Hustenanfall noch Tränen in den Augen.

„Geh heim. Wenigstens vorübergehend. Ich werde von zu Hause aus versuchen, eine gemeinsame Lösung für uns zu finden."

„Wenn ich jetzt nach Hause gehe, sind wir für immer getrennt."

Zornig hatte sie ihn angeblickt. Ihre Augen waren mit Trauer erfüllt gewesen.

„Man wird mir das Studieren bestimmt untersagen." Dabei hatte sie noch leise hinzugefügt, dass ihr das Studium eh egal sei. Yunki selbst hatte kurz vor dem Abschluss gestanden, während Hyeonhee bis zum Universitätsabschluss noch ein Jahr zu studieren hatte.

„So kann es nicht weitergehen!"

Hyeonhee war im Gesicht hochrot angelaufen und ihre Augen hatten getränt, als sie versucht hatte, den bellenden Husten zu unterdrücken. Ihre Hand, die sie auf den Mund gepresst hatte, war zum Hals gewandert und sie hatte schwer geschluckt.

„Dann lass uns lieber gemeinsam sterben."

Ihre Schultern hatten gebebt, als ihre Tränen schließlich auf den Boden getropft waren. Ihr Schluchzen war unterbrochen worden von ihrem Husten; einem Laut, der sich anhörte, als steige er aus der Tiefe eines Brunnens empor. Yunki hatte der störrischen Hyeonhee eine Ohrfeige gegeben. Klatsch!

Hyeonhee hatte ihre Augen aufgerissen, als wunderte sie sich, was da gerade an ihrer Wange vorbeigerauscht war. Sie hatte mit tränenumflorten Augen starr vor sich hingeblickt. In ihren Pupillen hatte sich das verkleinerte Abbild von Yunki gespiegelt.

Klatsch! Klatsch! Hyeonhee hatte Yunki auf beide Wangen geschlagen. Erleichtert hatte er seine beiden flammenden Wangen gefühlt. Genau! Das war seine Hyeonhee! Obwohl es ausgesehen hatte, als würde sie sich jeden Moment vor Verzweiflung das Leben nehmen, schlug sie mit voller Kraft zurück, sobald man gewisse Grenzen überschritt. In seiner Verzweifelung, weil er Hyeonhee geschlagen hatte, fand Yunki keinen anderen Ausweg, als mit noch härterer Gewalt zuzuschlagen. Er hatte erneut zugeschlagen.

Er hätte sich viel lieber selbst durchgeprügelt. Wie befreit wäre er, könnte er seine unbarmherzigen Fäuste gegen sich selbst richten! Schau, Hyeonhee. Das bin ich. Mehr bin ich nicht wert!

Wohldosiert mit abgewogener Gewalt hatte Yunki wieder und wieder auf Hyeonhee eingeschlagen. So lange bis sie endlich zugestimmt hatte nach Hause zu gehen.

Mit ihren Haaren verdeckte Hyeonhee den blauen Fleck auf ihrer Wange, schob das restliche Djadjangmyeon mit den Stäbchen zu einem Häufchen zusammen und verspeiste ihn. Während Yunki seiner fleißig essenden Freundin zusah, trank er einen starken chinesischen Schnaps zu seiner scharfen Suppe.

Ausgerechnet in dem Augenblick erinnerte er sich an ein Ereignis in der Vergangenheit mit einer anderen Schüssel Djadjangmyeon. Es war an einem Abend in seiner Kindheit gewesen. Die Schüssel mit Djadjangmyeon war wie eine Kappe über den Kopf seiner Mutter gestülpt worden, bevor sie auf den Tisch gerutscht und anschließend auf dem Boden zersprungen war. Die hellen Nudelfäden mit der dunkelbraunen Soße waren gleich einem Schleier über das Gesicht seiner Mutter geflossen. Von Hyeonhee unbemerkt verharrte Yunki mit zusammengebissenen Zähnen. Warum hatte es so weit kommen müssen? Wie hatte sein Vater seiner Mutter das nur antun können? Und das vor den Augen ihrer kleinen Kinder! Warum hatte sie damals kein Abendessen gemacht und war von einem unerlaubten Ausgang spät nach Hause gekommen? Vater hatte damals für jeden eine Schüssel Djadjangmyeon bestellt.

„Hier, iss doch. Iss doch nur...“, hatte sein Vater gedrängt, ganz der liebevolle Ehemann. Es war eine Falle gewesen. Unter dem Tisch hatte Yunki seine Fäuste geballt. Wenn Vaters Stimme so sanft und ruhig klang, konnte man sich auf eine böse Überraschung gefasst machen. Yunki hatte das nur zu gut gewusst. Während sich seine Geschwister unbeschwert ihrem Essen gewidmet hatten, war seine Kehle wie zugeschnürt gewesen.

„Warum isst du nicht? Magst du kein Djadjangmyeon? Soll ich dir etwas anderes bestellen?"

Die Augen seines Vaters hatten denen einer Giftschlange geglichen, als er Yunki beäugt hatte. Widerwillig hatte Yunki nach den Essstäbchen gegriffen. Hätte er sich nur innerlich besser wappnen können...

Die aufgereihten Djadjangmyeon-Schüsseln hatten die Assoziation an ‚das letzte Abendmahl' geweckt. Seine Geschwister hatten vor diesen Schüsseln gesessen und sich die Soße von den Mundwinkeln geleckt. Irgendetwas würde bald geschehen...

„Warum isst du nicht? Iss doch endlich", hatte der Vater die Mutter immer wieder genötigt. Yunki hatte die Auseinandersetzung mit widerstreitenden Gefühlen verfolgt. Einerseits hatte er gehofft, seine Mutter würde dem Vater länger Widerstand leisten, andererseits hatte er gehofft, sie möge endlich zu essen anfangen. Sie hatte stur geschwiegen. Starrsinniger Trotz war in ihren Augen aufgeblitzt, während ihr Blick auf die Tischplatte geheftet blieb. Nach und nach hatte sich die Geschwindigkeit verlangsamt, mit der die Geschwister tief über die Schüsseln gebeugt die Nudeln eifrig in sich hineinschaufelten. Ihre geduckte Haltung, der plötzlichen Trübung des Lichtes vergleichbar, wenn die Stromspannung nachlässt, hatte ihre Unsicherheit ausgedrückt. Als die Schüssel auf dem Kopf der Mutter gelandet war, war es gewesen, als hätte das Licht auf einen Schlag zu seiner ursprünglichen Helligkeit zurückgefunden. Gleichzeitig waren die Hände, die Münder, die Schultern seiner Geschwister erstarrt, als sie den Atem angehalten hatten. Mit einem seltsam weitwinkeligen Blick hatte Yunki all dies in einer plötzlichen Helligkeit erfasst. Und auch den Anblick seiner Mutter...

Unter der umgestülpten Schüssel war das Djadjangmyeon hervorgequollen. Schwarzglänzende Soße vermischt mit Klümpchen, von denen man nicht wusste, ob es Gemüse oder Fettbröckchen waren. Zum Schluss waren die weißen Nudeln herabgeflossen. Mit in tödlicher Wut geballten Fäusten hatte Yunki das am Hals seiner Mutter herabgleitende und den weißen Kragen beschmutzende Djadjangmyeon beobachtet, das sich wie Erbrochenes auf dem grünen Jäckchen, dem Tisch und dem Kleiderständer hinter seiner Mutter ausgebreitet hatte. Das Gesicht seiner Mutter, das unter den Nudeln und der schwarzen Soße erstarrt war.

Yunki hatte seine Fäuste so sehr geballt, dass sie weh getan hatten. Da er seine Wut nicht hatte abreagieren können, hatte er an dem Abend auf seiner Schlafstatt gegen die Wand geschlagen. In der Dunkelheit hatte er die Erschütterung der Wand verspürt, doch zunächst hatte ihn der Schmerz überwältigt, der wie ein Stromschlag durch seinen Arm gefahren war.

‚Warum musste es ausgerechnet Djadjangmyeon sein? Hätte Hyeonhee doch an diesem Tag etwas anderes gewählt! Wenn es wenigstens eine scharfe Suppe gewesen wäre...'

Könnte man doch nur seinen eigenen Erinnerungen entrinnen ... Yunki kippt den Alkohol herunter, während er die vorbeigleitenden Menschen beobachtet. Die Band spielt immer noch und die Menschen bewegen sich in ihrem Takt. Sein Blick trifft auf das an seinem Tisch sitzende Pärchen, von dem er nicht weiß, wann sie gekommen sind. Sie müssen zuvor um seine Zustimmung gebeten haben, aber er erinnert sich nicht daran. Augenblicke, die aus seiner Erinnerung gelöscht wurden.

Hyeonhee lächelt ihn an. Nein, das dort ist nicht Hyeonhee. Hyeonhee hat kein so rundes Gesicht. Yunki ringt um einen klaren Blick.

„Warum bist du allein? Wo ist deine Freundin?"

Es ist Yongae. Zwei Bierflaschen in den Händen tragend, scheint sie im Vorbeigehen bei ihm stehen geblieben zu sein. Sie scheint sich zu fragen, wo die Frau ist, mit der sie ihn hier manchmal gesehen hat.

„Soll ich dir die Zeit vertreiben? Allein schmeckt der Alkohol doch sicherlich nur bitter."

„Wer bist du, dass du mich einfach duzt?“

Ohne es beabsichtigt zu haben, fährt Yunki Yongae grob an, obwohl sie immer sehr freundlich zu ihm war. Doch sie lässt sich nicht abweisen.

„Hallo? Ich begrüße vielleicht nur einen guten Freund“, antwortet sie zwar schlagfertig, aber leicht verstimmt.

„Wenn das Bier nicht für mich gedacht ist, dann bring es schnell rüber und setz dich nachher zu mir. Mal sehen wie es schmeckt, wenn du mir einschenkst.“

„Echt? Was ist nur mit unserem hochnäsigen Herrn los, dass er sich von einer wie mir einschenken lassen will? Dass ich diesen Tag noch erlebe...!“

Mit ihren hochhackigen Schuhen stöckelt Yongae zu einem Tisch nahe der Band. Da sie so klein ist, wirkt sie auf ihren hohen Absätzen unsicher. Zwischen den Rauchschwaden der Zigaretten blitzt das Licht auf. Die Menschen bewegen sich so wie Amöben schwankend im Rhythmus. Mit hartem Beat durchmischt wird das Lied der Beatles ‚Let it be‘ gespielt. Taumelnd und verwirrt lauscht Yunki der Musik. Zwischen den Musikfetzen nähern sich bekannte Gesichter und verschwinden wieder.

‚For though they may be parted
there is still a chance that they will see
There will be an answer, let it be.‘

In seinen verschwommenen Gedanken sinniert Yunki über den Text. Wem soll man es überlassen? Überlass es Gott und alles wird gut? Das ich nicht lache!

Erst als das Lied schon fast zu Ende ist, erscheint Yongae und lässt sich auf den Sitz neben Yunki fallen. Verschämt bedeckt sie ihre nackten Oberschenkel mit den Händen.

„Deine Freundin hat wohl heute Auszeit? Schön, dann habe ich dich endlich einmal für mich. Ist mir doch egal, ob hier ein paar Bier mehr oder weniger verkauft werden. Trink aus!“

Obwohl sie genervt scheint, beweist sie Geschicklichkeit im Einschenken des Bieres. Die Schaumkrone sitzt auf dem Glas ohne herabzufließen.

„Wie hältst du es nur trotz deiner täglichen Sauferei aus?“

„Es ist der Alkohol, der mich am Leben hält. Ist es bei dir nicht auch so?“

„Bei uns ist es etwas anderes. Schließlich musst du einmal Familienvater werden. Wenn du dir auf diese Weise deinen Magen verdirbst, wird deine zukünftige Frau dauernd Schonnahrung für dich zubereiten müssen.“

„Keine Sorge. Ich bitte dich schon nicht, für mich zu kochen.“

„Ich möchte aber schrecklich gern für dich kochen.“

„Lass das ja sein. Ich bin schon vergeben.“

Yunki lässt sich in ein Gespräch verwickeln. Was rede ich da für einen Schwachsinn? Obwohl er seine Augen kaum offen halten kann, schüttelt er den Kopf, denn er will nicht im Rausch über Hyeonhee reden. Ich bin betrunken. Der Alkohol frisst mich auf.

Von der ihn anblickenden Yongae scheint eine unsichtbare Hand nach Yunki zu greifen. Sie liebkost sein verkrampftes Herz, das sich mit Selbstvorwürfen plagt. Er leert das Glas in einem Zug und hält es ihr hin. Yongaes Hände halten die Flasche. Trotzdem sieht er eine unsichtbare Hand Yongaes, die sich nach ihm ausstreckt und ihn sanft streichelt. Ich bin betrunken.

„He! Was ist los mit dir?“

Es ist Yongae, Yongae, die meine Schulter schüttelt. Lichtstrahlen durchbrechen den Raum, der Rhythmus der Band umklammert sein Herz und der Alkohol breitet sich mit großer Geschwindigkeit in seinem Blut aus. So geht auch dieser Tag zu Ende. Psychedelisch? Psychisch, Psycho... Alles dreht sich. Yunkis Kopf knallt auf die Tischplatte. So vergeude ich mein Leben, verschleudere meine Existenz.

Dabei wirkte Frau Yun sehr fröhlich. Sie machte ohnehin einen sehr sanften Ausdruck, da sie sich vegetarisch ernährte. Jedes Mal, wenn ihre Mutter vom Feld heimkehrte, dachte Eunyong bei sich, ihre Mutter habe endlich ihre Bestimmung gefunden. Obwohl Frau Yun aufgrund der wirtschaftlichen Umstände den Laden hatte betreiben müssen, befand Herr Kiljung im Rückblick auf die guten alten Zeiten, seine Frau sei dafür ungeeignet gewesen. Sie war nicht einmal in der Lage ordentlich zu rechnen. Da habe er ursprünglich das Land gekauft, um Eunyongs Bruder den Bau eines Hauses zu ermöglichen, aber letztlich nur seiner Frau etwas Gutes getan.

Einzig der Himmel bleibt unverändert. Bevor Eunyong die Treppe hinabsteigt, blickt sie in den Himmel. Es ist ein wunderbar blauer Herbsthimmel. Die Wolken scheinen auf der Stelle zu verharren. Sie gleichen gezupften Zuckerwattebäuschen.

‚Ich muss die Betten ordnen.' Bei diesem Gedanken huscht ein trauriges Lächeln über ihr Gesicht. ‚Mir ist nicht zu helfen! Beim Anblick von Wölkchen im strahlend blauen Himmel kommt mir nur der Gedanke die alte verklumpte Watte in den Betten locker zu klopfen…'

Der Mensch ist wirklich ein seltsames Wesen. Er erkennt nur, womit sich seine Gedanken beschäftigen. Er kann seine Gedanken selten von seiner unmittelbaren Wahrnehmung lösen. Gleich einer Gefangenen ihrer eigenen Gedankenwelt, die nur auf Erklärungen eines Dritten reagiert, die sie selbst und unmittelbar betreffen, steht für Eunyong im Zentrum ihres Denkens der Haushalt, für den sie seit dem Abschluss der Oberschule zuständig ist. Ist das Wetter schön, denkt sie: ‚Die Wäsche wird gut trocknen'. Spricht ein Fernsehkommentar von einer Lebensmittelvergiftung, ist ihr erster Gedanke: ‚In nächster Zeit sollte ich keine Meeresfrüchte kaufen'.

Zu Hause herrscht immer Ruhe. Yunki, der das Jahr nach seiner Heirat zu Hause lebte, ist nach Seoul gezogen. Jongki, der zum Militärdienst aufgebrochen war, wobei er zur Sicherheit seine Geldscheine mit Gummiband um die Strümpfe gewickelt hatte, hat diesen nun beendet. Er beliefert Supermärkte der Umgebung und hat sein Büro in der Provinzhauptstadt. Inki besucht die Universität.

Gerade als Eunyong an der Küche vorbeigeht, hört sie das Telefon klingeln. Als hätte es schon eine Weile geläutet, verstummt es just in dem Moment, in dem sie den Hörer abnimmt. ‚Wer es wohl war?' Nach einigem Überlegen wählt Eunyong die Nummer des Kindergartens von Miju. Es ist Miju, die antwortet: „Du bist ja zu Hause! Gerade eben hatte ich versucht…"

„Du warst das also! Ich hatte gerade die Wäsche aufgehängt und du hast aufgelegt, bevor ich abnehmen konnte. Was gibt's?"

„Nichts Besonderes. Sehen wir uns heute? Lass uns gemeinsam Mittag essen."

„Ist heute ein besonderer Tag?"

Im Geiste blättert Eunyong im Kalender. Mijus Geburtstag liegt am Winteranfang. Eunyong erinnert sich eines Jahres, in dem vor dem Fenster Schneeflocken wie in Gedanken versunken herabgefallen waren und sie mit den Kindern im Kindergarten mit Schokoküchlein, die mit Zündhölzern verziert waren, Mijus Geburtstag gefeiert hatten. Ihr Geburtstag ist es also nicht…

„Nein, aber heute sind die Kinder nur vormittags da. Ich möchte nur mal mit dir essen gehen. Das Wetter ist einfach zu schön! Wartest du im ‚Lethe' auf mich? Oder magst du lieber zuerst hier vorbei kommen?"

„Ich weiß nicht, ob es zeitlich passt. Meine Mutter ist noch nicht zu Hause."

„Wo ist sie denn?"

„Ach, du kennst doch den Schuldirektor der Mittelschule für Jungen? Seine Frau liegt im Krankenhaus und meine Mutter besucht sie gerade. Die beiden sparen zusammen in einem Freundschaftszirkel für Frauen[12]."

„Was fehlt ihr überhaupt?"

„Krebs. Sie halten es vor ihr geheim, aber es geht angeblich zu Ende mit ihr."

Auch einige Tage zuvor war Frau Yun mit einer Pinienkernsuppe, die Eunyong gekocht hatte, auf Krankenbesuch gewesen. Nachdem Frau Yun zurück war, schüttelte sie den Kopf, während sie sich die Strümpfe auszog: ‚Kein Grund aufzuatmen. Bis vor kurzem war sie noch so lebendig und jetzt ist ihr Gesicht total eingefallen. Die Familie versucht es zu verheimlichen, aber ich glaube die Frau des Direktors weiß, wie es um sie steht.'

„Ach du meine Güte! Sollte man sie nicht aufklären, damit sie sich angemessen vorbereiten kann?"

„Ja, vielleicht schon…"

„Wann ist deine Mutter denn los? Komm doch, sobald sie wieder da ist. Ich warte solange hier, weil ich sowieso noch einiges zu ordnen habe."

„Na gut! Dann komme ich. Mama müsste ohnehin bald zurück sein."

Nachdem Eunyong aufgelegt hat, wäscht sie sich die Haare. Das Handtuch um die feuchten Haare gewickelt, bereitet sie das Mittagessen vor. Der Reis wird gewaschen und aufgesetzt. Eunyong schaut nach, wie viel noch von der Suppe aus Sojabohnensprossen vom Morgen übrig ist und deckt den kleinen Serviertisch. Herr Kiljung hat erklärt, er habe heute auswärts eine Verabredung zum Mittagessen. Also wird Frau Yun wohl alleine essen.

Eunyongs Freundinnen haben sich nach Abschluss der Oberschule überall verstreut. Wenige haben ein Studium angefangen. Manche haben eine Anstellung als Bürokraft im Ort oder einer nahe gelegenen Stadt bekommen. Wieder andere haben geheiratet, sobald sie das 19. Lebensjahr erreicht hatten. Miju, die auf einer Fachhochschule frühkindliche Pädagogik studiert hatte und Kindergärtnerin geworden ist, gehört zu denjenigen, die Eunyong relativ regelmäßig trifft.

Nachdem Eunyongs Haare getrocknet sind, überlegt sie zögernd, was sie zur Jeans anziehen soll. Sie kramt einen grobmaschigen, beigefarbenen Pullover hervor. Er sieht zwar adrett aus, aber das Beige verleiht ihrem blassen Gesicht einen Stich ins Gelbliche. Es sah auch etwas zu warm aus. Eunyong zieht den Pullover wieder aus und stattdessen ein lilafarbenes T-Shirt mit einem offenen Hemd darüber an. Das ist schon besser.

Nachdem sie sich angezogen hat, holt Eunyong aus der Dachkammer Waschpulverproben, die sie Miju schenken will. Jongki hatte sie vor ein paar Tagen dagelassen.

Jongki hatte schon frühzeitig verkündet, nicht studieren zu wollen. Er wolle lieber Geschäfte machen. Herr Kiljung hatte das problemlos akzeptiert. Anders als seine älteren Brüder (die eine Oberschule in Seoul besucht hatten) machte Jongki den Schulabschluss an der Oberschule im Ort und begann seine geschäftlichen Aktivitäten, sobald er den Militärdienst abgeleistet hatte. Von der Provinzhauptstadt aus beliefert er umliegende Supermärkte mit Waschmitteln und schaut manchmal zu Hause vorbei.

Sobald Frau Yun zu Hause eintrifft, bricht Eunyong auf. Herbst! Der Wind raut ihre Haut auf. Zuerst in Richtung Hügel und dann den Kanal entlang, der die Felder bewässert. Auf diese Weise kommt man zur Schule, die mit Wacholdersträuchern eingegrenzt ist. Daneben liegt Mijus Kindergarten. Der Berg dort in der Ferne hat mittlerweile sein aggressives Grün ein wenig verloren; die Farben wirken weicher… Bald beginnen sich die Blätter zu verfärben. Eunyong betritt den Dammweg des Kanals. Dort wiegt sich eine Ansammlung vom spät blühenden, einjährigen Berufkraut im Wind. Auch lilafarbene Astern blühen noch reichlich. Eunyong überlegt, ob sie einen Strauß für Miju pflücken soll, verzichtet aber dann darauf. ‚Wem wohl die Ziege gehört?‘ Eine schwarze Ziege, die dort grast, schaut Eunyong mit glänzenden Augen an und beginnt zu meckern.

Aus der Ferne weht eine Windböe den Kanaldamm herauf. Durchhängenden Spinnweben oder Wellen gleich schiebt sie dabei Wolken von Staub herauf. Als der Wind bei Eunyong ankommt, spielt er mit ihren langen Haaren, bedeckt damit ihre Augen und entflieht. ‚Hoffentlich habe ich auch alle Wäschestücke mit Klammern festgesteckt', überlegt Eunyong, während sie sich die Haare aus dem Gesicht streicht. Sie hat nun wieder freie Sicht und etwa 20 Schritte vor ihr, an der Ecke zur Schule, taucht ein Pärchen wie aus dem Nichts vor ihren Augen auf. ‚Das sind sie'. Eunyongs Herz pocht.

„Du kennst doch die Arztpraxis Oh? Angeblich vermieten sie ihre Krankenzimmer! Unter den Mietern befindet sich seit Frühling ein sehr junges Ehepaar. Aber sie scheinen nicht wirklich verheiratet zu sein, sondern in wilder Ehe zu leben. Der Mann scheint keinen Beruf zu haben, sondern noch Student zu sein. Wahrscheinlich haben sie heimlich ohne das Wissen ihrer Eltern einen Haushalt gegründet."

Es war zu Beginn des Sommers als Miju Eunyong die Neuigkeit mit aufgeregter Stimme am Telefon übermittelte. In der Arztpraxis Oh behandelte man nur noch ambulant, denn Herr Oh stand kurz vor seinem Ruhestand. Patienten, die stationär behandelt oder operiert werden mussten, überwies er ausnahmslos an andere Ärzte in der Nähe. Herr Oh gehörte dem selben Sparzirkel wie Herr Kiljung an. Er war etwa 5 Jahre älter als er und lachte schallend, als er bemerkte: ‚Mit mir geht es ohnehin bald zu Ende. Selbst meine Hände zittern.'

Auch Eunyong ist zu Ohren gekommen, dass Herr Oh die Krankenzimmer, die in einer Reihe gegenüber der Praxis lagen und mit einer Veranda verbunden waren, einzeln vermietet. Als Eunyong die sensationslüsterne Stimme von Miju hörte, kam ihr gleich dieses Pärchen in den Sinn. Eunyong ist sich sicher, dass es sich um das besagte Paar handelt. Der Mann ist hoch gewachsen. Auf seiner Nase sitzt eine Brille mit dicken Rändern. Die Frau trägt ein an den Ärmeln aufgerolltes Hemd, das augenscheinlich ihm gehört. Eunyong ist diesem Paar schon häufiger begegnet. Sie fallen auf, da sie keine Einheimischen sind. Die Brille verleiht dem Gesicht des jungen Mannes etwas Intellektuelles, während die lang geschlitzten Augen und die glatten, zu einem Pferdeschwanz gebundenen Haare der jungen Frau im Gedächtnis haften bleiben. Mehr als ihr Äußeres fasziniert ihr langsamer Gang. In diesem langsamen Gang liegt etwas Unbegreifliches. Langsam gehend, halb an die Schulter des Mannes gelehnt, hielt die junge Frau öfters ein paar Halme Fuchsschwanz in den Händen. Sie ignorieren gänzlich die Blicke anderer und sind völlig aufeinander konzentriert. Ihr Schwerpunkt liegt nicht auf dem eigenen Körper, sondern irgendwo zwischen den Armen, mit denen sie sich untergehakt haben. Diese Anziehungskraft verleiht ihnen den langsamen Gang. Es entsteht der Eindruck, als tauschten die beiden während des lang anhaltenden Köperkontakts warmes Blut miteinander aus. Manchmal scheint es, als watete das Paar durch einen mit Wasserpflanzen bewucherten Sumpf. Liegt es daran, dass sie so langsam gehen? Eine unerklärliche Unruhe erfasst Eunyong und lässt sie noch einmal zurückblicken, nachdem sie die beiden passiert hat.

Sie hat das Paar auch zuvor in der Imbissbude am Markt gesehen, in der sie sich mit ihren Freundinnen traf. Der aus der Pfanne aufsteigende Dampf verwischte die Konturen des scharfen Profils der jungen Frau. Ihr Hals, der aus dem ausgewaschenen Hemdkragen hervorragte, wirkte so dünn und mager, als könnte er jeden Moment brechen. Die Frau blies auf ihre länglichen Reisklößchen in scharfer Chilisoße, während sie zwischendurch immer wieder Wasser trank. Im Vergleich dazu hantierte der Mann eher langsam mit seinen Stäbchen. Es schien, als gebe er nur vor zu essen. Schließlich nahm er eine Serviette und tupfte der Frau die Schweißtropfen von ihrer Nase.

„Hattest du so großen Hunger?", erkundigte sich der Mann mit einer Stimme, die eine Oktave tiefer als gewöhnlich war. Eine sonore Stimme, die tief aus dem Bauch kommend einen nachhaltigen Klang erzeugte. Die Frau hörte auf, an den Essstäbchen zu lutschen und zeigte ein strahlendes Lächeln, das ihr Zahnfleisch entblößte: „Iss doch mit. Ich habe das Gefühl alleine zu essen!"

„Ich esse doch schon."

Eunyong hatte genau nur diese drei Sätze gehört. Die tiefe Stimme des Mannes und die zarte Stimme der Frau, als erklinge sie hinter einem feinen, luftigen Schleier hervor.

An Tagen, an denen Eunyong dem Paar begegnete, verlangsamte sich auch ihr Gang. Es ist das Paar! Gerade biegen sie von der Hecke der Schule in Richtung Dammweg. Langsam, Händchen haltend, die Finger ineinander verschränkt. Immer noch in den selben Klamotten. Die Frau hat die Ärmel des Hemdes herabgerollt; darunter trägt sie ein T-Shirt. Das T-Shirt des Mannes ist unverändert. Eunyong schien es, als wechselten sie nie die Kleidung. Als wären sie ohne Vorbereitung bei Nacht und Nebel geflohen. Mittlerweile verstärkten die Kleider den Eindruck der Verlorenheit. ‚Der Wind ist ziemlich frisch…', sorgte sich Eunyong wegen ihrer unzulänglichen Bekleidung, als sie, den Kanal zwischen sich, den Dammweg entlanggeht.

‚Ist noch nicht Schluss?' Der Kindergarten Sarang. Von der Torschwelle unter dem Namensschild lugt Eunyong in den Hof hinein und späht zum Kindergartengebäude. Hinter den Fenstern, die mit Sternen, Monden, Sonnen sowie fliegenden Vögeln bunt bemalt sind ertönt ein lautes ‚Ja!', das im leeren Hof widerhallt. Die größte Hitze des Jahres ist zwar schon vorüber, trotzdem ist der sandige Hof heute in gleißende Sonnenstrahlen getaucht. Bunt stechen Spielgeräte wie Klettergerüst, Drehkreisel und bemalte alte Autoreifen heraus. Im Wind schaukelt eine klappernde Schaukel. ‚Soll ich mich mal draufsetzen?' Vorsichtig nähert sich Eunyong. Sie beobachtet das Gebäude um festzustellen, ob sie aus dem Büro des Kindergartenleiters zu erkennen ist. Der Leiter des Kindergartens ist ein freundlicher und warmherziger Mensch, von dem Eunyong sich nicht vorstellen kann, dass er jemals die Stimme erhoben hat. Ihr wird klar, dass sie nur deshalb den Kindergarten aufsucht, weil sie heimlich darauf hofft, dem Leiter noch einmal zu begegnen. Ohne Grund stellen sich plötzlich Schuldgefühle gegen Herrn Kiljung ein. Sie gibt der Schaukel einen Schubs. Ganz sachte.

Es war an einem Tag im Sommer, als Eunyong wieder einmal auf Miju wartete.

„Kennen wir uns?"

Eunyong drehte ihren Kopf, als jemand sie schräg von rechts ansprach.

Sie biss sich fest auf die Lippen, um einen erschrockenen Aufschrei zu unterdrücken. Sonnenstrahlen tanzten auf schlohweißen Haaren und blendeten sie. ‚Wie können sie nur so weiß sein…?' Die Haare waren so weiß und fein; man glaubte weißer Puder bliebe an den Händen haften, strich man über diese Haare. Haare so rein, wie ein schneebedeckter Weg im Morgengrauen, den noch niemand betreten hat. Das runzelige Gesicht hatte einen heiteren Ausdruck.

„Ähm, ich bin eine Freundin von Frau Kim. Wir haben uns verabredet…"

„Ach so! Sie warten hier, weil noch nicht Schluss ist. Kommen Sie, Sie können auch gern in meinem Büro warten."

„Nein, dauert sicherlich nicht mehr lange."

„Wissen Sie, bitte leisten Sie einem alten Mann doch bei einer Tasse Tee Gesellschaft. Ich habe gerade einen Beutel guten Tee erhalten."

Da Eunyong sich nicht weiter sperren mochte, folgte sie dem Leiter. Während sie im Eingangsbereich ihre Straßenschuhe in den Schuhschrank stellte und Schlappen anzog, blickte sie sich um. Miju, die gerade im Begriff war mit gespreizten Händen wie Vogelflügel die Kinder zu unterrichten, machte große Augen, als sie Eunyong mit dem Leiter im Raum auftauchen sah. Eunyong deutete mit den Augen auf den vorangehenden Leiter und folgte ihm den Flur entlang.

„Das ist kein Leitungswasser. Es ist Heilwasser, das ich jeden Morgen aus einer Bergquelle hole, also trinken Sie nur reichlich. Leitungswasser ist totes Wasser", erklärte der Leiter, während er grünen Tee einschenkte.

Eingerahmt hing ein Foto vom Kratersee des Berges Baekdu an der Wand. Der Blick des Leiters fiel jedes Mal darauf, wenn er an seinem Schreibtisch Platz genommen hatte. Tiefblau wogte das Wasser des Kratersees. ‚Er (der Leiter) soll angeblich seine Heimat an den kommunistischen Norden verloren haben.' Der hellgrüne Tee verbreitete einen herben Grasduft.

„Frau Kim ist kaum entgangen, wie wir in mein Büro verschwunden sind. Sobald sie die Kinder nach Hause geschickt hat, wird sie sich hier melden. Sie hilft den Kindern noch über die große Straße. Die Autofahrer sind so rücksichtslos… Möchten Sie noch mehr Tee?"

Der Leiter goss das abgekühlte Teewasser in die Teekanne, stellte zwei Tassen nebeneinander und schenkte erneut ein.

„Ihr Name war…?"

„Eunyong Lee."

„Ach ja, und Sie sind…?"

„Ich bin… einfach nur zu Hause."

„Verstehe! Sie helfen im Haushalt. Den Haushalt zu führen, ist eine sehr wichtige Aufgabe. Es ist eine unabdingbare Voraussetzung des täglichen Lebens. Die Frauen heutzutage wertschätzen ihren Beruf weit mehr als den Haushalt. Aber das ist falsch. Es gibt keine herausforderndere Arbeit als den häuslichen Frieden zu gewährleisten und alle Familienmitglieder gesund zu halten."

‚Eine wichtige Aufgabe? Aber bei mir gleicht jeder Tag dem anderen…' Wirft Eunyong keinen Blick auf den Kalender sind ihr weder Datum noch Wochentag gegenwärtig. Nur durch das Fernsehprogramm erkennt sie den Wochentag. Auch wenn Herr Kiljung sie nicht mit den Worten: ‚Was soll eine Frau studieren? Lerne eine Weile zu Hause, wie man einen Haushalt führt und heirate dann' gezügelt hätte, hätte Eunyong nicht aus sich heraus den Ehrgeiz entwickelt, diesen Ort zu verlassen. Ihre Zeugnisse entsprachen nicht den Voraussetzungen für ein Studium. Das gelang pro Klasse nur ein oder zwei Schülerinnen. ‚Langweilt dich nicht der tägliche Trott?' Mijus Neugier befremdete Eunyong.

„Mensch, lerne etwas! Gibt man sich mit dem Erreichten zufrieden, steht man still! Besonders bodenständige Menschen müssen ihre Passivität überwinden. Schließlich läuft hier auf dem Land vieles an uns vorbei. Umso mehr müssen wir selbst aktiv werden. Weißt du, welche Befriedigung man dem Lernen entnehmen kann? Hast du zum Beispiel Blumenstecken gelernt und siehst bei einem Besuch lieblos in die Vase gesteckte Blumen, wirst du den dringenden Wunsch verspüren Hand anzulegen.

Bei diesen Worten dachte Eunyong unmittelbar an Mijus Schulbücher. Auf allen Anfangsseiten von Mijus Büchern standen Worte wie: ‚Du schaffst es!', ‚Aller Anfang ist schwer, doch am Ende winkt der Lohn'.

„Wie kamen Sie auf den Gedanken an diesem Ort einen Kindergarten zu eröffnen?"

Es war eine Sensation für den Ort, als der Kindergarten Sarang letzten Frühling eröffnet wurde. Revolutionär war, dass der Leiter von auswärts kam und er zuvor in der Provinzhauptstadt ein Krankenhaus betrieben hatte. Auch gründete er keinen Förderverein der Eltern und vermied auf diese Weise zusätzliche Belastungen für die Eltern der Kinder. Für ihn war der Kindergarten kein Vorbereitungsinstitut für die Grundschule, das den Kindern Lesen und Schreiben vermittelte. Die Kinder sollten sich im gemeinsamen Spiel entwickeln und wachsen.

„Ach das? Eigentlich habe ich es bisher noch niemandem erzählt…"

Um die Augenwinkel des Leiters spielte ein Lächeln, gleich plätscherndem Wasser. Er nahm einen Schluck Tee.

„Ich befand mich auf der Flucht, als mein Schiff zufällig in diesen Hafen einlief. Ziellos irrte ich weiter, bis ich in der Nähe von Gungmal ein Haus betrat. Ich war durstig und wollte um Wasser bitten. Die Großmutter auf der Veranda forderte mich auf, eine Weile auszuruhen, nachdem sie meine Gestalt einer Musterung unterzogen hatte. Damals befand sich der Krieg noch in einem frühen Stadium und die Menschen waren noch vergleichsweise zuvorkommend. Die Großmutter trug ihrer sieben oder achtjährigen Enkeltochter auf, Kartoffeln aus der Küche zu holen. Dreist ließ ich mich nieder und stillte zunächst meinen Durst. Obwohl viel Zeit verstrichen war, erschien das Kind nicht mehr. Dabei lag die Küche direkt neben der Veranda, an deren Brüstung ich mich niedergelassen hatte. Nachdem ich mich am Wasser gelabt hatte, begann meine Neugier langsam Oberhand zu gewinnen. Was macht die Kleine nur? Also linste ich in die Küche hinein."

Das Mädchen, keine zehn Jahre alt, hatte in der Glut gestochert und die Kartoffeln sortiert. Die Kleinen zu den Kleinen und die Großen zu den Großen. Die Kartoffeln waren sicherlich als nächste Mahlzeit für die Familie vorgesehen. Aus dem Haufen der großen Kartoffeln hatte das Kind ein paar besonders schöne Exemplare ausgesucht und dem Flüchtling gebracht.

„So steht es also um die hiesigen Menschen! Damals habe ich mir vorgenommen: Sollte ich jemals zu Geld kommen, wollte ich unbedingt die örtlichen Kinder fördern. Das Kind meiner ersten Begegnung hat inzwischen sicherlich schon eine Schwiegertochter."

Sobald Eunyong und Miju das Büro des Leiters verlassen hatten, flossen die Worte nur so aus Mijus Mund, als hätte man einen Wasserhahn aufgedreht: „Du hast Glück, dass du keine Schwester hast. Meine Schwester treibt mich noch in den Wahnsinn."

„Wieso? Will sie noch immer nicht nach Hause kommen?"

„Es ist unverändert. Meine Mutter traut sich kaum in den Ort, so sehr schämt sie sich. Sie geniert sich, weil ihre verwitwete Tochter immer mehr zulegt. Als ich sie letzten Sonntag besuchte, aß sie mit verquollenen Augen Reiskuchen. Den hatte ihre Mitbewohnerin wohl im Kühlschrank vergessen. Bei dem Anblick meiner Schwester, die diesen harten Reiskuchen hinunterschlang ohne ihn gedämpft zu haben, war ich wirklich schockiert."

Mijus Schwester, die im Alter von 32 ihren Mann verloren hatte, war Telefonistin im Postamt. Schon in der Oberschule hatte sie einen festen Freund, den sie mit 20 heiratete. Nach Mijus Aussagen waren die beiden so sehr ineinander verliebt, dass sie nicht schwanger wurde. Zuerst freuten sie sich, als er Fleisch anzusetzen schien. Es stellte sich jedoch schnell heraus, dass der Bauch sich aufgrund seines Leberkrebses aufgebläht hatte. Um die Schulden begleichen zu können, die die Krankheit verursacht hatte, verkauften sie das Haus. Kurz darauf verstarb Mijus Schwager. Als Eunyong Monate später Mijus Schwester begegnete, war diese aufgegangen wie ein Hefeteig. Mit einem schiefen Lächeln erklärte sie Eunyong, dass sie von einem übermächtigen Hungergefühl übermannt werde. Es schien ihr, als zerbräche sie andernfalls in mehrere Stücke. Leider habe sie die Pfunde nicht mehr verloren. Anscheinend hat sich nichts geändert.

An der Kreuzung will Miju nicht nach links abbiegen, sondern die Straße überqueren. Eunyong greift nach Mijus Arm: „Wollten wir nicht ins ‚Lethe'?"

„Nein, mir ist ein besserer Gedanke gekommen. Kennst du nicht das neue Restaurant, das kürzlich eröffnet hat? Es befindet sich im neuen Gebäude neben der Kookmin Bank. Eine Kollegin von mir schwärmt davon. Lass uns dorthin gehen."

Da die Kohlewagen des Bergwerks hintereinander vor ihnen die Straße passieren, kneifen die beiden Frauen die Augen zusammen. Nachdem Eunyong vier Wagen hat passieren lassen, will sie nach rechts und links blickend über die Straße gehen. Plötzlich grüßt Miju mit affektierter Stimme einen Unbekannten: „Hallo, wollen Sie sich den Ort anschauen?"

Eunyong, die gerade die Straße überqueren wollte, verharrt auf der Stelle. Im ersten Moment hatte sie irrtümlicherweise angenommen, dass Miju den jungen Mieter der Arztpraxis Oh begrüße. Eine Brille mit zu dicker Fassung, ein fadenscheiniges Baumwoll T-Shirt... Der junge Mann neigt den Kopf und fragt: „Sind Sie jetzt erst fertig geworden? Haben Sie noch keinen Feierabend?"

„Doch, doch, auf Wiedersehen!"

Der junge Mann nickt noch einmal kurz, bevor er weitergeht. Miju sticht Eunyong mit dem Finger in die Seite, während sie ihm mit ihren Blicken folgt. ‚Du, das ist der Sohn unseres Leiters. Er hat gerade das Studium beendet und geht bald zum Militär. Sieht er nicht super aus?'

Eunyong folgt Mijus Blicken in Richtung des Mannes. Während er läuft, geben seine Knie leicht nach. Er hat einen Gang, als benötige er eine Stütze.

Das Interieur des Restaurants ‚Venezia‘ ist vorwiegend in Blautönen gehalten. Vorhänge, Stühle und Designerkacheln auf dem Boden sind alle Blau und unterschieden sich nur in Ton und Schattierung. Eine Wasserstadt! Ein Interieur, das ein Unterwassergefühl in wogenden Wellen vermittelt.

„Wie findest du es hier?“

„Hm, besser als im ‚Lethe‘, aber wirkt es nicht ein wenig kalt?“

„Ja, ich denke auch. Vielleicht wegen der blauen Farbe? Aber es wirkt doch erfrischend. Lass uns in Zukunft immer hierher kommen.“

„Gut. Das ‚Lethe‘ hat wegen dieses neuen Restaurants sicherlich Einbußen.“

„Sicherlich“, sagt Miju kurz angebunden, während sie ihr Fleisch schneidet.

„Was soll das mit der Liebe? Ich ärgere mich noch schwarz!“

„Deine Schwester macht es doch nicht willentlich. Du musst Geduld haben.“

„Meine Schwester?“, erst als Miju Eunyong anblickt, scheint sie zu begreifen, wovon sie spricht. Darauf eingehend fragt sie: „Meinst du, wir werden auch so ausdauernd lieben können?“

18. September

Werden wir auch so ausdauernd lieben können? Das waren Mijus Worte. Da heutzutage niemand mehr eine Trauerzeit von drei Jahren einhält, möchte Miju, dass ihre Schwester sobald wie möglich mit einem anderen Mann noch einmal neu anfängt. Wie kommt man dazu so ausdauernd zu lieben? Das junge Paar aus der Arztpraxis Oh, Mijus Schwester… Ich begreife es nicht.

Ich habe den Sohn des Kindergartenleiters zwar nur kurz gesehen, aber er hatte so wenig von der Ausstrahlung seines Vaters. Seltsam. Der Anblick seines Rückens, so hager wie ein Holzscheit, ist mir seltsam vertraut.

19. September

Sunghyee ist wieder da. Sie besuchte ihren Vater zum Geburtstag und rief mich an, um sich mit mir zu verabreden. Sie wirkte plötzlich sehr erwachsen. Obwohl schwanger, gab es noch keine sichtbaren Anzeichen. Im Unterricht war sie früher immer eingeschlafen. Sunghyees Beilage zum Mittagessen bestand nur aus Kimchi. Ich habe damals meine Mutter angebettelt mich großzügig mit Beilagen zu bedenken, um diese mit Sunghyee teilen zu können. Trotzdem wusste ich als ihre Tischnachbarin nicht, dass es Unterernährung war, die ihre Schläfrigkeit hervorrief. Als ich ihr damals erzählte, dass ich gescholten werde, sollte ich tagsüber schlafen, war ihr das unverständlich. In ihrer Familie legte man Wert darauf, dass die Kinder viel schliefen, um so ihre Hungergefühle überbrücken zu können. Ich war damals wirklich schockiert.

Heute sah Sunghyee sehr gesund aus.

20. September

Heute habe ich das Haushaltsgeld bekommen. ‚Sei sparsam!' Hyoki kann sich diese überflüssigen Worte einfach nicht verkneifen. ‚Warum hockst du überhaupt noch zu Hause? Andere Mädchen sind mit 19 schon längst verheiratet!' Muss er mir ständig vorhalten, dass ich ein unnutzer Fresser bin? Ich frage mich, wie er zurechtkommen will, sollte ich wirklich heiraten und weggehen…

21. September

Vielleicht beginne ich ein Fernstudium. Es ist schade um die Zeit, die ich hier vergeude. Außer Fernsehen habe ich im Prinzip nichts Ordentliches gelernt. Miju kommentiert die Artikel in der Zeitung, aber Zeitung lesen liegt mir nicht. Das führt aber nicht dazu, dass ich stattdessen Bücher lese. Ich habe das Gefühl immer mehr den Boden unter den Füßen zu verlieren.

22. September

Mein anderer älterer Bruder Jongki war da. Er hatte Aal aus dem

Stausee mitgebracht. Dieser musste getötet und ausgenommen werden, was normalerweise die Aufgabe meines Vaters ist. Der war aber außer Haus. Jongki fühlte sich dazu nicht in der Lage, so dass die Aufgabe letztendlich mir zufiel. Ich habe so gut als möglich die Handgriffe meines Vaters imitiert und war erfolgreich. Mit dem Handbohrer habe ich den Kopf auf dem Schneidebrett festgeschraubt und den Körper mit Kürbisblättern gepackt. Der Körper hat gezuckt. Beinahe wäre mir seine Galle geplatzt, aber schließlich konnte ich ihn doch zum Abendessen servieren. Obwohl Jongki sich ekelte, als er mir beim Ausnehmen zusah, genoss er das Fischmahl dennoch. Er will in etwa zwei Wochen wieder kommen. Hoffentlich ohne einen neuen Aal.

23. September

Inja hat in der Hochzeitshalle ‚Hancheon' geheiratet. In ihrem Hochzeitskleid sah sie wunderschön aus. Naja, welche Braut glänzt nicht an diesem Tag? Der Bräutigam, angeblich der einzige Sohn einer allein stehenden Mutter, strahlte über das ganze Gesicht. Den Lohn für uns Brautjungfern haben wir quasi zum Strand getragen. Kyongok, die im Sommer geheiratet hat, machte sich Sorgen, die Schwiegermutter könne Inja quälen. Der Gedanke von einer Schwiegermutter gequält zu werden ist mir fremd.

Meine Hochzeit soll folgendermaßen ablaufen: Während der Trauung trage ich ein schönes Hochzeitskleid (Vater ist zwar der Auffassung, es gezieme sich für mich, ein traditionelles Hanbok zu tragen, aber ich ziehe ein weißes Brautkleid vor). Danach werfe ich mich in ein schickes Kostüm, um mich für die Flitterwochen auf den Weg zum Flughafen zu begeben. Was passiert aber, wenn ich das Fliegen nicht vertrage…?

24. September

Die Frau von Schuldirektor Ihm ist verstorben. Ich glaube es war besser so. Krebs soll viel leidvoller sein als andere Krankheiten.

Miju wünscht sich eine Feuerbestattung. Ich auch. Von mir soll nichts als eine Hand voll Asche übrig bleiben. Von einer Fähre soll meine Asche dem Fluss übergeben werden.

Abends als ich beim Abwasch aus dem Fenster der Küche auf die Berge sah, schwenkte meine Meinung wieder um. Ich möchte nach dem Tod doch lieber unter einem kleinen Grabhügel liegen. Dann können Menschen ohne Zuhause oder Angehörige über meinen Grabhügel streicheln, um sich ihrer Trauer zu entledigen.

Eunyong! Bist du gerade traurig? Fehlt dir etwas?

25. September

Ich habe im ‚Venezia' mit Sunghyee einen Kaffee getrunken. Sunghyee war gerade lebhaft damit beschäftigt, mir ein Treffen mit Offizieren zu schildern, als mich jemand beim Vorbeigehen grüßte. Es war der Sohn des Kindergartenleiters. Mir wurde ein wenig flau. Bestimmt bin ich rot geworden, aber das Licht war so schummrig, dass es ihm unmöglich aufgefallen sein konnte.

Reiß dich zusammen, Eunyong Lee!

27. September

Das junge Paar ist gestorben. Miju hat es mir am Telefon berichtet.

Mein Herzschlag stockte für einen Moment. Sie haben sich mit Hilfe eines entzündeten Yontan-Briketts, das sie mit ins Zimmer genommen haben, im Schlaf vergiftet. Man sagt, die beiden hätten einen Tag gewählt, von dem sie wussten, dass der Arzt seinen Sohn besucht und die Praxis daher geschlossen wäre. Glücklicherweise trugen sie ihre Personalausweise bei sich, so dass man die Familien benachrichtigen konnte. Sie sollen beide Studenten aus Seoul gewesen sein…

Warum sie wohl zum Sterben in diese Einöde gekommen sind?

6. Die Zeit unter Tage

Wie konnte man nur auf die Idee kommen, so zu bauen.

Jedes Mal, wenn er im Dämmerlicht nach Hause kommt und auf die Klingel drückt, überfiel ihn dieser Gedanke. Der zweistöckige, schwarze Klinkerbau ähnelt einer Festung. Selbst in dieser feinen Villengegend wirkt er sehr majestätisch. Majestätisch, genau, das war das Wort. Ein viereckiges Gebäude, das mehr einer Festung als einem Wohnhaus ähnelte. Man spürte, dass der Architekt wenig für den Bauherrn empfunden hat. An manchen Tagen schien sogar eine gewisse Verachtung des Architekten spürbar zu sein. Das ist das Haus eines Neureichen, scheint er sagen zu wollen.

Alle anderen Häuser, die sich auf der recht breiten zweispurigen Straße gegenüberstehen, ähneln einander mehr oder minder. Zweistöckige Wohnhäuser, gebaut aus roten Backsteinen und mit roten Ziegeldächern. Das schwarze Flachdachgebäude aus Backsteinen in ihrer Mitte beansprucht mehr Raum als die anderen und wirkt irgendwie unheimlich.

Die kleine Straße ist ruhig. Als sei sie die Seele des Baumes, blüht die Magnolie weiß in der Dämmerung. Nicht mehr lange und die Straße wird mit Fliederduft erfüllt sein. Nach dem Flieder werden rote Rosen wie gemeinsam fliehende Gefangene über die Mauern kriechen.

Auch bei Yunkis erster Wohnungsbesichtigung blühten die Magnolienbäume. Nachdem er mehrere Immobilienmakler konsultiert hatte und der Sandwind aus China, der immer zur Frühlingszeit blies, seine Kehle ausgedörrt hatte, war sein Bedarf an lauten Wohnungen, die die Atmosphäre einer Markthalle verbreiteten, gedeckt. Die Ruhe, die über diesem Viertel lag, faszinierte ihn daher sofort. Wohnhäuser, die von hohen Mauern umgeben waren, hatten ebenso wie die Stille in der breiten Straße aber zugleich etwas Abweisendes. Die Wohnung, in die ihn der Makler führte, glich einer Höhle. Als aber das Licht eingeschaltet wurde, konnte man erkennen, dass sie recht groß war. „Der Vermieter ist Eigentümer eines Stadtbusunternehmens“, lautete die verfehlte Antwort auf Yunkis Frage, ob man die Miete nicht ein wenig mindern könne. „Welche Linie war es noch einmal…? Auf jeden Fall sind es mehrere Linien. Sie müssen eigentlich gar nicht vermieten."

‚Wenn die Eigentümer nicht des Geldes wegen vermieten wollen, dann sollten sie eigentlich mit sich reden lassen. Stattdessen haben sie so viel Geld, dass sie über die Miete nicht zu verhandeln bereit sind.'

„Deshalb steht sie ja auch leer."

Die Arroganz der Eigentümer, die Wohnung eher leer stehen zu lassen, als die Miete zu mindern, zeigte auch ihre Wirkung beim Verhalten des Maklers. Er trug sie offen zur Schau. Yunki musste seine jetzige Wohnung demnächst räumen und die Magnolien blühten verführerisch. Das war auch am nächsten Tag noch so, als er zur Vertragsunterzeichnung mit seiner Frau herkam.

„Hier ist es? Die Gegend ist wirklich sehr ruhig."

„Ja, es ist eine gute Gegend."

„Die Kinder spielen wohl alle in ihren eigenen Gärten. Die Straße ist total ruhig, obwohl es helllichter Tag ist. Haben die Vermieter auch Kinder?"

Die Magnolien, weiß blühende Magnolien, betonten die Stille noch mehr. Die Brust von Yunki zog sich zusammen, als er in das Gesicht seiner Frau sah. Sie sinnierte über spielende Kinder auf dem Rasen des Gartens. Ihr Kind würde weder auf dem Rasen spielen noch jemals den Hof betreten können. Der Makler hatte schon auf die ganz besondere Annehmlichkeit hingewiesen, dass es einen separaten Eingang gab. Nach Westen, direkt um die Ecke der Mauer, in die das Haupttor eingefügt war, befand sich ein kleiner Durchlass. Um in den Hof zu gelangen, hätte man dieses Haupttor öffnen müssen, doch es würde sich nie für ihr Kind, das Kind der Mieter, öffnen.

Die Kellerwohnung kannte kein natürliches Licht, so dass man wie in ein Grab hinabsteigen musste. Nachdem sie sie besichtigt und den Vertrag unterzeichnet hatte, meinte Yunkis Frau resignierend: „Wir sollten besser kein zweites Kind bekommen, bevor wir nicht aus dieser Wohnung ausziehen."

Mit dem Mietvertrag in der Tasche sah sich seine Frau noch einmal im Garten um, als sie das Haus verließen. Yunki verspürte einen schmerzhaften Stich, als er wahrnahm, wie seine Frau den Anblick der noch nicht erblühten Rosenbüsche an den Mauern, die Harmonie des Rasens und der Natursteine in den Gärten und den Anblick der Magnolienbäume und der Judendorne, die hier gepflegt wurden, in sich aufsog.

Drei Jahre und danach wolltest du dich scheiden lassen?

Yunki schnaubte verächtlich. Er verachtete sich selbst. Wie hatte er so hart sein können? Als durchtrennte er die Sprossen der Leiter, die er gerade erklomm. Damals war es ihm ernst mit seinem Vorsatz. Unter den Frauen, die der Heiratsvermittler ihm vorgestellt hatte, gab es einige, die sein Interesse weckten. Ruhige Frauen, deren Ruhe der Ausdruck ihrer inneren Stärke zu sein schien. Frauen, die an einen weißen Sommerstrand erinnerten. Doch er ließ all diese Frauen, zu denen er sich hingezogen fühlte, außer Acht und entschied sich für seine jetzige Frau, die behütet und weltfremd aufgewachsen war. Es war, als wolle er seinem Schicksal, das schon einen Schlag abbekommen hatte, nun mit voller Absicht eine falsche Richtung geben. Vielleicht war es auch sein Gewissen, das im hintersten Winkel seines Unterbewusstseins verkümmerte, das ihn dazu bewog, sich für eine Frau zu entscheiden, die schlimmstenfalls ohne größeren Schaden in ein sicheres und umsorgendes Elternhaus zurückkehren konnte.

Seinem Schwiegervater, der durch den Immobilienboom über Nacht zum Superreichen geworden war und sich angeblich zwei Mätressen leistete, als auch dessen jüngster Tochter und seiner Frau sah man den Reichtum auf den ersten Blick an. Yunkis Vater, Herr Kiljung, kompensierte es damit, dass seine Familie Yangbans seien, also aus altem Adel stammten. Da der Hauptzweig, die Yuns, dem Papyeong-Klan entstammten, war dies nicht zu leugnen.

Drei Jahre und ich lasse mich scheiden.

Während die ganze Familie aufgrund der bevorstehenden Hochzeit in Hochstimmung war, blieb Yunki selbst so kalt wie Eis.

Mein Leben ist bereits zerstört. Wie ein Zweig, der gebrochen wurde, welke ich vor mich hin.

Als er die im Brief angegebene Adresse aufsuchte, war Hyeonhee nicht mehr da. Die alte Frau, wahrscheinlich die Haushälterin, erklärte ihm zwischen Tür und Angel, dass Hyeonhee einen Zahnarzt geheiratet hatte und nach Kanada gegangen war. Es war, als täte sich ein Abgrund unter seinen Füßen auf, nur mühsam konnte er weitergehen. Wie die Dunkelheit, die sich unterhalb der Hügel ausbreitet, wurde Yunkis Inneres von Dunkelheit erfüllt. Ihre Liebe war zu schwach, um Hunger und Kälte zu überstehen. Die Dunkelheit schien sein Herz zu verschlingen. Das Pochen seines Herzens glich dem trockenen Schluckauf eines kleinen Kindes nach heftigem Weinen. Er glaubte jeden einzelnen seiner Knochen zu spüren. Seine Knie gaben immer wieder nach. Hyeonhee war fort!

Ich werde sie nie wiedersehen.

Wie bei einer kaputten Kuckucksuhr klapperte es mechanisch in seinem Inneren. Nicht, weil Hyeonhee gegangen war. Yunki selbst hatte sie fortziehen lassen. Er selbst hatte sein Versprechen, sie zu holen, gebrochen. Er war es, der ihre Einsamkeit, die ihm vom ersten Augenblick an bewusst gewesen war, nicht hatte lindern konnte.

„Ich habe täglich geprüft, ob ich den Mut zum Springen hätte. Lächerlich, nicht wahr? Wenn jemand in einem Minirock vom Dach springt…“

Hyeonhee hatte ihm von ihren geheimen Ängsten berichtet, wenn sie von der hauswirtschaftlichen Fakultät den Hügel zur technischen Universität hinaufstieg, um das höchste Dach zu erklimmen.

Es war, als er das erste Mal mit Hyeonhee schlief. Sie war erfahren und bemühte sich in keiner Weise, dies zu vertuschen. Auf dem Laken war hinterher Blut zu sehen.

„Als ich in der Oberschule war, gab es jemanden, der manchmal meine Mutter aufsuchte. Meine Mutter plante wohl, mit ihm zusammenzuleben, um einen ‚Mann im Haus' zu haben. Selbst ich konnte erkennen, dass sie als alleinstehende, finanziell gut gestellte Frau im Alkoholgeschäft häufig belästigt wurde. Eines Tages vergewaltigte er mich und ich dachte, die Welt bräche zusammen. Zu Hause meine Mutter, in der Schule die Lehrer, sie alle hatten mich nämlich gelehrt, dass Unberührtheit das Wichtigste im Leben einer Frau sei. Da habe ich Tabletten genommen."

Während Hyeonhee die hagere Brust von Yunki, seine Rippen, die wie die Saiten einer Gitarre hervorstanden, nacheinander einzeln befingerte, fuhr sie fort: „Ich erwachte im Krankenhaus. Als meine Mutter den Grund für den Selbstmordversuch erfuhr, ging sie mit dem Messer auf den Mann los. Letztlich fehlte ihr dann doch der Mut zuzustechen. Irgendwie war es eine Erleichterung, als alle es wussten. Mir war alles gleichgültig. Fortan habe ich die Schule geschwänzt und es bald mit jedem getrieben.

Hätte es nur eine Person gegeben, die mir gesagt hätte, wie unwichtig meine Unberührtheit für mein Leben sei, ich hätte mich bestimmt wieder gefangen", hauchte Hyeonhee mit einem Seufzer und schloss die Augen.

„Meine Mutter war realistisch und fand einen Ausweg. Sie brachte mich zu einem Gynäkologen. Danach investierte sie viel Geld, um mich als Gasthörerin an einer Uni unterzubringen. Wolle ich einen anständigen Mann finden und heiraten, dann müsse ich auf eine Universität gehen. Seit Jahren pendele ich also wie ein Trugbild mit Büchern hin und her.

Es ist schon seltsam, aber trotz dieser Erlebnisse habe ich das Gefühl, dass du mein erster Mann bist." Das war sie. Das war Hyeonhee.

Gab es denn keinen anderen Weg? Musste sie diese Hürde auf diese Weise überwinden und einen Zahnarzt heiraten; nach Kanada gehen?

Vater, ich bereue zutiefst. Ich wusste es nicht besser…

Wieder diese Scham. Der Brief, den er nie schreiben wollte. Auf einem Collegeblock in der ihm eigenen flüssigen Schrift, die seinem Vater so gut gefiel.

Nachdem er die hustende Hyeonhee vor ihrer Haustür abgesetzt hatte, schrieb Yunki diesen Brief. Er lag lang auf dem Boden ausgestreckt in dem Zimmer, das sich eine laue Wärme bewahrt hatte. Er habe seinen Fehler eingesehen. Wolle sein Vater ihm nur dieses eine Mal verzeihen, würde er fortan dessen Wünschen nachkommen, fleißig zu studieren und ein vorbildlicher Sohn zu sein. Die Decke aus Kunstfaser wärmte so wenig, wie der Wind, der durch die Ritzen des Fensters blies. Doch noch kälter war die Selbstverachtung, die immer wieder emporstieg.

Weder an seinem letzten Tag an der Universität noch nach Frühlingsbeginn hörte er von Hyeonhee. Er nahm sich ein paar Tage frei, fuhr nach Seoul und drückte sich vor Hyeonhees Haus herum. Ihre Tür blieb immer fest verschlossen. Nachdem er einige Tage vor dieser verschlossenen Tür herumgelungert hatte, trat er die Heimreise an. Er warf sich seinem Vater zu Füßen. Wollte sein Vater nur einer Heirat zustimmen, keine Mauern hielten ihn auf. Doch diese eine Mauer, die Zustimmung seines Vaters zu erringen, überwand er nie.

Irgendwann im Laufe der Zeit fiel ihm ein Brief von Hyeonhee in die Hände. Yunki gewahrte schmerzhaft, dass weder seine noch Hyeonhees Briefe ihren Bestimmungsort erreicht hatten. Doch da hatte er sie, seine Geliebte, schon verloren.

Im Schulatlas seiner jüngeren Schwester Eunyong suchte er das Land, in das Hyeonhee geflohen war. Es war ein riesiges Land unterhalb Alaskas und von der koreanischen Halbinsel durch ein Meer von blauer Farbe getrennt. Er kannte nur dessen Namen, wusste nicht einmal, ob Hyeonhee im Westen oder Osten des Landes lebte. Vom Pazifischen Ozean hatte Yunki lediglich den Strand an der Ostküste Koreas gesehen und konnte sich überhaupt keine Vorstellung von den Entfernungen machen. Er schlug den Atlas zu. Auch sein Herz knüllte er gleich einer Zeitung zusammen, so dass man es nie wieder auseinanderfalten konnte.

Auch wenn jemand es versuchen sollte könnte er die Knicke und Falten niemals wieder glätten.

Im Laufe der Zeit nahm sein zerknülltes Herz die Gestalt eines kauernden Tieres an. Die übrigen Familienangehörigen distanzierten sich von Yunki. Sie erkannten das Tier in ihm. Dieses Tier schlenderte den Kies bedeckten Hügel seines Herzens hinab oder lag mit dem Kopf zwischen den Pfoten auf einem Felsen und betrachtete von fern die Welt aus trüben Augen. Ob die Welt nun gefror oder überkochte, in Yunkis Netzhaut brannte sich kein Bild ein. Yunkis Zeit verlief in anderen Bahnen, ohne Bezug zu den Bahnen der wirklichen Welt.

„Was ist es? Was quält dich so sehr?"

‚Du Herrensöhnchen', fragten Yeongaes Augen. Sie war genauso alt wie Yunki und streichelte ihn mit all der Erfahrung einer Frau, die viel erlebt hatte. In ihren Augen war Yunki, der fast täglich auf dem Motorrad herkam und fast bis zur Sperrstunde trank, ein Herrensöhnchen. Sie hatte sich nur wegen seiner Kälte, die niemanden an sich herankommen ließ, für ihn interessiert. Anders als all die anderen Männer, für die eine Bedienung in der Kneipe Freiwild war, hatte Yunki kein Interesse an ihr gezeigt und gerade das hatte sie so gereizt, erklärte Yeongae, während sie sich ihrer Kleider entledigte.

„Hier, versuch das mal. Das vertreibt dir den Nebel aus dem Hirn und man sieht die Welt klarer. Dann versteht man, was das Leben bedeutet."

Es war nur eine Zigarette. Sie hatte sogar einen Filter. Als er die Nase daran hielt, verströmte sie aber einen ungewohnten Grasgeruch. Yunki machte einen Zug. Der Grasgeruch war ziemlich intensiv. Auf den ersten Zug folgten weitere. Yeongaes Stimme näherte und entfernte sich wie Wellen und die Wand schien sich zu biegen. Sein ganzer Körper entspannte sich, schien auf und ab zu schweben.

„Viele müssen beim ersten Mal kotzen, aber du scheinst es gut zu vertragen.", wunderte sich Yeongae, als er mit stechenden Kopfschmerzen erwachte und erstaunt um sich blickte, wie jemand der von einer weiten Reise zurückgekehrt war. Nach dem ersten Schritt war es, als lasse er sich senkrecht in einen Schacht fallen. Als er eines Tages erwachte, blickte er in die Augen eines Polizisten, die voller Verachtung waren. Habt ihr jungen Leute wirklich nichts Besseres zu tun? Dann geht doch lieber auf die Straßen und demonstriert! Das ist das geringere Übel!

Hin und wieder hob das Tier den Kopf und zeigte seine Krallen. Das waren die Momente, in denen Yunki sein Schnappmesser in den weit geöffneten Rachen des Tieres schleuderte. Das Schnappmesser stammte wahrscheinlich von einem in Korea stationierten, amerikanischen Soldaten. Man brauchte nur eine Feder zu drücken, schon sprang die Klinge wie ein verborgener Killerinstinkt hervor. Die Dachbodentür und die Glyzinie im Hof mussten immer wieder als Ziel herhalten. Auch der Zimmerboden wies bald unverkennbare Spuren auf.

Als wollte er sein Schicksal herausfordern, schleuderte Yunki eines Tages das Messer in Richtung der Zimmertür. Sie öffnete sich just in dem Moment. Es war Eunyong. Das Messer streifte ihre glatten Haare, durchquerte das Wohnzimmer, bis es auf das Glas der Eingangstür traf. Plock. Es war nur ein schwaches Geräusch und ein Riss zeigte sich im Glas. Hinter der Glasscheibe sah man den Paulownia-Baum. An der Stelle, an der sich der Riss befand, wurde der Baum zum Zerrbild. In dem Moment wurde Yunki klar, dass er bisher eigentlich ein anders Ziel gehabt hatte. Es war nicht das Tier, das er treffen wollte. Sondern jemanden, der größer war als Eunyong, jemanden aus der Familie. Oder: Nicht unbedingt Eunyong aber jemanden aus der Familie. Obwohl er sich in seinem Inneren dagegen auflehnte, es war die Person, vor der er auf Knien gelegen hatte und um deren Segen er gebettelt hatte.

Eunyong blickte sich auf eine Weise um, die widerspiegelte, dass sie nicht erfasst hatte, was ihr beinahe widerfahren wäre. Nach einem Blick auf Yunki ging sie ins Wohnzimmer und hob das Messer auf. Auf dem gekrümmten Rücken Eunyongs, die sich gerade nach dem Messer bückte, tanzten die Sonnenstrahlen, gefiltert durch die Ranken der Glyzinie. Als Eunyong sich aufrichtete, zerstoben die Sonnenstrahlen in alle Richtungen. Nachdem sie das Messer mit der herausgesprungenen Klinge auf die Kommode gelegt hatte, stieg sie zur Dachkammer hinauf. Ihre Wortlosigkeit war wie ein peitschender Vorwurf für Yunki. Hör jetzt auf damit.

An diesem Abend passierte es. Auf dem Rückweg vom Strand ließ Yunki an einer scharfen Kurve, die man förmlich in den Zehenspitzen fühlte und die er sich schon vor längerem gemerkt hatte, seine Hände vom Lenkrad sinken.

‚Ich werde es jetzt beenden. Ich mache Schluss.'

Aber sein Genick brach nicht. Die Tage im Krankenhaus, in dem seine Familienmitglieder ihn versorgten, während sie dabei jeden Blickkontakt vermieden, die zischenden Laute, die durch seine zerbrochenen Zähne entwichen…

Drei Jahre und dann lässt du dich scheiden.

Zur Hochzeit kamen, wie es sich für eine Hochzeit gehörte, viele Gäste. Die riesige Zahl der Gäste war das Resultat der Emsigkeit von Herrn Kiljung, mit der er bisher immer alle großen und kleinen Ereignisse der Bekanntschaft und Verwandtschaft bedacht hatte. In seinem schwarzen Anzug stand Yunki mit Herrn Kiljung am Eingang der Halle und begrüßte die Ankommenden. Als trüge er Trauer. Der Anzug war neu und man spürte förmlich den Glanz des Neuen. Über die Sticheleien der Freunde lachte er, indem er seine neuen, falschen Zähne entblößte. Das Lachen, das er gleich einer Maske trug, schmerzte auf seiner Haut. Hin und wieder fuhr er mit der Hand übers Gesicht. Trotz der Rasur fühlte seine Haut sich wie die eines Dickhäuters an. Von vorn, links und rechts blitzten die Kameras, während die Nelke in seinem Knopfloch zweimal zu Boden fiel. Jedes Mal hob jemand sie auf und steckte sie an ihren Platz zurück. Die Hochzeit selbst brannte sich in Yunkis

Gedächtnis wie eine Aneinanderreihung von einzelnen Ausschnitten, als hätte er sich bis zur Besinnungslosigkeit betrunken. Obwohl die Hochzeit ohne Pannen verlaufen sein musste, war seine Erinnerung nur bruchstückhaft. Zum Beispiel erinnerte er sich an das schüchterne Lächeln seiner Mutter in dem Lokal, in dem der Hochzeitsschmaus stattfand und die Gäste die Qualität des selbst gemachten Weines lobten.

Im Takt des Hochzeitsmarsches kam ihm die Frau entgegen, wobei die Schleppe ihres Brautkleides nachschleifte. In einer Woge von Spitzen schwebte sie auf dem regenbogenfarbigen Läufer zwischen den Bänken der Hochzeitsgäste auf Yunki zu. Hinter diesen Sitzen erschien Hyeonhee mit schüchtern geneigtem Kopf. Nein. Es war nicht Hyeonhee, sondern eine Frau, die er etwa sechs Mal getroffen hatte. Sie trat an der Hand ihres Vaters gemessenen Schrittes auf ihn zu, um ihr Schicksal mit seinem zu verbinden.

„Das Schicksal eines jeden ist vorherbestimmt. Dennoch soll man im Leben ein einziges Mal die Möglichkeit haben, dessen Lauf zu verändern. Das ist die Heirat", sagte die Frau und lächelte unbeholfen. Seine Frau. Mit ihrem kindlich wirkenden rundlichen Gesicht, in einer wohlhabenden Familie behütet aufgewachsen, glaubte diese Frau, die Welt sei das Spiegelbild ihrer eigenen Familiensituation. Sollte es zum Äußersten kommen, hätte diese Frau einen Ort, an den sie zurückkehren konnte. Die Hochzeit war quasi die Vollendung von Yunkis Intrige.

Für einen Mann ist die Hochzeit nur eines von vielen Ereignissen in seinem Leben. Als ginge man auf eine ziellose Reise und kaufte eine Fahrkarte bis zu einem Ort, für den man sich wahllos anhand der Anzeigentafel eines Bahnhofs entschieden hatte. So hatte auch Yunki sich nach den verschiedenen Vermittlungstreffen zur Heirat mit dieser Frau entschieden. Das sie jetzt auf das Schicksal zu sprechen kam, bereitete ihm Unbehagen.

Drei Jahre nur und dann lasse ich mich scheiden.

Indem er diese Worte wie ein Mantra wiederholt vor sich hin betete, schaffte Yunki es, seiner Rolle als Bräutigam gerecht zu werden. Er entschied sich zur Heirat und schob seine falschen Zähne mit der Zungenspitze nach vorn. Innere Blutungen, Blut, das durch verdorbenes Fleisch floss und verklumpte. Bleichgesichtig stellte Yunki sich den Kamerablitzen. Wie andere Paare auch brach er mit großen Koffern in die Flitterwochen auf. In der ersten Nacht kniff Yunki die Augen zusammen, als er seine willige, aber steife Frau umarmte. Für welche Sünden muss diese Frau jetzt büßen, weil sie mich getroffen hat.

Drei Jahre vergingen wie im Flug. Als wüsste die Zeit um ihre Aufgabe zu verstreichen, floss sie ohne Worte dahin. In diesem Fluss reihten sich kurze Momente und szenenartige Ausschnitte aneinander. Der Tag, an dem sie in der Hauptstadt Seoul einen kleinen Laden für Maschinenteile eröffneten, Freud und Leid wechselten je nach Umsatzhöhe, der Tag, an dem die Buchhalterin mit den Einnahmen floh, die Anstrengungen, um einen Bankrott zu vermeiden.

Yunki ging an dem großen Haupteingang des Wohnhauses vorbei und klingelte an der kleinen Tür an der Ecke. Noch bevor die Tür sich öffnete, ertönte von drinnen die Stimme seiner Tochter. „Das ist Papa!"

Das Gesicht des Kindes im Neonlicht wirkte unnatürlich blass, was nicht nur am Neonlicht lag. Den runden Wangen fehlte jede Farbe. Als er das Kind hochhob, schlug ihm eine Woge des giftigen Yontan-Brikettgases entgegen.

Die erste Zeit nach seiner Heirat verhütete Yunki. Er betete noch immer sein Mantra und hatte vor allem nicht die Absicht, ein Kind in diese Welt zu setzen. Auch seine Frau äußerte keinen ausdrücklichen Kinderwunsch, da sie die Promiskuität ihres eigenen Vaters noch deutlich vor Augen hatte. Yunki nutzte ihre damalige Mietsituation als Ausrede, um den Teil seines Körpers, der sich naturgemäß immer wieder aufrichtete, mit einer undurchdringlichen Hülle zu umgeben. Das, was sich vielleicht zu einem Leben hätte entwickeln können, landete ohne Reue im Müll.

Drei Jahre und dann lasse ich mich scheiden.

Sein Entschluss hielt keine zwei Jahre. Im Frühling nach dem zweiten Winter, an einem milden Frühlingsabend, als die kleinen Äderchen, die sich bis dahin tief unter die Haut zurückgezogen hatten, sich weit öffneten und sein Entschluss nur noch formlos, fadenscheinig in einer Ecke seiner Erinnerung flatterte, ging Yunki ein Wagnis ein. Er konnte sich selbst nicht verzeihen, dass sein anfangs so fester Entschluss zu bröckeln begann und es auch keine Aussicht mehr gab, dass ein Einberufungsbefehl ihn aus dieser Realität reißen würde. Als werfe er eine Münze, ging er bewusst ein Wagnis ein. Gleich einem Selbstmörder, der seine Schuhe vor dem Geländer der Brücke auszieht, bevor er hinunterspringt, um die Aufmerksamkeit auf seine Geschichte zu lenken, legte Yunki das zusammengerollte Stück Gummi beiseite und umarmte seine Frau.

Schon als sich die ersten Zähne, kleinen Reiskörnern gleich, zeigten, fixierte sich das Kind in ungewöhnlichem Maße auf den Vater. Wenn das Kind vor dem Fernseher zu einem Kinderprogramm unbeholfene Tanzschritte machte, stahl sich ein Lächeln auf seine Lippen. Auf die Vorwürfe seiner Frau hin, wenn er in Gegenwart des Kindes rauchte, verzog er sich zum Rauchen in die Küche oder öffnete ein Fenster, aus dem er den Rauch hinausblies. Die Vergangenheit war ein Schatten hinter seinem Rücken. So lebte er. Er hatte weder Erwartungen noch Hoffnungen an das Leben, hegte keinen Groll mehr. Das Leben würde ereignislos und langweilig dahinfließen wie ein kahler Berg in der Ferne. Die Einsamkeit umgab ihn, als hätte er jedes einzelne Glas eines Saufgelages bis zur bitteren Neige geleert.

Vor Yunki stand ein weiterer Kelch. Er musste sich entscheiden, ob er den Laden weiterführen sollte oder nicht. Der Kredit, den er aufgenommen hatte um seine dringendsten Schulden zu bezahlen, hatte weitere Schulden zur Folge, die sich wie die Köpfe einer Hydra vermehrten. Jede Nacht wurde er von Albträumen geplagt. Er träumte davon, unbezwingbare Berge erklimmen zu müssen oder dass sein Mantel verschwunden sei. Er gewöhnte sich an Morgens als erstes ein Buch für Traumdeutungen aufzuschlagen. Es waren Tage, an dem der Tag nicht mit dem Morgen begann, sondern von den Symbolen der vergangenen Träume beherrscht wurde.

„Wo ist Inki?"

„Er ist aufs Land gefahren, weil er Semesterferien hat."

„Wann kommt er wieder?"

„Er will erst mal eine Weile wegbleiben. Hat er dich nicht angerufen?"

„Ich war auswärts unterwegs. Wird schon in Ordnung sein."

Das war der Alltag. Gewohnte Gespräche, vertraute Beilagen beim Essen, sehen, wie die Grübchen an den Fingern des Kindes, mit denen es aufgrund seines unbeholfenen Umgangs mit den Stäbchen heruntergefallene Reiskörner in den Mund steckte, den Fingern seiner Frau ähneln. Die Unbedarftheit seiner Frau, die auf Yunkis Aussagen immer mit „Was bedeutet das? Ich verstehe es nicht" antwortet, als Tugend empfinden. Kleine Erinnerungen des Alltags, die Vertrautheit aufbauen. Das, was man gemeinhin als Zuneigung bezeichnet.

Seiner Frau hatte es in ihrem Leben nie an etwas gefehlt. In der ersten Zeit, nachdem sie einen eigenen Haushalt gegründet hatten, fand sie die Notwendigkeit sich einschränken zu müssen sogar faszinierend. Alle sechs Monate mussten sie umziehen und bei den häufigen Transporten bekam ihr schöner Intarsienschrank immer mehr Macken und Schrammen. Irgendwann gab seine Frau es auf, den Schrank zu pflegen. Sie war in einem wohlhabenden Haus aufgewachsen und dachte bei ihrer Hochzeit, dass sie wohl in eine ähnliche Familie einheiraten würde. Aber sie lebten in Wohnungen, in denen man nachts auf dem Küchenboden eine Zeitung ausbreiten und seine Notdurft verrichten musste, weil die Vermieter ihren Wohnbereich abschlossen, in dem sich die Toilette befand. Wohnungen, in denen man eine Gasvergiftung erlitt und an der Türschwelle zusammenbrach. Wohnungen in denen Schimmel die Wände bedeckte und man morgens mit einem Kratzen in der Kehle aufwachte…

Das Mädchenhafte im Gesicht seiner Frau schwand im Laufe dieser zahlreichen Wohnungswechsel wie Wasser, das in der ausgetrockneten Erde zu Dürrezeiten versickerte.

Irgendwann einmal, als sie gerade eine Wohnung besichtigt hatten und auf dem Heimweg im Bus die Füße, in den engen Schuhen schmerzten, blickte seine Frau angestrengt auf einen Umzugswagen, der dem Bus auswich. Es war ein kleiner Pritschenwagen, auf dem die Umzugsgüter lieblos aufgestapelt waren. Selbst auf den ersten Blick sahen der Schrank, der Reiskasten, das Dreirad, und der Benjamin in einer Schüssel, die mit Gummispannern zusammengehalten wurden, billig aus. Es war nur wenig mehr als ein Student sein eigen genannt hätte. Inmitten dieser Gegenstände saß ein hagerer Mann Anfang dreißig, also in Yunkis Alter und rauchte. Sein Blick war auf die prachtvollen rosa Blüten eines kleinen Oleanders gerichtet, der in einer Ecke des Lastwagens stand. In den Augen seiner Frau, die wie gebannt auf diese Blüten gestarrt hatten, gewahrte Yunki Tränen glitzern. Es waren die ersten Tränen, die er bei ihr sah. Tränen, die sie nicht einmal dann vergossen hatte, wenn er sie so geschlagen hatte, dass ihr Gesicht von Blutergüssen gekennzeichnet war.

Yunkis Aggressivität am Anfang ihres Zusammenlebens trieb seine Frau in die Defensive und sie belog ihn bei Kleinigkeiten. Obwohl er wusste, dass seine Aggressivität der Grund für ihre Lügen war, nahm er diese als Vorwand, sie zu schlagen. Er schlug sie, auch wenn ihn die Naivität rührte, mit der sie offensichtlich log. Lügen, in denen sie behauptete, kurz einkaufen gegangen zu sein, obwohl sie heimlich ihre Familie besucht hatte, die eine halbe Stunde Fahrt entfernt wohnte. Lügen, die so offensichtlich waren, dass sie wiederum naiv wirkten. Lügen, die als Ventil für Yunkis aufgestaute Zerstörungswut dienten.

Yunki hätte auch dann Gewalt angewendet, wenn seine Frau das ehrlichste Wesen auf dieser Erde gewesen wäre. Er war sich bewusst, dass er auf jeden Fall einen Grund, einen Vorwand gefunden hätte, gewalttätig zu werden. Wäre sie aufrichtig, würde er ihr vorwerfen, dass sie unflexibel sei, wäre sie reinlich, dass sie pedantisch sei, wäre sie großzügig, dass sie verschwenderisch sei. Die Wildheit saß in seinem Inneren wie ein Stück rohes Fleisch. Er verwies sogar auf seine Blutsverwandtschaft mit Herrn Kiljung um seine Gewalttätigkeit zu rechtfertigen. Jedes Mal warf sich Frau Yun in die Arme ihres Sohnes, um ihn zu beschwichtigen und musste kraftlos wie eine Heugarbe weichen. Einige Male schlug er seine Frau sogar blutig. Und trotzdem hatte seine Frau nie geweint.

„Ich habe heute Busfahrkarten gekauft. Die Vermieterin hat mir extra Bescheid gesagt, dass sie demnächst die Fahrpreise erhöhen werden und dass ich auf Vorrat kaufen soll."

Seine Frau lächelte freudig, als stimme sie allein der Gedanke fröhlich. Ihre Augen jedoch waren von dunklen Ringen gezeichnet. Die Vermieterin hatte sich sicherlich sehr großmütig gefühlt, als sie dies seiner Frau mitgeteilt hatte. Dabei hatte sie ihn mit dem Hinweis, das sei Sache des Mieters, kurzerhand abgewiesen, als er darum bat einen Ventilator anbringen zu lassen. Wie konnte seine Frau nur so naiv sein.

„Wieviel hast du denn deshalb gekauft?"

„Natürlich so viel es ging. Wir brauchen sie ja sowieso auf", strahlte seine Frau. Hinter ihrem Lächeln verbarg sich ein vorsichtiges Ausloten.

„Ich habe nichts gefunden. Morgen werde ich es mal in Shiheung versuchen. Dort sollen die Wohnungen billiger sein."

„Soll ich mal meine Schwester fragen…?"

„Nein. Wir müssten es ja irgendwann zurückzahlen und im Moment sehe ich keinen Weg wie. Umziehen müssen wir sowieso."

„Wenn es so ist, warum fragst du nicht deinen Vater?"

„Schluss jetzt!"

Hatte es seinen Ursprung in der Kindheit? Als er miterlebte, wie sein Vater mit einem Lächeln auf dem Gesicht, als wäre er ein gutmütiger Mensch, die Wohnung verließ, nachdem er zu Hause wie ein Hurrikan gewütet hatte? Dieser abgrundtiefe Hass, dessen Ursprung er nicht zu erklären vermochte. Als er um des kurzzeitigen Lustgefühls wegen trotz eines schlechten Gewissens onanierte, gab es einen Moment, in dem ihn die Erkenntnis traf, dass er in der Ejakulationsflüssigkeit seines Vaters seinen Ursprung hatte. Von diesem Moment an empfand er selbst seine leiblichen Geschwister nur als Last, die Yunki nur noch loswerden wollte.

Yunki war auch Inki gegenüber, der zu dieser Zeit studierte, konsequent ignorant. Sie sahen sich nur beim Abendessen. Inki, der von Natur aus nicht sehr gesprächig war, verzehrte stumm sein Essen oder die Gräten eines Fischstückes und legte es dem Kind vor.

Das Kind kicherte, während es seinen Kopf in den Schoß von Yunki bettete, der gegen die Wand gelehnt mit ausgestreckten Beinen auf dem Boden saß. Er zog seine kribbelnden Beine zu sich heran und streckte seine Hand nach dem seidenweichen Haar seiner Tochter aus. Während er über diese Haare, diese so unglaublich weichen Haare strich, faltete Yunki in Gedanken einen Stadtplan auseinander. Morgen werde ich meine Wohnungssuche weiter ausdehnen. Auch wenn es anstrengend sein sollte, möchte ich eine Wohnung, wo dieses Kind in der Sonne spielen kann.

7. Zwischenstation

Die Schneeflocken, die bisher wie feines Silberpulver am Rande des Lichtkreises der Natriumlampen tanzten, machen sich plötzlich unangenehm kalt auf Eunyongs Haut spürbar, als sie an der Wegbiegung ankommt, die in den Ort führt.

Ein fahles Licht scheint tief aus der Erde emporzusteigen und die Umgebung ist in eine bleiche Dunkelheit gehüllt. Stromausfall!

Der Wind fährt Eunyong kalt unter die Kleider und stöhnt wie eine Wahrsagerin, die die Seelen der Toten nach einer Geisterbeschwörung weit über schroffe Berge, weite Ebenen und tiefe Flüsse an ihren Bestimmungsort gebracht hat und nun erleichtert aufseufzt. Das unangenehme Pfeifen des Windes bereitet Eunyong eine Gänsehaut und lässt sie zittern. Vorsichtig, die Hände in den Taschen zu Fäusten geballt, geht sie weiter. Durch die fahle Dunkelheit beunruhigt, verlangsamt sie ihre Schritte, die sie wegen der Glätte bisher nur zögerlich gesetzt hat, noch stärker.

Der Schnee, der seit dem Abend gefallen ist, bildet nun eine dichte Decke über die Schneereste der vergangenen Woche, die immer wieder aufgetaut waren, nur um erneut zu gefrieren. Eunyong hatte die Verzögerung durch den Schnee eingeplant, als sie von zu Hause aufgebrochen war. Trotzdem ist sie seltsam beunruhigt. Als sie kurz Rast macht um sich zu beruhigen, erkennt sie plötzlich den Grund ihrer Unruhe. Es ist die Dunkelheit.

Es ist Zeit für ihren Vater aufzustehen und zur Toilette zu gehen. Vor allem heute, da er getrunken hat. ‚Vater wird sich aufregen, wenn er verschlafen den Lichtschalter betätigt und die Dunkelheit nicht weicht. Er wird nach der Taschenlampe suchen. Genau, sie liegt in der obersten Schublade der Kommode. Sicherlich findet er sie sofort, weil ihm diese Stelle seit langen Jahren vertraut ist. Aber…‘ Die Sorge lässt Eunyong nicht zur Ruhe kommen ‚Findet er die Taschenlampe trotz seiner Trunkenheit? Vielleicht ruft er ja nach mir, weil er sich über den Stromausfall wundert.‘

Herr Kiljung war bereits betrunken, als er mit Hanyong Kim im Schlepptau nach Hause kam.

„Bring uns was zu trinken!", waren Herrn Kiljungs erste Worte.

„Es reicht doch. Ertränken Sie Ihren Ärger nicht im Alkohol. Lassen Sie es einfach auf sich beruhen. Was bleibt Ihnen sonst übrig?"

„Natürlich werde ich nichts unternehmen. Unsereins steht ja schon mit einem Bein im Grab."

„Wir sollten einfach nur dankbar sein, dass uns kein größeres Unglück heimgesucht hat."

„Sie haben ja so Recht. Aber ich fühle mich betrogen… Als nähme mir jemand meinen Lutscher vor der Nase weg. Dass ich jetzt erleben muss, wie es so einfach wegverkauft wird…"

„Sie und ich, wir haben nicht viel Glück mit unseren Kindern. Aber ehrlich gesagt, es geht anderen doch auch nicht besser. Die Welt ändert sich nun mal; und nicht immer nach unseren Vorstellungen."

Hanyong Kim war im Laufe des Tages vorbeigekommen, weil er gehört hatte, dass ein Grundstück von Herrn Kiljung zum Verkauf stand. Hanyong Kim war der erste Mensch, mit dem sich Herr Kiljung in der neuen Heimat angefreundet hatte. Beide hatten mittellos hier angefangen und sich erst ein neues Leben aufbauen müssen. Diese Tatsache verband beide Männer, ohne dass es großer Worte bedurft hätte. Das besagte Grundstück war das erste Stück Land, das Herr Kiljung mit eigenen Mitteln erworben hatte.

Obwohl nur ein Jahr jünger, behandelte Hanyong Kim seinen Freund immer mit dem Respekt, den man Älteren entgegenbringt. Der Versuch, Herrn Kiljung mit einer Sauftour über den Verkauf des Grundstücks hinwegzutrösten, schien fehlgeschlagen zu sein. Hanyong Kim schlug Herrn Kiljungs Wunsch weiter zu trinken ab und stand auf.

„Sie brauchen nicht mit zur Tür zu kommen. Gehen Sie lieber schlafen."

Hanyong wandte sich an Eunyong: „Bereiten Sie Ihrem Vater seine Schlafstatt vor. Tut mir wirklich leid, Sie so spät belästigt zu haben."

Gleichzeitig versuchte er, Herrn Kiljung am Aufstehen zu hindern.

Hanyong Kim stieg in seine Schuhe, die Eunyong ihm schon bereitgestellt hatte, und versuchte Herrn Kiljung daran zu hindern, ihm auf die Straße zu folgen. Herr Kiljung, der zwar beteuerte, im Haus zu bleiben, folgte Hanyong Kim jedoch bis vor die Tür.

„Brrr, richtig kalt heute."

Hanyong Kim wäre beinahe ausgerutscht, als er die Stufe vom Haustor zur Straße hinunterstieg.

„Kommen Sie gut heim!" Auf Eunyongs Gruß hob Hanyong Kim dankend die Hand, während er sich auf die breite Straße hinaustastete. Nach dem Bau der Umgehungsstraße lag Herrn Kiljungs Haus direkt an der Straße. Später baute Hanyong Kim auf der anderen Seite etwas weiter unten sein Haus. Beide Häuser standen etwa 50 Meter versetzt einander gegenüber.

„Vater, komm endlich herein."

Auf Eunyongs Drängen schickte Herr Kiljung seine Tocher mit ernüchterter, schwermütiger Stimme ins Haus: „Geh du schon mal rein."

Der gefrorene Schnee glitzerte im Licht. Auf dem Bürgersteig war er mit Fußspuren übersäht. Ein Wagen näherte sich mit hoher Geschwindigkeit und verringerte diese erst, als die Reifen durchdrehten. Hanyong Kim überquerte hinter diesem Wagen die Straße.

Herr Kiljung blieb im Schatten der Mauer stehen und blickte ihm nach. Hanyong Kim gelang es problemlos, seine Haustür zu erreichen, wo er sich an seinem Hosenbund zu schaffen machte. Er schien sein Wasser abzuschlagen. Erst als er sich vergewissert hatte, dass Hanyong Kim ins Haus gegangen war, wandte sich Herr Kiljung um. Für beide war es ein Ritual, zuerst den Lauf der Welt zu beklagen und sich anschließend in aller Form mit einer Verbeugung von 90 Grad voneinander zu verabschieden. Sie blieben gegenseitig immer überaus höflich auch wenn sie so betrunken waren, dass sie kaum ein vernünftiges Wort herausbrachten. Herr Kiljung brach förmlich zusammen, sobald er wieder im Zimmer stand. Eunyong hatte ihm neben der tief schlafenden Frau Yun die Decken ausgebreitet.

Eunyong versucht sich zu beruhigen: ‚Schließlich habe ich ihm ein Nachtmahl an die Seite gestellt…‘

Gleich einer alten Erinnerung, die einen plötzlich überfällt, flackert das Licht wieder auf. Der wohlbekannte Weg kommt ihr wie ein Irrweg vor. ‚Liegt der Bahnhof wirklich am Ende des Weges?‘ Eunyongs grundlose Angst verebbt erst, als sie die Lichter im Bahnhofsgebäude erblickt. In den meisten Läden vor dem Bahnhofsgebäude sind die Rollläden herabgelassen. Der letzte Bus fährt nur bis zur vorletzten Haltestelle in der Ortsmitte. Am Rande des dunklen Platzes fallen nur die Acryl-Schilder der Teestuben und Hotels ins Auge. Hinter der beschlagenen Scheibe eines Ladens entdeckt Eunyong einen Stapel Mandarinen. Der Platz selbst wird von einigen Taxen beherrscht, die wie Käfer wirken. Sie warten auf letzte Fahrgäste der Bahn, die ins Umland weiterfahren wollen.

Eunyong betritt den Warteraum. Stellenweise blättert die Farbe von der Holzbank ab, die schon mehrfach überstrichen wurde. Die Blicke der Leute auf ihr, sind gespannt auf den laufenden Fernseher gerichtet. Der Ofen ist kalt, als sei er erloschen oder die Kohlen frisch nachgelegt worden. Eunyong lässt sich auf einem Ende der Bank nieder. ‚Richtig, heute war Markttag‘, erinnert sie sich, als sie die Menschen mit den großen Holz- und Tonschüsseln zu deren Füßen sieht. ‚Deshalb also war es im Bezirksbüro so voll.‘

Eunyong hatte sich von den anderen Wartenden entfernt, die alle Stühle besetzt hatten, nachdem sie die Einwohnermeldebestätigung und den Identitätsnachweis für Inki beantragt hatte. Laute Rufe, vergleichendes Gemurmel und das Gekicher der Schülerinnen, die ihre schwarz gefärbten Finger hochhielten, um sich für ihren ersten Personalausweis die Fingerabdrücke abnehmen zu lassen. Die Schreie des ins Telefon brüllenden Zivildienstleistenden und ähnliches Stimmengewirr erfüllten den Raum. Wegen des Unterschieds der Innen- und Außentemperatur waren die Fensterscheiben beschlagen. Die Zeit des Wartens zog sich ähnlich trübe dahin. Genau in diesem Augenblick durchbrach eine dumpfe, aber zornerfüllte Stimme die lärmgeschwängerte Luft. „Ich arbeite mir die Knochen wund, um meine Schulden abzubezahlen! Wie sollte ich da Zeit finden, die Geburt eines Mädchens anzuzeigen?“

Alle Blicke richteten sich dorthin, wo ein Bauer Ende 30 stand, der einen Angestellten des Bezirksbüros und den Zivildienstleistenden gleichzeitig überzeugen wollte.

„Das ist Ihr Problem. Wozu gibt es überhaupt Gesetze, wenn jeder mit seiner Entschuldigung Berücksichtigung fordert? Sie sind einfach verpflichtet, ein Bußgeld zu bezahlen, wenn Sie die Frist versäumt haben. Wieso proben Sie den Aufstand? Außerdem hat niemand sie gezwungen Schulden zu machen!“

Im Widerspruch zu seiner groben Wortwahl, wirkte der Gesichtsausdruck des Angestellten eher besänftigend.

„Ich wollte doch gar keine Schulden machen! Erst verleitet uns die Regierung dazu Kredite aufzunehmen, und wenn wir wegen der fälligen Tilgung unter Druck geraten, drückt sie uns deswegen auch noch Bußgelder auf!“

Es schien, als habe der Mann bereits kapituliert und debattiere nur, um seinem Ärger Luft zu machen. Der Angestellte nahm sich noch mehr zurück: „Wenn Sie das Geld schmerzt, warum zeigen Sie die Geburt verspätet an? Jedenfalls hatten Sie noch genug Zeit, um Kinder in die Welt zu setzen!“

Die Spannung im Raum fiel von den Menschen ab so wie beim Garen weich gekochtes Fleisch von einem Knochen abfällt. ‚Das stimmt, hahaha.‘ Inmitten der allgemeinen Heiterkeit suchte einer der Umstehenden zu vermitteln: „Drücken Sie doch ein Auge zu. Schließlich handelt es sich doch um ein freudiges Ereignis.“

Nachdem sich die Atmosphäre entspannt hatte, beugte sich der Angestellte, der bis dahin mitgelacht hatte, wieder über seine Akten. ‚Eigentlich war die Arbeitsmenge zu groß, um ihn mit einem Mann zu bewältigen. Wie sollte er nur fertig werden?‘

Mit den angeforderten Papieren ausgestattet traf Eunyong auf dem Weg zum Ausgang Herrn Kim, der früher unter ihrem Vater gearbeitet hatte und nun eine Mühle betrieb. „Wann lädst du uns endlich zu deinem Hochzeitsschmaus ein?" Nach einigen Begrüßungsfloskeln senkte Kim die Stimme und fragte: „Ist es wahr, dass das Reisfeld bei Galmori zum Verkauf steht? Es kommt mir wie gestern vor, dass dein Vater sich so über den Kauf gefreut hatte…"

‚Es war Markttag! Deswegen war es so voll.' Sie blickt auf den Fernseher. Es lief ein Musikprogramm mit Oldies.

… in die Heimat kann ich nicht zurück.
Unter diesem Himmel, weit entfernt sind
die Berge meiner Heimat…

‚Inki hat schon immer viel Zeit außer Haus verbracht…' Eunyong wird schwermütig, weil das melancholische Lied genau auf Inki zuzutreffen scheint. Dessen Abneigung gegen sein Elternhaus ist so groß, dass sie ihn am Bahnhof treffen muss.

Vom Gleis her erscheint ein Bahnangestellter und öffnet den Durchgang zu den Gleisen. Die Menschen sammeln ihr Gepäck und erheben sich langsam. Dabei blinzeln sie, vielleicht wegen der schwachen Beleuchtung, vielleicht aber auch, weil sie in unbequemer Haltung ferngesehen haben. Die langgestreckten Quecksilberlampen an den Gleisen erhellen kalt die Bürde des Alltags, die die Marktverkäufer auf ihrem späten Heimweg zu tragen haben. Aus der Ferne nähert sich ein gedämpfter Pfeifton.

„Möchten Sie etwas trinken?"

Eine Bedienung mit hochgesteckten Haaren bietet ihnen Reistee an. In der Teestube sitzen keine weiteren Gäste. Auch tagsüber wirkt das Ambiente immer irgendwie schummrig.

„Können Sie mir Milch warm machen?"

„Natürlich. Ich mache Sie Ihnen gern ganz heiß."

„Danke."

„Ich hätte gern Kaffee."

Gähnend geht die Bedienung in Richtung Küche, öffnet die Tür und verschwindet dahinter.

„Hast du zu Abend gegessen?"

„Natürlich. Schließlich ist es schon spät."

„Zu Hause habe ich ein Abendessen vorbereitet..."

„Ich muss doch morgen früh den ersten Zug nehmen. Essen kann ich jeden Tag."

‚Sturkopf'. Eunyong drängt ihn nicht weiter und zieht einen Umschlag aus dem Mantel. In dem gelben Umschlag stecken die amtlichen Papiere. Der Identitätsnachweis und die Einwohnermeldebestätigung. Herr Kiljung war der Ansicht, dass es nicht gut aussähe, wenn die Adressenspalte im Melderegister vollgeschrieben ist. Deshalb war Inki weiterhin unter der Anschrift seines Heimatortes gemeldet. Inki zieht ein Notizbuch aus seiner Hosentasche und legt den Umschlag zwischen die Seiten. Der zusammengefallene Rucksack vermittelt den Eindruck, als hätte er einen weiten Weg hinter sich und sei müde.

„Hast du nicht gefroren, als du die Papiere geholt hast?"

„Ach, so weit ist es doch nicht bis zum Bezirksbüro... Willst du wirklich nicht zu Hause vorbeischauen?"

„Es ist einfacher für mich, hier zu übernachten. Du weißt doch: Das Hotel ‚Sonnenaufgang' liegt unmittelbar in einer Seitengasse. Dort wollte ich schon immer mal übernachten."

„Gibt es das Hotel immer noch?"

„Ja. Jedes Mal, wenn ich nach Hause kam, habe ich einen Blick in diese Gasse geworfen. Und jedes Mal habe ich mir vorgenommen, auch einmal dort zu übernachten. Schließlich ist es das erste Hotel, das ich betreten habe. Ist zu Hause alles beim Alten?"

„Natürlich. Was soll sich schon verändert haben?"

„Geh heim! Soll ich dich begleiten?"

„Unsinn! Durch die Reflektion des Schnees ist es doch hell. Außerdem brennen die Straßenlaternen."

„Trotzdem…"

„Meinst du, ich laufe Gefahr als Arbeitssklavin verschleppt zu werden? Für ein Bordell bin ich ohnehin zu alt."

Feine Krähenfüße, wie mit Fingernägeln gezogen, erscheinen in den Augenwinkeln der lachenden Eunyong.

„Ist mit den Eltern alles in Ordnung? Und bei dir?"

„Natürlich. Pass lieber auf dich selbst auf! Melde dich häufiger zu Hause!"

Sie schiebt ihre Hand in Inkis Parka.

„Hier: Übernachtungsgeld. Das Hotel ‚Sonnenaufgang' hat schon eine ungewöhnliche Tradition in unserer Familie…"

‚Warum schläft er nur im Hotel statt zu Hause zu übernachten? Hoffentlich sind die Zimmer wenigstens gut geheizt.' Zerstreut macht sich Eunyong in der klirrenden Kälte auf den Heimweg. ‚Schon zu Studienzeiten kam Inki nur für ein paar Tage in den Semesterferien nach Hause. Jetzt sind schon Monate vergangen, seit sein Militärdienst abgelaufen ist, aber er scheint noch keine feste Arbeit gefunden zu haben. Aber sucht er überhaupt danach?' Sie hat das Gefühl, ihren Bruder nicht getroffen, sondern sich von ihm verabschiedet zu haben. In der Ferne ist der abschwellende Pfeifton einer Bahn zu hören.

Eine Stimme mischt sich in das Geräusch: „Sie gleichen einer Zwischenstation, Eunyong!"

Ansok, der Sohn des Kindergartenleiters suchte sie unmittelbar nach Ableistung seiner Militärzeit auf. Seine Haare hatten noch den typischen Militärschnitt. Zu dieser Zeit fingen auch die Akazien an zu blühen.

Gegen Sonnenuntergang klingelte es und an der Haustür stand Ansok. Eunyong reagierte verschreckt, denn sie trug nur einen halblangen Rock für den Hausgebrauch und Gummischlappen. Sie streifte gerade die Gummihandschuhe ab, mit denen sie gespült hatte. Peinlich berührt versteckte sie sie schnell hinter ihrem Rücken.

„Haben Sie einen Moment Zeit für mich?"

„Jetzt?"

„Wenn es Ihnen jetzt nicht passt, dann warte ich."

„Es gibt hier aber keinen Ort, an dem Sie warten könnten…"

„Dort hinten ist mir ein Tempel aufgefallen. Darf ich dort auf Sie warten?" bat Ansok, während er in die Richtung zeigte. Der Tempel am Fuße des Berges befand sich am Ortsende. Zu Buddhas Geburtstag reichte die Reihe der entzündeten Laternen bis zur Schwelle vor ihrem Haus.

„Also dann…, ich komme bald nach."

‚Ob etwas mit Miju geschehen ist?' Eunyong versuchte angestrengt sich auf diesen Gedanken zu konzentrieren, während sie das Geschirr mit klarem Wasser nachspülte. Vor seinem Militärdienst hatte Ansok einige Abende gemeinsam mit Miju und ihr verbracht. Wenn sie mit Ansok einen Abend verbrachte, fühlte sie sich wie auf einer dünnen, brüchigen Eisfläche. Wäre Miju nicht eines Nachts bei ihr aufgetaucht, hätte dieser Zustand wahrscheinlich lange angehalten. Eines späten Abends erschien Miju stark nach Alkohol riechend bei ihr. Damit Frau Yun nichts bemerkte, hielt sie einen angemessenen Abstand und fragte in kindlichem Ton mit vorgehaltener Hand: „Mutter, ich darf doch heute bei Eunyong übernachten?"

„Natürlich. Hast du zu Hause Bescheid gesagt?"

„Ja, meine Eltern sind im Bilde."

Nach einer Weile klopfte Frau Yun an die Zimmertür. Wortlos reichte sie ein Tablett herein. Darauf standen zwei Gläser mit Honigwasser. Eunyong musste innerlich lachen, als sie das Tablett entgegennahm. „Du dachtest doch wohl nicht im Ernst, meine Mutter täuschen zu können?"

„Eunyong, ich muss dir etwas erzählen." Miju trank das Honigwasser und legte sich hin. Schon als sie ansetzte, ahnte Eunyong den weiteren Inhalt der kommenden Mitteilung. Nein, sie wusste es!

„Du, das Licht blendet so!"

„Soll ich es löschen?"

An einem Abend die heimlichen Begierden einer verliebten Frau, die sich unbedingt mitteilen muss, in vollem Umfang zu hören!

„Ich war mit ihm am Meer. Es war meine Idee. Du kennst mich doch. Ich muss meine Gefühle zeigen."

Unter ihrer Decke erzitterte Eunyong leise. ‚Nicht einmal das ist mir vergönnt. Nicht einmal heimlich darf ich einen Mann lieben.' Neben der sanft schnarchenden Miju hatte sich Eunyong hin und her gewälzt.

Das war alles. Ursprünglich hatte sie gedacht, sie sei nicht einsam, aber als sie am nächsten Tag im besonders strahlenden Sonnenschein Wäsche aufhing, hatten sich ihre Augen mit Tränen gefüllt. Ihr Herz hatte sich zusammengekrampft, hatte einen harten Knoten gebildet.

Das war alles gewesen. Miju hatte Ansok, der zum Militärdienst eingezogen worden war, ein paar Mal geschrieben und Eunyong manche seiner gelassenen Antwortschreiben vorgelesen.

Was mochte nur sein?

Akazien blühten auf beiden Seiten der Treppe, die zum Hof des Tempels hinaufführte. Die Nacht senkte sich langsam. Der Duft der Akazien stieg zum Ort hinab und schien wieder heraufgedrängt zu werden. Ansok saß am Ende der Treppe. Der Himmel war noch hell. Deutlich stand der blasse Vollmond über Ansok. ‚Vollmondnächte sind seltsam, sie beunruhigen mich. Das war schon immer so. Ich glaube mir wird schwindelig.' Eunyong setzte ihre Fußspitzen betont fest auf, als sie die Treppe hinaufging.

„Haben Sie lange gewartet?"

„Nein, die Blumen duften so süß."

Eunyong ließ sich zwei Schritte entfernt neben Ansok nieder. Drückend lastete die von Akazienduft geschwängerte Stille auf ihnen.

„Ich wollte Sie … nur sehen."

„Ist vielleicht etwas mit Miju?"

Seit Ansok vom Militärdienst zurückgekommen war, rief Miju seltener an. Auf dem Weg zum Tempel hatte Eunyong nachgerechnet. Miju hatte sich vor einer Woche das letzte Mal gemeldet.

„Nein, es hat nichts mit Miju zu tun. Ich wollte Sie nur gern noch einmal sehen, bevor ich weggehe. Vorhin habe ich Sie ein wenig erschreckt, nicht wahr?"

‚Hat er eine Anstellung gefunden? Miju hatte gehofft, dass Ansok die Leitung des Kindergartens übernimmt…

„Ja."

Eunyong fragte nicht weiter. Wohin er geht, warum er geht. Sie spürte die weißen Haare des Kindergartenleiters auf ihrem Gesicht.

„Der Leiter wird einsam sein."

„Er ist eine so starke Persönlichkeit, dass er es verkraften wird. Er lebte immer allein, seit seiner Flucht aus dem Norden."

In der Dunkelheit reißt Eunyong die Augen auf. Ist er nicht verwitwet?

„Ich bin von ihm adoptiert worden."

Das sanfte Gesicht des Leiters und das hagere Gesicht von Ansok, das so trocken wie eine Wüste nach einem Sandsturm war… Ach, so war das.

„In der Mittelschule hatten wir im Biologieunterricht Vererbungslehre. Als mein Vater krank war, erfuhr ich seine Blutgruppe. Nach der Erbtheorie konnten wir nie und nimmer Vater und Sohn sein. Mein Vater hat die Blutgruppe 0 und ich AB."

„Das war sicher recht schwierig für Sie…"

„Ein wenig schon. Ich hatte mich immer gewundert, dass kein Foto meiner Mutter existierte. Vielleicht ahnte ich es längst im Unterbewusstsein. Nachdem der erste Schock überwunden war, habe ich Vater darauf angesprochen. Zum einen, um zu zeigen, dass ich die Entdeckung verkraftet habe und zum anderen weil ich wirklich neugierig war. Sie wissen schon, nicht wahr? Im Waisenheim lässt man die Kinder in einer Reihe antreten und die potentiellen Adoptiveltern wählen das Kind, das ihnen am besten gefällt."

Zwischen den Akazienbäumen, deren Äste einen Tunnel bildeten, sah man die Lichter des Ortes. Jedes dieser Lichter konnte sicherlich seine eigene Geschichte erzählen.

„War es bei mir auch so? habe ich meinen Vater fragt. Damals kannte ich noch nicht die Wirkung von verletzenden Worten. Worte können unendlich verletzen. Damals wusste ich es nicht besser."

Weil der Wind Eunyongs Rock flattern ließ, rollte sie den Saum zusammen und klemmte ihn zwischen ihre Knie.

„Zu meiner Erleichterung gestand mir Vater, dass er mich überhaupt nicht gesehen habe. Man brachte mich in sein Haus. Im Waisenhaus offerierten sie ihm Fotos, anhand derer er sich ein Kind aussuchen sollte, aber er verzichtete."

„Dann…?"

„Er hatte darum gebeten, ihm das schwächste Kind zu schicken. Schließlich war er Arzt."

Ansok blickte Eunyong an und lachte kurz auf.

„Ich erzähle das nicht, damit Sie plötzlich traurig werden. Ich weiß es schon seit langer Zeit, dennoch liebe und respektiere ich meinen Vater. Damals als ich meinen Vater fragte, war ich beim Anblick seiner ergrauenden Haare tief betroffen. So sehr wünschte ich mir, mit ihm blutsverwandt zu sein, dass es mir ausgereicht hätte, nur ein einziges Haar von ihm geerbt zu haben. Bei Frauen mag es anders sein, aber es gibt nur wenige Männer, die das Glück haben, ihren Vater lieben zu können."

‚Warum erzählt er mir das?' Eunyong legte das Kinn auf ihre Arme, die auf ihren Knien lagen. ‚Hoffentlich wartet Mutter nicht auf mich. Ich habe ihr erzählt, dass ich Miju treffe. Was ist, wenn sie nun in der Zwischenzeit bei uns zu Hause anruft?‘

„Ich gehe endgültig weg. Möglicherweise als Matrose auf ein Schiff. Mir fehlt eine genaue Vorstellung von meiner Zukunft. Ich möchte mehr von der Welt sehen. Manchmal ertappe ich mich bei dem Gedanken, hier an Ihrer Seite zu bleiben…“

Eunyong erstarrte auf der Stelle.

„Bei einer Gelegenheit habe ich beobachtet, wie Sie im Kindergarten mit den Kleinen im Spiel vertieft waren. Sie saßen inmitten der Kinderschar und damals dachte ich bei mir, dass Sie Kinder wirklich lieben und bestimmt eine gute Mutter wären. Wenn ich mir meiner eigenen Abstammung nur sicher gewesen wäre…!“

War das ein Traum? Ansoks leise Stimme glich eher dem Wind in Eunyongs Ohren.

„Sie gleichen einer Zwischenstation, Eunyong. Glückliche Menschen bemerken Sie nicht, denn glückliche Menschen nehmen den Schnellzug, der an keiner Zwischenstation Halt macht. Manche aber nehmen den Bummelzug. Manchmal weinen sie sogar, wenn sie an einer menschenleeren Zwischenstation vorbeikommen. Wussten Sie das?“

Nachdem sie die Treppe hinabgestiegen waren, reichte Ansok ihr die Hand. Zuerst versteckte Eunyong ihre knotigen, von der Hausarbeit rau gewordenen Hände, doch nach kurzem Zögern streckte sie ihre Hand aus.

‚Eine Zwischenstation?‘ Eunyong denkt an die kleinen Bahnhöfe in der Nachbarschaft. Diese armseligen Bahnhöfe. Sie kommen ihr nur einsam und verlassen vor. Holzstühle, deren Farbe fast gänzlich abgeblättert ist. Auf jedem dieser Bahnhöfe blühen jährlich die gleichen Forsythien und chinesischen Astern in grellen Farben. Vor dem Haustor angekommen, blickt Eunyong zum Tempel hinüber. Im Ort leuchten nur vereinzelte Lichter und der einst von weißen Akazienblüten bedeckte Berg liegt nun in eine schweigsame Schneedecke gehüllt.

‚Es ist vorbei. Er hat kein einziges Mal geschrieben.' Wie damals, als sie Ansoks Hand gehalten hatte, fühlt Eunyong eine Hitzewelle in sich aufsteigen. Schnell greift sie nach dem Türgriff und öffnet das Tor. Ihre Fußspuren, die sie beim Aufbruch hinterlassen hatte, sind mittlerweile von einem feinen Pulverschnee bedeckt.

Ihr Herz schlägt schneller, als sie das Tor schließt. Aus der Dunkelheit des Hofes späht jemand in das Innere, wobei er sich dicht an das Glas der Wohnungstür presst.

‚Morgen werde ich auf jeden Fall Vorhänge anbringen.'

Eunyong fasst diesen Entschluss regelmäßig, wenn ihr eigenes Spiegelbild sie erschreckt. Doch im Laufe des Tages vergisst sie diesen Entschluss genauso regelmäßig, gleich dem Vogel aus dem Märchen, der sich nachts vornimmt, bei Sonnenaufgang ein Nest zu bauen, während er seinen Schnabel zitternd unter seinem Gefieder birgt. Doch sobald ihn die ersten Sonnenstrahlen wärmen, verdrängt er die Kälte der vergangenen Nacht. Nachdem Eunyong das Wohnzimmer durchquert hat und in ihrem Zimmer angekommen ist, vergräbt sie ihre Hände unter der Decke am Boden. Ihre Hände prickeln. Nachdem sie sie am warmen Boden aufgewärmt hat, sucht sie aus der untersten Schublade der Kommode ein Heft. Die Seiten, zwischen denen ein Füller steckt, sind leer.

Eunyong schiebt das Kissen als Stütze unter sich, streckt sich auf dem Bauch aus, zieht das Radio zu sich heran und schaltet es ein. ‚Hoffentlich kann man FM empfangen...'

Leider ist der Sender immer noch nicht zu empfangen und aus einem anderen Nachtmusikprogramm dröhnen nur rhythmische Klänge. Eunyong schaltet das Radio aus.

Ihre Schulter schmerzt, da der kalte Wind durch eine Fensterritze hereinweht. ‚Morgen brauche ich wieder Haushaltsgeld.' ‚Meinst du, das Geld sprudelt aus einer Quelle?', meint sie Hyokis Stimme zu hören, ‚Mit dem Geld, das du erhalten hast, hätte ich schon längst eine Bank eröffnen können!'

Sie verwirft den Gedanken an die Vorhänge.

Hyoki hat einen Sohn in der Oberschule, zwei Töchter in der Mittelschule und zwei Söhne auf der Grundschule. Diese Kosten und der Aufwand für den Musikunterricht, den er seinen Kindern erteilen lässt, belasten ihn finanziell auf das Äußerste. Allabendlich dringen aus Hyokis Wohnung die Klänge von ‚Sweet home', gespielt von seinen Kindern auf dem Klavier und der Geige.

Wann hatte sie das letzte Mal Haushaltsgeld bekommen? Eunyong durchforstet ihr Tagebuch.

8. Januar

Es war der erste Markttag nach Neujahr. Wegen der Kälte wirkte der Markt eher verlassen. Ich habe ein paar Austern und frischen Seetang gekauft. An der Ecke zur Polizeistation habe ich Sangho gesehen. Als wir noch zusammen die Grundschule besuchten, sang er bei Schulveranstaltungen immer das gleiche Lied: ‚Wenn die Sandburgen der Reihe nach einstürzen, gehen auch die Kinder nach und nach heim. Wenn meine Sandburg einstürzt, leuchten nur die Sterne am Himmel.' Sangho war sehr hellhäutig und wirkte deshalb wie ein Kind aus Seoul. Heute liefert er mit dem Motorrad Gasbehälter aus. Ich habe vorgegeben ihn nicht zu sehen und bin weitergegangen.

9. Januar

Abschiedslied

Entschwindender,
Brächest du nur ein wenig später auf,
Es wäre nicht zu spät für mich,
Dich nach deinem Abschied erst zu lieben.
An den Ort deines Abschieds,
werde ich dir voraneilen,
auf das ich mich in Abendrot verwandele,
das deinen Weggang beleuchte,
in der Dunkelheit, in der du den Mantelkragen

hochschlägst,
Wenn die Lichter in den Häusern erlöschen,
möchte ich zu einem Stern werden,
der für dich singt.
Entschwindender,
Brächest du nur ein wenig später auf,
Es wäre nicht zu spät für mich,
Dich nach deinem Abschied erst zu lieben.

10. Januar

Totengedenkzeremonie für Großvater. Es gab Streit darum, wie die Opfergaben auf dem Zeremonientisch anzuordnen seien. Vater war erbost, dass wir trotz der vielen Gedenkzeremonien die richtige Reihenfolge bisher immer noch nicht einhielten. Nach der Zeremonie befahl er Hyoki zu sich und schärfte ihm ein, dass er nach seinem Tod für alles verantwortlich sei. Man könne nie voraussehen, wie plötzlich der Tod eintreten könne. Deshalb müsse sich Hyoki frühzeitig vorbereiten. Als Hyoki Vaters Zimmer verließ, lästerte er: ‚Bei seiner Gesundheit brauche ich mir keine Hoffnungen zu machen.' Mir blieb vor Schreck das Herz stehen bei dem Gedanken, Vater könne es gehört haben.

11. Januar

Telefonanruf von meiner dritten Schwägerin. Sie beschwerte sich, wie gierig mein Bruder Jongki sei. Als ich ihr erzählte, dass er als Kind immer auf Leckereien gespuckt habe, um sie sich zu reservieren, bemerkte sie, dass Jongki immer noch so gefräßig sei. Nach belanglosem Plaudern kam sie darauf zu sprechen, dass sie schlecht geträumt habe und ob bei uns alles in Ordnung sei. Deshalb also hat sie angerufen.

12. Januar

Die Voraussetzungen für eine intellektuelle Frau sind:

1. Liebe zur Wissenschaft. Mit anderen Worten: sie muss sich um wissenschaftliche Tiefe und um Wissen bemühen.

2. Vertrauen in die eigene Fähigkeit. Selbstvertrauen verleiht Würde.
3. Verantwortung für eigene Handlungen. Angekündigte Handlungen sind unbedingt auszuführen. Das Verantwortungsgefühl für alle Aspekte die eigene Person betreffend zeugt von intellektueller Tiefe.

(aus ‚Für die intellektuelle Frau')

13. Januar

Inki war wieder da. Ich habe ihm tagsüber im Bezirksbüro zwei Einwohnermeldebestätigungen und zwei Identitätsnachweise ausstellen lassen. Er traf mit dem letzten Zug ein und wir haben uns in der Teestube Chowon getroffen. Er schien nicht zu Abend gegessen zu haben, obwohl er es abstritt. Wer weiß, wo er sich herumgetrieben hat. Seine Wangen waren ganz eingefallen. Hoffentlich bemüht er sich jetzt um eine Anstellung. Vater macht sich große Sorgen um ihn. Das Hotel ‚Sonnenaufgang' in einer Gasse nahe des Bahnhofs gibt es immer noch.

Wie die Zeit vergeht!

Vater hat bis spät in die Nacht mit Hanyong Kim gezockt. Ich glaube, er hat sich sehr gegrämt. Es ist Nacht. Es schneit und stürmt wieder. Hoffentlich kommt bald der Frühling…

Warst du nicht der Wind, der mich trug?
Lass mich frei! Weit, weit in die Ewigkeit…

Eunyong kritzelt mit runden Buchstaben in ihr Heft. Sie summt einen lange verflossenen Schlager und schreibt den Text nieder, wie er ihr in den Sinn kommt. Weil ihr die weiteren Strophen nicht einfallen, wiederholt sie den Refrain. Der verzogene Holzrahmen des großen Fensters klappert im Wind. Eunyong schreibt unermüdlich, als wolle sie dieses Geräusch ausblenden.

Nachdem sie den Refrain bereits sechs, sieben Mal wiederholt hat, bemerkt sie ihr Gekritzel. Erschrocken streicht sie es mit einer heftigen Bewegung durch. Die Worte, die sie beim Summen unbewusst niedergeschrieben hat, Eunyongs Gedanken, die gleich einer Schneedecke von einem Ast auf den Boden gerutscht sind, übermalt sie mit heftigen dicken Strichen bis zur Unkenntlichkeit.

‚Ich möchte eine Verrückte sein. Ich möchte eine Hure sein.'

8. Menschliche Gestalten

Ist etwas nicht in Ordnung? Ist vielleicht jemand krank? Eunyongs verhärmtes Aussehen beunruhigt Inki. Als sie vorhin mit niedergeschlagenen, großen sanften Augen die Kaffeetasse in ihrer Hand hielt, hatte Inki die blau hervortretenden Adern auf ihrem Handrücken bemerkt. Mit ihrem Pony, der ihre Stirn bis zu den Augenbrauen bedeckte, sah sie immer noch kindlich aus. Eigentlich ist Eunyongs ein wenig vorstehende Stirn, deretwegen sie in ihrer Kindheit häufig gehänselt wurde, das einzige hervorzuhebende Charakteristikum. Ansonsten hat sie große furchtsam blickende Augen, einen weichen Mund, ist mager und hoch gewachsen. Man glaubt, ein Windstoß könne sie umblasen. Jetzt noch sorgt sich Inki, dass der Hals seiner Schwester, der aus ihrem Kragen mit Turtle-neck herausragte, unbedeckt war. ‚Sie muss allein eine zu große Last tragen.' Inki steht am Eingang der Gasse und blickt Eunyongs hagerer Gestalt nach.

Eunyong war immer sehr still und zurückhaltend gewesen. Zum einen war sie häufig krank, zum anderen entsprach es auch ihrem Charakter. Inki kann sich nicht daran erinnern, dass Eunyong jemals versucht hätte, ihren Willen durchzusetzen. Einmal jedoch hatte Eunyong mit einem Stein vorsätzlich einem anderen Kind eine Platzwunde am Kopf zugefügt. Es war an einem Tag in Inkis früher Kindheit gewesen, als er, damals noch Schulanfänger, von diesem verletzt worden war.

„Kröte, liebe Kröte, nimm mein altes Haus und gib mir ein neues."

Das Nachbarskind schob seine Hand in den Sand und klopfte den darüberliegenden Sand fest, um einen Tunnel zu bauen: sein Krötenhaus. Inki saß daneben und baute ein Dorf aus Sand. Er fand es viel zu unsicher, ein Krötenhaus zu bauen, das leicht einstürzen konnte. Er baute lieber an der Oberfläche des Sandes. Zuerst ebnete er einen Platz, baute Wege, errichtete kleine Häuser und stelle mit Kieselsteinen vorübergehende Menschen dar.

„Mist!"

Das Nachbarskind sprang auf. Sein breiter, tiefer Tunnel war zusammengestürzt. Nach einem Blick auf seinen zerstörten Tunnel kam der Junge zu Inki hinüber und zertrampelte sein Dorf. In einem Augenblick war alles zerstört.

„He! Was soll das?"

Als Inki empört aufstand, schubste ihn sein Gegner so heftig, dass Inki nach hinten fiel. Es wäre nichts passiert, wenn er dabei in den Sand gefallen wäre. Leider stolperte er aber über die Bordsteinkante und schrammte sich das Gesicht auf. In dem Augenblick ging Eunyong vorüber und wurde Zeugin dieser Szene. Die Haare ordentlich zu zwei Zöpfen geflochten, in einen langen Faltenrock gekleidet, bückte sich Eunyong wortlos nach einem Stein.

„He du! Bleib stehen!"

Der Nachbarsjunge war gerade im Begriff, frustriert in seinem Haus zu verschwinden und drehte sich auf Eunyongs Zuruf um. In diesem Augenblick knallte Eunyong ihm den Stein an den Kopf. Es krachte laut und vernehmlich, als der Stein genau den Hinterkopf des Jungen traf.

Frau Yun, die an dem Abend von den Nachbarn zurückkam, bei denen sie sich entschuldigt hatte, sagte nur kurz angebunden: ‚Hätten deine Brüder so etwas gewagt, hätten sie den Stock zu spüren bekommen.'

‚Du meine Güte, das hätte auch böse enden können. Vor allem, weil sie auf den Kopf gezielt hat…'

‚Das war sicherlich der größte Unfall, den meine Schwester in ihrem Leben bewusst herbeigeführt hat…'

An dem Abend entdeckte Inki ein Lächeln auf den Lippen seiner bockigen Schwester. Dieses Lächeln wanderte zu Inkis Mundwinkel und lief dort aus, gleich dem Muster, das schmelzender Schnee hinterlässt.

‚Eunyong betreut anstelle des ältesten Bruders Hyoki die Eltern und führt den Haushalt. Dabei wird ihr kaum Zeit für Urlaub oder eine Reise geblieben sein. Wie eintönig müssen ihre Tage eingesperrt zu Hause sein! Hinzu kommt, dass sie kaum aus sich herausgeht und wahrscheinlich niemandem hat mit dem sie sich austauschen kann. Sicherlich vergräbt sie einigen Unmut und Schmerz in ihrer Brust.‘

Als Inki das halb offen stehende Gittertor aufschiebt, schaut eine etwa 50-jährige Frau aus dem Zimmer, das dem Eingang am nächsten liegt.

„Guten Abend!“

Statt der früheren Schiebetüren mit Reispapier besitzt jedes Zimmer nun eine dunkelbraune Holztür. Die Blumenbeete im Hof sind einem asphaltierten Boden gewichen. Doch Inki ist sich nicht sicher, ob er seiner Erinnerung trauen kann.

„Haben Sie ein Zimmer frei?“
„Ja, sind Sie allein?“
„Ja.“
„Folgen Sie mir bitte.“

Die Frau erhebt sich schwerfällig, stellt ein Wasserglas und eine Kanne auf ein Tablett und begibt sich damit zur Ecke des hufeisenförmigen Gebäudes. Nur vor einem Zimmer stehen Schuhe, in den anderen Zimmern rührt sich nichts. Vielleicht hat das Hotel an Wochentagen kaum Gäste.

„Sie bekommen dieses Zimmer hier. Wenn Sie sich waschen wollen: das Bad ist dort drüben.“

„Danke." Das Zimmer ist angenehm geheizt, vermutlich durch eine Zentralheizung. Inki setzt sich mit dem Rücken an die Wand gelehnt auf den Boden.

Plötzlich vermeint er, die Gesprächsfetzen der Männer hinter ihm im Nachtzug aus der Wand hallen zu hören: „So habe ich mir mein Leben nicht vorgestellt!"

Die beiden Männer hatten angefangen zu trinken, kaum das sie Platz genommen hatten. Den Satz hatte einer der beiden Männer geäußert, als sie sich erhoben hatten, um an der nächsten Station auszusteigen. ‚Das Leben kann weder zurückgedreht noch wiederholt werden.' Die tiefe Bitterkeit, die aus diesen Worten sprach, berührte Inki, so dass er sich den beiden Männern zuwandte. 27 oder 28? Die schäbig gekleideten Männer waren etwa in seinem Alter. Eigentlich ein Alter, in dem man in die Zukunft schauen statt Rückschau halten sollte. Doch ohne Vergangenheit gibt es sicherlich auch keine Zukunft.

‚Blicke nie zu lange auf einen Punkt.'

Das war eine der Regeln für den Wachdienst des Militärs gewesen. Blickte man im Zwielicht oder nachts zu lange auf einen Punkt, so vermeinte man nach einiger Zeit eine menschliche Gestalt zu erkennen. Bei Tageslicht stellte es sich dann als Strauch oder leicht geöffnetes Fenster heraus. Obwohl man sich dieser Tatsache bewusst war, fixierte man seinen Blick bei der nächsten Wache wieder auf diesen Punkt, und wieder nahm etwas eine menschliche Gestalt an. So wurde die Furcht von den eigenen Phantasiegebilden genährt.

‚Was war das damals? Furcht oder Feigheit?'

Gleich einem Vorhang hüllte der gelbe Sandsturm die Stadt ein. Das Universitätsgebäude verschwand unter einer blutroten Wolke. Jede einzelne Faser des Körpers war aus Furcht vor Gefahr gespannt.

Inki verließ zögernd den Seminarraum und machte sich auf den Weg zur Bibliothek... Er war seit etwa einem Monat als Student eingeschrieben und seit er seinen Fuß in diese Stadt gesetzt hatte, war er unruhig und deprimiert. Eine winzige Veränderung in der Atmosphäre, die eine unbekannte Anspannung in Inki hervorrief, beschleunigte seine Schritte. Gerade als er die Bibliothek betreten wollte, kristallisierte sich diese Unruhe in einem Schrei, der von einem bestimmten Punkt auf dem Unigelände ausging. Von dem Schrei angezogen, wechselte Inki seine Richtung und ging auf die Aula zu. Langsam ergriff ihn eine fast fühlbare Anspannung. Eine unbedachte Bewegung und sie würde gleich einer elektrischen Hochspannung seinen ganzen Körper erfassen. Wie von einem Drang ergriffen, jemanden von einer Stromspannung zu lösen und dabei selbst dort hängen zu bleiben, saßen Studenten beisammen und sangen.

Unversehens wurde es Nacht. In der Aula gingen die Lichter an und dieses Licht ließ die Studenten blinzeln. Brot und Wasser wurden herumgereicht. Der Hunger verlieh dem Brot ungewöhnliche Süße. Inki wurde von der Ahnung erfasst, dass Blut fließen würde.

Nacht, Tag, wieder Nacht, die Tageszeiten wechselten einander ab. Es war die Zeit der Dürre. Die Haut trocknete aus und das Gesprächsthema wurde immer leidenschaftlicher diskutiert. Inki kam zu dem Schluss, er fürchte sich. Die einheitliche Richtung der Aussagen beunruhigte ihn, ihm schien, als sprächen alle aus einem Munde. Die kompromisslose Weise, mit der die Stimmen das Ende der Diktaturregierung forderten, ließ ihn erzittern.

Nach einer scheinbar endlos langen Nacht, in der Inki immer wieder sein Gewissen erforscht hatte, verließ er müde und abgespannt die erleuchtete Aula. Es brach ein neuer Morgen an und die gebrüllten Parolen des Vortages, schienen zu Nebelschwaden über dem Campus zu liegen. Als Inki durch diesen undurchdringlich dichten Nebel schritt, wobei er sich einzig an hell und dunkel orientierte, blieben mehr als alle Parolen folgende Worte in seinem Herzen haften: ‚Die Lichter des Gebäudes hinter deinem Rücken werden dir lange Zeit eine Mahnung sein. Eine Mahnung, die lange nicht aus deinem Gedächtnis schwinden wird.‘

Inki kehrte nicht in die Universität zurück. Er konnte sich weder mit dem Aufbegehren der anderen Studenten identifizieren noch durch die belebten Straßen Seouls treiben lassen, die einer anderen Welt anzugehören schienen. Die Studenten in der Aula traten in einen Hungerstreik und Inki irrte ohne Nahrungsaufnahme durch die Straßen. Das glaubte er seinen Kommilitonen gleichtun zu müssen.

Vor sich hin schlurfend, irrte er durch unzählige Straßen. Zwischendurch saß er solange am Straßenrand, bis sich sein brummender Kopf wieder beruhigt hatte. Erst dann nahm er seine Wanderung wieder auf. ‚Aus meiner Sicht sprachen sie nicht von Liebe, sondern von Gewalt. Warum? Warum fürchte ich die Stimmen, die eine bessere Welt verheißen?' Im Viertel Amdong verlor Inki vor dem Tor eines Hauses in altkoreanischer Bauweise das Bewusstsein. Erst am Abend kam er wieder zu sich. Eine sehr alte Frau, die so gebeugt war, dass ihr Rücken einen Winkel von 90° bildete, blickte auf Inki herab.

Die Sonne war schon untergegangen und die Dunkelheit breitete sich wie ein Heuschreckenschwarm auf einem Feld aus. Inki schämte sich seines Verhaltens. Die Scham ließ ihn wie ein Sonnenuntergang erröten: ‚Ich habe mich wie ein ungezogenes Kind benommen!'

Jetzt war er ein Außenseiter. In seine Verzweiflung mischt sich eine gewisse Erleichterung, dass dies schon immer absehbar gewesen war. Diese Einsicht setzte sich in seinem längst von Hungergefühlen befreiten Körper fest.

‚Ich werde nirgends mehr dazugehören.'

Dieser feste Entschluss kühlte ihn so ab, als hätte ihn ein Eisblock berührt. Inki dachte nicht einmal daran, sich in eine andere Richtung zu entwickeln. Er hatte auch nicht die Kraft dazu.

Der Alltag kehrt zurück. Die Pforten der Universität öffneten sich erneut und er setzte sein Studium fort. Er nahm an Straßenschlachten teil, flüchtete in öffentliche Toiletten. Wenn er dann seinem rasenden Herzschlag lauschte, schämte er sich: ‚Was bin ich doch für ein Hasenfuß!' Irgendwo in einer Ecke seines Bewusstseins sehnte sich Inki nach den erkalteten Resten seiner früheren Leidenschaft, wenn er sich vom Tränengas eingenebelt übergeben musste.

Als die Universitäten auf Befehl der Regierung geschlossen wurden, kehrte Inki in seinen Heimatort zurück. Tage später starben in einer Stadt Menschen.[13] Inki erfuhr die Nachricht von Hyoki, bei einem gemeinsamen Abendessen mit Herrn Kiljung. ‚In Gwangju soll der Teufel los sein. Die Stadt soll im Blut waten. Angeblich haben sie dort alles niedergemäht.' Als Inki diese Worte hörte, sah er vor seinem inneren Auge einen riesigen schwarzen Heuschreckenschwarm, der sich durch nichts aufhalten ließ. Und er war nicht dabei!

Die anderen mussten sich opfern, weil Menschen wie er geflohen waren. Und das nur, weil ihm der gemeinsame Aufschrei der Massen Angst eingeflößt hatte.

‚Leute wie ich, die diesem Druck Stand gehalten haben, haben diese Gewalt siegen lassen.' Dieser Gedanke beherrschte Inki so sehr, dass er nachts nicht schlafen konnte.

Am Morgen war der Boden seines Zimmers mit den Kadavern der gestrigen Eintagsfliegen bedeckt. Wenn er die winzigen Leichen, die er schon mit einem Hauch wegblasen konnte, mit seinen Händen zusammenfegte, befreite er sich gleichzeitig von dem Alptraum der vergangenen Nacht. Und von seinen Schuldgefühlen. Des Gefühls, Schuld auf sich geladen zu haben, wurde Inki jedoch nicht Herr. Es nahm die Form einer perversen Lust an.

Als er eines Tages, erst gegen Morgen eingeschlafen war, erwachte er von einem Geschnatter vor seinem Fenster. Es war ein Geräusch, als schlügen zehntausend Kieselsteine aufeinander. Vorsichtig blickte Inki hinaus und erblickte eine Schar Mittelschülerinnen. Offensichtlich waren sie abgeordnet worden, Unkraut entlang der Straße zu entfernen, doch sie schienen diese Aufgabe nicht recht ernst zu nehmen.

Niemand hätte gern unter dieser nicht nur strahlenden, sondern auch brennenden Sonne geschuftet. Jedes Mal, wenn ein vorbeifahrender Wagen Staub aufwirbelte, empörten sich die Schülerinnen und das schnatternde Geräusch der Kieselsteine erklang. Es war kurz vor 12.00 Uhr.

Während Inki die Schülerinnen in ihren blassgrünen Trainingsanzügen beobachtete, bedrückte ihn ein Gefühl der Lust. Reine Wollust, die nichts mit Liebe gemein hatte, überfiel ihn. Er war kurz davor die Kontrolle über seine übermäßige sexuelle Lust zu verlieren, die ihn wie ein Fels niederdrückte. Seine aggressive Gier hätte ihn beinahe dazu getrieben, auf die Straße hinauszustürzen, um diesen unschuldigen Mädchen seinen erigierten Penis zu zeigen. Sein perverser Trieb erzeugte in ihm die Wahnvorstellung, eine mit zartem Flaum bedeckte unschuldige Schülerin auf ihrem Nachhauseweg in eine dunkle Gasse zu zerren.

„Schlafen Sie schon, junger Mann?“ Draußen klopft es sacht an seine Zimmertür.

„Nein.“

„Wollen Sie allein schlafen? Soll ich Ihnen ein Fräulein besorgen?“

„Nein, danke.“

Nach einer kurzen Pause hört Inki wie sich die schlurfenden Schritte entfernen.

Inki streckt sich aus und blickt zur Zimmerdecke hinauf. Vielleicht hätte er doch kurz zu Hause vorbeischauen sollen. Jedes Mal hat Inki das Gefühl, seine Familie zu verraten, wenn er sie wieder verlässt und sie der täglich zunehmenden Willkür seines ältesten Bruder Hyoki ausliefert.

Eunyong... Inki schüttelt den Kopf.

„Es gibt doch dieses alte Sprichwort ‚Gelehrte, Bauern, Handwerker, Kaufleute‘. Zu meiner Zeit brauchte man sich keine Sorgen um sein tägliches Brot zu machen, wenn man ein Handwerk erlernt hatte. Deshalb mussten deine älteren Brüder ein Handwerk erlernen. Bei dir bin ich schon zufrieden, wenn du irgendwo sesshaft würdest.“, das waren die Worte von Herrn Kiljung, als Inki vom Militärdienst zurückkam. Implizit drückte Herr Kiljung damit seine Sorge um die Zukunft seines leichtlebigen Sohnes aus. Seines Vaters Wunsch war, dass sein Sohn als normaler Mensch lebte, seiner akademischen Ausbildung entsprechend eine Arbeit fand und sesshaft wurde. Inki sah sich außer Stande, diesem Wunsch zu entsprechen. Deshalb sah er keine Veranlassung, seinem Vater unter die Augen zu treten.

‚Gelehrte, Bauern, Handwerker, Kaufleute'.

Herr Kiljung hatte zuerst in einer Fabrik gearbeitet und später ein eigenes Feld bestellen können. Entsprechend seiner zuvor genannten Reihenfolge zählte sich Herr Kiljung zur Mittelschicht. Seiner Erwartung nach sollte Inki ein Leben als Gelehrter führen.

Klassendenken…

Es war zu später Stunde in einem Überlandbus. Inki war der einzige Fahrgast. Der Bus vibrierte besonders aufgrund seiner Leere. An der nächsten Haltestelle nahm er zwei Mädchen in Inkis Alter auf.

„Hallo!"

„Wo kommt ihr denn so spät noch her?"

Die beiden kicherten nur und tauschten statt einer Antwort ein geheimnisvolles Lächeln aus. Aufgrund der vertrauten Begrüßung mit dem Busfahrer nahm Inki an, dass die beiden Angestellte des Busunternehmens nach Feierabend waren. Anscheinend hatten sie zuvor das Kino besucht, sie wirkten noch ganz aufgeregt. Nachdem sie den leeren Bus überblickt hatten, wobei sie auch Inki kurz zur Kenntnis genommen hatten, blieben die Blicke der Mädchen an den hinteren Sitzen hängen. Sobald sie sich auf der hintersten Sitzreihe niedergelassen hatten, begannen sie ein Spiel, als schwelgten sie in ihrem gerade genossenen Freizeitvergnügen.

„Klingeling."

„Hallo, hier im Hause Gahee."

„Könnte ich bitte Frau Minsuk Kim sprechen?"

Sofort wurde die tief verstellte Stimme der Sprecherin von ihrer Freundin unterbrochen: „Ach nee, der Name Minsuk klingt doch viel zu bäuerlich. Nimm einen anderen."

Kurze Stille.

„Kann ich bitte Sujin Min sprechen?"

‚Genau, das ist ein schöner Name' Die begeisterte Freundin schien freudig in die Hände zu klatschen und wechselte zu einem eleganten Ton in der Stimme, als sie vorgab das imaginäre Telefongespräch entgegenzunehmen: „Am Apparat. Was gibt es?"

„Ach, ich würde Sie gern ins Kino einladen. In Verbindung mit einer schönen Autofahrt."

„Schön, aber ich habe noch einen Termin bei meiner Kosmetikerin..."

„Dann verschieben wir die Verabredung ein wenig. Sagen wir um sieben? Im Restaurant, in dem wir uns immer treffen?"

Eine affektierte, weiche Stimme. Die imitierte Stimme einer jungen Dame, die von den Widrigkeiten des Lebens verschont und behütet wie in einem Gewächshaus aufgewachsen ist. Peinlich berührt lehnte Inki seine Stirn an das dunkle Fensterglas des Busses. Als belustigte sie Inkis Reaktion, hörte man nun das kullernde Kichern der beiden.

„Hört sich doch ganz echt an, oder? Lass uns etwas anderes ausprobieren!"

„Hallo Fräulein! Mir wird schlecht. Ich brauche eine Plastiktüte!"

Als Reaktion auf die dröhnende Stimme des einen Mädchens gluckste ihre Partnerin, erhob sich, ging zum Fahrersitz und kam mit einer Plastiktüte zurück: „Lass uns nichts mit ‚übel werden' spielen. Von sich erbrechenden Fahrgästen habe ich genug."

„Stimmt, ich auch."

Plötzliche Stille breitete sich aus. Inki kamen die Worte: ‚trauriges Spiel' in den Sinn, während er dem lauten Motorgeräusch des Busses lauschte. Traurig? Er wunderte sich über seine eigene Wortwahl. ‚Was wäre denn ein fröhliches Spiel für die beiden? Sie können doch nur ausharren. Es ist anmaßend von mir, ihr Spiel als traurig zu bezeichnen.'

‚Wenn ich in Seoul ankomme, werde ich mir ein Zimmer nehmen und eine Arbeit suchen. Wird Yunki versuchen, mich davon abzuhalten?' Yunki war sein zweitältester Bruder und zeigte schon immer einen Hang zu Gewalttätigkeit. In gewisser Weise beneidete Inki Yunki, weil dieser so kompromisslos sich selbst treu blieb. Auch wenn das dazu führte, dass Yunki seine ganze Leidenschaft nur auf eine einzige Liebe konzentrierte. Woher kam nur dieser Hang zur Gewalt? Selbst Yunkis Verzweiflung, die ihn förmlich paralysiert hatte, war im Grunde eine verwandelte Ausdrucksform seiner tiefen Leidenschaft.

„Am liebsten würde ich den ganzen Tag Uhren aufziehen."

Der Spruch stammte aus einer Zeit, als Inki noch studierte. Als Yunki gezwungen gewesen war, sein Geschäft aufzugeben, waren die Tage in gedrückter Stimmung vergangen, ähnlich der Stimmung, die ein vergilbtes Landschaftsfoto erzeugt.

Als Inki damals Yunkis Zimmer betreten hatte, hatte Yunki mit eingefallenen Wangen diese Worte vor sich hin gemurmelt: ‚Ich möchte den ganzen Tag Uhren aufziehen...'

Yunki lag auf dem Rücken, zog den Wecker an seiner Brust auf und legte ihn auf dem Zimmerboden ab. Klingelingeling... der Wecker vibrierte, als müsse er unbedingt jemanden aus dem Schlaf reißen. Der wellenförmige Klang des Klingeltons erfüllte das ganze Zimmer. Diese Schallwellen erreichten jeden Winkel des Raumes. Als hätte der Ton sein Ziel erreicht, schwächte er sich ab und erstarb schließlich. Im Zimmer, das zuvor der Schall beherrscht hatte, breitete sich Stille aus, eine Stille, die einer Andacht glich. Yunki streckte seine Hand wieder nach dem Wecker aus. Klickklack. Mit einer resoluten Handbewegung zog er die Uhr auf. Er wirkte, als lausche er einer außerirdischen Kommunikation. Beim Verlassen des Zimmers schnürte Inki die Sorge um seinen Bruder die Kehle zu. ‚Will Yunki etwa zu einer Mumie verkommen?'

‚Woher stammt nur seine tiefe Leidenschaft?', fragte sich Inki jedes Mal, wenn er die Gewaltausbrüche seines Bruders miterlebte. In ihrer Jugend war Yunki ein liebevoller Bruder und gescheiter Sohn gewesen. Seit wann hat er sich so verändert? Inki war sich bewusst, dass er seinen Bruder an ihren Vater erinnerte. Inki sah Herrn Kiljung ähnlich.

Er holt seinen Notizblock aus dem Rucksack. Zwischen den Seiten liegt ein Foto aus seiner Militärzeit. Das Foto hatte Hauptgefreiter Kim von der Kommunikationszentrale gemacht. „Seltsam", meinte Hauptgefreiter Kim als er das Foto schoss. Kim, der offizielle Fotograf der Einheit, studierte angewandte Kunst und hatte sein Studium unterbrochen, um seinen Militärdienst abzuleisten. Seine Hauptaufgabe bestand darin, die verschiedenen Veranstaltungen der Einheit fotografisch zu dokumentieren. Häufiger jedoch fotografierte er Ausflüge oder Sportveranstaltungen der Kinder oder begleitete die Frauen der Offiziere zu ihrem Frühlingspicknick. Dabei müsse er streng auf die Hierarchie achten in Bezug auf die Häufigkeit und den Kamerawinkel seiner Bilder, sonst müsse er später mit Konsequenzen rechnen, erklärte Hauptgefreiter Kim ungerührt. Kim war zwar nicht der hellste, wusste aber sehr wohl einzuschätzen, wie man sich beim Militär am besten durchschlägt. Es gehörte auch zu seinen Vorzügen, andere an seinen Privilegien teilhaben zu lassen.

„Ich bekomme jederzeit auf Antrag Ausgang. Wenn du also etwas brauchst, lass es mich nur wissen."

„Wieso bekommst du jederzeit Ausgang?"

„Mensch, bei mir handelt es sich bei jedem Ausgang um einen Dienst in der Truppe. Das verdanke ich unserem ehrenwerten Präsidentenehepaar."

Kurz vor dem Besuch des Präsidenten bei der Division entdeckte der Divisionskommandeur in einer Broschüre des Ministeriums für Kultur und Information ein Foto des Präsidentenehepaars im Garten der Residenz. Blitzartig kam ihm die Idee, dieses Foto eingerahmt am Eingang der Division aufhängen zu lassen, damit es dem Präsidenten bei seinem Besuch sofort ins Auge fallen musste. Die Befehlsmaschinerie lief an und Hauptgefreiter Kim erhielt eine Woche Ausgang mit der wichtigen Aufgabe, das Foto zu besorgen. Einer seiner ehemaligen Kommilitonen arbeitete als hauptberuflicher Fotograf bei einer Nachrichtenagentur und besorgte ihm das Foto aus dem Archiv des Ministeriums für Kultur und Information, so dass der Hauptgefreite Kim mit dem Foto in der Hand erfolgreich von seiner Mission zurückkehren konnte. Die Freude des Präsidenten beim Anblick des Fotos übertraf sogar die Erwartungen des Divisionskommandeurs. Seitdem bekam der Hauptgefreite Kim Ausgang, wann immer er wollte. Er hatte das Talent, solche Anekdoten freimütig erzählen zu können, ohne sich damit unbeliebt zu machen.

Kim hatte Inki ins Freie gezerrt, um ein Foto zur Erinnerung an die abgelaufene Militärzeit zu schießen. Er legte dabei den Kopf schief und bemerkte: „Seltsam..."

„Was?"

„Die meisten Menschen werden nervös, sobald sie vor einer Kamera stehen, weil sie auf dem Foto unbedingt gut aussehen wollen. Manchmal gibt es Menschen wie dich, die sich so unauffällig wie möglich verhalten und einen Platz in der Menge ganz hinten oder in einer Ecke suchen. Vielfach wenden sich diese Menschen ab, um nicht von der Linse erfasst zu werden. Wahrscheinlich kann ich dich deshalb so gut leiden, aber als Fotoobjekt machst du es mir ganz schön schwer."

‚Kennst du das Gefühl, in dunkler Nacht in der Dunkelkammer in das Gesicht eines Toten zu blicken? Ich denke an das Passfoto im Personalausweis eines Verstorbenen, das ich vergrößere, damit es in einen Portraitrahmen passt. Es ist in der Tat ein seltsames Gefühl, ein Bild zu Ehren eines Menschen zu machen, der längst tot ist. Tagsüber? Nein, ich muss diese Arbeit nachts machen, damit die Abzüge am nächsten Morgen fertig sind.'

Als der Hauptgefreite Kim ihm das erzählte, musste Inki an eine Szene in einem vor langer Zeit gelesenen Buch denken. In der Division war ein Soldat gestorben und für die Gedenkzeremonie wurde ein Portraitfoto gebraucht.

Der Protagonist des Buches irrt durch die Straßen, wobei er sich wegen seiner Unfähigkeit Vorwürfe macht, weil er die Hinrichtung nicht hat verhindern können, der er zuvor beigewohnt hat. Doch dann wird ihm klar: ‚Als die Hinrichtung vollzogen wurde hat der Tote die Furcht vor der Hinrichtung bereits überwunden. Warum gräme ich mich immer noch deswegen?'

„Puh, was für ein Schnee! Haben Sie ein gut geheiztes Zimmer frei?"

Muntere Stimmen. Ein wenig später: Die Schritte vorbeigehender Männer vor Inkis Tür. Inki holt ein kleines Blatt Papier hinter dem Foto hervor. Es handelt sich um einen Text, den er aus einer Zeitschrift ausgeschnitten hatte, als er feige die Studentenbewegung verlassen hatte. Inki wusste, dass er sich nicht mit den anderen identifizieren konnte. Daran hätte auch ein zweiter Versuch nichts geändert. Dieser Text hatte Inki wie ein Schlag getroffen. Es war ein Auszug aus dem Testament einer Studentin, die sich im vergangenen Frühling in den Tod gestürzt hatte:

> Sterbe voller Scham, der du nicht den Mut hast, unter Schmerzen weiterzuleben.
> Es ist nicht nur ein beschämendes Leben für dich, der du dich nicht traust die Schmerzen des Lebens mitzutragen...
> Gleichgültigkeit gegenüber den Besitzlosen dieser Welt, den Unterdrückten, den Benachteiligten.
> Zusätzlich zu der Schuld des Wegnehmens hinzugefügt...
> Ich kann nicht länger mit dieser Schuldenlast leben...
>
> *(Auszug aus dem Testament der verstorbenen Hyejong Park)*

9. Verblassende Gesichter

Stille breitet sich im Haus aus. Es ist eine Stille, die in den Ohren rauscht, nur unterbrochen durch das piepsende und raschelnde Geräusch der umherhuschenden Ratten. ‚Tatatak', deutlich vernimmt Herr Kiljung das von einer Ratte verursachte Geräusch, als schleppe sie etwas für sie viel zu Schweres über den Boden.

In letzter Zeit durchqueren die Ratten furchtlos die Diele. Jetzt, wo das Haus im Verhältnis zu den dort wohnenden Menschen zu groß geworden, nicht mehr mit Leben erfüllt ist, scheint es, als werde es von einer lang unterdrückten Trauer überflutet. Plötzlich kommt eine alte, hässliche Seite zum Vorschein. Die Ratten beschleunigen den Verfall. Manchmal findet Herr Kiljung morgens vor der Türschwelle kleine Häufchen abgenagter Holzspäne, vorsichtig zusammengetragen. Das waren die Ratten, deren Nagen er in seinen Träumen hört. Die Spuren der harten Rattenzähne finden sich auch überall an den Haufen alter Kleider und Rechnungsbücher auf dem Dachboden.

Obwohl sein Haar anfangs nur an den Schläfen ergraute, ist es nun durchgängig grau. Die Zeit verflog wie Kleiderfarben, die in der Frühlingssonne bleichen. Im Laufe der Zeit alterte auch das Haus. Das Hochwasser vor ein paar Jahren, das damals bis zu den Oberschenkeln stand, hatte dem Haus irreparablen Schaden zugefügt. Seit der Zeit kann man überall in den feuchten Ecken des Hauses Küchenschaben und Tausendfüßler entdecken. Die Tapete an der Decke wellt sich und hängt in Fetzen herab, während die Fäulnis sich mit rasanter Geschwindigkeit in den Boden frisst.

Als die ersten Flecken und der erste Schimmel sich auf dem ehemals so tadellosen Bodenbelag zeigten, besah Herr Kiljung unbewusst seine eigenen Hände. Auf deren schon erschlaffter Haut zeigten sich die ersten Altersflecken. Diese Übereinstimmungen, ausgerechnet jetzt, beunruhigten ihn. Er riss den ganzen Boden auf und dichtete ihn sorgfältig ab. Nachdem er das Ölpapier erneuert und dieses grundiert hatte, drehte er die Fußbodenheizung auf und ließ den Boden ausreichend durchtrocknen. Erst danach trug er den Lack auf.

Die Freude über den neuen tadellosen Boden währte nur kurz. Der Bodenbelag faulte großflächiger als zuvor. Der anfänglich reinliche Eindruck war schon bald spurlos verschwunden und wurde von einem üblen Geruch, der einem Leichengestank ähnelte, verdrängt.

„Bestimmt habe ich den Boden lackiert, bevor er richtig trocken war." Mit diesen Worten nahm Herr Kiljung die Mühe auf sich, den Boden erneut aufzureißen und startete einen neuen Versuch. Er wiederholte die gleiche Prozedur, diesmal mit sehr viel größerer Sorgfalt und einem noch größeren Zeitaufwand.

Es war Frau Yun, die vorschlug, den Boden nicht zu lackieren, sondern mit Bohnenöl zu behandeln. Auch das Zimmer müsse atmen. Von einer Tofufabrik holten sie Sojabohnenreste, stopften sie in Baumwollsäckchen und bestrichen damit den Boden. Im Wechsel hockten sich Eunyong, Frau Yun und Herr Kiljung mit den Baumwollsäckchen auf den Boden. Unaufdringlich verbreitete sich der Geruch der Sojabohnen und des Sesamöls.

Als der so behandelte Boden nach dem sommerlichen Monsunregen erneut zu faulen begann, blickte Herr Kiljung seufzend auf seine Hände. „Es war töricht von mir. Warum habe ich mich so geplagt, obwohl ich sowieso nicht mehr lange zu leben habe…"

Herr Kiljung sieht sich noch einmal im Zimmer um. Die Kommode, die den schimmelnden Boden verdeckt, hatte er schon sorgsam durchsucht. Auch den Zierkasten, auf dem ein paar Orchideen standen, hatte er schon geöffnet. Er ist sich sicher, dass er das, wonach er sucht, nicht auf dem Dachboden verwahrt.
Bei seiner Suche fällt ihm ein Fotoalbum in die Hände. Gewissermaßen um sich eine Verschnaufpause zu gönnen, schlägt er es auf.

Die erste Seite zeigt seine Eltern. Seinen Vater und seine Mutter. Je länger er das Foto seines Vaters betrachtet, umso mehr erinnert er ihn an seinen ersten Sohn Hyoki. Es scheint zu stimmen, dass immer eine Generation übersprungen wird. Herr Kiljung ist heute älter als sein Vater es zum Zeitpunkt seines Todes war. Zeit seines Lebens hatte sein Vater nie die Freuden der Arbeit kennen gelernt. Nie hatte er die Befriedigung der körperlichen Arbeit verspüren können. Nachdem Herr Kiljung feststellte, wie viel Freude man aus körperlicher Arbeit schöpfen konnte, begann er seinen Vater zu bemitleiden. Bereits seine ganze Kindheit über war ihm sein Vater unbegreiflich. „Ist die Hacke wohl geschärft, bröckelt der Boden im Frühjahr bereits bei ihrem Anblick. Das gleiche gilt für einen Mann. Kann er stolz auf sich selbst sein, ist er beherzt und spricht ohne zu zaudern. Diejenigen, die dem nichts entgegenzusetzen haben, ziehen von vornherein den Kopf ein. Doch Hochmut kommt vor dem Fall. Bevor man so beherzt sein kann, muss man sich erst wie die Hacke tief beugen."

Als Herr Kiljung zu arbeiten begann, hatte er irgendwo diese Worte gehört. Sie führten dazu, dass er sich immer wieder zu Demut zwang. Doch tief unter dieser Schicht verborgen, wie Schlangenkopffische, die sich im Schlamm winden, wenn man das Wasser eines Stausees abgelassen hatte, rührte sich sein Stolz. Der Stolz den er empfand, weil er sein Leben ohne fremde Hilfe meisterte. Sein Vater hatte diese Freude nie verspüren können, lebte Zeit seines Lebens von der Wohltätigkeit anderer.

Herr Kiljungs Stolz hatte seinen Höhepunkt am Tag des Einweihungsfestes seines Hauses erreicht. Es war kein prunkvolles Haus. Trotzdem vermittelte es einen geräumigen und soliden Eindruck. Die Besucher staunten beim Anblick des großen Zimmers und der Glasfenster, die drei Seiten des Zimmers umrahmten. Die Sonne schien ungehindert herein und erhellte das Zimmer auf fast verwirrende Weise.

„Schön, dass es so hell ist."

Ungehindert durch die Fenster, die zwei Drittel der Wände ausmachten, tanzten die Sonnenstrahlen auf der Stirn von Herrn Kiljung. Bis in die Haarspitzen war er von Stolz erfüllt.

Nachdem die Besucher mit wohlwollenden Wünschen auf den Lippen gegangen und die Lichter in jedem Zimmer gelöscht waren, hatte Herr Kiljung das Foto seines Vaters aus dem Album geholt. Das Haus, für das er den Grundstock eigenhändig gelegt, für das er das Baumaterial Stück für Stück selbst besorgt hatte, war wahrhaftig sein eigenes Haus. Sein Vater hatte nie ein Haus sein eigen nennen können.

„Das Foto ist immer noch das gleiche, nur das Haus ist inzwischen gealtert. Schönheit und Glück sind wahrlich vergänglich."

Herr Kiljung blättert weiter. Herr Kiljung in jungen Jahren und auch Frau Yun. Hyoki in seiner Schuluniform. Er sieht lieb und brav aus. Als könne er niemals jemanden verletzen, ja nicht einmal einem Insekt etwas zu Leide tun.

„Wir müssen endlich an Stelle der Fabrik ein mehrstöckiges Gebäude bauen lassen. Die Bergwerke schließen der Reihe nach, und wenn wir weiter die Fabrik betreiben, bleibt am Ende kaum noch so viel übrig, um die Arbeiter zu bezahlen."

Als Hyoki dies sagte, war Herr Kiljung eigentlich zuerst erfreut. Es hatte ihm schon seit einiger Zeit missfallen, wie das Fabrikgebäude geduckt zwischen den neuen Bauten kauerte. Er wollte Hyoki schon mit den Worten ‚gute Idee' seine Einstellung mitteilen, als er von Hyoki unterbrochen wurde.

„Das wird nicht billig und wir haben nichts sparen können."

Mit anderen Worten, Hyoki wollte das Haus mit einer Hypothek beleihen und die umliegenden Grundstücke allesamt verkaufen. Das Gebäude müsse neu gebaut werden. Wenn das Gebäude erst fertig sei, könne man bei der Kelleretage angefangen, jedes Stockwerk vermieten. Allein die Mieteinnahmen dürften eine ansehnliche Summe einbringen. Auf jeden Fall wäre es besser, als sich weiter mit dieser ollen Fabrik herumzuschlagen, die sowieso keinen Gewinn abwerfe…

Herr Kiljung brauste zornig auf, ohne zu wissen, was ihn tatsächlich so aufgebracht hatte. Ob es nun die Idee war, von Mieteinnahmen zu leben oder die Worte ‚olle Fabrik' oder die Tatsache, dass Hyoki die Grundstücke bei jeder Gelegenheit Stück für Stück verkaufte.

„Vergiss es, wenn du das Gebäude mit dem Erlös von Grundstücken bauen willst! Ich habe doch nicht Tag und Nacht für diese Grundstücke geschuftet, damit du sie jetzt verkaufst!"

Auch Hyoki hatte seine Stimme erhoben: „Du bist nicht der Einzige, der hier geschuftet hat! Ich war jeden Tag in der Fabrik und habe mir die Hände schmutzig gemacht!"

„Du bist also der Auffassung, dass du all diese Grundstücke gekauft hast?"

„Natürlich! Und nicht nur die Grundstücke! Dieses Haus hier konnte doch nur gebaut werden, weil ich in der Fabrik meine Knochen wund gearbeitet habe. Was haben du und Mutter überhaupt geleistet?"

Hyoki ging nachher soweit, dass er brüllte, ‚Ich habe geschuftet, damit dieses Haus gebaut werden konnte, also verschwindet alle von hier'. Mit diesen Worten hatte er das Haus verlassen. Herr Kiljung war tief betrübt, dass sein Sohn ihm dies antun konnte, auch wenn sich die Zeiten geändert hatten. Er hatte das Gefühl, sein Leben vergeudet zu haben und ging für ein paar Tage auf Reisen. Sein Ziel war ein Berg mit einer Heilquelle und er wies Eunyong vor seinem Aufbruch an: „Wenn jemand nach mir fragt, dann sag nur, dass ich in ein paar Tagen wiederkomme."

In dem Hotel, in dem Herr Kiljung abgestiegen war, waren die Leute, die wegen der Heilquelle angereist waren, eifrig damit beschäftigt untereinander Informationen über die Gesundheit auszutauschen. ‚Ich kenne da einen sehr guten Heilmediziner der traditionellen chinesischen Heilkunst', ‚Dieser Arzt ist wirklich sehr kompetent'… Herr Kiljung hatte sich die Adresse eines chinesischen Heilmediziners irgendwo in Yeongdeungpo geben lassen, der sich angeblich auf Geisteskrankheiten spezialisiert hatte. Nur findet er diesen Zettel nicht mehr.

Beim weiteren Durchblättern des Albums verweilt Herr Kiljung bei einem Foto. Es ist ein Foto aus seiner Jugend, aufgenommen bei einem Ausflug der Freiwilligen Feuerwehr. Trotz der Lupe verschwimmt das Foto vor seinen Augen. Deshalb schlägt er die Schutzhülle zurück und holt das Foto hervor. Auf der Rückseite sind die Worte ‚Mein Papa ist auch da' mit verblasster Tinte in der krakeligen Schrift eines Kindes zu lesen.

„Der hier ist schon tot, dieser hier hat uns auch schon verlassen und den hier habe ich vor kurzem auf der Straße getroffen. Seit sein Sohn gestorben ist, ist er unheimlich gealtert…"

Während er die Personen auf dem Foto einzeln mit dem Finger antippt, wird Herrn Kiljung schmerzlich bewusst, dass mehr Verstorbene als Lebende auf dem Foto zu sehen sind. Er hatte keine Zeit mehr. Dieser Tage lebt er mit einem Gefühl, als bröckele mit jedem Schritt der Boden unter seinen Füßen. Alles, was er ansieht, erinnerte ihn an die Vergänglichkeit. Alles erscheint ihm wie ein Fingerzeig, sich nicht gegen die Zeit zu wehren, sondern ihr ihren Lauf zu lassen. Selbst beim Anblick der Frühlingszwiebeln, die Eunyong zerkleinerte, erblickte Herr Kiljung die verflossene Zeit, sah die Vergänglichkeit. An den Schnittstellen zeigte sich ein zaghaftes Blassgrün, waren kleine Sprossen zu sehen. Er bemitleidete diese Frühlingszwiebel. Ohne Wissen um ihre Bestimmung und von der Wärme verführt, hatte sie sich darum bemüht, Blüten zu treiben. Diese Sprossen glichen alten Leuten, die von der Strömung der Zeit getragen auf einen Wasserfall zu trieben. Mit aller Kraft suchten sie festen Halt. Gleich dem Alten, den er einst auf dem Namdaemun-Markt erblickt hatte.

Es war ihm nicht mehr gegenwärtig, ob es auf einer Hochzeit oder bei einem Begräbnis geschah. Auf jeden Fall saß er in einem gemieteten Bus, der ihn in die Hauptstadt Seoul brachte. Aus dem Fenster sah er die alten Leute am Fuße des Berges Namsan, die dort in Gruppen hockten und sich sonnten. Diese Alten glichen verdorrenden Bäumen ohne Versprechen auf den kommenden Frühling. Weit entfernt davon sie als Leidensgenossen zu betrachten und Mitleid mit ihnen zu haben, schloss Herr Kiljung die Augen, um ihren Anblick nicht ertragen zu müssen. Beim nächsten Augenaufschlag bot sich ihm jedoch kein erfreulicherer Anblick. Der Reisebus war gerade vor einer roten Ampel zum Stehen gekommen.

Schräg an einen Straßenbaum gelehnt sah er einen alten Mann um die siebzig. Schon bei oberflächlicher Betrachtung wirkte er sehr derangiert. Der Alte zog den Reißverschluss seiner wattierten Hose auf, holte sein Geschlechtsteil hervor und schnippte gedankenverloren mit den Fingern dagegen. Herr Kiljung kniff die Augen zusammen in der Hoffnung, er habe sich getäuscht. Der Alte tat es am helllichten Tag auf offener Straße! Gleich einem Spielzeug fummelte er an seinem kraftlosen Geschlechtsteil herum. Welch ein armseliges Leben! Als benötige der Alte diesen exhibitionistischen Akt, um überhaupt Gefühle zu empfinden.

Du hast die Endstation des Lebens schon erreicht.

Herr Kiljung klappt das Album zu. Was bringt es, über vergangene Tage zu sinnieren. Wichtiger ist es, die noch verbleibenden Tage sinnvoll zu nutzen. Er geht dazu über seine Notizbücher sorgfältig durchzublättern. Aus dem Pflichtgefühl heraus, es bald finden zu müssen, bevor es zu spät ist, macht Herr Kiljung weiter. In letzter Zeit wird Frau Yun von Tag zu Tag wirrer.

Es war an einem Markttag vor dem 15. Januar, einem traditionellen Feiertag. Frau Yun war losgegangen, um Kräuter zu besorgen und kam stattdessen mit einem Arm voller Blumen zurück. Gelbe Chrysanthemen und rote Nelken… Die Farben und auch die Blumen bildeten ein unharmonisches Durcheinander. In Frau Yuns Armen, die einen jadegrünen Pullover trug, der einen geschlossenen Kragen bis unters Kinn hatte, wirkten diese grellen Grundfarben wie die Papierblüten an einem Trauerzug.

„Was sind das für Blumen?“

„Ach, ich habe sie nur gekauft, weil sie mir so gut gefielen“, antwortete Frau Yun ungerührt. Eunyong, die gerade ins Zimmer kam, fragte:

„Mama, was ist mit den Kräuter?"

„Kräuter? Was für Kräuter?"

„Du bist doch auf den Markt gegangen, weil du Saisonkräuter für den 15. Januar kaufen wolltest!"

„Ich? Der 15. Januar ist doch noch weit entfernt. Wir haben doch erst vor kurzem Wintersonnenwende gehabt…"

Frau Yun ging zum Kalender an der Wand.

„Den wievielten haben wir heute?"

„Den Zwölften."

„Mal sehen… Heute ist der 12., also…"

Vor dem Kalender, auf dem mit kraftvollen Strichen ein galoppierendes Pferd gemalt war, runzelte Frau Yun die Stirn. Während sie sich wieder umdrehte, meinte sie gelassen: „Stimmt. Der 15. Januar ist in 3 Tagen."

In ihren Augen war keine Regung zu lesen. Beim Anblick ihrer emotionslosen Augen merkte Herr Kiljung, wie sein Herzschlag aussetzte. Sie blickte völlig unberührt und hatte ein feines Lächeln in ihren Mundwinkeln spielen, das nicht zu ihren Augen reichte. Herr Kiljung hatte in all den Jahren, in denen sie auf engsten Raum miteinander lebten, dieses Lächeln noch nie an ihr gesehen.

Er wusste, dass er ihre Verwirrtheit nicht länger als Vergesslichkeit abtun konnte, als Frau Yun vor ein paar Tagen mit einer Schüssel Salatsamen zur Hintertür hinaus wollte.

Auf ihrem Gesicht stand die Erwartung geschrieben, dass die schwarzen Samen durch die Erde genährt und bald kräftige Sprossen treiben werden. Frau Yun hatte nach den Samen gesucht, sobald das Wetter wärmer geworden war. Herr Kiljung verbarg seinen großen Schrecken und fragte sie ruhig: „Hyoki-Mutter, warum gehst du damit hinaus?"

„Warum? Natürlich um sie zu sähen, weil das Wetter endlich wärmer geworden ist."

„Sähen? Wo denn?"

Frau Yun starrte ihn an, als frage sie sich, wie er das nicht wissen könne.

„Na, wo wohl. Dort wo ich sie immer sähe. Du glaubst doch nicht, dass ich den Salat in ein Blumenbeet pflanze."

‚Du meine Güte!' Herr Kiljung versuchte seine Stimme, die sich in seinem Bauch verknotet zu haben schien, mit aller Gewalt hervorzuholen und so normal wie möglich zu sprechen, damit Frau Yun nichts bemerkte. Er legte ihr den Arm um die Schultern und meinte: „Ach, mach das doch später und setz dich erst einmal zu mir."

„Was soll das? Du siehst doch, dass ich zu tun habe..."

Ihre Stimme klingt geschmeichelt, obwohl sie so tut, als wolle sie seinen Arm beiseite schieben.

„Nun komm schon. Setz dich, ich habe dir etwas zu sagen."

Herr Kiljung führte sie zum Sofa und bewegt sie dazu, sich hinzusetzen. Er hatte es zwar geschafft, sie aufzuhalten, aber sein Herz krampfte sich zusammen, weil er nicht wusste, was er nun sagen sollte.

Das Grundstück, auf dem Frau Yun ihren Gemüsegarten bestellt hatte, war vorletzten Winter verkauft worden. Die Schüssel, in der sie die Samen aufbewahrt hatte, war im darauf folgenden Jahr verstaubt und Frau Yun hatte sich, wie die meisten anderen alten Leute, nur im Haus aufgehalten. Aber nun wollte sie plötzlich Samen sähen! Sie ist senil geworden. Herr Kiljung spürte, wie eine eiskalte Hand nach seinem Herzen griff. So geht es also zu Ende. Ein ganzes Leben lang quält man sich und wird letztlich wieder zu einem Kind... Herr Kiljung griff nach der trockenen Hand seiner Frau und versuchte seiner trockenen Stimme durch Schlucken Herr zu werden. Frau, lass es doch jetzt bleiben und gehe mit mir auf einen Spaziergang zum Tempel.

Aus den Seiten eines Notizbuches flattert etwas zu Boden. Ist es das? Er faltet das Blatt auseinander. Die Schrift seines Sohnes Yunki springt ihm ins Auge.

Vater, ich habe gefehlt. Es geschah aus jugendlicher Unreife und Unzulänglichkeit...

Herr Kiljung erinnert sich an diesen Brief, als habe er ihn erst gestern bekommen. Es ist ein Brief von Yunki, nachdem er mit dem Geld aus der Blechbüchse durchgebrannt war. Der Umschlag ähnelt zwar dem gesuchten Notizbuch aus dem letzten Jahr, es muss aber ein älteres Notizbuch sein.

„Wie schwer muss es ihm bei seinem Charakter gefallen sein, diese Worte niederzuschreiben."

Gerade weil er seinen Sohn so gut kannte, nahm er ihn ohne ein Wort der Missbilligung wieder bei sich auf. Herr Kiljung wusste, dass das Abfassen des Briefes für Yunki einen Augenblick tiefster Demütigung bedeutete. Er hätte sich lieber die Zunge abgebissen, als um Verzeihung zu bitten. Es gab keine größere Strafe. Sein ältester Sohn Hyoki verstand damals seinen Vater nicht und beschwerte sich, dass immer nur er gerügt wurde. Sein jüngerer Bruder hingegen könne immer mit Nachsicht rechnen.

Nachdem Herr Kiljung den Brief eine Weile angestarrt hat, zerreißt er ihn in kleine Fetzen.

„Seit dieser Geschichte ging es mit Yunki nur noch bergab."

Zum wiederholten Male bereut Herr Kiljung, dass es aufgrund seiner Haltung zum Bruch zwischen Yunki und jener Frau gekommen war.

Heute lebt Yunki nicht mehr bei ihnen.

Doch wenn vorher aus Yunkis Zimmer Lärm drang und das Gesicht seiner Schwiegertochter anschließend geschwollen war, erblickte Herr Kiljung sein Ebenbild aus jüngeren Jahren und ihm fehlten die Worte. Es kamen weder mahnende noch tadelnde Worte über seine Lippen.

Er vermutete, dass sein Sohn die andere Frau nicht vergessen konnte und er deswegen gewalttätig gegen seine jetzige Frau wurde.

‚Ich weiß, was es bedeutet, wenn das Herz einer anderen gehört. Ein Herz, das man gleich einem in Lumpen gekleideten Flüchtling aufgegeben hat.'

In Herrn Kiljungs Leben, in seinen jungen Jahren, gab es einen einzigen Tag, an dem er heftig geweint hatte. Es geschah vor seiner Heirat, vor der Geburt Hyokis.

„Das nennt man wohl Fügung des Schicksals. Schließlich war ich zu jedem Zugeständnis bereit, um mit dieser Frau zusammen zu sein. Schon am Tag unserer ersten Begegnung unternahm ich für mich ungewöhnliche Schritte."

Allein die Tatsache, dass er damals bereits am helllichten Tag Alkohol trank, war verdächtig. Normalerweise trank Herr Kiljung nie vor Sonnenuntergang. An diesem Tag traf er auf dem Markt Hanyong Kim und der gemeinsame Genuss einiger Schalen Makkoli artete in ein Saufgelage aus.

„Was regst du dich auf, obwohl du noch gar nicht sicher bist? Na, selbst wenn sie fremden Männern schöne Augen gemacht haben sollte, wird sie in ihrem schwangeren Zustand nicht..."

„Älterer Bruder, davon verstehst du nichts. Keiner, der das nicht selbst erlebt hat, kann mich verstehen. Jedes Mal, wenn ich meine Frau ansehe, frage ich mich: Was denkt diese Frau? Denkt sie vielleicht an einen anderen Mann? Ist das Kind in ihrem Bauch wirklich von mir? Legt man mir da ein Kuckucksei ins Nest? Ich stelle mir alles Mögliche vor..."

Hanyong Kims Ehefrau, die er bei seiner Tätigkeit als Hotelbote kennen gelernt hatte, besaß ausgesprochen aparte Gesichtszüge. Um ihre Augenwinkel spielte immer ein leichtes Lächeln. Eine Frau, die so attraktiv war, bekam sicher einige Angebote. Zurzeit war sie hochschwanger und arbeitete als Zugehfrau für eine japanische Familie. Die Zweifel an seiner Vaterschaft ließen Hanyong Kim am helllichten Tag zum Alkohol greifen.

„Ein Kuckucksei. Wenn du deine Frau schon heute verdächtigst, sehe ich schwarz. Schließlich kann sie ihr Innerstes nicht wie eine Socke umstülpen und offen legen."

Da Herrn Kiljung nichts mehr einfiel, was er sagen könnte, blieb ihm nichts anderes übrig, als die geleerten Trinkschalen ständig nachzufüllen. Die Handbewegungen, mit denen Hanyong Kim den Alkohol in sich hineinschüttete, verlangsamten sich. Auf dem Boden der Trinkschale setzten sich Ablagerungen ab.

„Lass uns jetzt gehen. Das bringt doch jetzt nichts mehr…"

Es geschah auf dem Weg vom Marktplatz, während er den torkelnden Hanyong Kim stützte. Der hob plötzlich seinen Kopf und zeigte in eine Richtung.

„Was soll's. Lass uns lieber dort hineingehen."

Ein weiß geschminkter Mann ließ auf seiner Ziehharmonika eine Melodie ertönen. Die Melodie wirkte weder heiter noch traurig. Sie war wie geschaffen, um freudige Erwartungen in den Herzen der Menschen aufkommen zu lassen. Herr Kiljung mochte sie nicht. Eine Artistengruppe! Er verkniff sich eine abfällige Bemerkung. Für ihn waren Tanz und Gesang nur nutzlos und dienten allein zur Betörung der Menschen.

Doch seine Meinung war unerheblich und er passte sich Hanyong Kims Schritten an.

Das Innere des Zeltes war fast leer. Sie gesellten sich zu den anderen Zuschauern, die so wenige waren wie die Spreu in einem Haufen gedroschener Reiskörner. Es war kaum nachvollziehbar, wie die Artistengruppe bei diesem spärlichen Zulauf überlebte. An dem Tag begegnete er dieser Frau. Wie ein Eichhörnchen kletterte sie mit entblößten Oberschenkeln die Stange zum Trapez hinauf. Mit kräftigen Bewegungen setzte sie es in Schwung. Das Trapez schwang in der luftigen Höhe hin und her. Plötzlich, ganz unerwartet ließ die Frau das Trapez los. Das leere Trapez schlingerte in der Luft, während die Frau bereits auf ein anderes Trapez übergewechselt hatte, um im nächsten Augenblick zurückzuspringen. Nur eine Sekunde der Unaufmerksamkeit und sie würde in die Tiefe stürzen.

„Schau, schau doch nur…, die biegt sich wie eine Stange Karamell im Hochsommer. Diese Leute trinken angeblich Essig statt Wasser, um so gelenkig zu bleiben", murmelte Hanyong Kim. Seltsam. Herr Kiljungs Herz in seiner Brust hüpfte mit dem Trapez im Gleichtakt. Das war keine Augenwischerei, sondern harte Arbeit… Das Gesicht der Frau war nur schwach zu erkennen. Als sie sich am Ende der Vorstellung vor dem Publikum verbeugte, dachte er mit Blick auf ihr stark geschminktes Gesicht: ‚Sie hat einen fliehenden Unterkiefer. So eine Physiognomie offenbart ein glückloses Vagabundenleben.'

Zwei Monate später traf er sie in einer Kneipe wieder, in der sie als Animierdame arbeitete. Als er nach einem Scherz ihre Hand ergriff, bemerkte er, dass sie sich so rau und hart anfühlte wie ungegerbtes Leder.

„Meine Hände sind ganz schön schwielig, nicht wahr? Schließlich mussten sie einiges leisten."

Im Dialekt der Provinz Namdo erzählte die Frau, dass die Artistengruppe nur bis zum nächsten Dorf weitergereist und sich dort aufgelöst habe. Jetzt musste jeder für sich selber sorgen.

Obwohl sie als Animierdame arbeitete, fehlte ihr eine gewisse Koketterie. Sie sah auch nicht besonders gut aus. Ihre Aufgabe erfüllte sie, indem sie ruhig nachschenkte und jedes Glas, das ihr angeboten wurde, austrank. Mit ihrem fliehenden Kinn und dem knochigen Gesicht entsprach sie überhaupt nicht dem Typ Frau, der Herrn Kiljung normalerweise gefiel. Trotzdem zog ihn etwas mit unwiderstehlicher Gewalt in die Schenke, in der diese Frau arbeitete.

Etwas Ähnliches hatte er noch nie gefühlt.

Seine Ehe mit Frau Yun war durch seine Eltern arrangiert worden und am liebsten hätte er die Verbindung aufgelöst und wäre seinem Herzen gefolgt. Bisher war er eigentlich immer davon ausgegangen, den Rest seines Lebens ohne große Zwischenfälle mit seiner Ehefrau zu verbringen, obwohl er keine besondere Zuneigung für sie empfand. Bestimmt ließe sich da etwas machen, denn schließlich war ihre Ehe bislang kinderlos geblieben.

Ich kann mich nicht erinnern, jemals so geweint zu haben.

Seine Familie erfuhr von seinem Verhältnis mit dieser Frau. Sein Vater suchte sie auf und beschimpfte sie mit wüsten Worten als Ehebrecherin.

Nachdem sie in einem billigen Stundenhotel vor dem Bahnhof weinend eine Nacht zusammen verbracht hatten, verließ ihn die Frau. Er hoffte sehr, sie möge irgendwo Fuß gefasst haben. Mussten sie die Frau auch noch aus der Schenke vertreiben, wo es doch der letzte Ort war, an den sie gehen konnte? Allein die Arbeit tröstete ihn über seinen Kummer hinweg und der größer werdende Bauch Frau Yuns hielt ihn Fußfesseln gleich bei seiner Familie.

Am Tage nach Hyokis Geburt machte Herr Kiljung sich im Morgengrauen auf den Weg zum Fluss. Er hatte gehört, dass es dem Kind ein langes Leben garantiere, verbrannte man dessen Nachgeburt und so trug er diese nun in Papier eingeschlagen mit sich. Es war schon spät im Herbst und vom Fluss stieg schon die Kälte empor. Herrn Kiljungs Gesicht leuchtete einsam in der Morgendämmerung, während er in seiner Kiepe die Nachgeburt, sowie Strohbündel und Holzscheite trug, die er am Vortag vorbereitet hatte. Er suchte sich eine einsame Stelle und schichtete das Strohbündel und die Holzscheite übereinander. Zum Schluss legte er die Nachgeburt obenauf. Er begoss den Haufen mit dem Öl aus einer mitgebrachten Flasche und zündete sie an. Anfangs roch es nach knusprig gebratenem Fleisch, als die Flammen emporschlugen. Der Geruch wurde intensiver, je dunkler der Rauch wurde und rief irgendwann Brechreiz hervor. Bei jedem Windstoß zogen sich die Flammen kurz zusammen, um danach erneut aufzulodern. Die Sonnenstrahlen der gerade aufgehenden Sonne brachen sich auf dem Wasser des Flusses und tauchten alles in ein gleißendes Licht.

„Ich habe ein Kind bekommen. Einen Sohn!“, freute sich Herr Kiljung, als er auf die glitzernden Wellen blickte. Es war ein tief ergreifendes Gefühl, auf das ihn der wachsende Bauch von Frau Yun nicht vorbereitet hatte. Herr Kiljung hätte nie gedacht, dass er sich so freuen würde. Erst als er die winzigen Finger und Zehen des Kindes zählte, konnte er wirklich glauben Vater geworden zu sein.

Die Nachgeburt brannte viel länger, als ihre Größe vermuten ließ. Tief sog Herr Kiljung den strengen Geruch ein. Dabei wurde ihm eines klar: Dies war der rituelle Abschied von der Frau seines Herzens. Jetzt war er endgültig gebunden. Obwohl er nie versprochen hatte ihr zu folgen, hatte immer noch die Möglichkeit bestanden, alles hinter sich zu lassen…

‚Vielleicht war sie ein hundert Jahre alter Fuchs. Schließlich habe ich mich in meinem ganzen Leben nie wieder so sehr nach jemandem gesehnt… Yunki, der Junge schlägt nach mir. Er hat heißes Blut. Ich hätte Yunki und diese Person miteinander glücklich werden lassen sollen. Wenn ich meinerseits auf eine Heirat gedrängt hätte, wäre sie bestimmt zustandegekommen. Naja, aus gutem Hause stammte sie wahrlich nicht. Nicht nur ich, jeder hätte damals missbilligt, wie sie sich aufgeführt hat.‘

„Vater, sie ist die einzige Frau, die ich heiraten werde.“

Es war das erste Mal, dass Yunki vor seinem Vater geweint hatte. Nachdem er durchgebrannt und wieder heimgekehrt war, benahm sich Yunki den ganzen Winter über tagtäglich wie ein unbändiges Kalb. Im Frühling, nach seinem Studienabschluss, fuhr Yunki nach Seoul und kam mit blutunterlaufenen Augen wieder zurück. Sogar seine flatternden Haare hatte er sich vorher ordentlich kurz schneiden lassen, nur um seinem Vater diese Worte zu sagen.

Herr Kiljung nahm an, dass dem Mädchen etwas zugestoßen sei. Obwohl er nicht ungerührt war, entschloss er sich bei dieser Gelegenheit, Yunki einen Denkzettel zu verpassen: „Wie könnt ihr von uns erwarten euch zu verheiraten, nachdem ihr euch so benommen habt? Nun sag schon!“

Yunki wurde dunkelrot. Das wird die Wut sein, dachte Herr Kiljung.

„Ich habe gefehlt. Es war ein großer Fehler von mir.“

„Dann sag mir doch ein Mal, was es außer euren Verfehlungen noch gab?“

An dem Tag ließ Herr Kiljung Yunki kaum zu Wort kommen. Er unterbrach ihn immer wieder, bis Yunki schließlich aus dem Zimmer stürmte.

Könnte man in die Zukunft schauen, wäre man kein Mensch. Herr Kiljung verscheucht sein schlechtes Gewissen. Am besten er überschrieb Yunki in naher Zukunft das Grundstück, das er für ihn vorgesehen hatte.

Jongki ist flink im Rechnen, auch wenn er keine Universität besucht hat, so dass er schon zurechtkommen wird, wenn er später dieses Haus erben wird. Inki bereitet Herrn Kiljung ein wenig Sorgen. In letzter Zeit meldet er sich kaum und scheint bei einer nebulösen Firma angestellt zu sein. Inki ist so ungeduldig. Er will immer im Voraus vieles unternehmen, anstatt den Dingen ihren Lauf zu lassen. Er weiß noch nicht, wie grausam die Welt ist. Aber was ihm am meisten Sorge bereitete: Mit wem sollte er Eunyong verheiraten? Jedes Mal, wenn ein Treffen vermittelt wurde, wies sie den Heiratskandidaten ab. Und sollte sie tatsächlich heiraten, wäre das auch ein Problem. Hyoki und seine Frau scheinen keine Lust zu haben, mit den alten Eltern zusammen zu wohnen. Trotzdem sollte er nicht aus diesem Grund an seiner Tochter festhalten.

„Vater, wir sind wieder da."

Mit frischen Gesichtern, denen man das Bad ansah, betreten Eunyong und Frau Yun das Haus. Sie ist bald dreißig. Eine Blume, die schon im Welken begriffen ist. Während er das überaus naive Gesicht seiner Tochter betrachtet, drängt sich Herrn Kiljung plötzlich ein Verdacht auf. Vielleicht hat sie ja einen Liebsten? Doch auf Eunyongs Gesicht spiegeln sich allein die klaren Sonnenstrahlen des Frühlings. Herr Kiljung, der Eunyongs ungerührtes Gesicht anblickt, denkt, dass es nicht immer von Vorteil ist, wenn ein Mensch zu sanftmütig ist und dreht seinen Kopf zum üppig wachsenden Paulowniabaum im Hof.

10. Mama, wo bist du?

Ein Sonnenstrahl scheint stechend in die Augen von Frau Yun, die in zähflüssigen Schweiß gebadet wie in eine Woge von Schlaf oder eher Bewusstlosigkeit getaucht war. Im gesamten Haus herrscht eine tiefe Stille, wie in der Tiefe des Meeres. Sonst zog Eunyong immer die Vorhänge zu, wenn Frau Yun sich tagsüber schlafen legte. Aber heute hat sie vergessen, die Sonnenstrahlen auszusperren. ‚Verfluchtes Biest', murmelt Frau Yun ohne groß nachzudenken vor sich hin. Ihr Mund ist so trocken, als wäre er voll Sand.

Frau Yun erhebt sich und kratzt sich wie gewohnt ein, zwei Mal am Hinterkopf. Sie gähnt und blickt sich mit tränenden Augen im Zimmer um. ‚Keiner da?' Einer Antwort gleich ertönt von draußen ein Fauchen wie von einem wilden Tier. Frau Yun zuckt erschrocken zusammen, erkennt aber im nächsten Augenblick, woher das Geräusch stammt. Ihre schmerzenden Knie betastend begibt sie sich zum Eingang, wo sie in ihre Schuhe schlüpft.

Staub wirbelt auf, sobald der Bagger seine Schaufel in das Erdreich versenkt und wieder erhebt.

„Aber Großmutter! Warum sind Sie denn schon wieder hier? Ich sage Ihnen doch jedes Mal, dass es gefährlich ist!", schreit der Baggerführer, als er Frau Yun entdeckt, die sich zögernd nähert. Die wippenden scharfen Schaufelzähne verfehlen sie nur um Haaresbreite. ‚So ein Mist!' Der Baggerführer, der in seinem Häuschen im Gleichtakt mit der Maschine vibriert, reißt voller Anspannung den Steuerknüppel herum.

„Ich komme ja nur, weil es so laut ist...", nuschelt Frau Yun mehr zu sich selbst. Unsicher bleibt sie auf der Stelle stehen. Entfernt sich nicht, kommt aber auch nicht näher. Wie ein kleines Kind ist sie sich der Gefahr nicht bewusst, der sie soeben entronnen ist. Auch die Faszination, mit der sie den Bagger betrachtet, gleicht der eines Kindes, das etwas Neuartiges entdeckt hat. Sobald der Baggerführer sie anschaut, weicht sie seinen Augen aus und schaut in den Himmel, an dem verstreut ein paar Schäfchenwolken vorüberziehen. Der Baggerführer, den es nervt, wie gefährlich nah Frau Yun am Rand der schon recht tief ausgehobenen Baugrube herumlungert, versucht es mit guten Worten: „Gehen Sie nach Hause! Hier ist es zu gefährlich für Sie!"

Als Frau Yun nicht reagiert, schwingt der Mann sich aus seinem Sitz und klopft an die verblichene hellblaue Tür des Wohnhauses neben der Baustelle.

„Hallo? Ist da jemand? Können Sie bitte die Großmutter mitnehmen?"

Eunyong, die gerade in ihrem Zimmer dem Radio lauschte, erschrickt wegen der gereizten Stimme, die durch den unbeschreiblichen Baulärm zu hören ist und eilt zur Hintertür. Etwa einen Meter von der Hintertür entfernt entdeckt sie Frau Yun. Gekleidet in eine elfenbeinfarbene Bluse und einen braunen Rock steht sie schockierend nahe am steil abfallenden Grubenrand.

„Bitte entschuldigen Sie!"

„Ich sag's ja nur, weil es so gefährlich ist. Gegen Zuschauer habe ich eigentlich nichts, aber sie kommt einfach immer näher..."

Der Bauarbeiter geht entlang der Mauer zurück zu seinem Führerhäuschen.

‚Der Bagger sieht wie ein Dinosaurier aus!' Die Baggerschaufel wippt ein wenig, um sich dann im nächsten Augenblick mit Wucht in den Boden zu graben. Eunyong hat das Gefühl, dass sich die Schaufelzähne in ihre eigene Brust graben. Das sorgfältig gehegte Gemüsebeet von Frau Yun wird unter den aufkreischenden Maschinen zu einem Riesenloch, nachdem ein Jahr nach dem Verkauf der Boden zunächst unberührt blieb. Doch diesen Frühling hatte man mit dem Bau begonnen. ‚Wie hoch sollte das Gebäude werden?' Misst man es an der Tiefe der Baugrube, soll es bestimmt ein ziemlich hohes Gebäude werden.

Obwohl Eunyong den wahren Grund kennt, der Frau Yun immer wieder trotz der besorgten Ermahnung zur Hintertür hinausschlüpfen lässt, fragt sie schelmisch, den Arm um ihre Mutter gelegt: „Mama, macht es dir soviel Spaß zuzuschauen?"

Es tut ihr weh, zu erleben, dass ihre Mutter einem beleidigten Kleinkind gleicht, dem man sein Lieblingsspielzeug weggenommen hat.

In Gegenwart ihrer Tochter fühlt sich Frau Yun, die der grimmige Baggerführer eingeschüchtert hatte, wieder sicher und antwortet in beleidigtem Tonfall: „Wer sagt denn, dass es mir Spaß macht?"

„Bleib lieber zu Hause. Es ist zu gefährlich. Mach lieber mit Vater einen Spaziergang, wenn er später nach Hause kommt und Dir zu langweilig wird."

„Wo ist dein Vater denn hin?"

Dabei hat Frau Yun doch eigenhändig ihrem Mann heute Morgen die Kleider aus dem Schrank gereicht. Wahrscheinlich ist sie noch von ihrem tiefen Mittagsschlaf verwirrt.

„Er ist doch auf eine Beerdigung gegangen!"

„Auf eine Beerdigung? Wessen Beerdigung denn?"

Der verstörte Gesichtsausdruck von Frau Yun löst sich, als sie sich wieder erinnert. ‚Richtig, ich wollte ja noch Salz bereitstellen. Wie konnte ich das nur vergessen? Dieser Lärm bringt mich noch um meinen Verstand.'

Seit vor zwei Jahren die Umgehungsstraße direkt hinter dem Haus fertig gestellt wurde, waren die Bewohner einer kontinuierlichen Lärmbelästigung ausgesetzt. Die Autos rasen mit einer Furcht einflößenden Geschwindigkeit vorbei, die das ganze Haus vibrieren lässt. Legt man sich nachts schlafen, sind die Ohren so sehr vom Motorgeräusch der hinter der Mauer vorbeisausenden Wagen erfüllt, dass der erschreckende Eindruck entsteht, gleich überrollt zu werden. Doch zuvor kam der Staub.

Es begann mit dem Abriss der alten Häuser, die stark mit den adretten neuen Häusern kontrastierten, die nach Bekanntmachung des Bebauungsplanes errichtet worden waren. Die Dächer der Häuser langjähriger Nachbarn sackten kraftlos in sich zusammen. Der von den Abrisshäusern aufsteigende Staub breitete sich überall im Haus aus.

Gleich einem tückischen Giftgas drang der Staub durch die Ritzen der verzogenen Holzrahmen der Fenster und Türen. Da es unmöglich war, die Fenster offen stehen zu lassen, hatte man während des ganzen schwülheißen Sommers über das Gefühl beinahe zu ersticken. Jedes Mal, wenn man durch das Wohnzimmer ging, wurde Staub aufgewirbelt. Die vielen Fußspuren in der feinen Staubdecke ließen alles noch unordentlicher erscheinen.

Frau Yun wässerte mit dem langen Gummischlauch, der an den Wasserhahn im Hof angebracht war, immer wieder den Hof. Sie hielt das Ende des Wasserschlauches mit den Fingern zusammengedrückt, damit das Wasser breitflächig spritzen konnte und ließ den Staub verschwinden. Sobald die Nässe jedoch durch die Sommersonne getrocknet war, kehrte der Staub hartnäckig wieder zurück. Auf dem verschwitzten Gesicht von Frau Yun lag eine graue Staubschicht, wenn sie nach dem Sprengen den Gummischlauch zusammengerollt und hingehängt hatte. Als sie es schon fast aufgegeben hatte dem Staub hinter her zu wischen und nahe daran war ein Leben mit dem trockenen Staub einfach zu akzeptieren, wurde der Staub von einem durchdringendem Teergeruch verdrängt. Danach kam die Lärmbelästigung.

Frau Yuns Nacken ist steif, weil sie für kurze Zeit auf dem Sofa eingenickt ist.

„Mama! Vater ist wieder zurück!", ruft Eunyong aus dem Bad. Wenn Herr Kiljung von einer Beerdigung zurückkehrt, läutet er immer an der Hoftür und lässt sich öffnen, obwohl er die Tür auch selber öffnen könnte. Frau Yun nimmt das Schälchen Salz, das sie im Hof bereitgestellt hat und begibt sich zum Haustor. Herr Kiljung ist gerade dabei den Hof zu betreten. Frau Yun streut Salz über seine Schultern, um zu verhindern, dass etwaige Seelen von Toten mit ins Haus gelangen, die sich nicht aus dem Diesseits lösen konnten. Dabei verzieht sie das Gesicht, als ihr sein Alkoholatem entgegenschlägt: „Hast du wieder getrunken?"

„Ein wenig. Immer mehr meiner Bekannten sterben... Wenn ich heute in den Ort gehe, treffe ich auf kein bekanntes Gesicht mehr."

Frau Yun, verärgert durch den betont schwermütigen und gedrückten Ton in Herrn Kiljungs Stimme, hält keifend dagegen: „Ach was, das bildest du dir nur ein! Jedes Mal, wenn ich auf den Markt gehe, treffe ich immer viele bekannte Gesichter!"

„Du hast noch viele Bekannte? Na, dann nenn mir doch jemanden!"

„Gerade eben habe ich noch die Frau von Schuldirektor Ihm auf der Straße getroffen", brüstet sich Frau Yun stolz.

„Die Frau von Schuldirektor Ihm? Da musst du dich getäuscht haben."

„Als ob ich Frau Ihm nicht erkennen würde! Ihr leicht pockennarbiges Gesicht und ihr Dutt sind nicht zu verwechseln. Sie war auf dem Rückweg von…", kontert Frau Yun voller Überzeugung.

„Da hast du jemanden verwechselt. Frau! Hyoki-Mutter! Die Frau von Schuldirektor Ihm liegt doch auf dem Friedhof Misari und schläft den ewigen Schlaf unter einer dicken, grasbewachsenen Erddecke."

„Stimmt ja! Aber wer war das dann vorhin? Sie sah genauso aus wie Frau Ihm…"

„Bestimmt hat sie ihr nur sehr ähnlich gesehen. Vergiss es einfach…"

Gefolgt von Herrn Kiljungs alarmierten Blicken geht Frau Yun ins Wohnzimmer und lässt sich auf dem Sofa nieder. ‚Wer war das nur?' Ihre Stirn legt sich in Falten. ‚Ich habe keinen blassen Schimmer!' Sie blickt auf den Hof hinaus. Die Glyzinien ranken sich wie Lianen empor und die Luft ist vom Summen der Insekten erfüllt. Wie weit entfernte Berge, die je nach Blickwinkel mal näher und mal weiter entfernt scheinen, ist das Summen mal laut und mal leise, mal ganz nah und dann wieder weit entfernt. Bald werden die Glyzinien zu Nestern der fliegenden Insekten, da die wuchernden Blätter Verstecke für die Larven werden, die von ihrer Verwandlung träumen. An dem Tag, an dem Pestizide versprüht werden, fallen diese Larven zu Boden, Spuren von feinen Fäden, gleich Spinnweben, hinter sich herziehend. Ein letztes Aufbäumen und sie sind tot. Die toten Larven und deren Ausscheidungen werden den Boden unter den Glyzinienranken grün und schwarz sprenkeln.

Die Glyzinienranken stehen in voller Blüte. Zwischen den Blättern hindurch malen die gebündelten Sonnenstrahlen ein fröhliches Schattenmuster. Beim Anblick der hellen Sonnenflecken im Hof steht Frau Yun auf. Sie hat eine Aufgabe gefunden!

Sie betritt den Hof, nachdem sie zuvor ein Messband aus ihrem

Zimmer geholt hat. Nachdem sie aus einer Ecke einen Stuhl herbeigezerrt hat, beginnt sie die Glyzinien zu messen. Ihr Eindringen verscheucht die Bienen, die eifrig Nektar gesammelt haben. Den Stuhl immer stückweise weiter rückend, wedelt Frau Yun mit der Hand nach den Insekten, während sie weiter misst.

‚Wie schön sie gewachsen sind! Wie bringen diese verdrehten Ranken nur so schöne Blumen hervor?'

Es gibt Ranken, die fast zwei Meter lang sind. Der klebrig süße Blumenduft, das an- und abschwellende Surren der Insektenflügel; all das lässt Frau Yuns Augenlider schwer werden.

„Mama, was machst du da?"

Eunyong, die am Eingang erscheint, sieht ihre Mutter im Hof auf einem Stuhl stehen, die Stirn an die Glyzinienranken gelehnt.

„Die Glyzinien sind so prachtvoll. Ich wollte wissen, wie groß sie geworden sind und messe sie deshalb."

„Du misst die Länge der Glyzinienranken? Und? Wie lang ist die längste?"

Vorsichtig nähert sich Eunyong, ergreift Frau Yun sanft am Arm und führt sie vom Stuhl herunter.

„Sie wachsen genauso schnell wie du. Die Längste ist fast zwei Meter lang."

„Oh, das ist wirklich lang. Mama, bist du so gut und holst die Wäsche herein, wenn dir langweilig ist?"

Frau Yun steigt auf das Dach, um die Wäsche abzunehmen. Sonne und Wind haben jeden letzten Rest Feuchtigkeit aus den Zwischenräumen der Fäden gezogen. Die Wäsche knistert vor Trockenheit. Frau Yun hängt die Wäsche ab und genießt den sauberen Geruch, der ihr dabei in die Nase steigt.

Nachdem sie die Wäsche in den Wäschekorb gelegt hat, lehnt sie sich für einen Augenblick an die Dachumrandung. Die Mittagssonne hat das Flachdach erwärmt. Durch ihre Gummischuhe spürt Frau Yun die Wärme an ihren Fußsohlen. Der nickende Bagger hat mittlerweile eine sehr große Baugrube ausgehoben. ‚Die Welt ist viel einfacher geworden! Als wir noch gebaut haben, waren mehrere Arbeiter tagelang mit Schaufel und Hacke damit beschäftigt, die Grube für das Fundament auszuheben.‘

Frau Yun kramt in ihrer Rocktasche nach Zigaretten. Das Rauchen hat sie von Sangils Großmutter von gegenüber gelernt, die der Ansicht gewesen war, Frau Yun hätte so viele Sorgen, dass sie ein Laster bräuchte. Früher gab es Ärger, wenn Herr Kiljung sie dabei erwischte, heimlich bei der Feuerstelle in der Küche zu rauchen. Auch heute noch vermeidet sie es, in seiner Gegenwart zu rauchen. Im Gegenzug ignoriert Herr Kiljung, der selber nur selten raucht, die Zigarettenasche an bestimmten Stellen im Haus. Frau Yun zündet sich eine Zigarette an und inhaliert tief. In der Ferne flimmert ein Berg.

„Mama, wo bist du?“, ertönt von unten Eunyongs Stimme. Frau Yun nimmt nicht die Sorge wahr, die in dieser Stimme mitschwingt. Stattdessen lächelt sie gerührt, weil sie an das kleine Mädchen erinnert wird, das immer an ihrem Rockzipfel hing. ‚Sie ruft immer noch wie ein kleines Kind nach ihrer Mama…‘

„Ich bin hier oben auf dem Dach!“

„Immer noch? Was machst du so lange? Ist es nicht zu heiß da oben?“

„Ich hänge gerade die Wäsche auf!“

Frau Yun drückt ihre Zigarette aus und beginnt die trockene Wäsche aufzuhängen, die sie gerade erst abgenommen hatte. Erst nachdem sie etwa die Hälfte aufgehängt hat, erkennt sie ihren Fehler. Das Gefühl der Trockenheit an ihren Händen hat sie zur Besinnung gebracht.

‚Was mach ich da bloß…!‘ Noch während sie langsam die Wäscheklammern wieder löst, kommt Eunyong aufs Dach gestiegen. Sie will nach dem Rechten schauen. Frau Yuns Aussage, dass sie die Wäsche aufhängt, hat sie beunruhigt.

„Ich bin fast fertig. An so einem Tag hätten wir auch die Bettwäsche waschen sollen“, nimmt Frau Yun mit unschuldigem Gesichtsausdruck mögliche Fragen vorweg.

„Ich nehme schon den Korb, Mama. Sei vorsichtig beim Herabsteigen.“

Die Treppenstufen sind ziemlich steil. Frau Yun setzt vorsichtig einen Fuß vor den anderen. Gerade als sie am Eingang angekommen ist, läutet das Telefon. Rasch, bevor es noch einmal läuten kann, eilt sie hin und nimmt den Hörer ab.

„Hallo?", keine Antwort. ‚Ob sich da jemand einen Scherz erlaubt?' Herr Kiljung ist beunruhigt, weil sich diese Anrufe in letzter Zeit gehäuft haben. Angeblich versuchen Einbrecher auf diese Weise herauszubekommen, ob jemand zu Hause ist oder nicht. Laut Herrn Kiljung gibt es zwar bei ihnen nichts zu holen, aber er befürchtet, dass jemand bei einem Einbruch verletzt werden könnte. Frau Yun hebt ihre Stimme an: „Hallo? Wer ist da?"

„Ehm, bin ich da bei Herrn Kiljung Lee?" Es ist eine fremde Frauenstimme.

„Ja, das stimmt."

„Entschuldigen Sie bitte, aber könnte ich die Telefonnummer von Herrn Yunki Lee bekommen?"

‚Von Yunki?' Da Frau Yun sich nicht an die Telefonnummer ihres Sohnes erinnern kann, reicht sie den Hörer an Eunyong weiter, die gerade hinzutritt.

„Da will eine Frau die Telefonnummer von Yunki haben."

‚Von Yunki? Dessen Nummer hat sich ja vor kurzem geändert…' Eunyong nimmt den Hörer entgegen, während sie schon im Adressbuch blättert. Eine Ahnung lähmt ihre Zunge. Durch den Staub längst vergangener Erinnerungen greift eine Hand nach Eunyong und hält sie zurück: „Entschuldigen Sie bitte, darf ich erfahren, wer Sie sind?"

„Ich bin eine ehemalige Kommilitonin."

Es gibt eigentlich keinen Grund, die Herausgabe der Telefonnummer zu verweigern, doch irgendetwas in Eunyong sträubt sich dagegen. Irgendetwas.

„Gibt es ein Problem, mir Ihren Namen zu nennen?"

„Sind… Sie vielleicht Yunkis Schwester?"

„Ja, das stimmt."

Eunyong versteift sich. Sie hat nicht Herr Lee, sondern Yunki gesagt.

„Dann… bist du also Eunyong?"

Also doch! Aus einer 15-jährigen Erinnerung taucht ein bestimmter Name empor. Hyeonhee! Doch Eunyong spricht diesen Namen nicht aus. Dieser Name durfte lange Zeit in diesem Haus nicht erwähnt werden.

„Ja, ich bin Eunyong."

„Ach so. Vielleicht erinnerst du dich noch an mich? Ich war einmal bei euch. Ich bin Hyeonhee."

„Ich weiß."

Für Hyeonhee ist Eunyong sicherlich immer noch die junge Schülerin mit Pagenkopf. Eunyong rechnet innerlich nach: ‚Es müssen 10 Jahre und noch etwas her sein…' Zurück in diese Zeit versetzt, steigt in ihr die Erinnerung an einen Silberring auf.

‚Silber ist wie die Seele eines Menschen. Ist der Träger krank, verfärbt sich der Ring. Wenn du gesund bist, wird dieser Silberring hier glänzen', erklärte Hyeonhee, während sie Eunyong den Ring an den Finger steckte. Damals hockte Eunyong permanent in ihrem Zimmer, wie eine Spinne in ihrem Netz. Hyeonhee zeigte Eunyong auch, wie man den Ring mit Zahnpasta reinigen konnte. Außer in der Schule trug Eunyong diesen Ring immer. Obwohl Eunyong häufig krank war, hatte der Ring seinen Glanz nie verloren.

Bei einem Hochwasser, wie man es seit 20 Jahren nicht erlebt hatte, hatte Eunyong ihren Ring verloren. Über Nacht waren die Straßen überflutet und zwischen den Menschen kursierte bei strömenden Regen das Gerücht, der oberhalb gelegene Stausee habe alle Wasserschleusen geöffnet. Noch gefährlicher wäre aber ein Dammbruch gewesen. Die Menschen bereiteten sich auf eine Flucht in die höher gelegene Schule des Ortes vor, da bei einem befürchteten Dammbruch der gesamte Ort unter Wasser stehen würde. Von irgendwoher drang durch den Regenvorhang der metallene Klang einer Sirene und verstärkte das Gefühl einer drohenden Gefahr.

Eunyong bemerkte den Verlust ihres Ringes erst am folgenden Tag als das Wasser verebbt war und die Leiche einer alten allein stehenden

Frau aus einem Dorf oberhalb des Ortes am Absperrgitter des Wasserkanals gefunden wurde. Der Ring hatte aufgrund eines Wechsels vom Ring- zum kleinen Finger etwas locker gesessen. Ein Kälteschauer überfiel Eunyong, als sie die Geschichte von Frau Yun hörte, die dabei mitleidig mit der Zunge schnalzte. Aus alter Gewohnheit immer nach dem Ring zu tasten, wenn sie sich unwohl fühlte, griff Eunyong an ihren kleinen Finger. Er war nackt! Der Ring musste bei der überstürzten Flucht in den Wassermassen verloren gegangen sein. Eunyong erinnert sich nicht, jemals etwas so sehr bedauert zu haben wie den Verlust dieses Ringes.

Ein Signal der Gefahr scheint aus dem lautlosen Hörer zu drängen, gleich der Sirene von damals. Eunyong empfindet die gleiche Unsicherheit wie beim damaligen Hochwasser. Furcht davor, das Haus könne von den Fluten des Hochwassers mitgerissen werden. Als wäre kaum Zeit vergangen, hört sie die vertraute Stimme von Hyeonhee: „Ich habe mir fast gedacht, dass du noch bei deinen Eltern lebst. Wie geht es dir?"

Hyeonhees Stimme hat einen nachdenklichen Klang, als versuche auch sie der Zeit nachzuspüren, die seither verflossen ist.

„Ja, wo bist du gerade?"

„In Seoul. Ich bin nur auf einen kurzen Besuch hier... Wo wohnt dein Bruder jetzt?"

„Auch in Seoul", antwortet Eunyong kurz angebunden, während sie versucht sich zu sammeln.

„Ach so..."

Schweigen, bei dem jede sich ihren Teil denkt, breitet sich aus. Hyeonhee unterbricht die Stille mit den Worten: „Ich weiß, dass es eine unverschämte Bitte ist. Ich bin seit langer Zeit zum ersten Mal wieder in Korea. Die Kinder sind nicht mit dabei... Ich möchte ihn nur ein Mal wiedersehen..."

‚Sie hat also Kinder! Natürlich.' Eunyong denkt an die zwei Töchter von Yunki. Yunki wird von seinen Töchtern vergöttert. ‚Was sollte schon passieren? Aber... die Fee aus dem Märchen hatte damals auch zwei

Kinder und ist trotzdem mit ihrem Flügelkleid in den Himmel zurückgekehrt…' übertönt eine Stimme in ihrem Innern ihre Selbstbeschwichtigung. ‚Wie war das noch? Hatte sie ihre Kinder damals mitgenommen oder sie verlassen…?' Eunyong bedauert, dass sie sich das Ende dieses Märchens aus Kindheitstagen nicht mehr vergegenwärtigen kann. Vor ihrem inneren Auge sieht sie das Gesicht ihrer Schwägerin und ihrer lachenden Nichten. ‚Ich kann das nicht', schüttelt Eunyong den Kopf.

„Früher hatte euer Telefon nur drei Ziffern. Jetzt gibt es sogar bei euch eine eigene Vorwahl…" Mit diesen Worten versucht Hyeonhee die Harmlosigkeit eines Treffens nach so langer Zeit zu betonen. Es ist ein dezenter Hinweis darauf, wie viel Zeit schon vergangen ist. Widerstrebend gibt Eunyong eine siebenstellige Nummer preis.

20. Mai

Hoffentlich habe ich nichts falsch gemacht. Ich bin mir nicht sicher. Warum habe ich ihr nur die Nummer gegeben? Ich hätte sie doch auch verweigern können. Abends rief unerwartet meine zweite Schwägerin an, die sich sonst nie bei uns meldet. Ich habe ihr nichts erzählt, fühlte mich aber ertappt. Hoffentlich habe ich da nichts ins Rollen gebracht.

21. Mai

Hyoki war da und hatte großen Streit mit Vater. Aus dem Zimmer drang Gebrüll, anschließend kam er mit rotem Gesicht in die Küche gestürzt und verlangte nach einem Glas Wasser. Ich war gerade dabei, Gemüse für die Beilagen zu putzen und nachdem er sein Wasser hinuntergestürzt hatte, meinte Hyoki hämisch zu mir: ‚Mach ihm nur ja genügend zu essen. Damit der Alte lange, lange lebt und seinen Sohn ärgern kann!' Meine Hand, die das Messer hielt, zitterte.

22. Mai

Ich habe Hyongok getroffen. Sie hat ihre Familie und bei der Gelegenheit auch ihre frühere Arbeitsstelle, die Praxis Park, besucht. Sie erzählte mir die Anekdote von einem Unfall im Bergwerk. Ein Mann habe dabei ausgerechnet seine Männlichkeit verloren. Seine Frau, die auf die Nachricht des Unfalls in die Praxis gestürzt kam, war zunächst erleichtert gewesen, als sie hörte, es bestehe keine Lebensgefahr. Sie brach aber in Tränen aus, als sie von der Art seiner Verletzung erfuhr. ‚Aber so ist das Leben doch kein Leben!' soll sie gerufen haben. Ihr Ausruf wurde in der Praxis zum geflügelten Wort. So ist das Leben doch kein Leben.

Der Preis für eine Tasse Kaffee: 1600 Won.

23. Mai

Bei seinem Besuch vor ein paar Tagen hatte Hyoki beim Anblick der Orchideentöpfe mit der Zunge geschnalzt. Heute war er mit frischer Erde und Kieselsteinen hier und hat die Orchideen umgetopft. Sorgfältig hat er die Blumentöpfe umgestülpt, die Orchideen herausgeholt und die Wurzeln von Steinchen und Erde befreit. Anschließend hat er sie in die sauber ausgeklopften Töpfe gestellt und die Wurzelzwischenräume mit frischer Erde aufgefüllt. Ich verstehe ihn einfach nicht. Würde Hyoki doch nur ein Zehntel der Fürsorge, die er den Orchideen angedeihen lässt, seinen Mitmenschen zukommen lassen!

Buddhas Geburtstag. Der Tempel ist hell erleuchtet. Auch die große Straße vor unserem Haus.

24. Mai

Ich habe die Küche neu gestrichen. Durch den Ruß der Yontan-Briketts hatte sich die Küchendecke schon so geschwärzt, dass die Küche immer düster wirkte. ‚Welche Farbe nehme ich bloß?' Nach einigem Zögern habe ich mich für Jadegrün und gegen Beige oder Rosa entschieden. Das Jadegrün habe ich erhalten, indem ich ein wenig Grün in die weiße Farbe gemischt habe. Ein Teststrich auf der Wand zeigte, dass es zu intensiv war, also habe ich mehr Weiß hinzugefügt. Als ich mit dem eigentlichen Streichen beginnen wollte, fiel mir auf, dass dieser probeweise ausgeführte Pinselstrich mir gleicht. Ansok… Ob er mit seinen Worten wohl dasselbe gemeint hat? Dass ich nichts als ein gedankenlos gemalter Pinselstrich bin? Meine Schultern sind steif und vom Farbgeruch habe ich Kopfschmerzen. Trotzdem streiche ich morgen noch ein zweites Mal.

25. Mai

Anruf von Inki. Ob bei uns auch alles in Ordnung sei. Er ist umgezogen. An einen Ort namens Samsongri. Das ist nicht in Seoul, liegt aber in der umliegenden Provinz Gyeonggido. Durch eine U-Bahnverbindung bräuchte er nicht lang bis zu seinem Arbeitsplatz. Hoffentlich geht es ihm gut. Seine Stimme klang jedenfalls fröhlich.

Großreinemachen.

26. Mai

War mit meiner Mutter im öffentlichen Bad. Mama: 43 kg., ich: 52 kg. Mutter gab sich so kitzelig wie ein kleines Kind, als ich sie abgeschrubbt habe. Dabei kommt es mir wie vorgestern vor, dass sie mir einen Klaps auf den Handrücken gab, weil ich als Kind immer versucht habe, ihren Händen zu entgehen, die mich unter den Achseln schrubben wollten.

Erst nachdem ich Mutter abgetrocknet und wieder eingekleidet hatte, bin ich selber unter die Dusche gegangen. Als ich fertig war und in den Umkleideraum kam hat Mutter fasziniert in den Fernseher gestarrt. Es war Kabelfernsehen. Ein Mann machte sich auf einen weiten Weg und vertraute Frau und Kind der Familie seiner Frau an. An einer Straßenecke des Viertels, in dem die Familie seiner Frau wohnte, belog der Mann sein Kind: ‚Papa kommt wieder, wenn er viel Geld verdient hat.‘ Ich glaube er musste nach einem Urlaub zurück ins Gefängnis. Eine dicke Frau, die neben Mutter saß, murmelte bei dieser Szene zu sich selbst: ‚Warum Menschen wohl geboren werden…?‘

27. Mai

Mein Geburtstag. 30 Jahre alt. Ich erinnere mich daran, wie gruselig ich es fand, dass meine Koreanischlehrerin, die ihr Haar immer glatt trug, schon 29 Jahre alt war. Im Spiegel habe ich die feinen Fältchen um meine Augen gesehen. Heute Morgen meinte Vater beim Frühstück, ich solle nicht davon träumen auch bei meinen nächsten Geburtstag meine Mahlzeiten zu Hause einzunehmen. Beinahe wären mir die Tränen gekommen, so traurig hat mich seine Äußerung gestimmt. ‚Und wenn mich niemand haben will?' Mein Aufbegehren hat mir nur Schelte eingetragen. ‚Schuster, bleib bei deinen Leisten' hieß es aus meines Vaters Mund. Schließlich wäre der Neffe vom Tankstellenbetreiber doch ganz in Ordnung, er verstehe nicht, warum ich mich gegen ihn sträube… Ist doch wahr! Ich krieg eine Gänsehaut, wenn ich an sein fettiges Gesicht und seine Geldprahlerei nur denke!

Miju hat mir einen Blumenstrauß geschenkt. 30 Rosen.

11. In der Tiefe der Erinnerungsschichten

Tränen, die lautlos aus der Tiefe des Inneren emporsteigen. Tränen, die auf betäubende Art den Platz der bisher unbeherrschbaren Gewaltausbrüche einnehmen, die sich nun zurückziehen wie das Meer bei Ebbe, gleich den Fluten, die der Mond bei seiner Bahn um die Erde anzieht, gleich dem nächtlichen Meer, das ihn nach Hyeonhees Fortgehen immer wieder gelockt hatte, weit in die Ferne.

Hyeonhee bewegt sich. Einst war ihm dieser Körper so sehr vertraut gewesen. Ihr Körper, der auf Yunkis Lust so sensibel reagiert hatte. Während der langen Trennung hat Hyeonhee ein wenig an Gewicht gewonnen. Doch seine Hände erinnern sich an das vertraute Gefühl und er riecht einen Duft, der ihm so vertraut ist, als kenne er ihn seit langer Zeit. Es war ein Duft, wie ihn nur ein kranker Wal in den tiefen schwarzblauen Fluten des Meeres hervorbringen konnte. Es war der Duft, geboren aus Hyeonhees Sehnsucht nach Yunki, die sie auf der anderen Seite des Ozeans verzehrt hatte.

Durch die Vorhänge stiehlt sich fahles Licht. Das gewebte Muster des einfarbigen Vorhangs wirkt in der Dunkelheit leicht plastisch. Yunki liegt auf dem Rücken und schaut zur Zimmerdecke hoch. Es kommt ihm vor, als träume er. Nein, eigentlich gleicht das ganze Leben einem Traum. Und Hyeonhee ist eine Illusion in diesem Traum.

„Ich bin's, Hyeonhee", sagte sie kurz und bündig ohne einleitende Begrüßung, nach dem Motto, Yunki müsse sich zweifellos an sie erinnern. Mit diesem einen Satz überbrückte Hyeonhee geschickt all die Jahre der Trennung, und vermochte Yunki in Atemnot zu versetzen. Hatte ihn denn nichts auf dieses Telefongespräch vorbereitet?

‚Ich kann mich einfach nicht daran gewöhnen. Als trüge ich geliehene Kleider. Das Vergnügungsviertel, das Vergnügungsgewerbe, Bars… Ich dachte eigentlich, das passe zu mir' grübelte Yunki, während er seinen Wagen parkte. Die Bar kann nicht von der Hauptstraße, sondern nur von der Seitenstraße aus betreten werden. ‚Empire' heißt die Bar mit Bühne. An manchen Tagen las er ‚Vampir' statt ‚Empire'. Das Etablissement hatte Yunki im letzten Frühling mit dem Erlös des Grundstücks erworben, dessen verbriefte Eigentumsurkunde ihm Herr Kiljung zugeschickt hatte.

Nachdem Yunki seinen Laden hatte schließen müssen, schlug er sich die folgenden Jahre mit Handwerks- und Heimarbeiten oder mit dem Verkauf von Dumpingware durch. Obwohl diese Grundstücksurkunde eine große Versuchung dargestellt hatte, hatte Yunki sie zuerst zurückgewiesen. Den Anteil, den er bei seiner Eheschließung bekommen hatte, hatte er als Lohn für seine bisherige Arbeit unter Herrn Kiljung angesehen. Damit war für ihn die Erbschaft erledigt. Yunki sträubte sich dagegen, durch die Annahme eines Geschenks eine Verbundenheit zwischen Vater und Sohn aufkommen zu lassen. Entgegen seiner Erwartung hatte Herr Kiljung aber nicht aufgegeben, sondern die Papiere bei der nächsten Gelegenheit Eunyong mitgegeben. Yunki nahm das Geschenk mit der Einstellung entgegen ‚Wenn's denn so sein soll…'. Er hatte das Grundstück sofort verkauft, wohl auch in dem unbewussten Bestreben, nichts Bleibendes von seinem Vater zu behalten. Er hatte sich weder bedankt noch sich in irgendeiner Weise erkenntlich gezeigt. Er hatte die Papiere entgegengenommen, weil sie ihm aufgedrängt worden waren und damit war für ihn der Fall erledigt. Yunki bedauerte nur, dass er nicht Herrn Kiljungs Gesichtsausdruck hatte erleben können, als dieser erfahren musste, dass sich sein Sohn von dem Verkaufserlös eine Bar eingerichtet hatte.

Eine Zeit lang war Yunki versucht gewesen, mit dem Geld einfach zu verschwinden. Obwohl er sich einredete, dass ihm dieses Grundstück aufgedrängt worden war, blieb ein fader Nachgeschmack.

Sein erster Gedanke war der einer Flucht und zwar nach Kanada, wo Hyeonhee lebte.

„Wir raten denjenigen ab, ins Ausland zu gehen, die hier nicht zurechtkommen. Meistens haben sie nämlich ein soziales Anpassungsproblem und das wird sich im Ausland auch nicht ändern“, belehrte ihn die

Beraterin des Emigrationsbüros, deren Augen und Mund viel zu nah bei der Nase standen. Es schien ihre Art der Befragung zu sein.

„Wir raten auch denjenigen von einer Emigration ab, die sich Hoffnungen auf das große Geld machen. Anders als in Amerika kann man froh sein, wenn man in Kanada mit seinen Investitionen über die Runden kommt. Da es ein wirtschaftlich stabiles Land ist, besteht nicht wie hier in Korea die Möglichkeit über Nacht durch Spekulationen reich zu werden."

„Auch die Erziehung der Kinder wäre für mich kein triftiger Grund nach Kanada auszuwandern. Ein schlechter Schüler wird sich woanders auch nicht besser machen. Es sei denn, man ist mit den koreanischen Unterrichtsmethoden nicht einverstanden..."

Erst nachdem die Beraterin die Fälle aufgezählt hatte, in denen sie von einer Auswanderung abgeraten hätte, kam sie auf die Vorteile zu sprechen: „Das Wertesystem ist nicht so starr wie hier. Es herrschen kaum Vorurteile gegenüber Asiaten, weil dort viele verschiedene ethnische Gruppen nebeneinander existieren. Außerdem ist die soziale Fürsorge so gut ausgebaut, dass es keine absolute Armut gibt."

Gewerbeanmeldeformular, Umsatzsteuererklärung, Vita..., die üblich erforderlichen Dokumente. Yunki erhielt außerdem einige Broschüren verschiedener Bundesländer Kanadas.. Er hatte nicht die Erwartung, dort eine neue Welt vorzufinden. Alles, was er anstrebte, war eine Flucht vor seinem bisherigen Leben.

Statt der Flucht entschied er sich für ein Versteck. Die Treppe, die zum Kellergeschoss hinabführt, gleicht dem Eingang zu einem Labyrinth. In der Mitte, dort wo die Treppe einen Knick macht, wird der Eintretende von einem Schwall feuchter Luft getroffen, sobald er um die Ecke biegt. Es ist der Geruch feuchter, dunkler Erde. Ein Geruch, der sich weder durch künstliches Licht noch durch künstliche Wärme vertreiben lässt. Ein Kellergeruch eben. Es hatte Zeiten gegeben, da hätte Yunki am liebsten sein Gesicht in dieser Feuchtigkeit begraben und geweint. Doch diese Augenblicke gingen vorüber und sein Herz schien zu rascheln, als knülle man Papier zusammen. Seltsam, dass er trotzdem zugenommen hatte.

Yunki wandte sich zur Seite und schaute in den schwarzen Wandspiegel. Sein Gesicht mit dem noch vor zwei Jahren spitz zulaufenden Kinn sah jetzt recht breit aus. Die Tränensäcke unter den Augen wirkten schlaff. Einzig die Nase hatte ihre scharf hervorstehende Form bewahrt. Yunki sah sich als einen Mann mittleren Alters, der verbraucht war. Am liebsten hätte er die von Ausschweifungen gezeichneten Züge ausradiert, die ihm im Spiegel entgegenblickten. ‚Ich altere auf hässliche Weise'. Der Mann im Spiegel verzog verächtlich den Mund. ‚Wie abstoßend! Doch was soll's?', entrang sich ihm ein tiefer Seufzer. ‚Ich habe im Leben einen falschen Weg eingeschlagen und mein verpfuschtes Leben spiegelt sich eben in meinem Gesicht wider.'

Ein Hauch von Reue und Trauer huschte über seine Züge. Yunki holte tief Luft und schob die dicke schalldichte Tür auf. Klamme Luft und der abgestandene Geruch von Alkohol, der auf Plastikstühlen verschüttet worden war, schlugen ihm entgegen.

„Guten Abend, Herr Direktor!", begrüßten ihn die Angestellten, die gerade die Bar wischten. Es war eine fröhliche Schar, die pfeifend ihrer Arbeit nachging.

„Alles in Ordnung?" Bei der grellen Beleuchtung wirkte die Bar so schäbig wie eine provisorische Strandbühne. Der violette Teppich war übersät von Alkoholflecken und kalt schimmerten die Kunststoffbezüge der Sitze.

Doch sobald es oben auf der Erde Nacht wird, ändert sich hier unten alles. Als sauge die Beleuchtungsanlage alles Licht von der Erdoberfläche auf, pulsiert sie dann in rasanter Dynamik. Ohrenbetäubende Musik, alkoholgeschwängerte Hitze… Die Menschen schleppen ihre Jahrzehnte alten Körper hierher, um in diesem Raum eine Weile die Last des Lebens zu vergessen. Sein Geschäftsführer war deshalb der Überzeugung, eine Bar müsse mit verwirrend strahlender Beleuchtung und lautstarker Musik aufwarten.

Jedes Mal, wenn der mit Reinigungsarbeiten in Vorbereitung auf den jeweiligen Abend betraute Angestellte seine Muskeln anspannte, spannte sich auch der Anker, der auf seiner Schulter eintätowiert war. Ein vor Anker liegendes Schiff, das sich von dem Kampf um einen satten Fischfang erholt. Wieviel einfacher wäre doch das Leben, wenn man immer genau wüsste, wann ein Segel zu setzen und wann ein Anker auszuwerfen ist. Aber die meisten Menschen setzen das Segel, wenn sie besser den Anker ausgeworfen hätten und umgekehrt.

„Bei mir stand schon früh fest, dass ich Seemann werden wollte. Aber irgendwie kam mir diese Entscheidung nicht richtig vor, so als trüge ich einen fremden Anzug. Da ich nur die Mittelschule absolviert hatte, blieb mir nichts anderes übrig als Seemann zu werden. Selbst als ich schon auf dem Schiff war, kam es mir unwirklich vor. So sehr ich mir auch einredete Seemann und nur meiner Berufung gefolgt zu sein, ich konnte nicht wirklich daran glauben. Ich bin sozusagen auf dem Meer aufgewachsen und konnte mir nichts anderes vorstellen. Meine Zweifel kamen für mich völlig unerwartet…"

Um sein Herz endgültig dem Meer zu schenken, hatte er sich zusammen mit Freunden tätowieren lassen. Ein Segel hatte er nicht gewollt, denn er fürchtete sich davor, vom Wind erfasst und ins Meer geweht zu werden. Also ließ er sich einen Anker tätowieren. Erst dann hatte er das Gefühl: ‚Jetzt bin ich Seemann!' Das erste Schiff, auf dem er nach seiner Tätowierung anheuerte, wurde von einer Sturzwelle getroffen und kenterte. Sein Freund, der zusätzlich zu dem Anker auf seinem Arm, seine Brust mit einem kleinen Drachen verziert hatte, diente den Fischen zum Fraß. Seit Yunki diese Geschichte gehört hatte, blieben seine Augen häufig an der Schulter des ehemaligen Seemannes hängen.

Yunki begab sich in sein Büro. Es lag neben der Garderobe der Mädchen, die auf der Bühne auftraten. Sein Geschäftsführer hatte die Füße auf den Schreibtisch gelegt, sprang aber bei Yunkis Anblick sofort auf: „Guten Abend!"

„Hallo! Alles in Ordnung?"

„Da hat jemand ein paar Mal für Sie angerufen."

„Wer war das?"

„Hat sie nicht gesagt."

‚Sie? Eine Frau? Vielleicht eines der Mädels, die einen Bühnenauftritt suchen ohne über eine Agentur vermittelt zu werden…' Yunki wischte die Angelegenheit beiseite. In der Garderobe nebenan war eine der Tänzerinnen, Frau Kang, damit beschäftigt, sich die Finger zu maniküren. Auch sie stand beim Eintritt von Yunki auf. Sie sah krank aus.

„Oh, guten Abend, Herr Direktor!"

„Hallo. Geht es dir nicht gut?"

„Nein, nein… Ich hatte etwas in der Nähe zu tun und bin deshalb etwas früher gekommen."

Frau Kang schminkte sich grundsätzlich nur, wenn sie auf der Bühne stand. Ihr ungeschminktes Gesicht wirkte sehr blass. Die Form ihrer Lippen mit dem Einschnitt in der Mitte verlieh ihrem Antlitz irgendwie etwas Einsames. Dieser Eindruck verstärkte sich noch, weil sie entgegen ihrer sonstigen Gewohnheit keinen Kaugummi kaute. Das erinnerte den Geschäftsführer an etwas: „He, ich hoffe, du wirst auf der Bühne keinen Kaugummi mehr kauen, klar man verliert ja die Lust, wenn die Tänzerin auf der Bühne pausenlos wiederkäut."

„Tanzen tu ich doch mit dem Körper! Da geht Sie mein Mund überhaupt nichts an!", konterte Frau Kang. Bei dieser frechen Antwort verzog der Geschäftsführer das Gesicht: „Heißt das, du willst weiterhin auf der Bühne Kaugummi kauen?"

„Warum denn nicht? Ich hab doch sonst gar keinen Spaß…"

„Pass ja auf, du! Niemand ist unersetzbar…" Auf diese Drohung hin grummelte Frau Kang nur leise vor sich hin ‚Ist doch sonst langweilig… Versuchen Sie doch selbst einmal, mit fest geschlossenem Mund allein auf einer Bühne zu tanzen…' Eine professionelle Bartänzerin im Glitzerkostüm, die auf der Bühne beim Tanzen ihren eigenen Körper streichelt. Frau Kang dreht und windet sich vor betrunkenen Männern, die sie aus Gewohnheit und ohne echte Begierde lüstern betrachten. Aus der Nähe wirkte ihre Haut stumpf und rau. Das lag an der grellen Beleuchtung und der Schminke.

„Herr Direktor, Telefon für Sie! Oh, seit wann bist du schon da?"

Der Angestellte brachte den Telefonhörer und begrüßte Frau Kang. Yunki nahm den Hörer entgegen, verließ die Garderobe und betrat sein Büro: „Hallo?"

„..."

„Hallo?"

„Ich bin's, Hyeonhee."

Diese Stimme! Diese Stimme, die tief unter den Schichten seiner Erinnerung vergraben war, schlug an sein Ohr. Ein Schwindelgefühl ergriff Yunki, vergleichbar dem Zerfall einer Mumie, die tausend Jahre unbeschadet in der Erde geruht hatte und plötzlich der Sonne ausgesetzt wurde. Für Yunki zerbröckelte in diesem Augenblick die lange Zeit, während der er von Hyeonhee getrennt gewesen war. Es war, als hätte sich die Zeit zwischen der Trennung und heute aufgelöst. Vergangenheit und Gegenwart trafen sich. Nach einem kurzen Blick auf Yunkis Gesicht machte der Geschäftsführer kehrt, der gerade mit einem Zettel in der Hand eingetreten war. Trotz seines Schwindelgefühls sah Yunki die Farben und Formen der Gegenstände vor seinen Augen in überdeutlicher Schärfe.

„Wo...?"

Da Hyeonhee zwei Jahre jünger als Yunki war, hatte er sie seinerzeit geduzt, während sie ihn damals gesiezt hatte[14]. Yunki, der unsicher war, wie er sie nun anreden sollte, kam seine eigene Stimme fremd vor. Er hatte das Gefühl, sich an seinem eigenen Zäpfchen zu verschlucken. Er legte kurz die Hand über den Hörer und räusperte sich heftig. Aus dem entfernt gehaltenen Hörer erklang Hyeonhees leiser gewordene Stimme: „Ich bin hier."

Nicht in Seoul oder in Korea, sondern ‚hier'. In diesen Worten lag die ganze Sehnsucht der Liebenden, die so lange Jahre durch den Pazifischen Ozean getrennt gewesen waren.

„Für immer?"

„Nein, ich bin nur für einen kurzen Besuch hier."

„Wie lange?"

Wieder diese Unsicherheit in der Wahl der Anrede...

„Ich bleibe bis zum 15."

Yunki schaute auf den Kalender. Es war der 13. Also noch zwei Tage bis zum 15.

„Ich wollte nur wissen, wie es Ihnen geht. Ich war zwischenzeitlich schon ein paar Mal in Korea..."

Yunki erkannte, dass Hyeonhee den Zusatz ‚mit meinem Mann' weggelassen hatte.

„Wo bist du jetzt?"

„Bei meiner Mutter in Gaepodong."

Schweigen, grau wie Blei. Yunkis Herz war schwer wie Blei, denn er traute sich nicht, um ein Treffen zu bitten. Stattdessen fragte er: „Wie lange bist du noch hier?"

„Noch zwei Tage."

Schweigen. Ein kohlrabenschwarzes Schweigen. Erst in diesem Augenblick wurde Yunki bewusst, dass 15 Jahre vergangen waren und er versuchte, sich Hyeonhees Gesicht nach dieser Zeit vorzustellen. Ihre scharfe Nase, ihre dichten Wimpern und schweren Augenlider, ja sogar ihr zweiter Zeh, der länger war als ihr großer Zeh... Doch jetzt? Als beantwortete Hyeonhee diese unausgesprochene Frage, unterbricht sie das Schweigen. Als wäre das Leben zu kurz, um zu zögern: „Können wir uns sehen?"

Im Film wird der Zeitsprung anhand einer Überlappung dargestellt. Das Gesicht eines Mädchens wird mit dem Gesicht einer erwachsenen Frau überlappt, um 15 Jahre Zeitunterschied darzustellen. Das Gesicht der jungen Frau wird mit dem einer alten Frau überlappt, um zu zeigen, dass 30 Jahre vergangen sind. Eine einfache und schnelle Methode. Für Yunki ließ sich dies in einem Satz zusammenfassen: ‚Hyeonhee ist da.'

Da sich Hyeonhee in Seoul nicht mehr so gut auskannte, hatten sie sich in einer Hotellobby verabredet. Yunki war zuerst da und schaute sich um. Die Lobby war erfüllt von der Melodie eines Streichquartetts, die eigens für solche Orte komponiert zu sein schien. Die hohe Decke und die große Anzahl der Menschen, die sich hier aufhielten, führten zu einer allgemeinen Zerstreuung der Geräusche. Yunki sah einige Frauen allein an ihren Tischen sitzen, aber Hyeonhee war nicht darunter. Kurz überlegte er, ob er seinen Namen am Tresen hinterlegen sollte, verwarf diesen Gedanken aber als zu unpersönlich.

Yunki wollte sich gerade setzen, nachdem er eine Runde durch den Saal gedreht hatte, als jemand direkt hinter ihm stehen blieb. Es war Hyeonhee. Ihr auf dem Fuß folgte eine Angestellte mit einem Ausrufeschild, die nun ebenfalls stehen bleiben musste. Lustig bimmelte das Glöckchen an dem Schild.

„Es ist lange her", eröffnete Hyeonhee das Gespräch. Schwarze Bluse, schwarzer Rock und darüber ein cremefarbenes Jackett. Sie war nie wirklich schlank gewesen und jetzt schien sie noch etwas rundlicher geworden zu sein. Vielleicht war dies der Grund, warum ihr Gesicht immer noch so straff war. Ihre Augen, die immer so herausfordernd geblickt hatten, wirkten etwas kleiner.

„Lange nicht gesehen…"

Bestimmt klang seine Begrüßung mehr als unhöflich…, doch Yunki war noch immer unsicher.

Sie bestellten einen Kaffee und einen Cocktail. Stockend kam ein Gespräch in Gang. ‚Jedes Mal, wenn ich herkomme, gibt es mehr Autos auf den Straßen.' ‚Die Gebäude schießen wie Pilze aus dem Boden.' ‚Wegen der Vorbereitung zur Olympiade ist Korea auch dort häufiger in den Medien…' ‚Wo wohnen Sie?' Verlegenes Schweigen, wenn beide gleichzeitig den Mund öffneten. Ihre Blicke streiften sich ein paar Mal, um sich anschließend auf die Zierpflanzen oder den Rücken der Angestellten zu heften. Jedes Mal die schreiende Frage ‚War es dieser Mensch, nach dem ich mich so sehr und so lange gesehnt habe? Das Ziel meiner Sehnsucht?' Sie nahmen sich ein Zimmer, um die Antwort auf diesen Schrei zu finden, der ihnen in der Kehle steckte.

„Willst du nicht wissen, wie ich lebe?", fragt Hyeonhee, während sie sich umdreht. Die nächsten Worte sprudeln aus ihr heraus, unabhängig davon, was Yunki antworten wird.

„Mein Mann… ist ein guter und fürsorglicher Mensch. Er hat gewisse Vorstellungen von einer Familie und versucht danach zu leben. Abends kommt er früh heim und am Wochenende bastelt er mit den Kindern etwas aus Holz. Er liebt es, mit Holz zu arbeiten. Die kleinen Möbel und Kistchen im Kinderzimmer stammen von ihm. Abends riecht es bei uns im Hof nach Holzspänen. Die Luft ist so rein, dass man auf Gerüche viel sensibler reagiert."

‚… Gerüche…' dieses Wort zieht Yunkis Aufmerksamkeit auf sich. Welchen Geruch mag er wohl in Hyeonhees Erinnerung hinterlassen haben? Den schimmeligen Geruch eines Billighotels? Den Geruch aus einer Mischung von Abtritt und Ofenloch, der kennzeichnend für ihr gemeinsames Zimmer in Shindangdong war? Den dumpfen Geruch einer Zukunft ohne Perspektiven…? Früher rümpfte Hyeonhee manchmal aus Spaß die Nase, wenn sie ihr gemeinsames Zimmer betrat. Yunki war vor einiger Zeit in dem Viertel gewesen und war aus reiner Neugierde von der Hauptstraße in die Gasse von damals eingebogen. Gähnende Leere war ihm begegnet. Auf den Mauern hatte jemand mit tropfender roter Farbe der Verzweiflung und dem Zorn der vertriebenen Bewohner des Viertels Ausdruck verliehen: ‚Bauunternehmer XY verrecke! Verrecke!'

„Ich habe zwei Söhne. Manchmal wünsche ich mir noch eine Tochter. Mein Mann ist ein guter Mensch. Ich habe Glück und führe ein beneidenswertes Leben."

‚Ein beneidenswertes Leben', endet Hyeonhee, als erzähle sie von einer dritten Person. Als sei sie kein Mitglied dieser glücklichen, beneidenswerten Familie.

‚Das hört sich an wie ein Geständnis im Beichtstuhl.'

Hyeonhee presst die Lippen zusammen. ‚Will sie erklären, warum sie mich treffen wollte? Warum sie gekommen ist? Warum?'

Wüsste Hyeonhee nicht, dass sie sich mit der Beschreibung der ‚beneidenswerten Familie' von ihrer eigenen Situation distanziert, dann entspräche ihr Leben dem, was man allgemein unter Glücklichsein versteht. Ihr Mann, dessen Haar seit kurzem lichter wird, ist zwar schweigsam, aber fürsorglich. Er ist ein guter Mensch, der auch in anderen nur Gutes sieht.

„Du weißt ja nicht, wovon du sprichst! Lieben kann nur, wer selbst geliebt wurde. Auch Liebe muss gelernt sein, meine Tochter."

Als Hyeonhee mit ihrem schlimmer gewordenen Husten nach Hause zurückkehrte, wartete schon das Foto eines Heiratskandidaten auf sie, von dem seit dem vergangenen Jahr immer wieder die Rede gewesen war. Er war eine sprichwörtlich gute Partie. Hyeonhee störte sich daran, dass es jemand sein könne, der nur ans Nehmen gewöhnt sei. Ihre Mutter hatte dieses Argument mit einem Schlag vom Tisch gewischt: „Du glaubst, wer das Elend kennt, sei großherzig? Natürlich wachsen die Menschen auch an ihren Schwierigkeiten. Aber nur selten sind Menschen, die das Elend erlebt haben, in gleichem Maße auch innerlich gewachsen. Die meisten Menschen werden kleinmütig, verbittert und rachsüchtig. Du wirst schon verstehen, was ich meine, wenn du ein wenig länger gelebt hast…"

‚Wenn du ein wenig länger gelebt hast… Ich glaube, damals war ich 23 Jahre alt.'

In dem Flugzeug nach Kanada hatte Hyeonhee bitterlich geweint. Woher nahm ihr Körper nur all die Flüssigkeit? Ihr frisch angetrauter Ehemann führte dies sicherlich auf die Trennung von ihrer Mutter zurück. Hyeonhee hatte vergeblich versucht aufzuhören, doch ihre Tränen ließen sich nicht stoppen. Sie verstand selbst nicht, weshalb diese Tränen flossen, denn schließlich hatte sie ihr Herz doch zurückgelassen und nur ihre leere Hülle war in das Flugzeug gestiegen. Vielleicht waren es ja gerade diese Tränen, die eine Brücke zu dem Mann an ihrer Seite schlugen, der ihr noch so fremd war. Zuerst hatte sie versucht, ihre Tränen zu verbergen, ließ ihnen dann aber freien Lauf. Sie spürte, wie sich dabei ein Knoten in ihrer Brust löste. Ihr Mann sagte nichts, tupfte ihr sanft mit seinem Taschentuch die Tränen ab und hielt ihre Hand. ‚Das ist ein guter Mensch!', fühlte Hyeonhee, während sie seine Hand hielt und ihre Tränen, gleich einem hartnäckigem Schluckauf, langsam verebbten.

Und doch! Dieses Gefühl, dass etwas fehlt! Wie im Märchen von den tanzenden Schuhen. Dieses Gefühl der Fremdheit trotz des harmonischen Zusammenlebens von 15 Jahren. Was mochte das sein?

Ihrem Mann fehlte dieses Eine: das Verständnis dafür, warum ein Mensch nicht anders konnte als unbarmherzig und grausam zu sein; warum ein Mensch nicht anders konnte, als sich selbst bis an den äußersten Rand eines Abgrunds treiben zu lassen. Er versuchte, mit liebevoller Fürsorge zu kaschieren, dass ihm im Grunde unbegreiflich war, wie es in Hyeonhees Leben eine wilde, schicksalhafte Zeit gegeben haben konnte. Er hatte zwar Mitleid mit Obdachlosen, konnte aber absolut nicht verstehen, warum sie es ablehnten sesshaft zu werden und ein Leben als Vagabunden bevorzugten. Ein solcher Mensch war ihr Ehemann.

Am Anfang ihrer Ehe hatte ihr Mann sie gefragt, welche Seite des Bettes sie bevorzuge. Beim Anblick des Doppelbettes, das in ihren Augen riesige Ausmaße hatte, musste Hyeonhee an Yunki denken. In Cafés oder Restaurants hatte er immer für sie mitbestellt, ohne nach ihren Wünschen zu fragen. Er hatte Hyeonhee an Orte seiner Wahl geführt, ohne sich jemals nach ihrer Meinung erkundigt zu haben.

Sie konnte sich nicht an friedliche oder geruhsame Zeiten mit Yunki erinnern. Von dem Augenblick ihrer ersten Begegnung an hatte Hyeonhee in Yunki ein verunsichertes Waisenkind gesehen. Dieser Mensch ist Waise! Trotz Eltern und Geschwistern ist er absolut einsam. Es lag nicht nur daran, dass sie sich auf einem menschenleeren Dach kennen gelernt hatten. Sie hätte dieses Defizit auch erkannt, wenn sie Yunki zum ersten Mal auf einer belebten Straße begegnet wäre. Er glich einem Schakal. Er war so abweisend und so wild wie ein Schakal. Eine Mischung aus zwei Extremen. In einem Augenblick sog er wie ein Schwamm Hyeonhee in sich auf, um dann im nächsten wie Dynamit zu explodieren. Trotzdem konnte sie Yunki nicht vergessen. Seine eigenmächtige Art, alles über ihren Kopf hinweg zu entscheiden, empfand sie als Fürsorge. Seine nervöse Ungeduld war für sie ein Zeichen seiner Sensibilität. ‚Liebe, das ist wie eine Droge.‘

Das hatte Rebecca behauptet. Rebecca, die eines Nachts im Schlafgewand an ihre Tür geklopft hatte. Am Morgen sah man die Blutergüsse auf ihrem Körper. Tage später traf Hyeonhee Rebecca im Supermarkt am Arm ihres Mannes untergehakt, als wäre nichts geschehen. Rebeccas

Mann war ein Beamter, der seine Nachbarn immer sehr höflich grüßte. Hyeonhee konnte nicht glauben, dass dieser freundliche Mann so brutal zuschlug; dass die strahlend lächelnde Frau an seiner Seite zuvor ein geschundenes Häufchen Elend gewesen war. Fast glaubte sie, Rebeccas nächtliche Flucht zu ihr nur geträumt zu haben. An dem Tag, an dem sie Rebecca in die Notaufnahme des Krankenhauses fahren musste, hatte Hyeonhee sie nach dem Grund gefragt, warum sie so lebe. Damals hatte Rebecca geantwortet, es sei eine Sucht. Eine Sucht, von der sie nicht loskomme. Sie hasse es geschlagen zu werden, aber wenn sich ihr Mann am nächsten Tag voller Reue bei ihr entschuldige und verspreche, dass es nicht mehr vorkommen werde, glaube sie ihm immer wieder. Liebe, das ist wie eine Droge.

Wäre ich damals nicht weggegangen… Sicher wäre alles anders gekommen.

Kummer und Reue überfluten Hyeonhee, als sie die Hand auf Yunkis Brust legt. Sein Herzschlag beruhigt sich langsam.

‚Das also ist der Lauf der Zeit!', denkt Yunki. Er fühlt sich ausgelaugt. Kurz vor seinem vierzigsten Lebensjahr hat er seine Jugendliebe getroffen, mit ihr geschlafen und liegt nun neben ihr. Auch sie scheint in Gedanken versunken. Es gab eine Zeit, in der er durch die Nacht gerast war mit dem Gedanken, nur sie und keine andere könne es sein. In der Gewissheit, sie nicht besitzen zu können, hatte er die Hände vom Lenkrad genommen.

„Warum hast du nicht auf meine Briefe geantwortet?"

„Ich habe nur den letzten zu Gesicht bekommen."

‚Ich werde heiraten. Auch wenn ich heirate, wird mein Herz immer dir gehören…' Yunki hatte diesen Brief, der mit Tränenflecken verunziert war, rein zufällig gefunden. Er war ohne Zögern sofort zu ihr geeilt, aber es war zu spät gewesen. Auf dem Rückweg war ihm klar geworden, dass es dazwischen noch mehr Briefe gegeben haben musste.

„Meinen Brief mit der geänderten Telefonnummer hast du also gar nicht…?"

„Nein."

Die Zeit vergeht in Sprüngen. Von zwei Uhr auf drei Uhr, von drei Uhr auf vier Uhr. Yunki saß auf einem mit Kunststoff bezogenen Sitz und hing der Zeit nach, die er nicht einordnen konnte. Er hatte vergessen, dass er die permanent Kaugummi kauende Frau schon einmal zurechtgewiesen hatte. Es war ihm alles gleichgültig. Genau, es war egal, ob das Telefongespräch zu Stande kam oder nicht. Yunki wollte sich nur vergewissern, dass andere Menschen ihn wahrnahmen. Er blickte auf die Uhr. Irgendwann hatte er damit begonnen, alles was er sah für Truggebilde zu halten. Es war, als sei er durchsichtig und vegetiere am Rande der Gesellschaft. Er unterlag der Illusion, dass die Menschen, mit denen er sprach und die er sehen konnte, ihn eigentlich gar nicht wahrnehmen konnten.

„Ihr Gespräch mit Seoul ist jetzt bereit."

„Hallo? Kann ich Hyeonhee sprechen?"

Kurze Stille. Ein leises Summen, wie das ferne Geräusch des Windes tönte aus dem Hörer.

„Hyeonhee ist nicht da. Rufen Sie nie wieder hier an."

Hyeonhees Mutter! Im Dialekt der Provinz Gyeongsang klang ihre Sprechweise so knapp und kalt, als hacke sie mit einem Beil die Satzenden ab. Das Gespräch wurde abrupt unterbrochen und Yunki spürte, wie etwas in ihm zerbrach.

‚Es ist sowieso alles längst vorbei', sagt Yunki knapp. Diese knappen Worte lassen Hyeonhees Herz überlaufen.

Hyeonhee ist dieses Mal allein nach Korea gekommen. Ihre Mutter hatte keine einzige Träne vergossen, als sie ihre Tochter in die Fremde schickte, sondern hatte immer nur gebetsmühlenartig wiederholt ‚Alles wird gut'. Jetzt hatte man bei ihr Diabetes diagnostiziert. Hyeonhee hatte ihren Mann davon abgehalten sie zu begleiten: ‚Es ist doch keine schwere Krankheit…' Vielleicht hatte sie tief in ihrem Herzen den heutigen Tag kommen sehen. Auf dem Kalender sah sie die Tage ihres Aufenthaltes schwinden. Als der Tag ihres Abfluges kurz bevorstand, griff sie zum Hörer. Der Auskunft nannte sie den Namen seines Vaters. Die letzten drei Ziffern der Nummer, die sie erhalten hatte, stimmten noch mit der früheren Nummer überein. Jedes Mal beantwortete eine Altmännerstimme das Telefon. Wahrscheinlich sein Vater. Er ist jetzt ein alter Mann. Und dann… die Stimme seiner Schwester, an die sich Hyeonhee als zartgliedriges Mädchen mit Pagenkopf erinnert.

„Es ist Zeit zu gehen", sagt Hyeonhee so nüchtern wie möglich, den Blick auf die Zimmerdecke geheftet. ‚Ich bleibe standhaft!' Das hat sie sich fest vorgenommen und doch hat sie Mühe, das Zittern in ihrer Stimme zu unterdrücken, spürt, wie sich ihr Herz verkrampft. ‚Ich werde nur an diesen Augenblick denken! Nicht an meinen Mann, nicht an meine Kinder und nicht an zukünftige Versprechen. Alles ist nichtig!' Hyeonhee schließt die Augen und Yunki streckt seinen Arm nach ihr aus.

12. Landschaft mit Gingkobaum

Es war wie ein Stromschlag. Ein Stromschlag, der den ganzen Körper durchfährt und eine Gänsehaut hinterlässt. Inki studiert seinen Finger, sobald er aus der Gefahrenzone ist. Es war ein Fehler, die Maschine einzuschalten, bevor die Fäden vollständig aufgezogen waren. Noch hinzukam, dass er keine Handschuhe trug.

‚Wie nachlässig von mir…'

Auf seinem rechten Daumen zeigt sich eine schräge, weiße Linie, die sich augenblicklich mit Blut füllt.

„Oh, du hast dich geschnitten. Lass mal schauen!", ertönt die gedehnte Stimme von Seongeuns Mutter durch das Rattern des Spinnrades.

„Es ist nicht so schlimm. Der Schnitt ist nicht tief."

Inki leckt an dem Daumen. Ein Geschmack nach Blut und Metall liegt auf seiner Zungenspitze. Doch die Schnittwunde klafft auseinander und das Blut ist nicht zu stillen.

„Das soll nicht schlimm sein? Das muss verarztet werden! Gerade, wenn es so schwül und heiß ist wie jetzt, muss man sich vor Entzündungen hüten. Lasst uns bei dieser Gelegenheit gleich eine Mittagspause einlegen", erklärt Duhyungs Mutter, die Frau des Fabrikbesitzers, und schaltet mit einem Blick auf die Uhr den Strom neben dem Spinnrad aus. Die sechs Maschinen laufen nacheinander aus. Mehr als jeder Lärm schlägt die plötzliche Stille auf das Trommelfell. Vorsichtig nähert sich Junui, in der Hand einen Spielzeugroboter. Er hat gehört, dass Inki sich verletzt hat.

„Tut es weh, Onkel?"

Junui nennt jeden unverheirateten Bekannten Onkel. Sein kleines Gesicht drückt Sorge und Neugier aus.

„Nein. Wenn du pustest, heilt es bestimmt ganz schnell."

Inki hält Junui seinen Daumen hin, den er bis dahin fest gedrückt hatte. Sofort bereut er es, denn der Finger blutet stärker als vermutet. Da er Junui nicht den blutigen Finger unter die Nase halten will, verdeckt Inki den größten Teil der Wunde und lässt dann erst das Kind auf den Finger blasen. Mit konzentriertem Gesichtsausdruck widmet sich Junui seiner Aufgabe.

In einer Ecke der Fabrik befindet sich, durch Spanplatten abgetrennt, das Büro. Es besteht aus einem kleinen Schreibtisch, einer Tafel und zwei Stühlen. Außerdem wurde auf einer Seite des Raumes der Boden erhöht und mit einer Heizdecke ausgestattet, so dass man sich dort niedersetzen kann. Darauf setzen sich jetzt alle und packen ihr Mittagessen aus. Wegen des feinen Staubes der Fäden, der den Mund so trocken werden lässt, als hätte man Sand geschluckt, spült jeder zuerst den Mund aus, bevor er den ersten Löffel Essen zu sich nimmt.

„Hey, Seongeun-Mutter! Was ist mit dir? Hast du kein Mittagessen eingepackt?"

„Ich habe mir vorhin Djambbong[15] bestellt, weil ich so wenig Appetit habe. Seit ich arbeite, bin ich fast wählerisch geworden."

Seongeuns Mutter hatte zuvor als Zugehfrau in den Wohnblöcken von Gangnam, der reichsten Gegend von Seoul, gearbeitet. Sie behauptet, sie arbeite jetzt in der Fabrik, weil sie befürchte ihr Gefühl für die Realität zu verlieren. Sie war entzückt gewesen, die abgelegten Kleider ihrer Dienstherrin geschenkt zu bekommen und wurde so gut bezahlt, dass sie ihrer Tochter einen neuen Schreibtisch kaufen und die ersehnten Klavierstunden bezahlen konnte. Doch die lächerlichen Einkünfte ihres Mannes, der nur die Oberschule absolviert hatte, standen in keinem Verhältnis zu ihrem Verdienst und deshalb hatte sie aufgehört.

„Ich sag euch, man verliert ganz schnell den Bezug zur Realität. Mein Mann kam mir auf einmal armselig vor… Ich hatte das Gefühl, dass es so nicht weitergehen dürfe…"

Seit gestern klagt Seongeuns Mutter über Anzeichen von Grippe, und als die bestellte Nudelsuppe kommt, trinkt sie zuerst die scharfe Suppe. Gerade als sie die Nudeln zu einem Bissen aufrollt, wird sie sich Junuis Blick bewusst und sie macht sofort ein schuldbewusstes Gesicht. ‚Wie konnte ich nur so gedankenlos sein! Der Kleine verbringt mit nur einem Spielzeug und einer Tüte Kekse den ganzen Tag in dieser staubigen Fabrikhalle ohne sich zu beschweren…‘ Schnell füllt sie den Deckel einer Lunchbox mit Nudeln.

„Sie sollen ihm nichts geben!“

Die Stimme von Junuis Mutter klingt schrill.

„Wieso nicht? Sie sind überhaupt nicht scharf.“

„Darum geht es nicht. Mein Junge isst so etwas nicht!“

„Was bist du so empfindlich? Man sieht dem Kleinen doch an, dass er gern davon probieren würde… Nun sei doch nicht so streng!“, versucht Duhyungs Mutter zu vermitteln, da Seongeuns Mutter dieser brüsken Absage wegen peinlich berührt ist. Junuis Mutter kippt die Nudeln aus dem Deckel zurück in die Schüssel und verlässt den Raum. Den vor Schreck erstarrten Jungen zieht sie hinter sich her.

„Mach dir nichts draus. Das ist ihre Art Erziehung. Auf diese Weise nimmt der Kleine von Fremden nichts an, auch wenn seine Mutter nicht dabei ist…“, erklärt Duhyungs Mutter. Mit einem Ausdruck, als wäre ihr der Appetit vergangen, blickt Seongeuns Mutter trübselig auf ihre Nudeln.

„Warum musste ich mir auch etwas Besseres bestellen…“

„Was machst du für einen Wirbel um eine Schüssel Nudeln? Hättest du ein Fleischgericht bestellt, hättest du dir jetzt wohl an die Brust geschlagen und ‚mea culpa‘ gerufen… Es ist doch gar nicht deine Schuld. Junuis Mutter ist aus einem anderen Grund einfach schlecht gelaunt.“

„Die beruhigt sich bald wieder…“, ist die Meinung von Yanghee.

Inki verzehrt wortlos sein Mittagessen. Abgesehen von Duhyungs Vater, dem Fabrikbesitzer, der das Rohmaterial bringt, ist Inki der einzige Mann hier. Anfangs war ihm das gemeinsame Essen ein wenig peinlich. Im Laufe der Zeit hat er sich daran gewöhnt und kommt mit allen gut zurecht. War Duhyungs Vater da, dann aß auch er mit, aber heute war er unterwegs.

Inki hatte für einen Verlag gearbeitet, der vor allem Aphorismen berühmter Schriftsteller veröffentlichte. Seine Aufgabe hatte darin bestanden, ausländische Romane nach poesievollen Sprüchen zu durchsuchen, sie zu einem Buch zusammenzufassen und dann unter dem Namen eines berühmten Schriftstellers herauszugeben. Nach sechs solcher Bücher hatte Inki die Nase voll gehabt.

Sein gemietetes Zimmer lag auf einem Hügel. Auf dem Weg hinunter in die Stadt hatte er an einem Telegrafenmast den Aushang ‚Arbeiter gesucht. Anfänger willkommen.' gesehen und hatte sich bei der angegebenen Anschrift gemeldet. Duhyungs Vater, der selbst mehr einem Arbeiter als einem Fabrikbesitzer glich, war sehr verlegen gewesen: „Das ist keine Arbeit für einen Mann. Naja, besondere Vorkenntnisse braucht man zwar nicht, aber…"

„Bitte, versuchen Sie es doch mit mir. Wenigstens für ein paar Monate."

Die Frau neben dem Fabrikbesitzer hatte Inkis Partei ergriffen: „Ist vielleicht gar nicht schlecht, auch einen Mann dabei zu haben. Ehrlich gesagt fürchte ich mich manchmal, wenn du tagsüber nicht da bist. Wir arbeiten schließlich im Souterrain. Wenn da etwas passiert, kriegt das keiner mit. Und wegen Junui können wir die Tür nicht verschlossen halten."

„Aber was werden die anderen Frauen davon halten…?"

„Er ist doch noch so jung, da werden sich die anderen nicht übermäßig an ihm stören. Manchmal ruhen sich die Arbeiterinnen tagsüber hier im Büro aus. Dann sollten Sie, junger Mann, das Büro nicht betreten."

Inki brauchte nicht lange um zu erkennen, dass er die Arbeit nicht aufgrund seines Geschlechts bekommen hatte, sondern weil die Fluktuation in diesem Geschäft sehr groß war. Er hatte gerade ein paar Tage hier gearbeitet, als er in einem Augenblick, in dem Duhyungs Mutter kurz den Platz verlassen hatte, Zeuge eines geflüsterten Gesprächs wurde: „Also was ist? Ich soll bis morgen Bescheid geben", bedrängt eine Frau in den Dreißigern Seongeuns Mutter.

„Ach, ich weiß nicht so recht…"

„Was bringt dir Loyalität? Mehr Gehalt? Einen Bonus? Gar nichts!"

„Es geht doch nicht um Loyalität… aber sie haben hier im Augenblick Probleme mit den Arbeitskräften."

„Das ist doch überall so. Außerdem: Meinst du, die schalten die Maschinen hier ab, wenn du weg bist? Die finden schon schnell genug Ersatz. 20 000 Won sind doch nicht wenig! Stell dir vor: Monatlich 20 000 Won zu bekommen! Damit kannst du sogar etwas auf die hohe Kante legen."

„Aber hier kann ich immer wieder einmal nach Seongeun schauen. Und die Fabrikbesitzerin ist nett zu uns."

„Ach du meine Güte! Meinst du, dein Kind entwickelt sich besser, wenn es dich einmal mehr am Tag sieht? Das bringt doch alles nichts. Denk nach! Wir sind Tagelöhnerinnen. Mit anderen Worten: wir müssen so viel Geld verdienen wie wir können, solange wir noch jung sind. Meinst du etwa, die fühlen sich für uns verantwortlich, nur weil wir jetzt bleiben? Wer weiß, wann der Laden hier dicht gemacht wird und dann stehen wir nämlich ganz schön blöd da. Brauchen unser Erspartes auf, bis wir eine neue Arbeit gefunden haben. So kommen wir nie voran …"

Die Frau hörte auf, sobald Duhyungs Mutter den Raum betrat. Zwei Tage später war sie fort. ‚Sie hätte wenigstens früher Bescheid sagen können. Die Aufträge häufen sich und ich kann eine Maschine nicht betreiben', ärgerte sich Duhyungs Mutter.

Vier Tage später kam Yanghee. Sie schien Erfahrung mit dieser Art Arbeit zu haben, denn sie fügte sich sehr schnell ein. Die Arbeit an sich war einfach. Die großen Garnknäuel wurden auf dem Spinnrad befestigt, so dass die Fäden von der Maschine auf Rollen gewickelt werden konnten. Dabei kam es immer wieder vor, dass die Fäden rissen und per Hand wieder zusammengeknüpft werden mussten. Doch wenn man nicht aufpasste, verwirrte sich dabei alles noch mehr. Am Ende des Tages zeigten sich je nach Erfahrung des Einzelnen große Unterschiede in der erzielten Arbeitsleistung.

Nach dem Mittagessen und einer Tasse Kaffee verlässt Yanghee das Büro und lässt sich auf einen Stapel gelben Garns fallen. Heute sind lila, gelbe und rote Garnknäuel an der Reihe. Ihre Wahl der Farbe lässt darauf schließen, dass Yanghee sich den Zwischenfall beim Mittagessen zu Herzen nimmt. Die Farbe der zu verarbeitenden Garne wechselt von Tag zu Tag. Yanghee scheint sehr niedergeschlagen zu sein, wenn sie sich eine so helle Farbe ausgesucht hat. Wie um dies zu bestätigen murmelt sie: „Ach du meine Güte! Junui wird sicherlich Hunger haben…“

„Ist in Junuis Familie etwas nicht in Ordnung?“

„Der Sohn der Vermieter, der schon in die Grundschule geht, stiehlt wohl Geld aus Junuis Sparbüchse. Als er es wiederholte, hat Junuis Mutter deswegen Andeutungen bei der Vermieterin gemacht. Anscheinend war die Vermieterin wohl so böse auf ihren eigenen Sohn, dass sie ihn schrecklich ausgeschimpft hat. So sehr, dass es Junuis Mutter nun peinlich ist, weiterhin dort zu wohnen. Doch gerade jetzt sind die Mieten ziemlich hoch, da gerade Umzugszeit ist. Klar, dass Junuis Mutter nervös ist.“

Yanghee stammt vom Land und hat schon in fast jedem Bezirk gewohnt, seit sie in die Stadt gekommen ist. ‚Wisst ihr, wie schwierig es ist, ein Zimmer zu mieten, wenn man ein Kind hat…?‘, jammert sie, als wäre sie selbst Mutter von drei, vier Kindern.

Um ein Uhr kehrt Junuis Mutter mit Junui zurück und setzt sich vor eine der Maschinen. Aus dem Radio ertönt fröhliche Popmusik, die aber bald vom Maschinenlärm übertönt wird. Der Geruch der Färbemittel durchzieht die Fabrik. Junui scheint den Vorfall vergessen zu haben, denn er summt fröhlich ein Kinderlied vor sich hin. Wegen seines mit einem Einwegpflaster verarzteten Daumens reagiert Inki häufig zu spät, so dass er immer wieder die Maschine anhalten muss.

„Puh, sind diese Garne aber schwer!“

Es ist Duhyungs Vater. Das Färbemittel ist noch nicht getrocknet, deshalb sind die Garnknäuel feucht und schwer. Inki folgt Duhyungs Vater die Treppe hinauf, nachdem dieser seine Last in einer Ecke der Fabrikhalle abgelegt hat. Der Pritschenwagen ist voller Garn. ‚Das gibt Arbeit für mindestens zwei Tage‘, freut sich Inki, auch wenn die schweren Garnknäuel auf seine Schultern drücken. Inkis Gesicht hat zuerst auf den Geruch der Färbemittel reagiert, der dem feuchten Garn anhaftet. Seine Hand befühlt ständig sein Gesicht, auf dem sich rote Flecken zeigen, die langsam anschwellen.

Inki wacht in letzter Zeit davon auf, dass er sich im Schlaf das Gesicht kratzt. Seine Haut, die er dann schläfrig betastet, ist von Pickeln übersät. ‚Das kommt von den Färbemitteln. Sieh es als eine Art Kinderkrankheit wie Masern an. Wenn du das überwunden hast, bist du ein echter Fabrikarbeiter geworden', hatte Seongeuns Mutter ihm erklärt.

„Herr Direktor! Dieses Garn ist durch und durch steif! Können Sie uns nicht anständiges Material heranschaffen?", beschwert sich Yanghee beim Aufhängen des Garns.

„Ich kann noch froh darüber sein! Woanders schließen die Fabriken, weil sie kein Garn bekommen."

„Hier, erfrisch dich!"

Duhyungs Mutter schenkt Inki ein Glas Cola ein, nachdem das gesamte Garn hereingebracht ist.

„Ist es nicht besser, diese Topfpflanze zu entfernen? Sie stört, wenn man herein kommt."

„Die Topfpflanze? Das musst du mit meinem Mann besprechen. Ich habe da nichts zu sagen", winkt Duhyungs Mutter ab. Direkt vor der Tür steht ein Ginkgobaum, so groß wie ein Mensch. Dieser Topf mit dem Ginkgo kam in die Fabrik, als die Eltern von Duhyung aus einem Haus in eine Hochparterre-Wohnung gezogen sind. Duhyungs Großvater hatte viel zu früh mit der Zucht von Aloe Vera und ähnlichen Heilpflanzen angefangen, als sich noch niemand dafür interessiert hatte und hatte dementsprechend mit seinem Geschäft nur Pech gehabt. Der Ginkgobaum in dem Topf stammte aus einem seiner Gewächshäuser. Duhyungs Vater kümmerte sich liebevoll um diesen Baum. Er goss ihn und trug gemeinsam mit Inki die schwere Topfpflanze manchmal die Treppe hoch, damit sie eine Weile in der Sonne stehen konnte. Duhyungs Mutter schien sich jedes Mal darüber aufzuregen: ‚Das ist doch vergebliche Liebesmüh! Er sollte sich mehr auf das Geschäft konzentrieren...'

Es war am letzten Zahltag gewesen. Damals hatte ein Besucher seine Visitenkarte hinterlassen. Duhyungs Mutter hatte die Umschläge mit dem Monatslohn verteilt, wobei Yanghee verstimmt war, weil sie aufgrund eines Fehltages nicht den vollen Lohn erhalten hatte. ‚Der Herr Direktor ist total unflexibel...'

Obwohl Duhyungs Mutter errötet war, weil die junge Frau ihren Mann kritisiert hatte, musste sie ihr Recht geben: „So ist er eben. Aber immerhin können wir von diesem Geschäft leben…"

„Aber Frau Direktorin! So einfach ist das Überleben in diesem Geschäft nicht! Wie wollen Sie sich denn vergrößern und mehr Maschinen kaufen? Andere Leute fahren doch schon längst einen eigenen Pkw."

„Diese Leute haben wohl einfach mehr Glück gehabt. Bestimmt wird es uns auch irgendwann besser gehen…"

„Das kommt doch nicht von allein! Wissen Sie, warum das Unternehmen Ilsung Textil so reich geworden ist? Sie sind deshalb zu Vermögen gelangt, weil sie krumme Wege gegangen sind. Schließlich bin ich schon so lange in dieser Branche tätig, dass ich weiß, wovon ich spreche. Das ist kein Gewerbe mit großen Gewinnmargen. Überlegen Sie doch einmal: Um einen Pullover zu produzieren und zu verkaufen müssen Garnhersteller, Färber, Wickelindustrie, Strickfabrik und Verkäufer auf ihre Kosten kommen. Wer in diesem Geschäft in Immobilien investieren und Pkws kaufen kann, muss unterschlagen haben. Anders geht es nicht."

„Unterschlagen…?"

„Ach, Sie wissen doch, die Männer mit den Visitenkarten! Heute war doch einer von denen hier. Die sind ganz scharf darauf, das Rohmaterial zu kaufen. Dieses Garn hier… dafür kriegen Sie in Cheongyecheon viel Geld. Eine gewisse Menge an Materialverschleiß ist normal. Die meisten Betreiber behaupten einfach, mehr fehlerhaftes Rohmaterial gehabt zu haben… Stattdessen versucht unser Herr Direktor die Fehler im Rohmaterial selbst auszubessern!"

Yanghee fährt sich mit der Zunge über die Lippen und fügt noch hinzu:

„Aber sagen Sie dem Herrn Direktor nicht, dass ich so etwas gesagt habe."

Obwohl Yanghee so nüchtern und berechnend zu sein scheint, wählt sie sich die Farbe mit der sie arbeitet je nach Gemütslage aus. Das hatte sie Inki schüchtern anvertraut, als beide einmal gemeinsam Überstunden gemacht hatten. Da die meisten Arbeiterinnen Hausfrauen waren, wurden die Maschinen um sechs Uhr abgestellt, sofern kein Eilauftrag vorlag. Überstunden oder Nachtschichten übernahmen das Fabrikbesitzerehepaar oder Yanghee und Inki. Duhyungs Mutter meinte, es könne sich ja etwas zwischen den beiden entwickeln, worauf Seongeuns Mutter konterte: ‚Sollen sie doch ruhig, sind ja beide ledig!'.

Obwohl kein Tageslicht ins Kellergeschoss dringt, teilt sich das Ende des Tages auf seltsame Weise mit, wenn draußen die Dunkelheit hereinbricht. Die zuvor besetzten Arbeitsplätze leeren sich. Yanghee fragte Inki, wo seine Heimat liege, als er gerade den Strom für die Maschinen wieder anstellen wollte.

„Dann haben Sie das Meer auch im Winter sehen können?"

Bläulich schimmerte das Weiße in Yanghees Augen. ‚Das Meer im Winter…' Inki musste wegen ihrer mädchenhaft idealisierenden Ausdrucksweise lächeln. Yanghee war erst zwanzig Jahre alt. Inki vergaß diese Tatsache häufig, da Yanghee schon nach Beendigung der Grundschule angefangen hatte zu arbeiten und dementsprechend über ein gewisses Maß an Lebenserfahrung verfügte. Sie rollte ein braunes Garnknäuel beiseite und legte ein wasserblaues Knäuel frei. ‚Das ist die Farbe des Meeres!', rief sie, während sie sich darauf fallen ließ.

Yanghees Heimat war ein kleines Bergdorf in der Provinz Gangwondo, in dem man vom Himmel (in Yanghees leichter Übertreibung) ‚nur eine Handbreit sah'. Um in das Dorf zu gelangen, musste man zunächst den Überlandbus nehmen, dann in einen Landbus umsteigen und nach weiterem mehrfachen Wechsel der öffentlichen Verkehrsmittel noch eine lange Wegstrecke laufen, bis man dieses Bergdorf erreichte. Yanghee war das jüngste von sieben Geschwistern.

„Weißt du, unter meinen Brüdern und Schwagern haben wir fünf Busfahrer! Mein Vater bedauert, dass keiner seiner Kinder einen Beruf mit weißem Kragen ergriffen hat. Dabei hat er sich gar keine Mühe gegeben, uns studieren zu lassen. Mein dritter Schwager beharrt zäh darauf, dass er in einem Beruf arbeitet, in dem man schreibt."

Kichernd erklärte Yanghee, dass ihr dritter Schwager die Anzahl der Passagiere in den Buslinien zählt, also Zahlen schreibt.

Als Hyeonwook erfuhr, dass Inki in einem ‚mittelständischen Unternehmen' arbeitete, das eigentlich eine Fabrik war, hatte er erstaunt nach dem Grund gefragt.

„Ich habe keinen besonderen Grund. Es ist eine Arbeit wie jede andere. Ich wollte nur nicht weiter im Büro arbeiten. Das ist alles."

„Du machst das doch nicht etwa als Vorbereitung, um dich als getarnter Arbeiter in große Produktionsstätten einzuschleusen, weil du die Arbeiter dort aufklären willst, oder?"

Tatsächlich hatte sich Inki eine Weile in dem Industriebezirk herumgetrieben. Manchmal fuhren die Busse über eine Überführung und man gewahrte die trocken gelegten Schwimmbecken auf dem Gelände der Fabriken darunter. Beim Anblick der abblätternden blauen Farbe fragte sich Inki jedes Mal, ob die Schwimmbecken im Sommer mit Wasser gefüllt und Menschen dort schwimmen würden. Überall an Telegrafenmasten flatterten Stellenangebote. ‚Werde ich hier den Zorn kennen lernen? Werde ich hier den Überlebenskampf erlernen können?' Diese Fragen stellte sich Inki, wenn er in schmuddeligen Cafés darüber grübelte, ob er hier wirklich Antworten auf seine Fragen bekäme.. Nach ein paar Tagen gab er auf und verließ die Gegend. Er hatte Angst und fürchtete den Kampf.

„Das ist meines Erachtens der einzige Weg, um menschlich zu bleiben. Hier nutzt man nicht andere Menschen als Sprungbrett für die eigene Karriere aus, sondern man lernt, den Menschen als Menschen zu lieben. Als Arbeiter lebt man redlich Tag für Tag", erklärte ein Kommilitone überzeugt, der sich als Arbeiter in eine Fabrik eingeschleust hatte und gerade pausierte, weil er Lungenprobleme hatte.

„Am schwierigsten ist die eigene Einstellung. Dieses Gefühl der Reue, das gerade uns gebildete Menschen häufig erfasst. Reue darüber, in unseren bequemen Alltag zurückkehren zu wollen und Misstrauen uns selbst gegenüber. Dass man die Strapazen nur auf sich nimmt, um sich von den Schuldgefühlen eines Bessergestellten zu befreien…"

Bei Hyeonwooks Frage musste Inki an diese Worte denken. Was hätte er Hyeonwook antworten können, wenn dieser nachgebohrt hätte? Tatsächlich verspürte er Schuldgefühle, weil er sich nicht in die Gruppe seiner Kommilitonen zu integrieren vermochte. Zusätzlich plagte ihn das schlechte Gewissen gegenüber Herrn Kiljung, der sich so sehr wünschte, sein Sohn möge sich etablieren.

„Du bist ganz schön laut geworden!“, bemerkte Hyeonwook, der bis dahin schweigend seinen Tee getrunken hatte. Inki zuckte zusammen. Er vermutete, dass es sich um eine Metapher handele, deren Sinn er nicht kannte. Sie lebten in einer Epoche des gesprochenen Wortes. Die Menschen bewaffneten sich sozusagen mit den verschiedenartigsten Metaphern. Doch das war bei Hyeonwook nicht der Fall. Er brauchte keine Metapher, denn er nahm alles so, wie es war.

Inki hatte Hyeonwook, einen Freund aus seiner Oberschulzeit, 1980 wieder getroffen. Es war bei einer Versammlung vor dem Hauptbahnhof Seoul gewesen, als Inki sich wieder am studentischen Leben beteiligt und sich dort zu einer Demonstration eingefunden hatte. Zwischen den gebrüllten Parolen hatte er jemanden seinen Namen rufen gehört und Hyeonwook in der benachbarten Reihe einer anderen Universität erblickt. Er hatte strahlend lachend seine weißen Zähne gezeigt.

Seit dieser Zeit war Hyeonwook immer dann an Inkis Seite, wenn es ihm schlecht ging. Inki studierte kreatives Schreiben und fühlte sich von der prahlerischen Distinguiertheit seiner Kommilitonen überfordert, so dass er häufig seinen studentischen Verpflichtungen fern blieb und herumirrte. Er fand Trost in Hyeonwooks gleichgültiger Haltung, die wie beruhigendes Wasser auf ihn wirkte. Weder fragte Hyeonwook jemals nach, noch schimpfte er. An seiner Seite spürte Inki, wie wieder Ordnung in seine verworrenen Gedanken kam. Das war Hyeonwooks Stärke. Inki war sich sicher, dass Hyeonwook an ihm eine Schuld aus einem früheren Leben abzahlte, oder er selbst in einem späteren Leben die jetzt auf sich geladene Schuld zurückzahlen würde.

Hyeonwook lebte in gemieteten Zimmern am Kanal, auf einem Hügel oder in einer Dachkammer, nachdem er sein Zimmer seinen beiden Schwestern abgetreten hatte. In vielen Zimmern. Zu dieser Zeit zog Yunki alle sechs Monate um, sobald die Dauer seines Mietvertrages abgelaufen war und Inki, der zu der Zeit bei seinem Bruder wohnte, musste ihm folgen. Vier Jahre lang zogen die beiden jungen Männer ständig um. Nach dieser Zeit kannten sie sich wirklich gut in Seoul aus. Selbst in den hintersten Gassen.

„Ach ja?"

„Ja, ich habe das Gefühl, mit einem Schwerhörigen zu sprechen."

Ein Schwerhöriger. Erst da verstand Inki. Es lag am Lärm. Das klappernde, monotone Maschinengeräusch übertönte die Telefonklingel aus dem Büro hinter den Spanplatten. Deshalb war die Klingel an einen Verstärker angeschlossen, der wie eine Alarmsirene den Lärm durchbrach. Die Warnung, die Hyeonwook beim Aufstehen aussprach, hatte die gleiche Wirkung: „Mach das nicht zu lange!"

‚Vielleicht habe ich die Zeichen der Zeit falsch verstanden. Jedes Zeitalter hat sein eigenes Tempo, aber ich tanze allein in einem fremden Rhythmus zu einer fremden Melodie sinnlos vor mich hin. Die Menschen überlassen sich ihrem Alltag, was soll ich also machen? Ich komme mir vor wie ein verspäteter Gast, der erst eintrifft, wenn die Party schon vorüber ist', grübelte Inki an dem Abend, das Kissen wegen seiner Kreuzschmerzen hinter den Rücken geklemmt.

Die Zeitanzeige im Radio zeigt sechs Uhr an.

„Lasst uns für heute Schluss machen", ruft Duhyungs Mutter und stellt die Maschinen ab. Sie ist beruhigt, weil sie Arbeit für mehrere Tage haben. Auch Junuis Mutter zupft sich gelassen die weißen Flusen vom Kopf. Bestimmt hat sie den Vorfall von heute Mittag vergessen.

Yanghee verabschiedet sich neckisch von Inki und bleibt an der Bushaltestelle stehen. Inki steigt die Treppe zur U-Bahnstation hinab. Die Erde öffnet ihr Maul, als wolle sie alles verschlingen. Schon wieder ist ein Tag vergangen.

Als die Ansage für die nächste Station erklingt, nähert sich ein Bettler der Wagontür. Sein Gesicht ist mit Ruß verschmiert. Die U-Bahn fährt in die Station ein. Als sich die Türen öffnen, hebt der Bettler seine schwarze Hand und fährt damit beim Verlassen der Bahn einer jungen Frau, die sich neben der Tür an einer Haltestange festgehalten hatte, über den Handrücken. Auf dem weißen Handrücken der jungen Frau zeigen sich drei rote Streifen, gleich dem Mal einer Stelle, an der zuvor ein Blutegel gesaugt hat. Sie ist so geschockt, dass sie nur auf ihren Handrücken starren kann. Drei tiefe Kratzer. Auf dem mittleren bilden sich langsam Bluttröpfchen.

Bei diesem Anblick erkennt Inki, was ihm den ganzen Nachmittag im Kopf herumging, ohne dass er es sich hatte bewusst machen können. Eine alte Erinnerung wird wach: ‚Du bist anders als wir.'

An jenem Tag saß Inki allein im Büro in der Fabrik seines Vaters. Das Büro war ursprünglich ein Zimmer mit Fußbodenheizung gewesen, so dass man jetzt eine Stufe erklimmen musste, um dorthin zu gelangen. Zu jener Zeit waren einige der Arbeiter nur ein, zwei Jahre älter als Inki, der sich aus diesem Grund möglichst von der Fabrik fern hielt. Diese Jungen hatten in der Fabrik angefangen, gleich nachdem sie die Grundschule vollendet hatten. An dem besagten Tag hatte Inki die Prüfung zur weiterführenden Oberschule bestanden und war frohen Herzens. Sein Vater hatte ihn gebeten, wenigstens den Telefondienst zu übernehmen und so wollte er eigentlich nur kurz vorbeischauen. Hyoki, der allein im Büro saß, begrüßte Inki freudig.

„Prima! Bleib gerade da. Ich muss etwas erledigen."

Hyoki warf seine Langeweile wie einen Plastikumhang ab und erhob sich. ‚Bestimmt will er zum Schuster oder zum Fotografen gehen und sich dort mit seinen Freunden unterhalten… Natürlich war ihm langweilig.' Inki setzte sich an den Schreibtisch und blickte auf die Straße hinaus, während er dem Maschinenlärm der Fabrik lauschte. Es war nachmittags. Auf der Straße, die er durch das Fenster betrachtete, waren nur vereinzelte Fahrradfahrer zu sehen. ‚Im Frühling werde ich von hier fortgehen! Warum wollte ich die ganze Zeit nur fort von hier?' In solche Gedanken versunken blickte Inki müßig auf die Straße. Aus der Fabrik nebenan hörte er pausenlos das Fauchen der Maschinen.

Plötzlich stoppte das Maschinengeräusch. Die Tür zur Fabrik wurde heftig aufgestoßen und ein Arbeiter in Inkis Alter steckte seinen Kopf durch das Fenster der Trennwand.

„Wo ist der ältere Bruder?"

Gemeint war Hyoki. Hyoki wollte nicht ‚Herr Direktor' genannt werden, denn Herr Kiljung kam immer wieder einmal vorbei. Die Arbeiter riefen Herrn Kiljung ‚Herr Direktor' und Hyoki ‚älterer Bruder'.

„Er ist kurz weggegangen."

„Wissen Sie nicht wohin? Das ist schlimm…"

„Er ist hier irgendwo in der Nähe, was gibt es denn?"

„Da hat sich jemand an der Hand verletzt."

„Ist es schlimm? Einen Moment, hier war doch irgendwo ein Erste-Hilfe-Kasten…"

Inki wurde sich seines Faux Pas in dem Augenblick bewusst, in dem er aufstand, um zum Regal mit dem Erste-Hilfe-Kasten zu gehen. Verachtung blickte ihm aus den Augen des Arbeiters entgegen. In diesen Augen konnte Inki zum einen den Ernst der Situation erkennen und zum anderen die Nachricht: ‚Du bist anders als wir.'

Die Klinik, in die der Arbeiter mit der durchtrennten Sehne an der Hand eingeliefert wurde, war immer von Arbeitern belegt, die aufgrund eines Unfalls im Bergwerk eingeliefert worden waren. Ohne dass er sagen konnte, wie leid es ihm tat, musste Inki zu jeder Mahlzeit mit einem Ess-Paket von Frau Yun zu dem Arbeiter ins Krankenhaus gehen. Dabei hörte er, wie die Kollegen der eingelieferten Bergbauarbeiter sich selbst verächtlich als ‚schwarze Schweine' bezeichneten. ‚Der Preis für Schweinefleisch ist doch in den Keller gefallen. Das gilt natürlich auch für schwarze Schweine.'

‚Du bist anders als wir.'

Auch wenn in Korea mittlerweile das Zeitalter des Überflusses angebrochen war, konnte Inki diese ungesagten Worte nicht vergessen.

„Sondernachrichten in der Abendzeitung! Sondernachrichten!"

„Expräsident Doo-hwan Chun entschuldigt sich beim Volk!"

„Entschuldigung von Chun: Ich werde es nie wieder tun!"

„Entschuldigung von Chun: Ich werde nicht an der Eröffnungszeremonie teilnehmen!"

„Entschuldigung von Chun: Ich bleibe zu Hause und sehe fern!"

Bei den eigenmächtig kreierten Ausrufen des Zeitungsjungen ‚Ich bleibe zu Hause und sehe fern!‘, lächeln ein paar Leute. Zwei Männer, die wie Büroangestellte aussehen, tuscheln miteinander: „Wie kann er es wagen, an der Eröffnungszeremonie der Olympischen Spiele teilnehmen zu wollen?“

„Warum nicht? Schließlich hält er sein Versprechen und tritt am Ende seiner Amtszeit zurück. Meinst du etwa, es fällt ihm leicht, nach nur einer Amtszeit zurückzutreten?“

„Das ganze Land ist in Aufruhr wegen der Korruptionsskandale der fünften Republik und er will bei den Eröffnungszeremonien der Olympischen Spiele in der VIP Loge sitzen!“

„Mensch! Es gibt doch Vergebung und Versöhnung! Ein Soldat ist eben einfach gestrickt. Bestimmt dachte er, dass seine öffentliche Entschuldigung ausreiche. Versöhnung ohne Abrechnung. Das kennen wir doch!“

‚Abrechnung? Was für eine Abrechnung? Morgen werde ich auf jeden Fall versuchen, die Geschwindigkeit der Maschine mindestens auf einer mittleren Geschwindigkeit zu halten‘, nimmt sich Inki vor, während er aus der U-Bahn steigt.

13. Der Frosch im Laub

„Komm nachher vorbei, wenn du Zeit hast!"

Die Stimme von Herrn Kiljung, die aus dem Telefon klingt, scheint völlig frei von Emotionen zu sein. Wie immer, wenn Herr Kiljung ihn sprechen möchte, versucht Hyoki die Unterredung hinauszuschieben. Nachdem er den Hörer aufgelegt hat, blickt er in Gedanken versunken aus dem Fenster. Auf der Straße fahren gerade Busse vorbei mit Bannern geschmückt, die die Aufschrift tragen: ‚Allen Mitgliedern der XY Electronic GmbH eine fröhliche Heimfahrt zum Chuseok[16]!' Übermorgen ist Chuseok. Die Arbeiter der Putzkolonne haben ihr Chuseok-Geld schon abgeholt. Hyoki überlegt, wieviel er seinen eigenen Arbeitern geben soll. Eigentlich ist ihm der ganze Trubel lästig. Außerdem ist es viel schwieriger, die Mittel für ausstehende Beträge hereinzubekommen.

„Beim Bergwerk Deokjung erwartet man, dass Sie persönlich vorbeikommen. Mir geben sie das Geld nicht. Schauen Sie dort einmal vorbei", bemerkt die junge Frau, die im Laden und in der Buchhaltung aushilft, als sie der Tasche das gesammelte Geld entnimmt. Ihre Oberlippe ist mit Ruß verschmiert. Anscheinend will sie betonen, dass sie im Büro des nahe gelegenen Bergwerks war, um das Geld einzutreiben.

„Wer sagt das?"

„Der Geschäftsführer von Deokjung, Herr Kang. Ich habe ihn auf dem Weg getroffen."

„Will er bar zahlen, wenn ich persönlich vorbeikomme?"

„Das hat er nicht gesagt. Übrigens hat Myeongbo teilweise mit Schuldscheinen gezahlt."

„Auf wie lange?"

„Zwei Monate. Angeblich haben alle anderen diese Zahlungsweise auch akzeptiert."

„Glauben die etwa, eine Fabrik finanziert sich selbst und wir graben unser Material aus der Erde…? Danke für deine Mühe."

Hyoki legt das Geld in den Safe und entnimmt ihm die Rechnungsbelege für Deokjung. Da Deokjung der älteste Kunde ist, hat sich ein großer Stapel Akten angesammelt. Verspätete Lieferungen rügt das Bergwerk immer lautstark und nachdrücklich, ist jedoch bei Zahlungen immer um Monate in Verzug und legt eine Überheblichkeit an den Tag, als gewähre es Almosen.

Auch im letzten Winter war Hyoki persönlich bei Deokjung vorstellig geworden. Der Geschäftsführer war höchstens Mitte dreißig und angeblich ein entfernter Verwandter des Bergwerkseigners. Neben seinem Schreibtisch hatten sich die Geldbündel gestapelt. Die junge Buchhalterin war dabei, die Summen auf den Belegen der verschiedenen Zulieferer zu vergleichen und entsprechende Geldbeträge in Umschläge einzusortieren.

„Oh, Herr Direktor Lee! Wie erfreulich, dass sich eine so hoch gestellte Person zu uns bemüht!", begrüßte ihn der Geschäftsführer sarkastisch, als er sich aus seinem Stuhl erhob und ihm wenigstens eine Sitzgelegenheit anbot. Ungeachtet des aufgestapelten Bargeldes erhielt Hyoki nur einen Schuldschein über zwei Monate. Hinter dem Stuhl des Geschäftsführers türmten sich die Geschenke der Zulieferer, Hyoki seinerseits war mit leeren Händen gekommen.

„Ja, jetzt besuchen die Arbeiter ihre Heimatorte und überhäufen ihre Eltern mit Geschenken."

Es ist der Polizist Park, der mit diesem Wink mit dem Zaunpfahl eintritt. Obwohl er ihm nicht willkommen ist, bietet Hyoki ihm einen Stuhl an und entgegnet: „Ach, das ist doch nur eine kleine Entschädigung dafür, dass sie Tag und Nacht vor den Maschinen stehen und sich dabei womöglich auch noch verletzt haben."

„Aber wo gibt es denn heutzutage noch so etwas! Wir leben doch in einer Demokratie, da genießen doch die Arbeiter eher die Fürsorge ihrer Arbeitgeber! Wie laufen denn die Geschäfte so?"

„Nicht besonders. In diesem Herbst sind die Aufträge so spärlich, dass ich meine Zeit damit totschlage, Fliegen zu verscheuchen. Die Kunden scheinen zu glauben, dass wir unser Vermögen auf der Straße finden. Die Zahlungsmoral ist miserabel und meistens erhalte ich nur Schuldscheine über drei oder vier Monate…"

„Aber Ihr Unternehmen steht doch auf soliden Füßen…"
„Das war einmal!"
„Ach ja, in letzter Zeit habe ich den Abteilungsleiter Chun gar nicht mehr gesehen. Ist er weggegangen?"
„Nein, nein, er ist zu Hause. Was hat sich übrigens in dem neuesten Fall ergeben? Ich meine das Kohlebergwerk Youngpung…?"
„Was soll schon gewesen sein? Klarer Mordfall. Obwohl er sich gestellt hat und das wohl auch berücksichtigt wird… Aber Mord bleibt Mord. Mit dieser Tat hat der Mörder sein Leben vergurkt."
„Ich habe gehört, dass es ein verletzter Arbeiter war…"
„Ja. Es war ein Streit über die Höhe der Entschädigung für einen Arbeitsunfall. Dabei handelte es sich nicht einmal um eine große Summe, nur um lächerliche 300 000 Won. Dabei kam es dann wohl zu dieser Gewalttätigkeit. Wegen dieses Geldes ist jetzt einer tot und der andere hat sein Leben verpfuscht. Ich versteh das alles nicht…"
Der verletzte Arbeiter wollte 300 000 Won mehr Entschädigung. Im Laufe des Streites hat der Arbeiter den Sohn des Bergwerkseigners mit dem Messer niedergestochen. Das war vor zwei Tagen. Es war das Gesprächsthema Nummer eins im Ort, jetzt kurz vor den Feiertagen.
Nachdem der Polizist Park den Grund seines Kommens unverhohlen angedeutet und eine Weile abwartend dagesessen hatte, sah er sich gezwungen sich zu erheben. Erst da steckte Hyoki ihm den vorbereiteten Umschlag zu: „Sie wissen ja, die wirtschaftliche Lage… Viel ist es nicht, aber…"
„Aber das ist doch gar nicht nötig… Herzlichen Dank auch. Ich wünsche Ihnen schöne Feiertage und grüßen Sie auch den Abteilungsleiter Chun von mir!"
‚Das sind die Raubritter von heute. Bei jedem Anlass überfallen sie einen wie die Schmeißfliegen. Am liebsten würde ich in ein Land auswandern, wo es so etwas nicht gibt…'
Hyoki hat einen bitteren Nachgeschmack im Mund, obwohl er dem Polizisten den Geldumschlag doch freiwillig zugesteckt hat. Er ist einfach nicht standhaft genug, jemanden zu ignorieren, der so offensicht-

lich ein Geldgeschenk erwartet. Auf der anderen Seite bringt er aber nicht die Gelassenheit auf, sich damit abzufinden. In der Hoffnung sich dem Ganzen zu entziehen, bricht er zu Herrn Kiljung auf. ‚Was der schon wieder von mir will…?‘

„Setz dich. Eunyong bring uns bitte einen Tee!“

Herrn Kiljungs Augen starren Hyoki an, als wisse sein Vater genau, was in ihm vorgeht. Als Kind verkrampfte sich Hyoki jedes Mal, wenn er in die Augen seines Vaters blickte. ‚Ja, deine Hand konnte immer sehr hart zuschlagen. Aber auch du bist dem Lauf der Zeit ausgeliefert. Jetzt bist du alt und deine Hände sind mit Altersflecken übersät. Warum blicken deine Augen immer noch so klar?‘ In dem Gefühl, immer nur ungerecht behandelt worden zu sein, übersieht Hyoki die eingefallenen Wangen seines Vaters und das geistige Siechtum seiner Mutter.

Frau Yun sitzt auf dem Sofa im Wohnzimmer und zupft ständig an ihrem Rocksaum. Eunyong, die damit beschäftigt war, einen Stapel Socken in Geschenkpapier einzuwickeln, erhebt sich um den Tee zu kochen.

„Was sind das für Socken?“

„Die sind für die Zeitungsboten und Milchmänner. Mama hat sie mitgebracht.“

„Gib mir auch ein Paar. Ihr scheint ja mehr als genug davon zu haben.“

Er sagt das aus reiner Gehässigkeit. Eunyong weiß es und geht in die Küche, ohne darauf zu reagieren.

„Mutter, was machst du da?“

„Ja“, lächelt Frau Yun. In ihren Augen leuchtet ein flüchtiges Lächeln auf, das einem Windhauch gleicht, als sie zu Hyoki aufblickt. Ihre Augen sind klar. Dennoch zuckt Hyoki zusammen, weil er meint, in ihren Augen etwas zu erkennen, das sich wie ein zweites Augenpaar dahinter verbirgt. Frau Yun senkt den Kopf und zupft konzentriert weiter.

„Mama, was machst du da?“, fragt Eunyong, bevor sie den Ginsengtee abstellt. Frau Yun scheint etwas entfernen zu wollen. Sie blickt angestrengt auf ihren Rock wie ein Kind, das sich sehr konzentriert. Von Zeit zu Zeit schüttelt sie sich, als ekele sie sich. Eunyong beobachtet sie ruhig und erkennt dann den Grund. Anfangs nahm sie an, Kletten könnten sich im Rock verfangen haben. Es ist aber das Muster des Stoffes, das Frau Yuns Finger beschäftigt. In ihrer Vorstellung nimmt sie die kurzen, dicken Striche in dem wirren Stoffdruck als Würmer wahr. Eunyong eilt in das Schlafzimmer und durchsucht die Kleidertruhe. Mit einem einfarbigen dunkelgrünen Rock kehrt sie zurück und erklärt Frau Yun: „Ach ja, Mama, der Rock muss gewaschen werden. Komm bitte und zieh dich um."

Frau Yun folgt Eunyong ins Schlafzimmer. Besorgt blickt Herr Kiljung ihnen nach. Es scheint, als klage er seinen Sohn an: ‚Da schau! Deiner Mutter geht es so schlecht und was machst du?'

Kälte greift nach Hyokis Herzen. ‚Steht es so schlimm um sie?' Er fragt sich, ob sie ihn überhaupt erkannt hat. Als er den anklagenden Blick von Herrn Kiljung bemerkt, versteift sich Hyoki wieder.

„Es steht schlimm um deine Mutter."

Hyoki schweigt. Früher hätte er abgewinkt und gefragt, was denn schon sein solle, aber heute kann er nicht leugnen, dass die Lage ernst ist. Bei seinem letzten Besuch hatte Frau Yun das Wasser in den Vasen ausgewechselt, obwohl sie nur mit künstlichen Blumen gefüllt waren. ‚Damit sie nicht welken…', hatte Frau Yun unschuldig gesagt. Damals hatte er keinen Grund gesehen etwas zu unternehmen und sich nur gesagt, dass seine Mutter langsam alt wird. Für Hyoki war immer noch sein Vater verantwortlich für Frau Yun.

„Manchmal wirkt sie normal, aber dann denkt man, ihr Geist habe sie verlassen. Ich möchte mit ihr ein renommiertes Krankenhaus aufsuchen."

„Meinst du, dort wissen sie besser Bescheid? Heutzutage läuft man eher Gefahr, den Medizinstudenten als Studienobjekt zu dienen. Warum versuchst du es nicht mit chinesischer Heilmedizin?"

‚Mit dem Alter wird man eben senil. Da kann man nichts machen. Das kann man doch auch manchmal in den Zeitungen lesen: Dagegen gibt es kein Mittel! Im Krankenhaus werden die bloß endlose Untersuchungen anstellen und ich muss die Kosten übernehmen!', begründet Hyoki innerlich seinen Entschluss.

„Sieht sie in deinen Augen unverändert aus?“

Der Ton, in dem Herr Kiljung dies sagt, vertreibt den letzten Anflug eines schlechten Gewissens in Hyoki, der noch mit sich kämpfte. Dieser leicht verächtliche und drohende Ton! Hätte er Hyoki gefragt, ob es nicht besser sei, eine Klinik aufzusuchen, wäre seine Antwort bestimmt anders ausgefallen. Hyoki begründet seine ablehnende Haltung mit der Art und Weise, wie Herr Kiljung spricht. ‚Klar doch! Wie könnte Mutter auch bei Sinnen sein, nachdem du sie immer so in die Ecke getrieben hast? Sobald du getrunken hattest, hatten wir keine ruhige Minute mehr. Wegen jeder Kleinigkeit hast du Mutter geschlagen.‘ Während Yunki dann Herrn Kiljung in den Arm gefallen war, um ihn zurückzuhalten, hatte Hyoki nur hilflos in der Ecke kauern und heulen können.

„Auch wenn sie schon alt ist, sollten wir doch…“

Hyoki, der kein Ende der Diskussion sieht, unterbricht seinen Vater brüsk.

„Warum wolltest du mich sehen?“

Herr Kiljung hat sein Anliegen nicht vergessen, aber er wusste nicht, wie er es zur Sprache bringen sollte. Deshalb hat er um den heißen Brei geredet.

„Wie steht es ums Geschäft?“

„Nicht so gut. Ein Bergwerk nach dem anderen schließt.“

Es stimmt, dass die Bergwerke der Reihe nach schließen, weil die Kohleflöze ausgebeutet sind, die Löhne steigen und die Importbeschränkungen für Kohle aufgehoben wurden.

„Nicht alle werden schließen. Du musst dir in dieser Branche eine Nische schaffen.“

„Es ist doch ein aussterbender Industriezweig. Wer benutzt denn heute noch Kohle? Selbst in der tiefsten Provinz kochen sie schon mit Gas und heizen mit Öl.“

„Trotzdem werden die Kohlevorkommen nicht von heute auf morgen erschöpft sein. Schon zu Zeiten der japanischen Kolonialherrschaft wusste man, dass in diesen Bergen so viele Ressourcen begraben liegen, dass die Bewohner von Hancheon drei Jahre lang davon leben können.

Dabei waren damals die Kohlevorkommen noch unbekannt. Es gab schon immer Menschen, die Entwicklungen früher als andere vorausgesehen haben."

Herr Kiljung will auf etwas Bestimmtes hinaus. Sein durchdringender Blick, der so gar nicht seinem Alter entspricht, hält Hyoki gefangen.

„Auch wenn die Kohle noch nicht ausgebeutet ist, sollte man aufhören, wenn es sich nicht mehr rechnet. Heutzutage kann man nicht erfolgreich sein, wenn man sich nur auf eine Sache konzentriert. Warum sonst expandieren die Chaebols[17] wie Kraken in verschiedene Industriezweige? Diese Leute wissen genau, worum es geht!"

Hyoki, der die Fabrik loswerden will, sobald er sein Wohnhaus aufgestockt hat, leistet jetzt schon Vorarbeit: ‚Selbst die Werkzeuge für die Landwirtschaft werden jetzt von den Großunternehmen hergestellt. Man kann den Betrieb einer kleinen Fabrik nicht mehr rentabel führen. Außerdem fordern die Arbeiter bei jeder Gelegenheit eine Lohnerhöhung und berufen sich dabei auf die Demokratisierung und den Wandel im Land. Sie sind ganz schön dreist geworden: Nach dem Motto, ich kann ja auch woanders arbeiten.' Tatsächlich ist es so, dass niemand mehr harte körperliche Arbeit verrichten möchte und Arbeiter dementsprechend gefragt sind.

Ein Werkzeughersteller aus Seoul hatte sich einmal bitter bei Hyoki beklagt, als er im Ort war, um ausstehende Forderungen einzutreiben: „Ich weiß wirklich nicht mehr weiter. Obwohl ich den Lohn von 400 000 Won auf 700 000 Won erhöht habe, schreien sie immer noch nach mehr. Ich habe das Gefühl mich rechtfertigen zu müssen, wenn ich meinen Arbeitern in Anzug und Krawatte gegenübertrete. Jetzt bin ich drauf und dran, mein Haus in Seocho-dong[18] zu verkaufen und in eine Arbeitergegend zu ziehen. Manchmal frage ich mich wirklich, warum ich Tag und Nacht geschuftet habe, um ein eigenes Unternehmen auf die Beine zu stellen..."

Seinen Ausführungen nach hätte man meinen können, dass die Arbeiter keinen Beitrag zum Erfolg seines Unternehmens geleistet hätten.

Ungeachtet dessen verstand Hyoki die Klagen des Werkzeugherstellers, da er als selbstständiger Unternehmer in der gleichen Lage war.

‚Wenn ich erst das Gebäude aufgestockt habe, vermiete ich alles, soweit es nicht meinem eigenen Bedarf dient. Außerdem bietet es sich an, im Erdgeschoss eine Vertriebsagentur zu betreiben. Es haben sich ja bereits einige Geschäfte für Haushaltselektronik im Ort niedergelassen. Der Trend geht immer mehr zu Essen, Bekleidung und Schmuck, also müsste man sich für etwas in dieser Richtung entscheiden... Ein Restaurant wirft zwar guten Gewinn ab, aber dann hat man immer Ärger mit den Angestellten. Zuerst einmal brauche ich Kapital...‘ Die Fabrik ist zwar schon auf Hyokis Namen umgeschrieben, aber er fühlt sich noch außer Stande, sie gegen den heftigen Widerstand von Herrn Kiljung zu verkaufen.

„Chaebols sind eine ganz andere Gattung von Unternehmern. Nicht umsonst heißt es in alten Sprichwörtern, dass ein richtig Reicher vom Himmel bestimmt wird. Diese Menschen sind nicht auf ihr eigenes Kapital angewiesen, sie können sich an allem beteiligen, was Gewinn verspricht. Aber normal Sterbliche wie wir haben es schon schwer, wenn wir nur eine Sache in Angriff nehmen."

Als wisse Herr Kiljung um die heimlichen Gedanken seines Sohnes, lässt er stillschweigend durchblicken, Hyoki solle seine Grenzen akzeptieren. Herr Kiljung schweift weiter ab: „Lassen wir das beiseite. Wen willst du für die Feiertage mit Geschenken bedenken?"

„Ich brauche gar nichts zu schenken. Sie kommen alle von selbst und holen sich ihren Teil."

„Was man sich holen muss, ist doch kein Geschenk mehr. Wir müssen die Leute selbst aufsuchen."

Hyoki macht sich auf eine Predigt gefasst, aber Herr Kiljung belässt es bei diesen Worten. Er scheint etwas anderes auf dem Herzen zu haben, denn plötzlich wechselt er abrupt das Thema.

„Gestern war ich mit Hanyong Kim ein Glas Schnaps trinken."

‚Was geht es mich an, ob du mit Hanyong Kim trinken gehst?‘ Hyoki deutet Herrn Kiljung mit den Augen an, er solle fortfahren. Nach einer kurzen Pause spricht Herr Kiljung weiter: „Er hat von dir gesprochen. Auch wenn sich die Welt geändert hat, solltest du aufpassen, was du sagst. Diejenigen, die die Macht haben, sind doch alle gleich. Nur ihr Aussehen hat sich geändert. Der eine ist so schlecht wie der andere."

Der eine ist so schlecht wie der andere. Das sind eigentlich Hyokis Worte. *Solange einer aus Militärkreisen an der Macht ist, ändert sich nichts. Nur das Gesicht hat sich geändert. Doch selbst wenn Hyoki diese Worte nur vor dem Fernseher oder beim Zeitungslesen vor sich hin murmelt, verbietet ihm Herr Kiljung weiterzureden. ‚Sei vorsichtig. Selbst ein Frosch ist vorsichtig und ändert seine Farbe, je nachdem ob er im grünen Gras sitzt oder im braunen Laub hockt. Auch wenn man mit dem Strom schwimmt, blutet man aus Wunden, ohne zu wissen, wie man sie sich zugezogen hat. Tagsüber hören die Vögel und nachts die Mäuse, was gesagt wird. Was immer deinen Mund verlässt, entwickelt ein Eigenleben und kann nicht zurückgeholt werden. Wer weiß, wann sich deine eigenen Worte als Waffe gegen dich wenden und dich verletzen. Wann immer ich dich so reden höre, kommst du mir wie ein Seiltänzer vor.'*

„Der Geheimdienst scheint zu wissen, was du gesagt hast. Hanyong Kim meint zwar, dass es keine große Bedeutung hat, weil wir uns hier alle gut kennen. Trotzdem solltest du keine schlafenden Hunde wecken."

„Was habe ich denn gesagt, das bis zum Geheimdienst gelangt ist?"

„Denkst du, in einer Behörde wird man umsonst durchgefüttert? Diese Leute merken sich alles, was die Geschäftsleute auf dem Markt so von sich geben. Wusstest du das nicht?"

„Du meine Güte. Es ist wirklich alles wie früher. Alle Versprechen in der Erklärung vom 29. Juni[19] waren doch nur Augenwischerei. Immer noch darf man nicht laut sagen, was man denkt. Nur das Gefäß wurde ausgetauscht, der Inhalt ist immer noch derselbe."

„Ich bin nicht so gebildet und mir fehlen die Kenntnisse. Aber es genügt nicht, nur stur diejenigen zu beschimpfen, die an der Macht sind. Das Gleiche gilt für deine Äußerungen über die Steuern. Ich habe gehört, wie du über die Mehrwertsteuer geschimpft hast. Aber so wie ein privater Haushalt braucht auch der Regierungshaushalt Geld. Schließlich weigerst du dich doch nicht, die Steuern zu zahlen, nur weil du mit der Politik nicht einverstanden bist, oder? Früher habe ich…"

Als Herr Kiljung das Wort ‚früher' ausspricht, unterbricht ihn Hyoki sofort: „Leben wir heute etwa in früheren Zeiten? Die Generation vor uns ist doch schon lange tot. Heutzutage kann man nicht mehr nach den Regeln von früher leben! Weil alle Menschen so denken wie du und ihren Mund halten, ist es doch mit unserem Land so weit gekommen! Was sagt denn der Geheimdienst über mich?"

„Genaueres hat man mir natürlich nicht mitgeteilt. Achte trotzdem auf deine Worte. Denkst du etwa, diejenigen an der Macht haben ihre Einstellung geändert, nur weil die Regierung gewechselt hat? Du scheinst eine Schwäche für die Opposition zu haben, weil du studiert hast. Aber was ist denn die Opposition, wenn sie an die Macht kommt? Doch auch eine Regierungspartei! Das Denken derjenigen an der Macht fließt doch in den gleichen Bahnen. Ich will dich nicht länger aufhalten, also geh schon!"

Die Verachtung, die in den Worten ‚weil du studiert hast' mitklingt, hallt in Hyokis Ohren. ‚Da habe ich dich studieren lassen und nun bist du Gefangener deines Wissens geworden, das dich wie einen Käfig umgibt. Es ist besser zu hungern, als das falsche Wissen zu schlucken. Dann gärt es nur in deinem Innern und hindert dich daran, die Augen für die wahre Weisheit zu öffnen.' Einst hatte Hyoki diese Worte von Herrn Kiljung zu hören bekommen. Herr Kiljung blickt demonstrativ auf den Paulowniabaum, als unterdrücke er nur mit Mühe eine Wiederholung dieser Anschuldigung. Hyoki erkennt, dass er entlassen ist und steht auf.

„Ich gehe", verabschiedet er sich von Frau Yun, die in einem neuen Rock im Hof umherwandert, und verlässt das Haus. Sobald er draußen ist, meint Hyoki endlich durchatmen zu können. ‚Dieses Haus scheint nicht zu meiner Aura zu passen', hätte Hyokis Frau gesagt, die bei jeder Gelegenheit eine Schamanin aufsucht. Seine Frau überreicht gerade den Lehrern der Kinder die vor den Feiertagen üblichen Geldgeschenke. Hyoki hat sie nicht davon abgehalten, da es ja um das Wohl seiner Kinder geht. Trotzdem wünscht er sich in einem Land leben zu können, in dem dies nicht notwendig ist. ‚Ist doch klar, dass Koreaner im Ausland ihr Gesicht verlieren, weil sie sich dort genauso verhalten…' Für Hyoki, der der festen Ansicht ist, dass er immer hatte zurückstecken müssen, ist es umso wichtiger, dass seine Kinder sich frei entfalten können, ohne dass es ihnen an irgendetwas fehlt.

Obwohl er Herrn Kiljung Paroli geboten hat, ist Hyoki nicht ganz wohl bei der ganzen Sache. Es wird schon nichts passieren, da ja hier jeder jeden kennt. Wenn Hanyong Kim etwas erwähnt hat, dann geht es bestimmt auf den Mann seiner Nichte zurück, dem Detektiv Kim vom Geheimdienst. Hyoki, der gerade die Grundschule passiert, erkennt im Nachhinein, dass es eine Warnung ist, sich in Zukunft mehr in Acht zu nehmen. Genau! Es war bei der Abgeordnetenwahl im letzten Frühling. Damals lief er bei den Wahlkampfreden, die im Schulhof abgehalten wurden, Detektiv Kim über den Weg.

Auf dem Sportplatz der Grundschule wurden die letzten gemeinsamen Wahlkampfreden abgehalten. Der kalte Frühlingswind wirbelte Staub auf und die Stimmen aus den Lautsprechern hallten über die Mauern hinweg.

„Ich habe unserem Präsidenten Folgendes vorgetragen: Die Busfahrer ignorieren die alten Leute. Stehen an einer Haltestelle zwei oder drei Alte, dann fährt der Bus weiter ohne anzuhalten. Manche winken dann mit dem Geld, um anzudeuten, dass sie das Fahrgeld bezahlen wollen…[20] *Das ist doch kein Zustand! Also habe ich dem Präsidenten vorgeschlagen: Alle jungen Leute wandern vom Land ab, so dass nur die Alten dort die Stellung halten. Dafür müssen sie bezahlt werden. Man sollte den alten Menschen ein monatliches Gehalt von 20 000 bis 50 000 Won zahlen!", brüllte der Kandidat der ersten Oppositionspartei.*

Der nächste Kandidat von der Regierungspartei begann seine Rede mit heftiger Kritik an seinem Vorredner, sobald er das Podium bestiegen hatte. ‚Wenn Sie mit einem Lachen auf den Lippen durchs Leben gehen wollen, dann brauchen Sie vor allem ein dickes Portemonnaie. Wählen Sie einen Abgeordneten der Opposition, dann fließt Ihr Geld in andere Kanäle… Bei einem Abgeordneten der Regierungspartei wissen Sie zumindest, wie viel

Sie in der Tasche behalten werden!', appellierte der Kandidat der Regierungspartei an den pragmatischen Sinn seiner Zuhörer.

Danach bestieg ein Kandidat der Oppositionspartei mit starker Anlehnung an die Regierung das Podium. Er hatte unter der dritten Republik das Amt eines Ministers bekleidet und war in dieser Gegend als altgedienter Politiker bekannt.

„Alle anderen drei Kandidaten haben mich während des Wahlkampfes konzentriert angegriffen. Doch ich habe unbeeinflusst davon nur meine eigene Überzeugung vertreten. Aber auch ich bin nur ein Mensch und möchte mich bei dieser letzten gemeinsamen Redeveranstaltung verteidigen. Ich habe in jungen Jahren das Amt eines Ministers bekleidet. Man hat mir vorgeworfen, dass ich in Seoul in einem herrschaftlichen Haus gelebt und die Menschen meines Wahlbezirkes ignoriert habe. Wüssten sie, wie es in der Politik tatsächlich zugeht, würden sie solche Vorwürfe nicht erheben."

Es folgte eine langatmige Erklärung, wie schwer die Verantwortung eines Ministers wiege. Dass er kaum die Zeit gefunden habe, um wie einfache Angestellte an Feiertagen oder Wochenenden seine alten Eltern in der Heimat zu besuchen. Die Tätigkeit sei eine endlose, an den Nerven zehrende Anspannung gewesen. Dienstliches und Privates habe strikt getrennt werden müssen und er habe oft nicht so entscheiden können, wie er es gern gewollt hätte. Unabhängig vom Inhalt seiner Rede erweckten diese Erklärungen und die Selbstkritik des alten, weißhaarigen Politikers eher Mitleid.

„Mensch, der kann einem ja Leid tun. Wie sehr muss man Abgeordneter werden wollen, dass man dafür an solch einem Ort sein Innenleben öffentlich ausbreitet? Die Politik scheint sich ja zu lohnen, wenn er einen zweiten Versuch startet, noch einmal gewählt zu werden...", hörte Hyoki eine bekannte Stimme hinter sich. Es war sein Schulfreund, der Schneider. Hyoki machte ihm Platz.

„Klar lohnt es sich, in die Politik zu gehen. Dabei kannst du in ein paar Jahren das Vermögen eines ganzen Lebens ansammeln. Wer möchte daran nicht teilhaben?"

„Warum lässt du dich nicht aufstellen? Die Stimmen des Bezirks 187

von Hancheon-rhi sind dir doch sicher! Deshalb bist du doch eigentlich hier, statt deinen Geschäften nachzugehen, oder?"

„Auch wenn sich die Visage geändert hat, sind es doch immer die gleichen Typen. Meinst du etwa, eine Militärregierung wird zur Zivilregierung, nur weil der Machthaber seine Uniform ausgezogen hat? Ich soll unter einem ehemaligen Soldaten dienen, der wild herumgeballert hat?", hatte Hyoki selbstgefällig geantwortet, als er plötzlich einen Blick im Rücken spürte und sich umdrehte. Detektiv Kim grüßte ihn verlegen.

‚Ich muss den Mund halten. Beschissene Welt!', denkt Hyoki, als er seinen Laden betreten will, der im Schatten der umliegenden neu aufgestockten Gebäude unscheinbar wirkt. Im letzten Augenblick lenkt er seine Schritte in eine andere Richtung. Er will seinen Freund, den Schneider, besuchen.

14. Alle Bergrücken der Welt

,Vielleicht Silberreiher...?' Weiße Vögel, die anmutig am Wasser stehen, kommen ins Gesichtsfeld, sobald der Bus die Landstraße verlässt und ins Tal einbiegt. In Zweier- und Dreiergruppen stelzen sie über die Steine, um dann jäh aufzuflattern. Möglicherweise haben diese Vögel ihr ganzes Trachten auf die Fische im Fluss gerichtet, von der Ferne vermitteln sie jedoch den Eindruck eines stoischen Müßiggangs.

Je weiter man dem Flusslauf folgend in das Tal vorstößt, umso enger rücken die Gebirgswände zusammen und umso üppiger wird das Grün. Eine Farbe, die alles andere in sich aufzusaugen scheint. Es ist eine Landschaft, deren Stille einen zu erschlagen droht, obwohl aus den Lautsprechern im Bus unentwegt ein Sammelsurium alter Schlager ertönt. Nach sechs Stunden Fahrt landet man in einer völlig anderen Welt. Der Ort, den man hinter sich gelassen hat, verliert an Realität.

Inki hielt den Atem an, als er an der Station Shindorim den Bahnsteig betrat, um nach Yongdungpo zu fahren. Er geriet in ein sprichwörtliches Chaos. Wochenende! Köpfe, Köpfe, nichts als schwarzhaarige Köpfe! Inki, selbst einer dieser Köpfe, passte zwangsläufig seinen Schritt an, als er sich von der Flut der Menschen treiben ließ. Doch plötzlich hielt er inne. Eine nur schwach hörbare Musik aus den Lautsprechern über seinem Kopf, in dem Lärm kaum wahrnehmbar, hatte seine Aufmerksamkeit gefangen. Es war der Titel ,Die Karawane' aus der Seidenstraßen-Suite[21]. Mit beladenen Kamelen stapfen die Händler durch die Wüste. Nomaden, die Sterne oder den Mond auf ihrem Banner tragen. Wie Schnecken schleppen sie ihre Behausung auf dem Rücken ihrer Kamele mit sich und stellen mitten in der Wüste ihre Hütten auf, obwohl man ihnen Häuser gebaut hat, um sie sesshaft zu machen. Ohne Wehmut bauen sie ihr Lager wieder ab, wenn der Rhythmus des Jahres sie weiter ziehen lässt. Es war eine Melodie, die mit der unbestimmbaren Weite des bläulichen Zwielichts bei Dämmerung ans Herz rührte. ,Wer mag es gewesen sein, der an diesem schwülheißen Wochenende dieses Stück ausgesucht hat? Vielleicht glaubte er ja, mit dieser

Melodie den Menschen, die teilnahmslos durch die Woche gestolpert sind, an diesem atemlosen Wochenende Trost spenden zu können?‘ Die Musik schwebte dicht über der gesichtslosen, dahin hastenden Menge, als versuche sie verzweifelt, die Menschen über den rasanten Ablauf der Zeit hinwegzutrösten. Noch während Inki mit der Menschenmenge zum Eingang geschoben wurde, lag die Melodie wie ein Hauch in der Luft.

‚Nomaden sind kein friedliches Volk. Sie schlagen mit sichelförmigen Schwertern zu und haben mehr als jedes andere Volk das Prinzip verinnerlicht, nach dem nur der Starke überlebt. Vielleicht sind ihnen gerade deshalb Trauer und Einsamkeit umso vertrauter.‘

Die Treppe zur Unterführung. Rechts an die Wand gepresst, liefen die Menschen die Treppe hinunter, während sie sich auf der linken Seite langsam die Stufen emporschoben, als hinge an ihnen die Last eines ganzen Lebens.

„Du musst meine Hand ganz festhalten, damit du nicht verloren gehst“, warnte eine Mutter mit einem Kind auf dem Rücken nachdrücklich ihr zweites Kind, das im Gedränge den Boden unter den Füßen zu verlieren drohte. Selbst in diesem Getümmel bemerkte Inki ihre raue Hand, die das Kind auf dem Rücken stützte und gleichzeitig krampfhaft eine Tasche festhielt, in der sie wahrscheinlich Windeln verstaut hatte. Es war, als sähe er sie durch ein Vergrößerungsglas. Der Kleine mochte etwa fünf Jahre alt sein und blickte sehr ängstlich drein angesichts des Abstiegs, den er nicht einschätzen konnte.

‚Du lernst schon jetzt die Gefahren der Welt kennen, Kleiner. Diese Furcht einen Schritt zu machen ohne zu wissen, ob man nicht ins Leere tritt…‘ Inki griff ruhig nach der Hand des Kleinen, dessen Hände vor Anspannung verkrampft und schweißnass waren.

Am Fuße der Treppe, die sie vorsichtig hinabgestiegen waren, gab Inki die Hand des Kindes wieder frei.

‚Lemminge stürzen sich massenweise in den Tod. Der Auslöser soll Stress sein, bedingt durch Übervölkerung…‘, erinnerte sich Inki an einen Artikel, der ihn zu dieser Reise inspiriert hatte. Er hatte diesen Artikel Korrekturgelesen und hatte dabei plötzlich Lust bekommen, Sangyun zu besuchen.

Sangyun war ein Kommilitone von Hyeonwook, der zeitlich befristet für den Verlag einer wissenschaftlichen Zeitschrift gearbeitet hatte, bei dem auch schon Inki angestellt war.

„Du, der schreibt auf sehr hohem Niveau! Wegen seiner Phantastereien hat er nur noch nicht Fuß fassen können."

Sangyun war jeweils etwa 10 Tage lang kurz vor dem Abgabetermin im Verlag beschäftigt. Seine Artikel waren nicht nur von herausragender Qualität, er hielt auch ein gleich bleibendes, gutes Arbeitstempo ein. Selbst in den letzten Manuskripten kurz vor Druck entdeckte er noch Tippfehler. ‚Wenn man erst einmal den Dreh raus hat, fallen einem Tippfehler sofort ins Auge', erklärte Sangyun. Inki hatte sich sehr gefreut, ihm beruhigt die Kontrolle überlassen zu können. Sangyun war jemand, den man vermisste, wenn er weg war.

„Der Selbstmord der Lemminge wurde schon im 16. Jahrhundert beobachtet. Bisher wurde angenommen, dass so genannte Lemmingsyndrom entstehe, wenn in einer bestimmten Region die Zahl der Tiere so stark wächst, dass es zu einer Nahrungsknappheit führt und die Tiere sich lieber als Gruppe ins Meer stürzen, als sich gegenseitig aufzufressen. In letzter Zeit vertritt man jedoch die These, dass es sich nicht um eine natürliche Reduzierung der Population handele, sondern um eine Stressreaktion auf die Überbevölkerung. Der Zoologe John Christian hat herausgefunden, dass sich die Nebenniere bei Lemmingen vergrößert, je stärker sich die Bevölkerung vermehrt. Eine vergrößerte Nebenniere habe aber eine Steigerung der Aggressivität zur Folge. Das Lemming-Syndrom sei Ausdruck einer gegen sich selbst gerichteten Aggression."

Der Artikel beschäftigte sich mit der Frage, ob auch Tiere Selbstmord begehen und diese Handlung als selbstlos oder als egoistisch zu bewerten sei.

„Wissenschaftler vertreten allgemein die Ansicht, dass es sich dann um Selbstmord handelt, wenn diese Handlung für den Weiterbestand der Gattung mehr Vorteile als Nachteile bringt. Ein gutes Beispiel dafür sind Schmetterlinge mit Tarnfarben.

Werden diese Schmetterlinge von Vögeln entdeckt und lassen somit ihre Tarnung auffliegen, dann gefährden sie dadurch indirekt ihren Nachwuchs. Um dies zu verhindern, flattern diejenigen Schmetterlinge zu Boden, deren Fortpflanzungsfähigkeit erschöpft ist. Sie flattern dort so lange, bis sie aus Erschöpfung sterben und entgehen dadurch zum einen von Vögeln gefressen zu werden und zum anderen ihnen Hinweise auf die Tarnung ihrer Gattung zu geben.

Wird ein Maulwurf von einem Parasiten befallen, dann verkriecht er sich in dem komplizierten Tunnelsystem an einen Ort, den man als öffentliche Toilette bezeichnen kann, und verharrt dort, bis er stirbt. Ein Wissenschaftler, der das Verhalten der Maulwürfe jahrelang beobachtet hatte, fand heraus, dass sie den Ort nicht mehr verlassen und auch keine Nahrung mehr zu sich nehmen. Dadurch wird verhindert, dass die gesamte Kolonie von dem Unheil befallen wird."

'Warum habe ich bei diesem Artikel an Sangyun denken müssen?' Sangyun hatte bei seinem Abschied unmissverständlich erklärt, bei ihm handele es sich nicht um eine Flucht, sondern um eine bewusste Entscheidung.

Entgegen Inkis Erwartung lebt Sangyun in einem alten Haus, das noch in gutem baulichem Zustand ist. Es ist zwar nicht von einer Mauer umgeben, wirkt aber allein durch seine Größe beeindruckend. Es ist ein Haus mit Ziegeldach, dessen Dachtraufe in den Himmel ragt und dessen Pfeiler grundsolide wirken. Sangyun hat in diesem Haus ein Zimmer gemietet. Der Eigentümer lebt in der Stadt und einer seiner Neffen benutzt die Wohnräume als Atelier.

„Du dachtest wohl, ich lebe in einer Bretterbude? In der ich überall Schüsseln aufstellen muss, wenn es regnet? Deshalb bist du voller Mitleid und gut ausgerüstet hierher gekommen und fällst wohl jetzt aus allen Wolken, weil ich in einem herrschaftlichen Gebäude logiere, nicht wahr?", fragt Sangyun lachend Inki, der mit in den Nacken gelegtem Kopf die Dämonenfratzen an den Ziegelenden auf dem Dach betrachtet. Wegen der Feldarbeit trägt Sangyun ein langärmeliges Hemd. Sein Gesicht scheint im dunklen Bronzeton 'Sangyun ist ja richtig redselig geworden. Ob er einsam war oder einfach nur gelassen und heiter geworden ist?'

„Das Haus passt zu dir. Schließlich willst ja hier Wurzeln schlagen. Obwohl es ein wenig aufwendig wirkt. Wer in Gottes Namen hat denn so tief in den Bergen dieses riesige Haus bauen lassen?"

„Das sind nur die Wohnzimmer. Dort drüben neben dem Khakibaum befanden sich ursprünglich noch die Frauengemächer. Das Haus soll von der zehnten Generation der Vorfahren des Eigentümers gebaut worden sein."

„Aber warum so tief in den Bergen?"

„Sie haben nach einem geomantisch[22] einwandfreien Platz gesucht. Zuvor kämpften sie wohl tagtäglich ums Überleben. Angeblich fließt die Energie des Berges dort drüben zu diesem Khakibaum herüber. Sie sind mit der ganzen Familie hierher gezogen, weil sie sich von diesem Wohnort erhofften, zuerst reich zu werden und dann ein hohes Regierungsamt bekleiden zu können. Heute wie früher lassen die Menschen nicht in ihrem Streben nach Ruhm und Reichtum nach. Das mit dem Reichtum scheint geklappt zu haben, aber wenn man sich die Familie anschaut, ist der Ruhm wohl nicht gefolgt."

Sangyun zieht eine frisch gewaschene Gurke hervor. Sie ist so frisch und knackig, als sei sie quicklebendig. Beim ersten Biss breitet sich ein angenehmes Aroma im Mund aus.

„Wie kommst du voran?"

„Nach einem Jahr hat man noch keine Erfahrung mit erfolgreichem Anbau. Letztes Jahr habe ich Chili und Birnen angebaut. Der Chili ist mir verdorben und der Preis für die Birnen ist in den Keller gefallen. Mit der Landwirtschaft kenne ich mich immer noch nicht richtig aus."

„Du kannst nicht erwarten, dass es auf Anhieb klappt. Aber du musst doch wenigstens deinen Unterhalt bestreiten können."

„Als Alleinstehender ist das kein Problem. Anders ist es natürlich, wenn man Kinder hat, deren Unterricht Geld kostet, oder wenn man einen Kranken zu betreuen hat. Aber ich allein brauche kaum Geld zum Leben. Ich brauche nicht einmal Arbeiter zu bezahlen, weil ich alles im

Kleinen betreibe. Den Reis muss ich kaufen und auch für den Strom der automatischen Pumpe brauche ich ein wenig Geld. Die anderen Dinge zum Leben kann ich zum großen Teil durch Selbstversorgung bestreiten. Wenn ich erst ein wenig zur Ruhe komme, möchte ich mich auch mit dem Studium der Naturheilkunde beschäftigen. Es wird behauptet, die Fortpflanzung sei ja auch eine Art der Landwirtschaft, aber so weit denke ich noch gar nicht. Irgendwie habe ich nicht den Mut dazu…"

„Wie viel Geld kostet dich deine Agrarwirtschaft?"

„Letztes Jahr habe ich Dünger gekauft. Dieses Jahr will ich aber mit Kompost auskommen. Ob es funktioniert, weiß ich nicht. Keine Pestizide zu verwenden ist schwerer, als ich gedacht habe. Es ist nicht damit getan, dass ich auf meinem Feld keine Gifte spritze. Das Ungeziefer auf meinem Feld breitet sich auch auf die Nachbarfelder aus. Aber ich kann doch keine Art militärischer Grenze ziehen und das Ungeziefer abschrecken: ‚Bei Grenzübertritt wird scharf geschossen'!"

„Und wenn! Auch beim Ungeziefer gibt es sicherlich Rebellen, die es trotzdem versuchen würden. Ist das hier der Berg, den du gesucht hast?"

„Ich bin ja noch gar nicht lange hier. Aber eines weiß ich: Wenn nicht dieser, dann ist es auch kein anderer", antwortet Sangyun frei heraus. ‚Ich hoffe für dich, dass dies der Berg ist, nach dem du gesucht hast.' Ungerührt erwidert der Berg Inkis Blick, der den Bergrücken entlangwandert. Sangyun scheint die erste Anhöhe schon erklommen zu haben. Inki fällt es schwer, in Sangyun den Menschen wieder zu erkennen, der letzten Frühling seine Stellung gekündigt hat.

Es war an dem Tag, an dem Sangyun wieder im Verlag erschien, weil der Abgabetermin näher rückte. Inki las ein Buch über die Sensibilität der Pflanzen und machte eine Pause, um zum Kaffeeautomaten zu gehen. Nachdem er seinen Kaffee gezogen hatte, betätigte er die Taste ein zweites Mal, um auch Sangyun einen Becher mit schwarzen Kaffee zu bringen. Schwacher schwarzer Kaffee. Sangyun mochte seinen Kaffee schwarz ohne Milch und Zucker. Inki mischte ihm den Kaffee mit heißem Wasser aus dem Wasserspender.

Sangyun saß vor dem PC und spielte Tetris. Tetris war das einzige PC-Spiel, dem er sich widmete. Bei diesem Spiel konnte man sehr gut auf den Charakter des Spielers schließen. Einige versuchten, die Mauer systematisch von Anfang an zu füllen, während andere die Blöcke erst ungeordnet fallen ließen, um die Mauer dann in einem Zug einzureißen. Normalerweise gehörte Sangyun zur ersten Kategorie, aber heute war auf seinem Bildschirm nur ein Wirrwarr von Blöcken zu sehen. Die Hälfte des Bildschirms war schon gefüllt und immer noch fielen die Blöcke kreuz und quer herab.

„Du scheinst nachgelassen zu haben", versuchte Inki ein Gespräch zu beginnen, als er den Becher auf dem Schreibtisch abstellte. Doch dann verzichtete er darauf, denn Sangyun starrte ausdruckslos auf den Bildschirm. In seinen Augenwinkeln bemerkte Inki das Glitzern von Feuchtigkeit. Gerade als Inki sich schon abwenden wollte, traf ihn Sangyuns tonlose Stimme: ‚Mein Leben gleicht falsch gestapelten Mauerblöcken. Ich habe sie einfach aufeinander fallen lassen.'

Mit den Worten: „Lass uns zusammen ausgehen, wenn du nichts anderes vorhast", kam Inki gegen Feierabend auf Sangyun zu. Als sei alles wie immer, hatte Sangyun seinen Kopf in die Manuskripte vergraben.

„Klar, warum nicht?"

Die Eingangstür war eine automatische Glastür. Eine Putzfrau war dabei sie zu putzen. Sobald sich jemand der Tür näherte, wurde der Sensor aktiviert und die Tür schob sich auf. Deshalb trat die Frau immer wieder einen Schritt zurück, nachdem sie einen Teil geputzt hatte, damit die Tür sich wieder schloss. Dieses Prozedere der Tür, die sich halb öffnete und schloss, wiederholte sich ohne Unterlass. Daneben stand ein Mann in der Uniform der Hausverwaltung und deutete mit dem Finger auf die verschmutzten Stellen.

„Geht es denn nicht auch anders?" Man sah Sangyun an, dass er unangenehm berührt war. Schließlich hätte man den Sensor ja für kurze Zeit auch ausschalten können, um die Tür in Ruhe zu putzen. Der Frau war dieses schikanöse Hin und Her in ihrem Alter nicht zuzumuten und die Jugend des sie beaufsichtigenden Angestellten der Hausverwaltung bildete einen unangenehmen Kontrast.

Inki kannte die weißhaarige Putzfrau vom Sehen her. Als er einmal wegen eines Abgabetermins morgens früh im Verlag erschienen war und aus Gewohnheit zuerst zum Kaffeeautomaten gegangen war, hatte er beobachtet, wie die Frau in der blauen Uniform des Reinigungsdienstes sich einen relativ sauberen Becher aus dem Mülleimer herausgesucht, ihn auf das Fensterbrett abgestellt, sich einen Stuhl dahin gezogen und dann aus dem Fenster geblickt hatte. Sie hatte ihn weder als Aschenbecher benutzen, noch daraus trinken wollen. Er war lediglich ein Requisit für ihre Pause.

Wann immer er danach die Frau mit ihrem Becher aus dem Fenster blickend ruhen sah, dachte sich Inki, dass die Menschen doch sehr erfinderisch sind, wenn es darum geht, den Alltag erträglicher zu gestalten. ‚Ohne diesen winzigen Halt im Leben, hätte man sonst sicherlich das Gefühl unter einer großen Welle zu ersticken, die tagtäglich über einen zusammenschlägt. Wie die verrückten Frauen, die auf jedem Marktplatz zu sehen waren. Diese Frauen, die diesen großen Wellen keinen Widerstand entgegengesetzt haben.‘

Im Viertel Jongno mussten Inki und Sangyun einen Fußgängerüberweg benutzen, um nach Insadong zu gelangen. Das Teehaus befand sich gegenüber an einer großen Straße. Die Ampel für Fußgänger schaltete auf Grün, sobald sie am Überweg ankamen, wechselte jedoch, bevor sie die Mitte der Straße überquert hatten. Die Grünphasen aller Fußgängerampeln waren viel zu kurz bemessen.

Das Teehaus mit den durch Hanfseile getrennten dekorativen Nischen hatte kaum Gäste. Wahrscheinlich lag es daran, dass Inki und Sangyun so früh ihre Arbeit beendet hatten und die meisten erst später ein Teehaus aufsuchen würden.

Wohin, wohin werde ich gehen, um meinen Geliebten zu finden. Auch über dem Fluss finde ich keine Ruh, aber dort über den Bergen wird meine Bleibe nicht sein…

Inki bestellte einen grünen Tee, während er dem Lied lauschte. Verlegen zündete er sich eine Zigarette an, weil er nicht wusste, wie er beginnen sollte. ‚Warum? Was macht ihm das Leben so schwer?' grübelte er, als Sangyun zuerst das Wort ergriff: „Napoleon hat einmal mit einer Armee von 1 Million Soldaten einen schneebedeckten Berg überwinden müssen, um gegen Russland zu kämpfen. Der Aufstieg war so anstrengend, dass die Hälfte der Soldaten dabei umkam. Rate mal, was Napoleon sagte, als er endlich den Gipfel erreicht hatte und seine Hände ausbreitete?"

Sangyun hatte das Talent, auch groteske Schilderungen mit völlig ernster Miene zum Besten geben zu können. Seine unbewegte Miene, während andere lachten, löste meistens erneut Lachsalven aus. Inki war sich deshalb nicht ganz sicher, ob dies eine Herausforderung war oder nicht.

„Er sagte: … ‚Ich glaube, das ist der falsche Berg.'"

Inki spürte, wie seine Anspannung sich löste. Sangyun drängte weiter: „Er erstieg mit seinen erschöpften Soldaten einen anderen Berg. Auch bei diesem Aufstieg starb die Hälfte seiner Männer. Rate mal, was Napoleon sagte, als sie mit Mühe und Not den Gipfel erreicht hatten?"

„Ich glaube, das ist auch der falsche Berg?"

„Er sagte: Ich glaube, es war der Berg vorhin!"

‚Was für ein gruseliger Witz!' Inki lachte kraftlos. Doch dann bemerkte er Sangyuns Ausdruck. Die Trostlosigkeit in seinen Augen griff wie ein eisiger Luftzug nach seinem Herzen. ‚Man kann nicht sicher sein, dass der vorige Berg der richtige war. Man besteigt die Berge, weil man die Hände nicht in den Schoß legen kann…'

„Einer meiner Freunde ist gestorben. Er war immer so voller Überzeugung. Jemand, bei dem man Trost suchen konnte, wenn man daran zweifelte, warum man lebt und wie man leben sollte. Niemals hat er mich kritisiert, weil ich mich nicht in der Studentenbewegung aktiv engagiert und die Ereignisse nur als Außenstehender beobachtet habe. Er hat mich so genommen wie ich bin. Während die anderen versucht haben mich einzubinden, hat er einfach abgewartet. Und das, obwohl er selbst von der Bewegung voll überzeugt und in ihr aufgegangen war. Obwohl sich die meisten für ihre Überzeugung geopfert hatten, ging ihr Kampfgeist verloren, nachdem sie das Studium beendet hatten. Sie waren zu sehr damit beschäftigt, ihren Unterhalt zu verdienen. Selbst dann hielt mein Freund an seiner Überzeugung fest. Zumindest sah es so aus. Als man ihn plötzlich nicht mehr erreichen konnte, suchten ihn Bekannte zu Hause auf. Dort fanden sie einen Zettel an seiner Haustür mit den Worten: ‚Ich gehe in die Berge, um zu meditieren.' Er wurde im Jiri-Gebirge gefunden. ‚Ich gehe schon mal vor', sollen die einzigen Zeilen gewesen sein, die er hinterlassen hat."

Inki goss behutsam den Tee abwechselnd in kleinen Portionen in Sangyuns und seine Tasse. Wenn man den Tee nicht auf einmal, sondern auf diese Weise eingießt, bleibt die Temperatur in beiden Tassen gleich.

„Bei seiner Beerdigung kamen fünf enge Studienfreunde aus dem gleichen Zirkel zusammen. Vier von ihnen waren aktiv in der Studentenbewegung gewesen und einer hatte die Revolte nur als Außenstehender verfolgt. Warum konnte er nicht ihre Überzeugung teilen? Warum konnte er nicht dafür kämpfen? Obwohl er mit ihnen eng befreundet war und sie viel Zeit gemeinsam verbracht haben? Es tat ihm sehr leid und er hatte ein schrecklich schlechtes Gewissen. Teilweise beneidete er sie auch um ihren Glauben, die Welt verbessern zu können."

Sangyun sprach von sich in der dritten Person. ‚Es gibt Zeiten, da gleichen sich die Zweifel und Sorgen. Ob das absolute Glück größer ist, wenn man in einer Zeit lebt, in der jeder andere Sorgen hat?' Inki wurde sich plötzlich des Liedes bewusst, das nun gespielt wurde.

Treffen und Abschied vergehen im Nichts
Dein Schmerz, deine Qualen
werden zu Tränen in meinem Herzen
In vergangenen Zeiten getroffen,
hätte ich dich stärker lieben können.

„Wir haben unser Studium beendet. Zwei von uns sind sogar inhaftiert gewesen. Aber jetzt passen sie sich in einem in unglaublicher Geschwindigkeit der Ordnung des Kapitalismus an. Dabei wurde mir eines klar: Dieses Tempo…, das irrsinnige Tempo dieser Welt überrollt mich. Damit kann ich nicht Schritt halten. Bisher war ich immer der Ansicht, dass sie ihren Erfolg verdient haben. Schließlich haben sie hart gekämpft, während ich immer nur zögerte. Das Problem lag bei mir. Ich wurde zu einer Last für meine Freunde. Denn ich konnte mich immer weniger dem dynamischen Tempo unserer Gesellschaft anpassen."

Sangyun fügte hinzu, dass er aufs Land gehen wolle, weil er mit diesem Tempo nicht zu Rande käme. Größer, weiter, schneller! Weil er diese Tendenz ignoriere, sei er eine Last für andere Menschen.

„Ich hatte auch früher schon ähnliche Gedanken. Damals hatte ich deswegen ein schlechtes Gewissen, weil aufs Land zu gehen wie eine Flucht aussah. Aber jetzt entscheide ich mich bewusst für diesen Weg. Die alles überrollende Geschwindigkeit passt nicht zu mir. Genauso wie die Fußgängerampel nicht auf eine normale Gehgeschwindigkeit abgestimmt ist. Jetzt sag mir nicht, dass alle anderen losrennen, um noch rechtzeitig über die Straße zu kommen und dass das Leben eben so ist. Ich denke eben anders."

Mit den Worten, das sei alles, senkte Sangyun seinen Blick auf die Tischkante.

‚Es liegt nicht nur am Tempo.' Einmal hatte ein Angestellter aus der Werbeabteilung Inki nach Feierabend im Wagen mitgenommen, weil sie in die gleiche Richtung fahren mussten. Er hatte erzählt, dass er auf dem Weg zu dem Einstand eines Werbekunden sei. Weil es Inki peinlich gewesen war, früher Feierabend zu haben, hatte er lachend gemeint: „Dann schieben Sie ja quasi eine Nachtschicht."

„Unsereins muss fast täglich unentgeltlich Nachtarbeit leisten."

Unsereins! Obwohl die Werbeabteilung eng mit der Redaktion zusammenarbeitete, stimmten ihre Interessen nicht überein. Manchmal bat die Werbeabteilung im Auftrag eines Werbekunden um einen Artikel zur Prä-

sentation seines Produktes. Die Journalisten der Redaktion zeigten dann unverblümt ihren Unmut und erklärten, solche Artikel zögen das Niveau der Zeitschrift herab. Die Werbeabteilung konterte dann, die Zeitschrift könne schließlich nur aufgrund ihrer schweißtreibenden Bemühungen existieren. Im Prinzip hatten sie Recht, denn eine Zeitschrift lebt mehr von ihren Werbeeinnahmen als von der Zahl der verkauften Exemplare. Artikelaufträge dieser Art landeten meistens auf Inkis Schreibtisch. Er versuchte zu vergessen, dass der Artikel in engem Zusammenhang mit einem Werbekunden geschrieben wurde und schrieb diese Artikel, da ihre Seitenzahl sowieso feststand und diese auf jeden Fall geschrieben werden mussten. Die Angestellten der Werbeabteilung begrüßten Inki manchmal mit ‚Hey, unser persönlicher Artikelschreiber!'

„Schon wieder ein Stau! Diese Autos! Man sollte die Kennzeichenregelung[23] wieder einführen."

„War es damals nicht so voll auf den Straßen?"

Während der Olympischen Spiele war Inki immer mit der U-Bahn gefahren. Deshalb konnte er den Verkehrsstau nicht beurteilen. Es wurde ihm klar, dass er damals alle Wege unter der Erde zurückgelegt hatte. Das galt sicher auch heute noch für viele andere Menschen.

„Damals war es anders. Außerdem werden die Straßen von Neuwagen überflutet. Warum kaufen Sie sich kein Auto?"

„Ich habe noch nicht einmal einen Führerschein."

„Ich wusste ja gar nicht, dass wir in unserem Verlag jemanden haben, der noch in der Steinzeit lebt!", lachte sein Kollege und riss übertrieben die Augen auf. Er war etwa zwei, drei Jahre älter als Inki und hatte Publizistik und Medienwissenschaft studiert.

Nachdem die Meldungen zur Verkehrslage in Seoul vorüber waren, schob der Kollege eine Kassette ein. ‚Wollen Sie mal hören?'

Er hörte die leise summende Stimme eines Sängers, der als Troubadour bekannt war, untermalt von dem näselnden Chorgesang im Hintergrund. Ein armes Ehepaar… der Vater arbeitet gerade in der Provinz Gyeonggido, die Mutter ist Zugehfrau im Reichenviertel Habjongdong. Das junge Geschwisterpaar ist derweil im Zimmer eingeschlossen. Sie spielen aus Langeweile mit dem Feuer und verbrennen... Erst nach dieser Einleitung begann der eigentliche Gesang:

...
Die Flamme vom Streichholz springt auf meine Kleider über,
springt über auf meine Augenbrauen, auf meine Haare,
unser erschrockenes Herz, unsere Augen gehen in Flammen auf...

Als der Sänger mit getragener Stimme eine Strophe beendet hatte, wurde er von einer rührenden Kinderstimme abgelöst. Inki strich sich über die Arme, die eine Gänsehaut bekommen hatten.

„Was ist das für ein Lied?"

„Da gab es doch diesen Fall, bei dem Kinder in einer Kellerwohnung gestorben sind. Die Eltern hatten die Tür verschlossen, als sie zur Arbeit gingen. Dieses Lied wurde zum Andenken an diese Kinder komponiert. Einer meiner Freunde hat mir die Kassette dagelassen und gemeint, ich solle sie mir einmal anhören. Eine Zeitlang habe ich sie liegen gelassen. Beim Autofahren habe ich sie zum ersten Mal gehört... Ehrlich gesagt, ich war tief gerührt und konnte meine Tränen nicht zurückhalten. Es war kaum zu ertragen."

Das Lied, das einem wie ein Messer ins Herz zu fahren schien, ertönte weiter. Inki hatte verstohlen den Kopf nach vorn gedreht und in die Dunkelheit gestarrt. In der Windschutzscheibe hatte er rote Lichtpunkte gesehen. Es waren die Rücklichter der entgegenkommenden Wagen, die sich nun in der leichten Krümmung der Windschutzscheibe spiegelten. ‚Da erzählt er mir, dass er als Mann geweint hat.'

Erst als das Feuer völlig erloschen war, sah man Tränen in den Augen von Duhyeongs Mutter, die sonst nie weinte. Ohne einen einzigen Laut hatte sie stumm geweint, als sie die schwarzen Stummel des blattlosen Ginkgobaumes gestreichelt hatte. Diesen Ginkgobaum, den sie gehasst hatte, weil Duhyeongs Vater ihm so viel Aufmerksamkeit gewidmet hatte. Ihr Weinen hätte sprichwörtlich einen Stein zum Erweichen bringen können. Es war ein Kurzschluss in der Stromzufuhr gewesen. Wegen des engen Durchgangs und der Rauchentwicklung aufgrund der gelagerten Kunstfasern hatte der Brand nicht wirkungsvoll bekämpft werden können, man hatte stattdessen abwarten müssen, bis das Feuer von selbst erloschen war.

„Hoffentlich sehen wir uns eines Tages wieder, wenn es uns allen besser geht."

Obwohl sie angeblich nicht versichert gewesen waren, hatte Duhyeongs Mutter Inki einen Geldumschlag zugeschoben, als sie die Fabrik aufgegeben hatten. Inki hatte sich gefragt, woher sie das Geld genommen hatte. ‚… wenn es uns allen besser geht.' In diesen Worten hatte verzweifelte Hoffnung, aber ebenso auch die Andeutung gesteckt, dass dies kein realistischer Wunsch war. Das war geschehen, nachdem Inki sechs Monate in der Fabrik gearbeitet hatte.

Das war Alles. Man wischte sich die Tränen ab, die dieses Lied unwillkürlich hervorgerufen hatte, ein Lied, das einem Klagelied glich. Dann traf man sich mit dem Werbekunden, schuf beim Kartenspiel eine lockere Atmosphäre und bezahlte ihm den Aufenthalt in einer Nobelbar. Der Alltag ging weiter. Eine Zeit lang, nachdem die Fabrik geschlossen worden war, war Inki unschlüssig gewesen. Aber schließlich hatte er sich nicht bei einer anderen Fabrik beworben, sondern war zu seinem Schreibtisch zurückgekehrt. Er hatte die Erinnerung an seine Tränen verdrängt und sich dem Tempo der heutigen Zeit angepasst.

„Weißt du schon, wohin du gehen willst?"

„Ich bin noch auf der Suche. Ich habe ein paar Freunde vom Land, die sich für mich erkundigen wollen. Wenn ich genug Platz habe, züchte ich vielleicht schwarze Ziegen. Oder ich spezialisiere mich auf eine Sonderkultur. Etwas, das durch die Uruguay-Round[24] nicht beeinflusst wird. Aber ich glaube, dass ich mich zuerst mit der Agrarwirtschaft und der Ökologie befassen muss. Ich werde mir Zeit lassen, schließlich soll es ja keine vorübergehende Beschäftigung sein. Willst du nicht mit mir kommen?"

„Hm… noch nicht…"

Sangyun verschwand einen Monat nach Ende der Abgabetermine. Sein Platz wurde von jemand anderem eingenommen, man sprach eine Weile noch von ihm, doch dann geriet er allmählich in Vergessenheit.

Letztes Jahr im Herbst rief Sangyun an, um alle zu grüßen. „Ich bin in Jangsu. Du hast jetzt die Gelegenheit in ‚Jangsu' zu erscheinen, bevor du alt genug bist, um für die Jangsu-Bühne zugelassen zu werden. Komm mich doch besuchen."[25]

„Willst du weiter allein hier leben? Wenn du auf dem Land lebst, solltest du dich der ländlichen Tradition beugen und eine Familie gründen."

„Das musst gerade du sagen! Aber mal ehrlich, mir geht es allein gut. Zwei, drei Jahre will ich mich nur auf meine Arbeit konzentrieren. Auf dem Feld finde ich Essen im Überfluss. Manchmal habe ich den Eindruck, auf einer einsamen Hochebene gelandet zu sein. Trotzdem ist es besser als unter vielen Menschen einsam zu sein. Es klingt zwar altmodisch, aber es stimmt, dass die Natur dem Menschen zum Freund wird."

Inki hilft Sangyun beim Unkrautjäten im Chilifeld und pflückt gleich ein paar Schoten für das Abendessen. Er erntet auch Salat. Die beiden putzen Frühlingszwiebeln, die sie zu dem von Inki mitgebrachten Bauchfleisch essen wollen. Als Sangyun die Flamme am Reistopf kleiner dreht, erscheint der Maler, der in den Ort gegangen war.

„Hallo, ich dachte mir schon, dass es an der Zeit für den Bus sei."

„Ja. Oh, hallo! Sie sind also Sangyuns Freund? War der Weg nicht anstrengend weit?" Der Mann, dessen lange Haare fast vollständig die eine Wange bedecken, streckt Inki seine Hand entgegen.

15. Wo bin ich nur?

‚Wo war das nur…?'

Frau Yun hält unvermittelt inne. Ihre Knie, denen sie bisher kaum Beachtung geschenkt hat, fangen wieder an zu schmerzen.

‚Ob es regnen wird?'

Frau Yun blickt zum Himmel auf. Zwischen den Gebäuden ist nur ein Stück Himmel zu sehen. Die Hauswände an der Straße irritieren sie.

‚Warum nur haben sie so viele Häuser gebaut? Na ja, irgendwo müssen die vielen Menschen ja wohnen…'

Sie lächelt müde über ihre eigenen abwegigen Gedanken. Was macht sie sich Sorgen über andere Menschen. Wie der Himmel aussieht, interessiert sie viel mehr.

‚Ob es regnen wird…?'

Frau Yun legt den Kopf in den Nacken. Der Himmel leuchtet fahl. Anscheinend wird es Abend, denn der Himmel zeigt ein fahles Dämmerlicht. Als sie langsam den Kopf senkt, sieht sie einen Wegweiser. Ihre Augen sind zu schlecht, um die Schrift lesen zu können. Die Straße gabelt sich in viele Richtungen, also muss sie an einer Kreuzung stehen.

‚Ich habe schließlich Beine, also kann ich auch gehen.'

Der Schmerz in den Knien, den sie vergessen hat, macht sich wieder bemerkbar. Als wollten sie ihre Gedanken Lügen strafen. Frau Yun verzieht das Gesicht und sinkt zu Boden. Der Schmerz überfällt sie so heftig, als grabe sich ein Bohrer in ihr Fleisch. Ihre Hände wandern automatisch zu der schmerzenden Stelle. Es hilft nicht. Sie hebt den Rock, krempelt die lange Unterhose hoch und legt die Hand auf das nackte Fleisch. Ihre Hand fühlt sich erschreckend kalt an auf ihrer Haut. Durch Streicheln des Knies versucht sie Wärme zu erzeugen. In ihren Knochen scheint kaltes Wasser zu fließen. Die Kälte dieser scheinbaren Wasserader lässt Frau Yun erzittern. Sie massiert ihr Knie weiter. Das knochige Knie kommt ihr wie ein Fremdkörper vor und so lässt sie ihre Hand sinken.

‚Eunyong!', ruft Frau Yun lautlos. Wenn Eunyong mich massiert, geht es mir bestimmt bald besser. Wo ist Eunyong nur? Ach ja, sie besucht ihren Bruder. Heute Abend wollten wir uns dort treffen.

Der Gedanke an ihre Tochter gibt Frau Yun neue Kraft. Sie erhebt sich mühsam und geht weiter. Der Gedanke an die warmen Hände ihrer Tochter vermag zwar ihr Knie nicht zu heilen, aber er richtet sie auf. Frau Yun erinnert sich sehnsüchtig an die Wärme des Wassers, in das sie eintauchte, als sie mit Eunyong zusammen ein öffentliches Bad besuchte.

Eunyong schrubbte sie immer kräftig ab, auch wenn Frau Yun klagte, es kitzele oder es tue weh. Sie kann das Wohlgefühl nicht vergessen, das sich an den Stellen einstellte, die Eunyongs Hände bearbeitet hatten. Eine Haut wie Borke. Ihre Haut, so rissig wie die feinen Risse in der Glasur von Porzellan, schien sich dann in die Schuppen eines Fisches zu verwandeln. Wann war das nur? ‚Das ist wohl ihre Tochter? Wie fürsorglich von ihr', hatte sie eine alte Frau beneidet, die sich selbst waschen musste.

Eunyong kam nicht dazu sich selbst zu waschen, aber jedes Mal, wenn sie den abgetrockneten Körper der Mutter einölte, sagte sie: „Mama, du bist so schön."

Dabei sah sie Eunyongs flache Brüste. ‚Darin ähnelt sie mir. Trotzdem habe ich an diesen Brüsten immerhin fünf Kinder großgezogen. Eigentlich sind es ja nicht nur fünf. Was ist mit den Kindern geworden, die ich verloren habe? Ich hatte Kinder, die ich verlor, bevor ich ihnen meine Brust reichen konnte. Eunyongs Brüste werden sicher auch größer werden, wenn sie erst verheiratet ist. Mit wem soll ich sie verheiraten? Sie ist so sanft und freigiebig, da muss wenigstens ihr Mann zuverlässig sein. Ach du meine Güte! Was für ein Hirngespinst. Ich habe Eunyong doch schon längst verheiratet. Die Gäste haben den Hochzeitswein in den höchsten Tönen gelobt. Sie haben schon im Bus zur Hochzeitshalle angefangen ihn zu trinken. Aber halt! Wer ist denn Eunyongs Bräutigam? Warum lebt sie immer noch bei mir? Für wessen Hochzeit war der Wein bestimmt? Frau Yun ist verunsichert. Dieses Gefühl lässt sie schwindlig werden. Etwas scheint in ihrem Kopf hin und her zu schwappen. Es flimmert vor ihren Augen.

‚Aber… wohin soll ich gehen?‘

Inzwischen wird die Gegend immer unbekannter. Anscheinend hat die Fußgängerampel gerade auf Grün geschaltet, denn eine Menschenmenge überquert die Straße. Frau Yun trippelt schnell hinterher. Da auch die nächste Ampel auf Grün wechselt, überqueren die Menschen wieder die Straße. So auch Frau Yun.

Brrr… ihr ganzer Körper überzieht sich mit einer Gänsehaut. Ihre dünne Bluse ist für diese Jahreszeit ungeeignet. Der Schweiß ist vollständig getrocknet, der ihren Rücken während des Tages beim Gehen feucht werden ließ. Die Umrisse der Bäume verschwimmen in der Dämmerung. Die Spitzen der Bäume wurden im vergangenen Jahr gekappt. Dünne Zweige mit hellgrünen Blättern sprießen aus dem Stamm, aber die Bäume haben noch keine dickeren Äste entwickeln können. Es sieht so aus, als stünden sie auf dem Kopf, die Wurzeln in die Luft gestreckt und die Kronen im Boden vergraben. Sie wirken irgendwie instabil.

‚Ach ihr Armen! Was hat euch hier in diese Stadt verschlagen, in der ihr nicht einmal richtig atmen könnt?‘

Die Bäume tun Frau Yun Leid. Bestimmt sind sie weiß vom Staub, der sie bedeckt. Ob sie überhaupt Blüten treiben können? Was ist denn so großartig an dieser Stadt Seoul, in der man keinen Krümel Erde mehr findet, in der die Bäume nicht einmal richtig wachsen können?

‚Ich brauche eine Pause.‘

Frau Yun späht umher, um einen geeigneten Platz zum Ruhen zu finden. Sie erblickt ein Tor, das zur Straße hin geöffnet ist. Dahinter sieht sie Wohnblöcke und unter den Laternen, die mittlerweile angegangen sind, stehen Bänke. Unbemerkt von dem Pförtner, der in dem Häuschen am Tor mit seinem Abendessen beschäftigt ist, schleicht sich Frau Yun in die Wohnanlage. Sie streift umher, bis sie vor einem Rosengestrüpp stehen bleibt. Lieblich leuchten die roten Rosen in der bläulichen Dämmerung.

‚Wie hübsch sie sind!‘

Frau Yun streckt eine Hand aus, um sie zu pflücken und zuckt im gleichen Augenblick zurück, weil sie von den Dornen gestochen wurde.

Der dünne Stiel bricht und Frau Yun hält eine Rose in der Hand. ‚Wie hübsch sie ist!‘ Sie streichelt die zarten Blütenblätter und vergräbt ihre Nase darin, um den Duft einzuatmen.

‚So hübsch und duftest auch noch gut! Da brauchst du deine Dornen, damit nicht jeder nach dir greift. Bei den Menschen ist es nicht anders. Bist du hübsch, versucht jeder dich zu vereinnahmen.‘

Ihr ist schwindelig. Sie lässt sich auf eine einsame Bank vor dem Kinderspielplatz fallen. Ihre Beine schmerzen und Kälte und Hunger plagen sie.

‚Wie groß muss die innere Leere der Menschen sein, die so hoch in der Luft leben? Man braucht doch die Energie der Erde!‘

Sie macht sich unnötige Sorgen. Jedes Mal wird ihr übel und sie bekommt Kopfschmerzen, wenn sie Yunki besucht, der auch in solch einem Wohnblock lebt. Das liegt bestimmt daran, dass sie dann nicht mehr den Geruch von Erde in der Nase haben kann.

„Songi! Songi!“

Der Ruf, der über ihrem Kopf ertönt, erschreckt Frau Yun.

„Willst du etwa nicht nach Hause kommen?“ Es ist eine keifende Stimme. Frau Yun dreht den Kopf in die Richtung, aus der die Rufe erklingen. Hinter ihr, weit oben, erkennt sie den Umriss eines Oberkörpers, der sich aus dem Fenster lehnt. Ein Kind, das auf einer Schaukel in der Ecke hin und her geschwungen ist, springt herunter.

‚Es wird stürzen!‘ Frau Yun will zu ihm eilen, fällt aber auf die Bank zurück, kaum dass sie sich aufgerichtet hat. Ihre Knie schmerzen nicht nur, sie sind ganz steif. Die Blicke des Kindes streifen Frau Yun kurz, dann eilt es davon. Dieser kurze Blickkontakt aus der Dunkelheit schüchtert Frau Yun ein. Sie wird von der Erinnerung an die Kinder überwältigt, die sie tagsüber gesehen hat.

Sie ging ziellos spazieren und bestieg ohne groß nachzudenken einen Bus, der gerade vor ihr hielt. Nachdem sie ausgestiegen war, wanderte sie eine große, ruhige Straße entlang, die abseits von einer Hauptverkehrsstraße lag und daher einen friedlichen Eindruck machte. Die Stille wurde plötzlich von einem klirrenden Geräusch unterbrochen. Frau Yun blickte in die Richtung, aus der das Geräusch gekommen war. Vor einem Laden standen ein Junge und ein Mädchen, die etwa fünf oder sechs Jahre alt sein mochten. Sie hielten Flaschen in der Hand. Das Zerbrechen der Flasche, die der Junge zu Boden geworfen hatte, hatte das Klirren verursacht. Dann warf auch das Mädchen ihre Flasche zu Boden und trampelte auf den Scherben herum. Glasstücke, die sich nicht zerkleinern ließen, hob das Mädchen wieder auf, um sie erneut zu zerschmettern.

‚Du meine Güte! Sie wird sich verletzen!‘

Frau Yun hielt inne und näherte sich dem Kind, das sich nach den großen Scherben gebückt hatte. Voller Furcht, dass sich das Kind blutig schneiden könnte, versuchte sie es wegzuziehen. Aber das Kind ließ sich nicht beirren. Es blickte Frau Yun lächelnd, aber frech an, während es fortfuhr, kraftvoll die Scherben zu zertreten. Frau Yun wurde plötzlich von Furcht übermannt. In den Augen der Kleinen glitzerte eine Boshaftigkeit, wie sie Kindern manchmal eigen ist. Auch nachdem sich Frau Yun rasch entfernt hatte, war sie noch so sehr eingeschüchtert, dass sie nicht auf ihren Weg achtete.

Diese Augen, die sie so unverblümt angestarrt hatten!

Frau Yun schüttelt sich, als sie an diese Augen denkt. Die verlassene Schaukel schwingt kraftlos hin und her.

‚Dir geht es wie mir‘, nickt sie der Schaukel zu. Ihr Magen knurrt. ‚Yunkis Frau wird mittlerweile das Abendessen fertig gemacht haben und auf mich warten…‘

„Großmutter, was machst du hier?“

Frau Yun schreckt hoch. Der Pförtner auf seiner Runde nähert sich ihr misstrauisch. Frau Yun hat Angst vor der dunkelblauen Uniform.

„Ach, ich sitze nur ein wenig an der frischen Luft.“

Gleich einem Jungtier, das Gefahr wittert, erkennt sie instinktiv, dass sie beim Pförtner keinen Verdacht erregen darf.

„In welchem Block mit welcher Wohnungsnummer wohnen Sie denn?“

„Da drüben“, zeigt Frau Yun mit der Hand hinter sich.

‚Sicherlich hat sie Streit mit ihrer Schwiegertochter.‘ Der Pförtner weiß, wie gehässig die jungen Frauen in dieser Siedlung manchmal sein können, fragt nicht nach und geht weiter. Obwohl Frau Yun Angst vor der Uniform hatte, friert sie noch mehr und fühlt sich noch einsamer, nachdem dieser Mensch sie verlassen hat. Schon die vorige Nacht hatte sie in der Kälte verbringen müssen. Ihr Körper zieht sich in der Kälte der Nacht zusammen.

‚Wohin soll ich nur gehen?‘

Frau Yun will gerade um den Wohnblock herumgehen und die Siedlung verlassen, da verspürt sie Wärme unter ihren Füßen. Die willkommene Wärme lässt sie in ihrem Entschluss wanken weiterzugehen. Zu dieser Jahreszeit ist es nachts schon recht frisch und so sieht man Schwaden warmer Luft aus dem Keller des Wohnblocks aufsteigen. Es ist der Heizungskeller. Obwohl Frau Yun die Ursache der Wärme nicht erkennt, findet ihr frierender Körper automatisch den Weg dorthin. Nachdem sie den Wohnblock umrundet hat, sieht sie eine Treppe, die in den Keller führt. Die Treppe ist dunkel. Aus Furcht zu fallen stützt sich Frau Yun an der Wand ab, während sie vorsichtig die Treppe hinuntersteigt. Die Tür zum Heizungskeller ist nicht verschlossen. Summen. Dicke Rohre, deren Umrisse in der Dunkelheit auftauchen und der Geruch von Eisen. Dieser Geruch ist Frau Yun vertraut. Tastend bewegt sie sich in den Raum hinein. Es riecht nach Putzlappen, mit denen Öl aufgewischt wurde. Aber es ist warm. Sie lässt sich auf den Boden fallen. Sie hört ihre Knochen knacken. Es ist das Klappern von alten Knochen.

‚Meine Knochen sind sicherlich schon ganz vergilbt.‘

Frau Yun ist fest davon überzeugt, obwohl sie nicht weiß, woher sie diese Vorstellung hat. Bald werden ihre Knochen wie Bitterlauge tröpfchenweise zerfließen und nichts wird mehr von ihr übrig sein. ‚Später werden sich die Menschen über den gelblichen Fleck wundern, der wie Tabakschmiere aussieht.‘

Sie lechzt nach einer Zigarette. In der Dunkelheit wühlt sie mit geübten Griffen in ihrer Rocktasche, ertastet aber nur Streichhölzer. Sie hat alle Zigaretten geraucht. Ihr Inneres scheint sich wegen der Dürre in ihr zusammenzuziehen. Ihr Mund schmerzt.

Ihre Zahnprothese drückt auf das Zahnfleisch. Wahrscheinlich ist es geschwollen. Am Anfang drückte sie nur, doch nun brennt der Gaumen immer mehr. Mit ihrer Zungenspitze streicht Frau Yun über das Zahnfleisch unter der Prothese. Der Schmerz nimmt zu und sie ist durstig. Dieser Schmerz entführt die alte Frau an einen Ort jenseits von Raum und Zeit.

Frau Yun befindet sich in der Fabrik. Es ist Abend. Die Fabrik ist leer. Die Maschinen, die tagsüber gebrummt haben, sind jetzt nur noch erkaltete Eisenklumpen. Im hinteren Teil des Raumes liegen Reststücke des verbrauchten Eisens in einem wirren Haufen. Die Eisenstücke, aus denen benötigte Teile ausgestanzt wurden, haben scharfe Kanten.

Aus dem Wohnhaus direkt neben der Fabrik hört man undeutlich Kinder beim Essen plappern. ‚Mein Mann wird wohl auch heute betrunken nach Hause kommen.' Ihr Mann verlangt immer nach einem Nachtmahl, wenn er getrunken hat. Deshalb klopft Frau Yun an solchen Tagen einen Trockenfisch auf dem Schneidebrett weich, entfernt alle Gräten und macht daraus eine Suppe. Aber heute kocht Frau Yun die Trockenfischsuppe für sich selbst. Heute Nachmittag hat sie sich nämlich einen Backenzahn ziehen lassen, der sie schon lange geschmerzt hatte.

Der Amboss steht neben dem Blasebalg. Frau Yun wickelt ihren Zahn aus dem Papier. In dem schummrigen Licht wirkt der tote Zahn irgendwie unschuldig, so als hätte er überhaupt nichts mit dem Schmerz zu tun gehabt, der wie ein loderndes Feuer durch ihren ganzen Körper gegangen war. Als sie den Hammer auf den Zahn niedersausen lässt, wird ihr schlagartig bewusst, dass sie schon weit über dem Termin für ihre Regel ist. Sie hält inne, aber durch den Schwung angetrieben schlägt der Hammer mit einem hellen Laut auf den Amboss auf und der Zahn wird zermalmt. Erst da wird ihr klar, warum sie so großes Aufheben um ihren Zahn macht.

In jener Nacht hatte Herr Kiljung seine Frau umarmt, nachdem er in seiner Trunkenheit den Esstisch umgeworfen hatte. Frau Yun hatte nicht schlafen können, weil der Zahn so schmerzte, und ihre Aufregung wegen des Gewaltausbruches ihres Mannes hatte sie den Zahn noch deutlicher spüren lassen. Obwohl sie den Mund mehrmals mit kaltem Wasser ausgespült hatte, hatte sie wach gelegen, das konnte sie jedoch ihrem Mann nicht erklären, der schläfrig nach ihr griff. Frau Yun hatte ihre Kleider abgestreift, während sie sich immer wieder gesagt hatte, dass sie den Zahn ziehen lassen werde. Am nächsten Morgen hatte sie sich von diesem Zahn mitsamt den Schmerzen befreit. Sie gedachte nicht, den Zahn nach alter Tradition auf das Dach zu werfen. ‚War das damals Yunki oder Jongki gewesen?'

Mit der Erinnerung verstärkt sich der Schmerz im Zahnfleisch. Frau Yun kauert sich zusammen. Ihre dürren Knie stoßen an ihre eingefallene Brust. Dann fällt sie zur Seite. ‚Wo bin ich nur?' Wie aus weiter Ferne ertönt das Summen des Heizkessels. Für Frau Yun, die in den Schlaf sinkt, ist es das Geräusch der Fabrik zu Hause.

Es ist Morgen. Die Sonnenstrahlen wärmen Frau Yuns Herz, das sich über Nacht zusammengezogen hat. Sie setzt sich wieder auf die Bank draußen. Dabei denkt sie an nichts. Vor dem Wohnblock ist auf einem riesigen Platz ein grünes Sonnensegel aufgespannt. Dahinter hört man Bälle aufprallen und weiß gekleidete Menschen hüpfen hinter einer grünen Bande auf und ab, so dass man nur ihre Oberkörper sehen kann. Frau Yun schaut ihnen gedankenlos zu, als sie angesprochen wird: „Großmutter, wo wohnen Sie?"

Frau Yun erschrickt heftig, als die Stimme direkt neben ihr erklingt. Die Frau mag gerade einmal dreißig Jahre alt sein, sie ist in Eunyongs Alter. Frau Yun entspannt sich. Seit gestern stand sie unter permanenter Anspannung. Sie antwortet erleichtert, da es nicht der uniformierte Pförtner ist.

„Ich? Da drüben."

Frau Yun hebt die Hand und zeigt in eine unbestimmte Ferne.

Die Frau lässt sich behutsam neben ihr nieder, als befürchte sie Frau

Yun könne weglaufen, wenn sie nicht vorsichtig ist. Frau Yun bemerkt die verstohlen forschenden Blicke der jungen Frau und fingert verlegen an ihrem Ring, in den das chinesische Zeichen für Buddha eingraviert ist. Ihr ist nicht bewusst, dass ihre Kleider verschmutzt sind und sie unangenehm riecht. Allein ihre Strümpfe machen ihr Sorgen. Über den flachen Schuhen sind sie grau vor Staub. Die Frau blickt auf die Rose, die Frau Yuns Hand umklammert und fragt: „Wohnen Sie in dieser Siedlung?"

„Nein, ich wohne...in Hancheon. Dort wohne ich."

„Was machen Sie dann hier in Seoul?"

„Ähm, mein zweiter Sohn wohnt dort drüben. Ich bin auf Besuch hier."

Wieder hebt Frau Yun die Hand und zeigt in eine unbestimmte Ferne. Es ist eine andere Richtung als die, in die sie zuvor gedeutet hat. ‚Ist doch alles gleich. Egal welche Richtung, Hauptsache Seoul', scheint ihr Gesichtsausdruck zu sagen.

„Was machen Sie dann in dieser Gegend?"

„Eigentlich gar nichts. Ich bin einfach hier gelandet."

Die junge Frau scheint entschlossen zu sein sie auszufragen. Deshalb fällt Frau Yuns Antwort ein wenig gezwungen aus.

„Haben Sie schon gefrühstückt?"

Frau Yun schweigt. Sie muss überlegen, ob sie gefrühstückt hat oder nicht. ‚Wann habe ich gegessen...?' Ihr Gesicht ist von Hunger gezeichnet und just in diesem Augenblick knurrt und gluckert ihr Magen.

„Sie haben bestimmt noch nicht gegessen, nicht wahr? Ich habe noch Reis übrig, wollen Sie nicht bei mir frühstücken?"

„Ach nein, bitte bemühen Sie sich nicht...", winkt Frau Yun kraftlos ab.

„Es ist wirklich in Ordnung. Bei uns ist niemand zu Hause. Bitte stärken Sie sich doch bei mir, bevor Sie weitergehen."

Als die Frau sie mitziehen will, bekommt Frau Yun plötzlich Angst. Es ist eine instinktive Furcht. Sie schüttelt heftig den Kopf.

„Nein, nein."

Diese Furcht ist deutlich auf ihrem Gesicht zu erkennen. Die junge Frau verlässt behutsam den Platz, als sie es merkt. Frau Yun blickt auf den verlassenen Platz, stützt sich auf ihre Knie und will sich erheben. Doch sie fällt auf die Bank zurück. Sie hat das Gefühl, als sinke ihre Kraft von ihrem Kopf nach unten und verlasse sie. Sie weiß nicht, wie lange sie blicklos dagesessen hat, als die junge Frau zurückkommt.

Frau Yun leert die Schale Reis, die die junge Frau ihr auf einem Tablett gebracht hat. Für sie ist es eigentlich zu viel, da sie sonst nur so viel wie ein Vögelchen isst. Doch sie ist so hungrig, dass der Reis überaus köstlich schmeckt. Sogar einen warmen Gerstentee kann sie trinken.

„Vielen Dank. Es hat gut geschmeckt."

Andere Worte findet Frau Yun nicht, um ihre Dankbarkeit auszudrücken und stellt den Becher ab. Während sie ihr Tablett zurücknimmt, fragt die junge Frau behutsam: „Großmutter, soll ich ihren Sohn anrufen? Wissen Sie seine Nummer?"

Frau Yun schüttelt den Kopf.

„Ist schon gut. Ich mache mich jetzt langsam auf den Weg. Nochmals vielen Dank."

Sie stemmt sich, mit den Händen auf ihren Knien, von der Bank hoch. Während sie nach der Rose greift, die sie auf der Bank abgelegt hat, streichelt sie kurz über die Schulter der jungen Frau. ‚Wie lieb von ihr. Dabei sieht sie so fein aus, als hätte sie nie Hunger kennen gelernt. Bestimmt hat sie Erfahrung im Umgang mit alten Leuten, so dass sie sogar an den warmen Tee gedacht hat.' Wankend geht Frau Yun davon. Sie rülpst. Jetzt hat sie wieder Energie, wird aber auch schläfrig.

‚Hyoki-Mutter, ich sage dir: Das Leben eines Menschen kann von einer Schüssel Suppe mit Reis abhängen.'

Die Stimme ihres Mannes klingt in Frau Yuns Ohren. ‚Du hast ja so Recht', nickt Frau Yun bestätigend ihrem Mann zu, der nicht an ihrer Seite ist. Es kommt ihr vor wie gestern, dass er diese Worte äußerte, als sie zur Wintersonnenwende Reismehlklöße für die Rote-Bohnen-Suppe formte. Das Gericht war für die Arbeiter in der Fabrik gedacht.

„Es war vor meiner Heirat mit dir. Damals arbeitete ich als Gelegenheitsarbeiter auf dem Bau. Es war Neujahr nach dem Mondkalender. Denk dir nur, der japanische Bauherr ist einfach abgehauen ohne uns auszubezahlen. Damals durften wir auf Anordnung der Regierung das Neujahrsfest nur nach dem Sonnenkalender feiern. Unser traditionelles Neujahrsfest musste heimlich begangen werden. Wenn ich nach Hause gegangen wäre, hätten doch alle zuerst auf meine Hände geschaut. Und die waren leer! Auch wenn ich den Lebenden nichts bieten konnte, wie hätte ich denn meine Ahnen hungern lassen können?[26] Ich war des Lebens müde und ging zu einem Fluss, um diesem Elend ein Ende zu setzen. Dort gab es nämlich eine Untiefe. Ich setzte mich auf die Uferböschung und wollte hinabrutschen. Dann wäre alles zu Ende gewesen. Was soll ich sagen. Mein Hinterteil klebte am Boden fest; ich konnte mich einfach nicht überwinden zu rutschen. Da kam der Wonkil Kim aus Gungmal vorbei. Du weißt doch: Der hellhäutige Mensch! Also, Wonkil Kim war damals Dorfpolizist und kam auf dem Fahrrad vorbeigeradelt. Leuchtete mich mit seiner Taschenlampe an. Dann fragte er mich, was ich hier in der Kälte treibe. Normalerweise hätte ich ihm nichts von meinem Kummer erzählt, aber schließlich wollte ich mich ja umbringen. Da kann man alles sagen, was man auf dem Herzen hat. Ich berichtete ihm also alles. Da schleppte er mich mit und spendiert mir einen Schnaps. Du weißt doch, damals bekam man immer Suppe mit Reis, wenn man Schnaps bestellte. Nach dieser Mahlzeit wollte ich wieder weiterleben. Der Mensch ist schon sehr oberflächlich…“

Ihr Mann, den Frau Yun jetzt zu hören glaubt, mäßigte sein Temperament, als die Kinder größer wurden. Früher, als sie beide noch jung waren und Frau Yuns Verwandte kamen, denen die Armut der Familie zu Herzen ging, hatte ihr Mann sie jedes Mal gequält um sich selbst zu beweisen. Wenn ihr Mann sie vor ihren Verwandten kränkte, hatte sie das mehr geschmerzt, als wenn er sie vor ihren Kindern demütigte.

‚Der Zeit kann sich niemand widersetzen. Die Kinder sind mein Nest.‘

Frau Yun erinnert sich an die Geburt von Hyoki. Es war ein paar Tage nach der Geburt. Als Wöchnerin lag sie in einer Hütte am Ende der Straße, als sich ein Trauerzug näherte, dessen Glöckchen schrill klingelten. Frau Yun war beim Stillen kurz eingenickt und schreckte bei diesen haarsträubenden Lauten auf. Die Trauerklagen füllten jeden Winkel des kleinen Raums. Das Kind, das ruhig an ihrer Brust genuckelt hatte, fing heftig an zu weinen. Die Härchen an Frau Yuns Körper stellten sich auf und ihr wurde eiskalt. Seltsamerweise schien der Trauerzug vor ihrer Hütte zu verweilen. Das Gemisch aus Trauerglöckchen und Kindergeschrei hallte in ihren Ohren wider. Sie krampfte sich zusammen und konnte sich nicht einmal rühren. Erst lange nachdem der Trauerzug vorüber war, fand das erschöpfte Kind zitternd zu ihrer Brust zurück.

Trotz Frau Yuns Bedenken wuchs das Kind problemlos heran. Ihre Befürchtungen bewahrheiteten sich erst bei den nächsten beiden Kindern. Das nächste Kind verstarb leise wimmernd, noch bevor die Nachgeburt ausgestoßen worden war. Als ihr drittes Kind mit der Nabelschnur um den Hals geboren wurde, wehklagte sie. ‚Das Böse hat sich eingeschlichen!'

„Du Miststück! Du willst wohl diese Familie ins Unglück stürzen? Du hast alle möglichen bösen Geister mit ins Haus gebracht!", klagte die Schamanin sie schrill schreiend an. Ein eiskalter Stein schien Frau Yuns Herz fast zu erdrücken.

Am Tag vor ihrer Hochzeit war die Frau gestorben, die sie ‚Große Mutter' genannt hatte. Diese Frau hatte nur zwei Töchtern das Leben geschenkt. Mit der Begründung, man müsse die Familie fortführen, hatte man trotz ärmlicher wirtschaftlicher Verhältnisse eine Nebenfrau ins Haus geholt. Diese Frau hatte Frau Yun geboren. Die ‚Große Mutter', mit der sie alle in einem Haushalt lebten, hatte sich große Mühe gegeben, Frau Yun mit einem sehr armen Mann zu verheiraten.

Ihre Begründung war: „Bei deiner Geburt hatte ich einen Traum. Ein weißer Tiger sprang in meine Arme. Deshalb ging ich davon aus, dass deine Mutter einem Sohn das Leben schenken würde und akzeptierte sie kurz vor der Geburt. Aber geboren wurdest du… ohne Anhängsel zwischen den Beinen. Was für ein Karma muss ein Mädchen haben, wenn sich ihr Geburtstraum um einen Tiger dreht! Mädchen mit einem Karma wie dem deinem müssen in einen Haushalt einheiraten, der so arm wie möglich ist. Erst dadurch wirst du dich auf dich selbst besinnen und anderen keinen Schaden zufügen können."

Die ‚Große Mutter' hatte die Drohung wahr gemacht, die sie täglich wiederholt hatte. Frau Yun hatte ein liebliches Gesicht und ein scheues Wesen, das ihr entsprechend viele Heiratsanträge aus dem Nachbardorf eingebracht hatte. Die ‚Große Mutter' hatte jedoch alle abgewiesen und Frau Yun mit Herrn Kiljung verheiratet, der nur das besaß, was er auf dem Leibe trug. Ihre leibliche Mutter hatte sich fast die Augen ausgeweint, aber ihr stand kein Mitspracherecht zu.

‚Ich hatte wirklich schwere Zeiten.'

Am Tag vor der Hochzeit war die ‚Große Mutter' an einem Darmverschluss gestorben. Aber es war zu spät gewesen, um die Hochzeit rückgängig zu machen. Als Kind einer Nebenfrau in einem ärmlichen Haushalt wurde Frau Yun ohne große Zeremonie verheiratet, so als ob sie verkauft würde. Der Bräutigam hatte nichts von der verdächtigen Stimmung im Hause bemerkt, denn jeder hatte versucht, es vor ihm geheim zu halten. Aber…

Frau Yun lag vor der Schamanin auf den Knien und bettelte: ‚Bitte große Mutter, hab Erbarmen. Weiche von mir!'

„Oh weh! Unsere Familie wird aussterben!", schlug sich ihre Schwiegermutter an die Brust, obwohl der Nachkömmling, Hyoki, prächtig gewachsen war und mit offenem Mund das schamanische Ritual bestaunte.

„Du hast doch schon zwei tadellose Kinder zu dir geholt! Was willst du noch mehr? Weiche von hier!"

Das Schwert der Schamanin deutete auf Frau Yuns Brust. Sie wurde aus dem Haus getrieben und kroch wieder zurück. ‚Bitte geh jetzt, große Mutter, hab Erbarmen.'

Erst als sie völlig erschöpft ein drittes Mal ins Haus zurückkroch, wich das Schwert der Schamanin. Gemessen an dem seelischen Kummer war die Pein ihres von der Geburt noch geschwollenen Körpers unbedeutend.

‚Ich lebte wie auf der Wippe in einem Drahtseilakt …'

Das Leben in Herrn Kiljungs Haushalt glich einer Wippe. Ihr Mann und dessen Eltern saßen sicher auf dem Boden, während Frau Yun, ohne jemandem ihre Zuneigung schenken zu können, wie eine Feder in einem luftleeren Raum schwebte. Sie ertrug eine schwindelerregende Zeit ohne Orientierung. Die Einsamkeit so allein in der luftigen Höhe. In der Furcht zu fallen klammerte sie sich fest an das Ende der Wippe in der Höhe. Im Laufe dieser Zeit, die ihr wie ein wirrer Traum vorkam, näherten sich ihr die Kinder und ihre Wärme ermöglichte es Frau Yun, aus ihrer einsamen Höhe herabzusinken. Sie hielt die Erinnerungen an die kleinen Freuden, die ihr die Kinder schenkten, mit beiden Händen fest und freute sich an ihnen, gleich einem Kind, das sparsam mit seinen Süßigkeiten umgeht…

Aber…

Jetzt schweifen Frau Yuns Blicke in die Ferne. Sie hustet. Beißende Luft kratzt in ihrer Kehle. Aber, wer war das noch, der nachts die Tür zerschlagen hat? Der sein Messer immer wieder in den Zimmerboden stach und dabei jedes Mal mein Herz zum Klopfen brachte?

„Nein, nicht. Das darfst du nicht tun!", hatte Frau Yun gemurmelt und sich an seinen Arm gehängt. ‚Weißt du überhaupt, was du da tust?' Frau Yun hatte ihrem Sohn nicht in die irrsinnig rollenden Augen schauen und diese Ermahnung nur kraftlos vorbringen können. Sie war so verkrampft gewesen, dass sie kaum richtig hatte sprechen können. ‚Der Junge ist doch aus meinen Bauch gekrochen, wie kann er mir da so fremd sein?' Irrwitzige Augen. Augen, die niemanden an sich heranließen. Augen, die an seiner Zurechnungsfähigkeit zweifeln ließen. Wer aber wirklich nach und nach den Verstand verlor, das war Frau Yun, wenn sie in diese Augen blickte. Sie bemerkte schon lange nicht mehr, dass ihr Herz blutete. Wie häufig hatte sich dieses Szenario wiederholt!

Zerschlagene Fensterscheiben. Blutende Fäuste. Das Gesicht nach einer Prügelei… Frau Yuns Erinnerung zersplittert.

War das Hyoki oder Yunki? Halt, ist den Kindern etwas passiert? Ich muss schnell zu meinen Kindern!

Frau Yun beschleunigt ihre Schritte und stürzt an der Bordsteinkante zu Boden.

16. Das Haus auf dem Weg

Die Anzeige der Digitaluhr im Taxi zeigt fünf Minuten vor zwölf. Redaktionsschluss für die Frühausgabe der morgigen Zeitung ist ein Uhr.

Das Taxi rast den Mittelstreifen entlang. Der Fahrer nutzt das Intervall der Ampel an der nächsten Kreuzung, reißt das Lenkrad herum und fährt auf die Gegenfahrbahn, die kurzzeitig leer ist. Die Autos, die noch vor dem Umschalten der Ampel über die Kreuzung gefahren sind, weichen ihm in letzter Minute aus. Mit weit aufgerissenem Mund starren ihn die Fahrer entsetzt an und beschimpfen ihn als Verrückten. Der Taxifahrer schert sich nicht darum, weicht den anderen Wagen in geschickten Manövern aus und hält grinsend vor dem Zeitungsverlag.

„Vielen Dank, aber…"

Verlegen bedankt sich Inki, macht sich aber auch Sorgen. Der Taxifahrer, der angeblich früher als Fahrer der Zeitung beschäftigt war, lächelt sorglos.

„Es ist schon in Ordnung. Man hat ja gesehen, wie ich vor dem Zeitungsverlag gehalten habe, da wird man sich denken, es handele sich um einen brandeiligen Artikel. Nun gehen Sie schon rein, bevor es zu spät ist."

„Danke nochmals."

Die Augen des Taxifahrers blicken besorgt, als zweifle er an Inkis Erfolg. Immerhin regnet es nicht mehr.

Eunyong hatte den ganzen vergangenen Nachmittag die Umgebung abgesucht. Ihre ohnehin schon großen Augen schienen sich geweitet zu haben und lagen mittlerweile tief in ihren Höhlen. Die Dämmerung senkte sich herab und Eunyong half ihrer Schwägerin, den Reis aus dem Reiskocher zu verteilen. Da blickte sie zu dem von Inki geöffneten Fenster, weil sie plötzlich die Feuchtigkeit der Luft spürte. Als sie den feinen Regen wahrnahm, ließ sie die Reiskelle fallen. Die mit Reis gefüllte Kelle, schlug auf der Kante der Spüle auf und fiel zu Boden. Dabei blieben an der braunen Spüle ein paar weiße Reiskörner haften. Eun-

yong hielt ihre Hand vor den Mund und kauerte vor der Spüle nieder.
„Eunyong, du hast doch gut durchgehalten. Was soll Vater denn machen, wenn du dich jetzt so gehen lässt?"

Inki umarmte die mageren Schultern seiner Schwester. Eunyong wich in die Vorratskammer der Küche aus, damit Herr Kiljung im Wohnzimmer sie nicht hörte. ‚Gestern habe ich Mama dazu gebracht, ihre Winterunterwäsche auszuziehen. Dabei wird es jetzt wieder kalt…'

Tagsüber wärmt die Frühlingssonne.

Als Inki das Gebäude betritt, schlägt ihm Kälte entgegen. Er versucht, gewaltsam seine Sorgen über die Frage zu verdrängen, wo Frau Yun heute die Nacht verbringen werde, und begibt sich zu der Anzeigenstelle. Immerhin ist es jetzt erst einmal Tag.

„Haben Sie den genauen Wortlaut der Anzeige vorbereitet?"

Inki kopiert den vorbereiteten Text auf das Anzeigenformular. ‚Gesucht: Kyunghee Yun, 67 Jahre alt, hellgraue Bluse, dunkelbrauner Rock. Belohnung.' Dann noch das Foto. Den Kopf leicht zur Seite geneigt, den Blick in die Ferne gerichtet. Wo bin ich hier? Was soll das Ganze?, scheint ihr Blick zu fragen. ‚Ach, Mutter.'

Inki erhält eine Quittung und ruft seinen Bruder Yunki aus einer öffentlichen Telefonzelle an.

„Hallo?"

Es ist Hyoki. In seiner Stimme schwingt verhaltene Hoffnung mit.

„Ich bin's, Inki. Hat sich jemand gemeldet?"

„Nein, wo bist du?"

„Im Zeitungsverlag. Ich habe eine Anzeige in der Morgenzeitung aufgegeben. Ich hole noch die Flugblätter in Euljiro ab und komme dann."

„Ist gut."

„Sind alle anderen da?"

„Sie sind alle draußen auf der Suche nach ihr."

„Sag ihnen, wenn sie sich melden, sie sollen heimkommen. Wir müssen erst einmal die Flugblätter anbringen."

Im Taxi überlegt Inki, wo man die Flugblätter am besten anbringen sollte. ‚In der Zentrale für Vermisstenanzeigen wollten sie keine Fotos haben… Das Schwarze Brett der Polizeistation, die Telegrafenmasten und Hausmauern in der nächsten Umgebung von Yunkis Wohnsiedlung. Natürlich kann sich Frau Yun über Nacht sehr weit fortbewegt haben, aber Inki will die Flugblätter zunächst in der Umgebung der Wohnsiedlung, dort wo sich viele Menschen aufhalten, anbringen. Also in Kirchen, Lerninstituten, Einkaufszentren… Hoffentlich finden wir Mutter, bevor wir alle Flugblätter aufgebraucht haben.'

Jongki war dafür, so viele Flugblätter wie möglich drucken zu lassen, während Hyoki meinte, man solle sich erst auf so viele Exemplare beschränken, wie man zunächst verteilen könne, und bei Bedarf nachdrucken lassen. Unerwartet plädierte auch Eunyong für die kleinste Anzahl, sicherlich aus der verzweifelten, geheimen Hoffnung heraus, die Mutter so schnell wie möglich finden zu können, bevor die gedruckten Flugblätter aufgebraucht sein würden.

Inki war auf seiner Farm, als ihn die Nachricht vom Verschwinden seiner Mutter erreichte.

Der Maler, den er bei Sangyun getroffen hatte, hatte ihm diese Farm gezeigt. Hier waren Arbeit und Freizeit eins. Man wirtschaftete gemeinsam mit dem Ziel, der Natur so wenig wie möglich zu schaden und teilte sich den Ertrag.

„Eine Weile stellte ich mir vor durch den Schock farbenblind geworden zu sein. Es wäre für mich eine Erleichterung gewesen, auch wenn ich dann nie wieder hätte malen können. Erst später erinnerte ich mich daran, was ich beim Anblick der blutenden Menschen empfunden hatte, die vor meinen Augen niedergemetzelt worden waren. Ich hatte mich gewundert, wie viel Blut ein Mensch hat und mich gefragt, ob der menschliche Körper wirklich zum großen Teil aus Wasser besteht", sinnierte der Maler mit ausdrucksloser Miene.

Inki hatte ihn verdutzt angeblickt. ‚Auch hier werde ich mit dem Gwangju-Massaker konfrontiert.'

„Es gibt Menschen, die nicht kämpfen können, wie sehr sie es auch schmerzt. Menschen, die ihre Trauer nicht durch das Werfen von Steinen ausdrücken können. Menschen, die sich nur umdrehen und weitertrauern können. Diese Menschen trauern weiter, wenn alle anderen den Ort des Geschehens schon verlassen haben. Als sei die Trauer alles, was ihnen noch geblieben ist."

Anschließend hatte Inki gestanden, dass er seit einer Weile die Zeit in Monaten rechne. Diese Gewohnheit sei für ihn wie eine zweite Haut geworden. Er sei deshalb hierher gekommen, geplagt von der Befürchtung, den Ort der Trauer nie wieder verlassen zu können, wenn er es nicht sofort tue. Daraufhin hatte ihm der Maler die Farm vorgestellt und gemeint, man könne auch die Lebensweise der Menschen auf dieser Farm annehmen.

Ein junger Mann hatte ihn auf der Farm herumgeführt und ihm die Aufnahmebedingungen erklärt. Inki hatte ihn gefragt, ob es niemanden gebe, der nach einer Weile diese Farm verlassen hätte.

„Natürlich! Schließlich gibt es in jeder Gemeinschaft Meinungsverschiedenheiten. Es gibt Kommunen, die auseinander gebrochen sind, bloß weil ein Mitglied einzig dem eigenen Kind ein Eis gekauft hat."

Nachdem Inki den Hühnerstall, den Kuhstall und den Kinderhort besichtig hatte, war er zum Büro zurückgegangen, das am Eingang der Farm lag. Auf dem Weg war ihm ein pummeliges Kind begegnet, das seine Schritte beschleunigt hatte. In den Händen hatte es eine Fuchsschwanzpflanze, mit der es gewedelt hatte. Es hatte seinen Kopf schief gelegt und Inki mit ‚Papa…' angesprochen. Errötend war es dann weggerannt. Dabei hatte es seinen Fuchsschwanz wie eine Laterne geschwenkt. Die Sohlen der mit roter Erde bedeckten Turnschuhe hatten in Inkis Herzen einen bleibenden Abdruck hinterlassen.

„Ach ja, ich hatte vergessen zu erwähnen, dass die Kinder alle Männer ‚Papa' und alle Frauen ‚Mama' nennen. Wahrscheinlich, weil sie während des Tages von ihren Eltern getrennt sind. Anfangs dachten wir, dass wir sie aufklären müssten, aber dann dachten wir, sie würden den Unterschied schon selbst erkennen, wenn sie größer werden. Deshalb haben wir nicht eingegriffen. Außerdem deutet diese Bezeichnung ja an, es sind nicht ‚meine' und ‚deine', sondern ‚unsere' Kinder. Viele Probleme entstehen gerade durch den Besitzanspruch, der in dem Begriff ‚mein Kind' liegt. Die Eltern machen ihren Anspruch geltend und die Kinder sträuben sich dagegen. Entstehen nicht so die meisten Konflikte zwischen Eltern und Kindern…? Ach herrjeh! Jetzt sind Sie schon Vater geworden, ohne überhaupt geheiratet zu haben!"

Gestern saß Inki mit einem Kind, mit dem er sich angefreundet hatte, auf dem Deich eines Reisfeldes. Dabei sah er einen Mond, obwohl es Tag war.

„Schau, der Mond ist schon aufgegangen. Sicherlich wollte er dich sehen und hat deshalb nicht gewartet, bis die Sonne untergegangen ist. Siehst du? Hier ist die Sonne und dort drüben der Mond!", erklärte Inki dem Kind. Es kniff die Augen zusammen und blickte zum Mond auf. Es war eine Mondsichel. Dann blickte es mit schräg gelegtem Kopf zur Sonne.

„Stimmt. Sonne und Mond sind gleichzeitig da. Der Mond ist weiß und die Sonne auch."

Das Kind schaute fasziniert von einem zum anderen. Es sah gesund und fröhlich aus. Nachdem es sich eine Weile auf den Mond konzentriert hatte, fragte es verwundert: „Aber Papa, wo ist dann die Erde?"

„Die Erde?"

Inki wollte schon loslachen, als er plötzlich erkannte: ‚Kind! Ich kann noch von dir lernen!'

Auf Inkis Ankündigung hin, er werde in eine landwirtschaftliche Kommune eintreten, fragte Herr Kiljung sofort, ob es sich um eine religiöse Sekte handele. ‚Eine Religion ist wie Opium und wirkt auch bei Gebildeten wie eine Droge, sobald man ihr erst einmal verfallen ist.'

„Es war zu einer Zeit, als wir Hilfsgüter aus Amerika erhielten. Ich selbst hatte wenig Interesse an religiösen Fragen, aber in der Kirche konnte man zumindest gerüchtweise erfahren, wie es in der Welt zuging. Am nächsten Tag, einem Sonntag, sollten die Hilfsgüter an die

Gläubigen verteilt werden. Aber dieser Mensch, der die Stellung eines Pastors innehatte, breitete die Hilfsgüter vor dem Kirchenvorsteher und mir aus und reservierte die besten Stücke für sich und seine Verwandten. Das ist doch kein Gottesdiener, sondern ein Geschäftsmann, der mit Gott als Ware handelt, dachte ich und bin daraufhin der Kirche ferngeblieben. Es heißt immer, das Ende dieser Welt ist nahe und nur die Auserwählten fänden einen Weg in eine nächste, bessere Welt. Es ist schon seltsam, dass selbst Gebildete auf diese Marktschreier hereinfallen... Solche Macht haben eigentlich nur geborene Diktatoren."

Charisma! Das Wort bedeutet doch eigentlich ‚Gnadengeschenk der Götter'. Charismatische Personen sind also demnach Begnadete...

„Mit Religion hat unsere Gemeinschaft nichts zu tun. Die Idee ist, unsere Arbeitskräfte gemeinsam einzusetzen, anstatt dass jeder seinen Hof allein betreibt. Es ist wie eine große Familie."

„Wenn es funktioniert, ist es sicherlich eine gute Sache. Aber in einer Gemeinschaft gibt es immer wieder Meinungsverschiedenheiten. Selbst Blutsverwandte streiten sich, weil sie verschiedener Auffassung sind. Du kannst nicht erwarten, dass jeder deiner Meinung ist. Auch jeder einzelne ändert doch permanent seine Meinung. Aber ich möchte dich nicht davon abhalten, wenn du dir sicher bist. Leben dort nur Alleinstehende?", wollte Herr Kiljung wissen.

„Nein. Es gibt auch Ehepaare mit Kindern."

„Dann such dir dort eine brave Frau. Eine Frau, die in unseren Zeiten keine Arbeit scheut und sich einer solchen Kommune angeschlossen hat, ist sicherlich sittsam."

Diese Worte ließen die Beunruhigung der Eltern erahnen, deren Sohn in fortgeschrittenem Alter immer noch keine Lebenspartnerin gefunden hatte. Die zähen Blutsbande..., die den Sohn festhalten wollen, einen Sohn, der es vorzog seine leibliche Familie zu verlassen und mit fremden Menschen in einer Großfamilie leben wollte. Inki war gerührt gewesen.

Herr Kiljung hatte zum Schluss mit einer gewissen Endgültigkeit gesagt: „Ich weiß, dass du frei und unabhängig leben möchtest. Aber gerade dieser Wunsch, frei von allen Zwängen zu leben kann zu einer Falle werden, die dich einengt. Ich weiß nicht, wann dir dies klar wird, aber geh und probier es aus!"

Der leidenschaftliche Wunsch frei zu sein, das ist die Falle.

Das Kind blickte Inki an und wartete auf eine Antwort. Gerade als er dabei war, sich die Worte zurechtzulegen, legte sich eine Hand auf seine Schulter. ‚Ruf mal deinen Bruder in Seoul an. Deine Mutter hat sich anscheinend in Seoul verlaufen…'

Mutter! Inki blickt auf das Foto des Flugblattes, das er als Muster erhalten hat.

> Gesucht:
> Gyeonghee Yun, weiblich, 67 Jahre alt.
> Trägt eine hellgraue Bluse, einen dunkelbraunen Rock
> und weiße, flache Schuhe.
> Vermisst, zuletzt am 20.5.1991 in Bongcheondong gesehen.
> Hat einen roten Fleck auf der Nase und ist geistig leicht verwirrt.
> Belohnung.
> Bitte melden unter: 877-193XX
> (0452-2-243X)

Mit schräg gelegtem Kopf scheint Frau Yun Inki anzublicken, obwohl sie in die Ferne schaut.

„Aber…, wo bist du nur? Was machst du dort?"

Das waren die üblichen Fragen, die Frau Yun am Ende eines Telefongesprächs immer stellte, wenn Inki sie zu Hause angerufen hatte. Damals, als er nach Ende seines Militärdienstes seinen Eltern verschwieg, was er wirklich trieb und seine Antwort darauf beschränkte, er sei bei einer Firma angestellt. ‚Ach, Mutter!'

Als er vor Yunkis Wohnblock aus dem Wagen steigt, befällt ihn angesichts des Hochhauses Beklemmung und er kann nachempfinden, dass sich Frau Yun in dieser Umgebung fürchtet.

„Du bist sicher hungrig. Lass uns zu Mittag essen. Wenn wir nachher die Flugblätter ankleben wollen, müssen wir etwas im Magen haben", sagt Jongki zu ihm, während er die Schnüre löst, mit denen die Flugblätter zusammengehalten werden, und Herrn Kiljung sowie Hyoki jeweils ein Exemplar reicht.

Vor ihren Augen flimmert es. Die Straße scheint von hellgrauen Blusen zu wimmeln. Jongki streckte Eunyong die Hand hin, als wolle er die dunklen Ahnungen aus seinem Herzen verbannen. Eunyong holt eine Zigarette aus der Schachtel und reicht sie ihm. Seitdem sie am Nachmittag mit den Flugblättern, die Inki drucken ließ, unterwegs sind hat Jongki fast eine ganze Packung geraucht. Eunyongs Bronchien schmerzen schon, als hätte sich etwas in ihnen verfangen.

‚Mama!'

Mit Einbruch der Dämmerung wird es spürbar kälter. Frau Yun trägt zwar eine langärmelige Bluse, aber die ist sicher nicht warm genug…

Eunyong zittert. Warum habe ich sie nur die Winterunterwäsche wechseln lassen? Die Temperatur ist plötzlich am Tage angestiegen, aber trotzdem… Wie konnte ich nur?

Wenn sie es recht bedenkt, ist dieser Vorwurf ‚Wie konnte ich nur…?' ihr schon zur Gewohnheit geworden. Wie konnte ich nur im Krankenhaus Mama vorgehen lassen? Wie konnten Yunki und seine Frau ausgerechnet gestern streiten? Wie konnte ich Hyeonhee nur die Telefonnummer von Yunkis Geschäft geben?

‚Wir haben sie bestimmt erschreckt. Ich habe mich nämlich mit deinem Bruder gestritten. Ich bin doch auch nur ein Mensch. Wie konnte er in meiner Gegenwart… Ich dachte, Mutter schläft und bin kurz einkaufen gegangen. Als ich zurückkam, war sie fort.' Erst gestern erfuhr Eunyong, dass Hyeonhee bei Yunki angerufen hatte.

Hinter ihnen hupt jemand. Obwohl die Ampel umgeschaltet hat, fährt Jongki nicht an. Eunyong legt eine Hand auf seinen Arm.

„Es ist grün."

Jongki tritt auf das Gaspedal und entschuldigt sich durch eine Handbewegung bei dem nachfolgenden Fahrer. Da sieht man, wie sehr die Gewohnheit das Verhalten des Menschen lenkt. In bestimmten Situationen erfolgen die Handzeichen automatisch…

„Dort ist es, ich sehe das Schild der Polizeiwache", zeigt Eunyong mit dem Finger die Richtung an, wobei sie so angestrengt aus dem Fenster schaut, als wolle sie sich hinausbeugen. An der Ecke einer großen Straße stehen nebeneinander die Hinweisschilder der Polizeiwache und des Bezirksbüros. An den Schildern biegen sie rechts in eine kleine Straße ein und passieren dabei einen Stand der Grillhähnchen anbietet, ein Bettenhaus und eine Musikschule. ‚Tauche ich beide Hände in das grüne Meer, tauche ich beide Hände in das grüne Meer…', spielt jemand die Melodie einhändig auf dem Klavier. Je weiter sich der Wagen entfernt, umso mehr gleicht diese Melodie einem Hochzeitsschleier, den die Braut hinter sich herzieht. Der Parkplatz ist relativ leer, da das Bezirksbüro neben der Polizeiwache schon längst geschlossen ist.

„Wie kann ich Ihnen helfen?"

„Wir möchten eine Vermisstenanzeige aufgeben. Außerdem wollen wir Sie bitten, dieses Flugblatt an die Anzeigentafel da vorn anheften zu dürfen."

„Eine Vermisstenanzeige? Seit wann wird die Person vermisst?"

„Seit gestern Nachmittag. Gestern Abend haben wir schon die Zentrale für Vermisstenanzeigen benachrichtigt."

Der Polizist bittet sie einen Moment zu warten, windet sich aus dem Zwischenraum zwischen Schreibtisch und Stuhl und holt eine Kladde von einem anderen Schreibtisch.

„Sie sagen gestern Nachmittag… handelt es sich um eine alte Frau?"

„Ja."

„Ist es vielleicht Frau Gyeonghee Yun?"

„Ja."

„Hellgraue Bluse, dunkelbrauner Rock. Wir haben schon eine Anzeige vorliegen. Natürlich können Sie ihr Flugblatt anbringen, wenn Sie noch Platz finden."

„Ja, wir haben vorhin eine leere Stelle entdeckt."

„Dann heften Sie Ihr Flugblatt dort an."

Als Eunyong das Flugblatt mit Hilfe des mitgebrachten Tesafilms und der Reißzwecken befestigen will, fällt ihr Blick auf das Foto von Frau Yun.

Auf dem Foto hält sie den Kopf leicht schräg. In dem Bemühen ein Foto zu finden, das Frau Yun möglichst ähnlich sieht, sind sie auf ein Foto von ihr zusammen mit Yunkis Tochter gestoßen. Ihr Kopf ist ein wenig zur Seite geneigt. Sie hat ein schmales Gesicht und hält den Mund schüchtern geschlossen. Zu jener Zeit zeigten sich die ersten Demenzerscheinungen und ihr Blick scheint in eine unbestimmte Ferne gerichtet zu sein. Der Hintergrund, ein himmelblaues Wolkenmuster, verstärkt diesen Eindruck.

Als Eunyong das Foto aus dem Album holte, gab der Klebstoff, mit dem die Rückseite des Fotos befestigt war, ein unangenehmes Geräusch von sich. Eunyong schrak bei diesem Geräusch zusammen. Warum nur musste sie damals ausgerechnet an das Totenhemd denken, das tief in der Kleidertruhe vergraben liegt? Dieser unheilvolle Gedanke, sie müsse das Totenhemd vielleicht hervorholen! Im allerschlimmsten Fall: Das Totenhemd könne seine Bestimmung nicht erfüllen.

Frau Yuns Worte kommen Eunyong in den Sinn.

„Ich werde keinen Rock anziehen. Ich möchte in Männerkleidung begraben werden, damit ich im nächsten Leben als Mann wieder geboren werde", hatte Frau Yun ungewöhnlich bestimmt gesagt, als sie letzten Februar mit der Anfertigung des Totenhemdes begonnen hatten.

Zwei Frauen aus Frau Yuns Frauenverein waren gekommen, um beim Nähen und Bügeln zu helfen und Eunyong hatte sie am Mittag bewirtet. Es war ein Frühlingstag wie geschaffen für umherfliegende Blütenpollen. Nach den Regenschauern bildeten diese gelben Pollen ein Wellenmuster auf den Wegen.

„Das ist aber ein schöner Stoff. Woher hast du ihn?“, hatte eine der Frauen gefragt und hatte mit den Händen darübergestrichen. Sie hatte schon in jungen Jahren viel Erfahrung mit dem Waschen und Bekleiden von Leichen für ein Begräbnis gesammelt. Zuerst wurden die Teile für Herrn Kiljungs Totenhemd zurechtgeschnitten. Dabei sagte Frau Yun, die das von Eunyong gebrachte Obst schälte: „Fertigt keinen Rock an.“

„Aber was soll denn das? Zu einem Totenhemd gehört doch auch ein Rock!“

„Ich werde keinen Rock tragen. Ich möchte in Männerkleidung begraben werden, damit ich im nächsten Leben als Mann wieder geboren werde.“

Eunyong hatte Frau Yun verdutzt angeblickt. Frau Yun sah genauso ruhig und unbewegt aus wie immer. Hat sich meine Mutter je beklagt, als Frau geboren worden zu sein? Niemals. Frau Yun hatte vielmehr Eunyong über die traditionellen Tugenden einer Frau unterrichtet. Übrig gebliebenen Reis hatte sie nie wegwerfen dürfen, sondern immer weiterverarbeiten müssen. Selbst im Sommer durfte Eunyong nicht barfuß gehen oder mit Gummilatschen vor die Haustür treten...

„Meinst du das ernst? Geht das überhaupt?“

Die Frau, die gerade dabei war, den Stoff für das Zuschneiden zurechtzulegen, ließ verwirrt die Hände sinken.

„Natürlich meine ich es ernst“, bekräftigte Frau Yun mit ruhiger Stimme. In ihrer Ruhe, die der Oberfläche eines stillen Gewässers glich, schwang eine Entschlossenheit mit, als hätte sie auf diese Gelegenheit gewartet, um genau diese Worte zu wählen.

„Na gut, wenn es dein Wunsch ist. Schließlich sollst du im nächsten Leben als Mann wieder geboren werden, damit du so leben kannst, wie du es dir vorstellst.“

Für jeden jeweils eine Unterhose und ein Unterhemd. Statt Rock und Umhang wurden eine zusätzliche Hose und ein Überwurf angefertigt. Gesichtsbedeckung, Handbinden, Strümpfe, Schuhe, der Beutel für die abgeschnittenen Finger- und Fußnägel und die Haare, die Überdecke… Die gesamte Totenkleidung für Herrn Kiljung und Frau Yun wurde sorgfältig genäht und vorsichtig in einem Tuch eingeschlagen auf dem Boden der Kleidertruhe verstaut. Bei sonnigem und windigem Wetter holte Frau Yun die Totenkleidung zum Lüften hervor. Dann bemerkte Eunyong immer mit gemischten Gefühlen, wie ein zufriedenes Lächeln über die Lippen von Frau Yun huschte.

Neben den Flugblättern für polizeilich gesuchte Verbrecher, vermisste Kinder und von zu Hause fortgelaufene Ehefrauen befestigt Eunyong mit Tesafilm die Suchanzeige für Frau Yun. Weil ihr das allein unzureichend erscheint, drückt sie das Blatt noch mit Reißzwecken fest, als hänge Frau Yuns Zukunft davon ab, ob der Steckbrief hier hängen bleibt oder nicht.

„Vielleicht ist ihr ja schon Schlimmes zugestoßen…“, klagte Herr Kiljung seufzend heute Nachmittag, als er auf dem Sofa sitzend den Kopf tief hängen ließ. Obwohl Eunyong Mitleid mit ihm empfand, hasste sie ihn so sprechen zu hören. Sie kämpfte sowieso schon mit der Erinnerung an gruselige Gerüchte, die seit einiger Zeit kursierten.

‚Du, meine Kinder sind völlig verängstigt. Sie behaupten, jemand mit einer roten Mütze laufe umher und entführe Kinder, um ihnen die Leber zu stehlen. Es soll ein neunschwänziger Fuchs sein. Ein Schüler aus der Grundschule von Galmori soll sein Opfer geworden sein. Die Kinder haben so viel Angst, dass selbst mir ganz unwohl wird…‘, hatte Miju schaudernd am Telefon erzählt. Abwegige Gerüchte, dass alte Leute entführt werden, um aus ihrem Fett ein Heilmittel für Leprakranke herzustellen… Gerade als Eunyong von diesen Gerüchten geplagt wurde, musste ihr Vater so etwas sagen…

Sobald sie die Polizeiwache verlassen haben, schlägt Jongki den Stadtplan auf. Beide sind in Seoul nicht ortskundig. Überall verlaufen Straßen, aber niemand kann sagen, wer diese Straßen entlanggegangen ist.

Es ist, als verirrten sie sich immer wieder in einer Sackgasse. Sie können nur auf einen glücklichen Zufall hoffen. Wo Mutter wohl heute Nacht verbringen wird? Die Zeitungsartikel der Gesellschaftsspalte kommen ihnen in den Sinn.

„Lass uns losfahren!"

‚Losfahren? Wohin?', fragt Eunyong mit den Augen. Da reicht Jongki ihr den aufgeschlagenen Stadtplan.

„Halte diese Seite aufgeschlagen."

„Wohin willst du?"

„Zu einer Verwahranstalt. Sie soll in Daebangdong liegen. Alle Frauen, die auf der Straße aufgegriffen werden, sollen dort hingebracht werden. Der Polizist hat sich vorhin erkundigt. Bei ihnen wurde eine alte Frau eingeliefert, die ihren Namen nicht nennen konnte. Wer weiß..."

‚Städtische Verwahranstalt der Stadt Seoul' und ‚Kinderberatungsstelle' steht auf den Schildern am Eingangstor. Als sie an das Pförtnerhaus treten, lautet die erste Frage, ob sie wegen eines Schülers hier seien. Als sie dies verneinen verweist man sie auf das himmelblaue Eisentor des Nebengebäudes. Nichts deutet auf das hin, was sich hinter diesem mächtigen Tor verbirgt. Obwohl sich Jongki dagegen stemmt, kann er das Tor nicht öffnen. Schließlich entdeckt Eunyong eine Klingel an der Seite einer kleinen Pforte, die in das Tor eingelassen ist.

Das Quietschen des sich öffnenden Riegels verursacht bei ihnen eine Gänsehaut. Entgegen ihrer Erwartung öffnet sich nicht die kleine Pforte, sondern das große Tor.

„Kann ich Ihnen behilflich sein?"

„Gestern soll eine Frau von der Polizeistation hierher überführt worden sein. Wir meinen es ist jemand, den wir suchen."

„Links ist die Beratungsstelle. Versuchen Sie es dort einmal."

Jongki geht vor, gefolgt von Eunyong. Auf dem zementierten Hof spielen zwei Frauen in himmelblauen Trainingsanzügen Ball. Als Jongki und Eunyong vorbeigehen, halten die beiden inne und schauen ihnen nach. Strähnige Haare, offen stehender Mund... Selbst auf den ersten Blick erkennt man, dass sie geistig nicht ganz zurechnungsfähig sind.

Alte Frauen auf einer Bank entlang der Wand fallen ins Auge, sobald man die Glastür aufgeschoben hat. Eine Linie weißhaariger Köpfe als hätten sie sich zu einem bestimmten Zweck hier angeordnet. Sie wirken wie weiße Vögel, die in einer Reihe auf Steinen am Bach stehen. Die Frauen selbst gleichen zerbrechlichen Vögeln.

„Wie heißt Ihre Mutter?"

„Gyeonghee Yun."

„Das ist sie nicht. Die Frau, die gestern hierher überstellt wurde, heißt anders."

Eunyong spürt alle Kraft aus ihren Beinen weichen. Ihre Schultern sinken herab und ihre Lippen zittern. Doch sie kann nicht so einfach aufgeben, sie benetzt ihre Lippen und fragt: „Sie kann den Namen doch falsch angegeben haben, nicht wahr? Sie ist nämlich nicht ganz bei Sinnen. So sieht sie aus..."

Nach einem Blick auf das Foto, das Eunyong der Frau reicht, schüttelt diese den Kopf. Nein.

„Schicken sie die Personen manchmal auch in andere Häuser?"

„Wenn sie krank sind, weisen wir sie ins Krankenhaus ein. Ins städtische Krankenhaus."

„Haben Sie vielleicht gestern oder heute jemanden einweisen lassen?"

„Nein."

Fehlanzeige. Jongki will sich umdrehen, als Eunyong einen letzten Versuch startet.

„Man kann doch nicht wissen. Können wir uns nicht selbst unter den Frauen hier umsehen?"

„Ich habe doch das Foto gesehen. Sobald jemand hier ankommt, machen wir Fotos und legen eine Kartei mit einer Beschreibung an. Außerdem sind die Frauen im Augenblick über das gesamte Areal verstreut, wie wollen Sie sich da umsehen? Wenn Sie sicher sein wollen, kommen Sie morgen früh um neun Uhr noch einmal hierher. Da haben wir Appell."

Appell. Dieses Wort legt sich schwer auf Eunyongs Brust. Das hier ist kein Zuhause. Mama ist fort von zu Hause.

„Ich lasse Ihnen das Flugblatt hier. Bitte benachrichtigen Sie uns, falls diese Frau zu Ihnen gebracht wird."

Eunyong legt eines der Flugblätter auf den Schreibtisch der Frau. Diese nickt wortlos. Als Eunyong hinter Jongki auf den Flur hinaustritt, wischt sie sich die Augen. Im Vergleich zu der ziellosen Suche auf den Straßen hatte dieses Haus Erfolg versprechender gewirkt.

„Was machen wir nur?"

„Lass uns morgen noch einmal herkommen. Wir sollten jetzt zu Hause anrufen."

Eunyong betritt die Telefonzelle neben der Eingangstür. Morgen… und was ist übermorgen? Wie viel Freude oder verzweifelte Angst mag durch dieses Telefon übermittelt worden sein?

„Hallo?"

Als Eunyong Hyokis Stimme hört, weiß sie, dass es keine Neuigkeiten gibt. Hyoki geht es ebenso.

Yunki hat sich nicht gemeldet, seit er das Haus verlassen hat. Inki ist mit einem Stapel Flugblätter losgezogen und noch nicht zurückgekehrt. Gerade als Eunyong den Hörer aufgelegt hat und sich umdreht, sieht sie einen bekannten Wagen vorfahren. Es ist Yunki.

Da Jongki die Wegstrecke nicht so gut kennt, fährt Yunki voraus. Was soll er noch reingehen, wenn die anderen beiden sich schon erkundigt haben. Dabei war er mit einer vagen Hoffnung hierher gefahren… Obwohl er wusste, dass es nichts nützte, plagten ihn Selbstvorwürfe, die er wie eine Peitsche auf dem Rücken zu spüren glaubte. Hätte er sich gestern doch nur ein wenig zusammengerissen.

Das hatte er nicht gewollt. Er hatte seine Frau nicht geschlagen. Es war ein Missverständnis von Frau Yun. Aber was nützt das, wenn die Mutter verschwunden blieb.

Nachdem er Hyeonhee wieder gefunden hatte, hatte sie ihn letztes und vorletztes Jahr besucht.

Sie hatten keine Veränderung geplant. Ihre einstmals so feurige Leidenschaft war zu sehr abgekühlt, als dass er sich ihretwegen von Frau und Kindern getrennt hätte. Das galt auch für Hyeonhee. Seine Kinder bedeuteten ihm sehr viel und bei ihrem Anblick wunderte sich Yunki, wie man sich trotz Kinder scheiden lassen konnte. Welch eheliche Hölle zwang jemanden zu diesem Schritt? Die Gefühle für seine Kinder glichen denen seiner ersten Liebe. Seine erste Liebe aber war Hyeonhee gewesen. Er konnte seine Zuneigung zu ihr nicht restlos verneinen. Das Gleiche empfand Hyeonhee.

„Hören Sie. Was erwarten Sie von mir? Soll ich das Haus verlassen, damit Sie meinen Platz einnehmen können? Werden Sie sich um meine Kinder kümmern? Kein Problem, dann gehe ich eben“, hatte Yunkis Frau gestern ohne das leiseste Zittern in ihrer Stimme in den Hörer gesprochen, nachdem sie diesen Yunki entrissen hatte. Dass seine Frau, die emotional auf der Stufe eines kleinen Kindes war, so eiskalt argumentierte, zeigte, wie groß ihr Zorn sein musste.

Bei Ahnenfeiern und Familienfesten hatten sich die Schwägerinnen über alles mögliche unterhalten. Dabei hatte Yunkis Frau von Hyeonhee gehört und ihn leicht schmollend, aber dennoch lachend, darauf angesprochen. „Ich habe gehört, dass du früher eine Freundin hattest. Wie ungerecht. Ich habe vor dir nie einen Freund gehabt. Hätte ich das gewusst, hätte ich wenigstens einen Flirt mit einem Mann aus der Nachbarschaft haben können…“ Sie war sich ihrer Bindung an ihn sicher gewesen, da er von seiner früheren Geliebten tausende Meilen getrennt war und keine Gefahr bestand, dass er ihr über den Weg laufen könnte.

Durch Hyeonhees Brief, den sie in seiner Jackentasche gefunden hatte, hatte sie von seinem erneuten Treffen mit Hyeonhee erfahren. Der Brief war an die Geschäftsadresse adressiert gewesen. Ein Brief der mit den Worten begann ‚Mein schmerzlich vermisster Geliebter‘. Hyeonhee hatte den Brief nach ihrem ersten Treffen geschrieben. Yunki hatte keinen Anlass gesehen zu lügen und seiner Frau wahrheitsgemäß gesagt, sie sei da gewesen und er habe sie getroffen.

„Warum hast du es mir nicht erzählt?“

„Hättest du mich denn Hyeonhee treffen lassen, wenn ich es dir erzählt hätte?“

„Das ist kein Grund es mir nicht zu sagen.“

Seine Frau hatte sich mit einem Gefühl der Selbstverachtung von ihm abgewandt, da sie ihm so sehr vertraut hatte, dass sie das frühere Liebesleben ihres Mannes auf die leichte Schulter genommen hatte. In gewisser Weise war Yunki sogar erleichtert, dass seine Frau nun über Hyeonhee Bescheid wusste. Er nahm ihre Anrufe sogar zu Hause entgegen. Hyeonhee rief aus dem nächtlichen Kanada an, wenn ihr Ehemann schlief. Meistens erreichte sie ihn mittags, wenn er nach später Heimkehr am vorherigen Abend erwachte. Ihre Stimme, die durch das Unterwasserkabel weitergeleitet wurde, war immer voller Reue und Trauer.

Gestern hatte sich Frau Yun hingelegt, weil ihr schwindelig war, nachdem sie aus dem Krankenhaus zurückgekommen war. Ihre Schwindelanfälle hatten sich verstärkt, sobald sie die Wohnung betrat. Nein, eigentlich sobald sie ihren Fuß in die Stadt Seoul gesetzt hatte. Weil Yunki wegen des Krankenhausbesuches früher als sonst aufgestanden war, hatte auch er sich auf das Sofa im Wohnzimmer gelegt, um für eine Weile die Augen zu schließen. In diesem Augenblick meldete sich Hyeonhee. Yunki nahm das Gespräch entgegen. Seine Frau wusste seltsamerweise immer ganz genau, wenn Hyeonhee anrief. Sie hatten nur ein paar Worte gewechselt, als seine Frau plötzlich aus der Küche kam und ihm den Hörer entriss. Yunki war völlig überrumpelt, als seine Frau auch schon in den Hörer sprach. Mit verhaltener Stimme, ganz leise: ‚Hören Sie. Was erwarten Sie von mir?‘

Gespannt auf das, was Hyeonhee wohl entgegnen würde, beobachtete Yunki das Gespräch der beiden Frauen.

„Ach ja? Soll ich meinen Mann dann zu Ihnen schicken? Geben Sie mir bitte ihren Mann. Ich glaube, das muss ich mit ihm besprechen.“

„Gib her! Gib endlich her!“

Als er mit ausgestreckter Hand auf seine Frau zukam, stieß sie ihn zur Seite, ohne ihn anzublicken. Ihre Bewegung dabei war so kraftvoll, dass der das Gleichgewicht verlor und hinterrücks auf den Boden fiel.

„Wie stellen Sie sich denn die Zukunft vor? Ich kann so nicht weiter leben. Welche Frau könnte diesen Zustand ertragen? Denken Sie nicht auch, dass es langsam wirklich reicht?"

Die Stimme seiner Frau begann zu zittern. Als sei der Damm gebrochen, der den Fluten lange standgehalten hatte, sprudelten ihre Worte nun hervor. Yunki ließ seine Frau gewähren, weil er wissen wollte, wie weit sie gehen würde.

„Gut. Wenn Sie dieser Meinung sind, dann richten Sie sich in Zukunft auch danach! Mir sind die Kinder gleichgültig und mein Mann auch. Wenn Sie bereit sind, die Kinder zu nehmen, kann ich ohne weiteres auf sie verzichten. Sollten Sie das nicht wollen, dann hören Sie endlich auf uns zu belästigen!"

Seine Frau legte den Hörer nicht auf die Gabel, sondern auf den Tisch und ging in die Küche zurück, ohne Yunki angesehen zu haben. Yunki hob langsam den Hörer auf.

„Hallo?"

Erst nach einer Weile meldete sich Hyeonhee mit Tränen in der Stimme.

„Ja."

„Ich rufe später zurück. Leg auf."

„Gut."

Yunki legte den Hörer zurück. Der Zorn seiner Frau war gerechtfertigt. Das sagte ihm sein Verstand. Doch sein Mitleid galt Hyeonhee, die jetzt in Kanada weit nach Mitternacht in Tränen aufgelöst war. Eine Zeit, zu der ihr angeblich so fürsorglicher Ehemann tief und fest schlief. Yunki blickte ziellos aus dem Fenster des Wohnzimmers. Ein anderer Wohnblock vor ihrem Fenster versperrte ihm den Blick. Wie konnte es nur so weit kommen? Welchen Ausweg gibt es aus diesem Dilemma?

„Bring mir doch bitte ein Glas Wasser!"

Yunki beschloss so zu tun, als sei nichts geschehen. Halb tat seine